子不語の夢

江戸川乱歩小酒井不木往復書簡集

浜田雄介編　乱歩蔵びらき委員会発行

皓星社

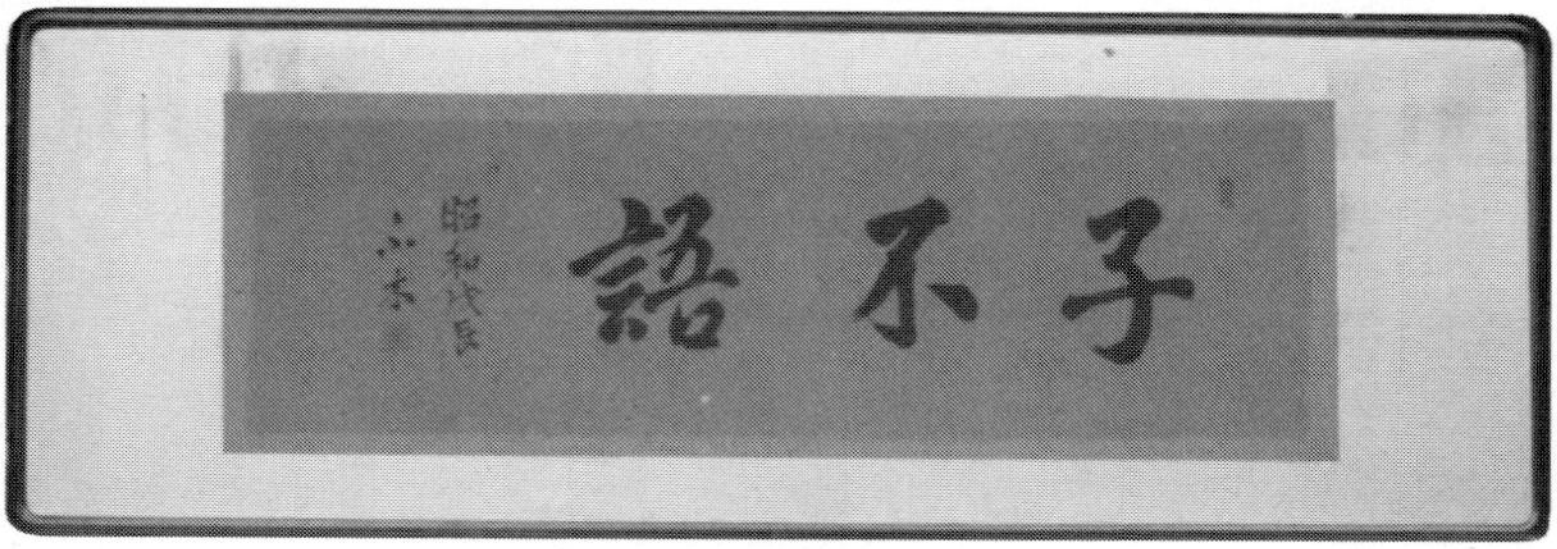

小酒井不木が江戸川乱歩へ贈った「子不語」の扁額
一三七　不木書簡（昭和3年7月3日）参照

小酒井不木（『闘病問答』の口絵より）

昭和4年頃の江戸川乱歩。緑館の居間にて

大正14年8月、江戸川乱歩名古屋旅行の折。左から本田緒生、乱歩、不木、国枝史郎、川口松太郎

昭和2年末、名古屋の料亭で耽綺社会合の折。左から長谷川伸、国枝史郎、乱歩、土師清二、不木、岩田準一、平山蘆江

序　江戸川乱歩と「新しい時代の公」

三重県知事　野呂昭彦

三重県が生んだ俳聖、松尾芭蕉の生誕三百六十年に当たる本年、同じく三重県に生まれた江戸川乱歩と、隣接する愛知県の出身である小酒井不木との往復書簡集をお届けできることに、無上の喜びを感じるものであります。江戸川乱歩の生誕百十年であり、不木のふるさと海部郡蟹江町に不木生誕地碑が建立された年でもある二〇〇四年が、いよいよ意義深いものになったことを実感しております。

私たちが住む三重県は、東は伊勢湾から熊野灘に続く海洋に面し、西には鈴鹿・布引山地から熊野山地に至る山塊を背負った、東日本と西日本の境界に位置する県です。かつての伊勢、志摩、伊賀の三国と紀伊国の一部からなり、県北西部の伊賀地域は七つの市町村で構成されていますが、本年十一月には上野市など六市町村の合併によって伊賀市が誕生し、今後は伊賀市と名張市の二つの市が手を携えて伊賀地域の発展を担っていくことになります。

三重県では二〇〇四年度、この伊賀地域を中心に「生誕３６０年　芭蕉さんがゆく　秘蔵のくに　伊賀の蔵びらき」という事業を開催しています。五月十六日から十一月二十一日まで約半年にわたり、地域住民の知恵と力を結集した多彩なイベントを展開して、伊賀の魅力を多くの人に知っていただくための事業です。本書の刊行もその一環として企画されたものですが、まず事業そのものについてご紹介をしておきます。

事業名にも示されておりますとおり、芭蕉はふるさと伊賀において、尊敬と親しみをこめて「芭蕉さん」と呼ばれています。そして伊賀地域は、古来「秘蔵の国」と称されてきたように、さまざまな資源、人材、文化が秘蔵された土地として長い歴史を重ねてきました。芭蕉も乱歩も、秘蔵の国に産声をあげて広く名を知られるに至った偉才だといえます。

今回の伊賀の蔵びらき事業は、芭蕉の生誕三百六十年を機として、伊賀に秘められている多様な魅力を全国に発信し、地域内外との交流を進めることを目的に、地域住民、伊賀七市町村、三重県の三者が協働して進めているものです。企画運営は官民合同組織の「2004伊賀びと委員会」（辻村勝則会長）が担当し、「こころの豊かさ」を実感していただける多彩なイベントがくりひろげられています。

本書の刊行はイベントとは異なった形での全国発信を目指したもので、事業全体の中でも異彩を放つ企画ですが、江戸川乱歩はもともと津の藤堂藩に仕えた藩士の家柄で、夫人は鳥羽の坂手島出身ということもあり、三重県とゆかりの深い先人の資料をここに公刊できることは、現代の三重に生きる人間にとって何より喜ばしく、また誇りともなり得るものと確信しております。

ここで、刊行に至るまでの経緯を振り返っておきます。二〇〇二年四月から五月にかけて、千葉県の成田山書道美術館で「わたしからあなたへ―書簡を中心に―」と題した企画展が開かれ、小酒井不木宛の江戸川乱歩書簡が初めて公開されました。乱歩生誕地の名張市立図書館は、乱歩書簡所有者の岡田富朗氏と同美術館のご高配をいただいて書簡全点を仔細に閲覧した結果、それがひとり乱歩のみならず、わが国の探偵小説を研究する上できわめて重要な資料であることを確認しました。

同年八月、乱歩令息の平井隆太郎氏から書簡公刊のご承諾をいただき、平井家に保存されていた乱歩宛不木書簡も併せて収録する方針がまとまりました。今回発見された乱歩書簡は三十通前後でしたが、乱歩の手で一冊に製本された不木書簡は約百二十通を数えます。これらを往復書簡集として一巻にまとめ、いわば公共の財産とすることの意義の大きさは、当初から関係者の共通認識として刊行事業を支えるものとなりました。

一方、この年一月には「生誕３６０年　芭蕉さんがゆく　秘蔵のくに　伊賀の蔵びらき」の基本構想が発表され、それに基づいて八月に「２００４伊賀びと委員会」が発足、十二月には地域住民を対象に事業プランの募集も始まりました。こうした流れの中で、名張市立図書館によって計画されていた往復書簡集の刊行が、伊賀の蔵びらき事業の趣旨にこの上なく相応しいものと位置づけられ、事業に組み込むことが検討されました。

その結果、この事業で乱歩関連事業を担当する「乱歩蔵びらき委員会」（的場敏訓委員長）に書簡集刊行を委ねることが最も望ましいとの結論に至り、同委員会がプランを引き継ぐ形で準備が始まりました。ここで特筆しておくべきは、本書刊行に際して、名張市立図書館が乱歩を媒介として築いてきたネットワークが力を発揮し、県外から多くの方のお力添えをいただけたということです。

近年、政治学や社会学の分野で「ソーシャル・キャピタル」という言葉を耳にします。直訳すれば社会資本という意味になりますが、これは従来のような経済的資本ではなく、人的なネットワークや信頼関係を指す言葉とされ、一般に社会関係資本と訳されています。共通の目的に向けて協働する人と人とのつながりがソーシャル・キャピタルであり、そうした社会関係資本が多く存在すればするほど、その地域はより豊かで魅力的なものになると考えられています。

今回、「乱歩蔵びらき委員会」の依頼に応えて、第一線でご活躍の研究者の方々から惜しみないご協力をいただけたのは、名張市立図書館を拠点とした社会関係資本が有効に機能した結果であり、伊賀地域や三重県が実施する事業にそうしたソーシャル・キャピタルが実り多い成果をもたらしてくれたことは、今後の地域づくりを考える上でも貴重な事例になるものと期待しております。

また、伊賀の蔵びらき事業は、三重県が本年四月にスタートさせた総合計画「県民しあわせプラン」のモデルケースとも位置づけられています。この計画では、県民、ＮＰＯ、地域の団体、企業、行政など多様な主体が対等のパートナーとして協働し、「新しい時代の公」を担っていくことを目指していますが、本書はそうした新しい「公」、それも県境を越えて存在する新しい「公」によって世に送り出されるものといっても過言ではありません。

本年は、三重県の熊野古道を含む「紀伊山地の霊場と参詣道」が世界遺産に登録され、アテネオリンピックでは三重県出身の野口みずき選手（女子マラソン）と吉田沙保里選手（女子レスリング五十五キロ級）が金メダルを獲得するなど、私たちの県にとって深く記憶に残る年となりましたが、本書の刊行もまた二〇〇四年という年を輝かしく彩り、全国に伊賀地域と三重県の名を大きく発信してくれる事業であることを信じて疑いません。

最後になりましたが、本書刊行に至るまでには多くの方のご協力を賜りました。平井家と小酒井家の双方のご遺族、書簡所有者の方、さらに浜田雄介氏をはじめとして編纂の実務に携わっていただいた方々、そのほか種々ご尽力をいただいたすべての方々にお礼を申しあげますとともに、今後とも伊賀地域と三重県の心強いパートナーとしてご高誼を賜りますよう、心からお願いを申しあげます。

平成十六年九月

（「生誕３６０年　芭蕉さんがゆく　秘蔵のくに　伊賀の蔵びらき」事業推進委員会会長）

子不語の夢／目　次

口絵

序　江戸川乱歩と「新しい時代の公」　野呂昭彦　1

江戸川乱歩小酒井不木往復書簡

江戸川乱歩書簡翻刻・小松史生子
小酒井不木書簡翻刻・阿部　崇
脚註・村上裕徳

凡例　10
大正十二年　11
大正十三年　21
大正十四年　34
大正十五年　186
昭和二年　208
昭和三年　235
昭和四年　274

回想

江戸川氏と私　小酒井不木　281
肘掛椅子の凭り心地　江戸川乱歩　284

論考

乱歩、〈通俗大作〉へ賭けた夢　小松史生子　293
不木が乱歩に夢みたもの　阿部　崇　304
小酒井不木に学ぶ「ひとそだて・まちそだて」　伊藤和孝　320

解説　子不語の夢　七年の航跡　浜田雄介　329
関連年表　338
索引　末永昭二　I

江戸川乱歩小酒井不木往復書簡

【凡例】

一　小酒井不木宛江戸川乱歩書簡三十三通（便箋三十、ハガキ三）、小酒井久枝宛江戸川乱歩書簡一通（巻紙）、江戸川乱歩宛小酒井不木書簡百二十通（便箋七十、ハガキ四十九、原稿用紙一）を翻刻し、日付順に通し番号を付けて収録した。

二　〇〇一、〇〇三書簡は『江戸川乱歩推理文庫64　書簡　対談　座談』（講談社、一九八九年）収録本文を底本とした。一〇八、一五四の乱歩書簡は、蟹江町歴史民俗資料館所蔵、それ以外の江戸川乱歩書簡は岡田富朗氏所蔵、小酒井不木書簡は平井隆太郎氏所蔵の書簡を、それぞれ翻刻した。

三　書簡本文を上段におき、下段には脚注を配した。

四　書簡は本文中の記載または消印等にもとづき年月日順に並べ、各冒頭に通し番号、差出人名、日付、書簡の形態を記した。不木書簡は『小酒井不木より江戸川乱歩への書簡　全』として製本されたものだが、そこに綴じられず、挟まれていた〇一二の書簡も該当する場所に収めた。

五　〇〇一、〇〇三書簡を除き、翻刻は以下の方針に従った。

1　仮名遣いは原文に従い、いわゆる旧仮名遣いとした。促音、拗音の表記は原文においては必ずしも一定していないが、旧仮名遣いの原則に合わせた。

2　漢字は適宜通行の字体に改めたが、書き手による書き分けなどを考慮し、一部旧字体を残した。たとえば「仝」は「同」に改めたが、「聯」「連」は書き分けを残した。

3　便箋の幅による改行には従わず文章を続けた。原文行末による句読点省略、また句読点代わりの空白と推定される箇所はそのまま補い、それ以外の箇所は（○）などとした。

4　挿入、削除などは、それらの記号を残さず、書き手が確定した本文を記した。

5　誤記と思われる場合もそのまま翻刻し、ママルビを付した。判読不能の箇所は□で記した。

6　書簡の形状などについて必要な注記は【　】で示した。

7　不木書簡における乱歩の書き込みは〔　〕で示した。文中に挿入されたものについては位置はそのままとし、欄外に附されたものについては全て書簡の末尾位置にまとめた。また、別保存の封筒表書きに記載された小酒井不木・江戸川乱歩の書き込みについても書簡末尾に【封筒表書き】などとしてまとめた。小酒井不木による書き込みはそのまま、江戸川乱歩による書き込みは〔　〕で示した。

六　脚注は以下の方針に従った。

1　引用も含め、江戸川乱歩『探偵小説四十年』による情報については個別の注記を省き、「自伝」ないしは『四十年』の略称を適時に使用した。同書の底本は昭和三十六年の桃源社版を覆刻した平成元年の沖積舎版を用い、適宜講談社全集版を参照した。それ以外の乱歩の文章は『江戸川乱歩推理文庫』（講談社、一九八七～一九八九年）によった。

2　『日本近代文学大事典』（講談社）、『日本推理小説辞典』（東京堂出版）などの辞書類による基本的情報については出典注記を省略した。

3　注釈挿入箇所は、人名・固有名詞などについては、その登場直後、背後事情などについては、その文章の末尾部とした。ただし、双方が複合的に関わる文脈も多く、必ずしもこの例に従うものではない。

4　書簡の補足的解説だけでなく、注記者の判断で文化史的背景探偵文壇的背景などについても言及した。

5　できる限り実証的に努めたが、その多くは、末端に至るまでの実証がし難く、最終判断は注記者の個人的解釈に帰するものである。

大正十二年

〇〇一　乱歩書簡　七月一日

　ずっと以前から御手紙を差上げようと思いながら、つい今日まで失礼して居りました。御名前は久しく伺って居たのですが、私としては、拙作「二銭銅貨」(一)を御批評下さいましてから、特に先生に関心を持つ様になったのでした。あの「新青年」にのりました御讃辞に対しては、あの時すぐにも御礼申上げるべきでしたが、何かの都合でついつい怠っていたのでした。どうか悪しからず御許し下さいませ。「一枚の切符」(二)に対する御批評も森下氏から間接に伺い、御助言に従って訂正したりしたのでした。

　先生の犯罪科学犯罪文学に関する御造詣には分らぬ乍ら、随分驚歎しています。そして、翻訳でない日本語で、ああした興味深い論

［〇〇一］
(一)「**二銭銅貨**」　大正十二年四月号『新青年』。執筆期は大正十一年九月二十六日に書き始め、十月二日に脱稿している。この小説の初稿は、大正五年の日記帳に下書きしておいたものを原型としている。稿料は一枚一円で、当時の新人としては「ひどく廉いというほどではなかった」という乱歩評。当時の菊池寛のような大家で一枚五円から六円だったという。菊池寛の自伝では、大正十年ごろの原稿料として、基本稿料に雑誌印税を加算して一枚三十円という記述も見られるが、これは印税加算と特別高い原稿料を抽出したためと考えられる（次の【参考資料1・2】参照）。この乱歩の原稿料も「D坂の殺人事件」や「心理試験」の頃には二円に上がる。
*【参考資料1】「苦楽」三代編集長・西口紫溟（大正15年編集長就任）による【プラトン社の作家別原稿料一覧】（一枚単価。この原稿料は、プラトン社が高い原稿料のため、普通の出版社では、この半分くらいが平均と考えられる。講談社の『キング』や『講談倶楽部』は、プラトン社よりも高かった）*十五円　幸田露伴（この十五円は、一種の御祝儀価格。他にも、社長からの御祝儀価格で、村上浪六の二十五円がある）*十円　田山花袋、佐藤春夫、里見弴、菊池寛、芥川龍之介、谷崎潤一郎、武者小路実篤、永井荷風、大佛次郎、徳田秋声、三上於菟吉*九円　久米正雄、小島政二郎、広津和郎、白井喬二、直木三十五*八円　中村武羅夫、長谷川伸、江

文を読み得ることを感謝しています。

私は生来人一倍好奇心の強い男でして、科学にしろ文学にしろ絵画、音楽に至るまで、好奇心を満足させない様なものは、つまり価値がないのだとすら思っています。少くとも私丈けに取っては左様なんです。

例えば小説にしましても、所謂純文学といわれる様なものでも、主として探偵小説的興味から読むといった風です。「カラマゾフ」や「罪と罰」（三）などは、私にとっては探偵小説としての魅力が第一なんです。

私に云わせれば、哲学の興味は探偵小説の興味なんです。物理、化学、生物学の興味は探偵小説の興味なんです。（四）語学すらも、あの他国人の言葉を一行一行理解して行く興味は探偵小説の興味だとは云えないでしょうか。私はそんな風に思っています。

そうした私は、自然、昔から探偵小説が何より好きでした。最初の動機はポーの「黄金虫」だったのですが、あれにはすっかり有頂

戸川乱歩、長田幹彦、吉田絃二郎、国枝史郎、吉井勇、岡本綺堂、村松梢風、近松秋江、今東光、室生犀星、川端康成＊六円　邦枝完二、田中貢太郎、白柳秀湖、片岡鉄兵、永松浅造、平山蘆江、横光利一、林不忘＊五円　佐々木味津三、細田民樹、細田源吉、正木不如丘＊三円　森暁紅、林和、甲賀三郎、小酒井不木、正岡容、金子洋文、佐々木邦、土師清二、本山荻舟、牧逸馬（林不忘の時と原稿料別）

＊【参考資料2】【プラトン社の挿絵画家画料一覧】

（一枚単価）（小説一編に挿絵三つが必要であったから、小説挿絵は単価の三倍が挿絵画家の収入になっていた）（データは昭和2年当時のもの）＊二十円　木下孝則、伊藤彦造、岡本一平、岩田専太郎、竹内栖鳳＊十円　大橋月皎、和田邦坊、名越國三郎、田中良、宮尾しげを、前川千帆、水島爾保布、細木原青起、清水三重三、野口紅崖、小田富弥、谷洗馬、一刀研二＊その他は大部分一枚五円。専属の山六郎や山名文夫は、給料とは別に、一枚あたり四～五円をもらっていた。

【参考資料1・2】とも出典は『モダニズム出版社の光芒』（平成12年淡交社刊）より

（二）**「一枚の切符」**　大正十二年七月号『新青年』に発表。原稿は「二銭銅貨」と同時に森下雨村に送られた。森下については34頁注（三七）を参照。

（三）**「罪と罰」など**　乱歩は鳥羽造船所に勤務していた大正七年に「罪と罰」を読み、続いて「カラマーゾフの兄弟」を読んでいる。当時の乱歩は探偵小説

天になって了いました。こうもすばらしい知的な小説が、この世にあったのかと、胸をドキドキさせながら、本をとじてからも、長い間机の前でボンヤリして居た程です。

それからというもの、手に入る限り無闇に探偵小説を乱読しました。それに、恰度いい塩梅に友人の内に私同様の好き者(五)が居ましたので、その男と二人で色々な探偵的な遊戯をしたりなんかして、随分探偵狂などと云われたものでした、ところが、それが高じまして、遂には自分で探偵小説が作って見度くなり、これは数年以前のまだ学校に居た頃のことですが、何かの犯罪学の本で、いつか先生が「新青年」にも書かれて居ました。水瓶によって焦点を作った太陽の光線が、装塡した銃に当って、犯人のない殺人事件が発生したという実例を読み、それを材料にして「火縄銃(六)」という短篇を書いて「冒険世界」か何かへ送ったのでしたが、そのまま握りつぶされ何の音沙汰もなかったので、大いに失望し、暫く身の程を弁えぬ企てを

以外では谷崎潤一郎にも啓発されたが、ドストエフスキーからの影響は「谷崎以上の驚異」としている。後年の乱歩はゲーテの「ウイルヘルム・マイスター」、スタンダールの諸作、ブールジェ「弟子」、ジイドの諸作にも傾倒したが、その中でもドストエフスキー初読の時の「驚異」を最大のものとしている。

(四) 物理、化学、生物学の興味は探偵小説の興味なんです　数々の具体例をもとに、そこから帰納的に一般原理を導き出す物理や化学は、導き出されるものが動かしがたく厳密な公理や定理によるものであるために、乱歩にとって特に探偵小説的であった。生物学が、それに対して従であるのは、生物学で帰納的推論によって求められるものが、多く、ある条件を課したうえでの仮説に過ぎなかったからである。しかし、こうした人間の思考も、乱歩が青年時代に読んだダーウィンの「進化論」が説く、もとはサルである人間の妄想に過ぎないことが、乱歩の生物学への興味を深めたといえよう。

(五) 私同様の好き者　乱歩が鳥羽造船所事務員であった頃の同僚で、それ以来の友人の井上勝喜（かつき）のこと。この井上は、乱歩の「二癈人」の夢遊病の友人や中絶作「空気男」の健忘症の友人のモデルでもある。乱歩はこの井上も探偵作家にしようと考えていたようだが、結局乱歩の助手的な、小説以外の乱歩の代作（世界犯罪叢書第二巻『変態殺人篇』〈昭和5年刊〉が井上の代作らしい）で仕事をしたほかは、何も残さなかった。

断念していたのでした。

ところが、最近又々持病が再発しまして、あの「二銭銅貨」外一篇を書き、森下氏に送ったところ、意外にも採用され、その上先生の御讃辞まで賜ったのでした。

私はパンの為に無味乾燥な腰弁生活を余儀なくしているものですが、随って好きな探偵小説に費す時間の少いこと（七）を甚だ遺憾に思っているのですが、併しこれからも出来る丈け書いて見たいと思っています。何分御教導を御願致します。

此間「新青年」の増刊又は九月号の分として六十枚ばかりのものを一つ書いて送りました。それは妙な言葉ですが「脳髄の盲点」の作用とでもいった変てこな錯誤から遂に発狂する一人の男を主人公としたものですが、心理描写といったものはまるで筆が云うことを聞きませんので、書き上げて見ると嘔吐を催す程もいやあな気がしました。でも、兎も角も送って置きました。もし出ましたら御一読

（六）「**火縄銃**」『江戸川乱歩全集』第11巻（昭和7年平凡社刊）に初収録。初稿の執筆時は大正五年で、博文館の押川春浪（明治9〜大正3）が創刊した『冒険世界』に送ったが没原稿になったもの（春浪の博文館退社は明治四十四年のため、乱歩原稿不採用の責任は春浪になく、当時の編集長は阿武天風だった）。乱歩の早稲田大学在学中の作で本来的意味での処女作。太陽光線と水のはいったフラスコによって火縄銃が発射するトリックは英文の犯罪実話を典拠としたもの。執筆時の比較としていえば、同様のトリックを使用したルブランやポーストの作品より早期である。

（七）**探偵小説に費す時間の少いこと**　作家になる以前の乱歩は、十数種の職業を転々としていた。主なものを挙げると鳥羽造船所の事務員、団子坂の古本屋、『東京パック』の編集者などであり、流しの支那蕎麦屋では意外に実入りがよかったらしい。官公庁・会社勤めなどの多くの就職斡旋は、乱歩が平井太郎名義で伝記編纂に参加している同郷の代議士・川崎克（こく）によるものである。いずれも飽きっぽい乱歩の性格から転職を続け、この手紙を書いた頃は大阪毎日新聞の広告部員で、かなり営業成績がよく、そのため作家専業になるには収入が下がることを覚悟しなければならず、そうした経済的面からの迷いがあった。当時の乱歩の収入は本給八十円以外に歩合給が五、六百円あったらしい。乱歩の目標は一枚五円の月産百枚で五百円という目算が立たな

の上御叱正を願います。題は「恐ろしき錯誤」(八)としました。今「赤い部屋」というのに着手しています。これは、何の利害もないのに、唯、人を殺し度いという病の男が、生涯に数十人の命を、少しの証拠も残さないで、とった。その懺悔話を中心としたものですが、うまく纏りますかどうですか危んでいます。出来ましたら今度は是非先生に御送りしたいと思っています。そして予め御批評御叱正が願い度いと存じます。

つまらぬことを色々並べまして、失礼致しました。では一寸御挨拶旁々右迄。

敬具

七月一日

江戸川乱歩こと

平井太郎

小酒井光次先生

いと転職したくないという考えだった。ちなみに三年後の横溝正史が博文館入社時の給料は六十円で、それでも当時の大卒者の平均初任給よりも高給であった。約三千倍が現在の貨幣価値に相当すると考えられる。

(八)**「恐ろしき錯誤」**『新青年』大正十二年十一月号。作家になってからの乱歩は、たいへん自分の作品について謙虚で、むしろ控えめなほど低い自己評価を下している。しかし同年十一月十三日の井上勝喜宛書簡には、井上が、肝胆相照らした親友だけに、腹蔵ない乱歩の本音が語られている。そこでは、まず同時掲載の山下利三郎作「哲学者の死」と甲賀三郎作「カナリヤの秘密」が紹介され、「どうも俺のが一番興味があり相な気がする。山下のは一寸あくぬけがしていていいものだが、平凡だ。甲賀のは純探偵物だが、読者をして探偵せしむる様なヒントを与えず、最期までまるで分らない様になっているので面白くない。だが行文、仲々頭がいい。俺の奴は『二銭銅貨』や『一枚の切符』よりもこの方が数段上等の様な気がした。再読しても割合読める様な気がした」と、なかなか、したたかで傲慢な乱歩の素顔を覗かせている。

〇〇二　不木書簡　七月三日　封筒便箋3枚

御手紙うれしく拝見致しました。御親切な御言葉を切に感謝致します。森下さんから「二銭銅貨」の原稿を見せて頂いたときは、驚嘆するよりも、日本にもかうした作家があるか（九）と、無限の喜びを感じたのでした。私の眼に誤りがあるかもしれませぬけれど、あなたには磨けば愈光る尊いジニアスのあることを認めて居ります。どうか益つとめて下さい。「創作のために費さるゝ時間の少い」といふことは如何にも残念ですが、あなたのやうな見方（一〇）で人生を観察さるゝ方は、「無味乾燥」な生活のうちにも題材は得られませうから、怠らず心懸けて下さるやう御願ひします。

私はドストエフスキーが大好きですが、「カラマゾフ」や「罪と罰」には、やはりあなたの仰しやるやうに探偵小説的色彩の多いために、引きつけ

［〇〇二］

（九）日本にもかうした作家があるか　乱歩の登場以前にデビューした探偵作家は多いが「二銭銅貨」「一枚の切符」のような推理を積み重ねていく本格物ではなく、トリックがあってもビーストンなどのような機智を狙ったものであった。つまり、ひとひねりの意外性はあっても推理を積み重ねていく面白さに欠けたのである。そのため森下雨村や小酒井不木は、日本での探偵小説専業作家の出現を、なかば諦めていた時期であった。こうしたなかで乱歩はデビューし、乱歩以前に登場した正史なども、専業作家になるだけでなく、後続の多くの探偵作家を生む契機となった。

（一〇）あなたのやうな見方　不木の主張は合理的なモノの見方というだけでなく、日常性のなかから、なかなか見えない〈謎〉と〈怪奇〉と〈犯罪の匂い〉を見出す特殊な能力を指すと思われる。デビュー時の二編の手掛かりとなる二銭銅貨と切符の日常性は画期的といえるであろう。

（一一）せめてもの慰安として居るやうな訳です　不木の専門とする医学は血清学・生理学で、留学時の研究テーマは都市衛生学だったが、『近代犯罪研究』（大正14年春陽堂刊）に見られるように犯罪心理学にも造詣が深かった。当時の心理学では、犯罪者的気質は生活環境が生み出すのか先天的な遺伝によるものなのかが解明されず、両方の意見があった。こうした傾向は一九五〇年代まで日本でも続いた。現

られます。語学などは仰せの通り、暗号を読むと同じ気分になつて始めて興味が湧いて来ます。私は高等学校時代に梵語をかぢつて見ましたが、限りない面白味を感じました。一時は、辞書のない言語で書かれた記録を読む学問（広い意味の考古学）を研究して見やうかとさへ思ひましたがとう〳〵《ママ》医学を修めるやうになつてしまひました。然し幸に動物実験といふ楽しい探偵的の仕事をするやうになつてから、多少なりとも好奇心を満足させられましたが今はかうして静養して居る身の実験室から遠からねばならぬやうになりましたから、探偵小説や犯罪学をかぢつて、せめてもの慰安として居るやうな訳です。(一一)どうかこれからどし〳〵立派な作品を生産して私を喜ばせて下さいませ。

「恐ろしき錯誤」は発表の日を待ちかねます。「赤い部屋」は出来上りましたら是非拝見致したいものです。今後はこれを御縁によろしく御交際を御願ひします。とりあへず御返事迄。

〔大正十二年〕七月三日午後　小酒井光次

在では否定されているクレッチマーの『天才の心理学』（原著初版一九二九年）で主張した人間の気質を三種類に分類する説（この気質をクレッチマーは、必ずしも遺伝するとは考えず、天才についても、突然変異的なものとして、両親に似ていないことを要件とした。これは、小男の大酒呑みで軽口も巧い父と正反対な乱歩を想わせる）や、「犯罪人類学」とも呼ばれたロンブロゾーの提唱する犯罪者気質および天才は遺伝するという説が、戦前までは一般的に妥当なものと考えられていた。またロンブロゾーに対して懐疑的でありながらも遺伝についてこだわった『天才と遺伝』（原著初版一八六九年）の著者ゴールトン（チャールズ・ダーウィンの従兄弟、この一族自体が、天才家系）などもあった。『天才の心理学』のみ、やや発刊が後年だが、いずれも、この時期までに日本で紹介されている（ロンブロゾーの『天才論』の翻訳【邦訳大正3年】は、渡辺温の葬儀で僧侶の代わりに読経した辻潤）。こうしたなかで、不木に限らず多くの探偵作家は、ロンブロゾーの考えに大なり小なり近い考えを持っていた（『天才論』も『天才と遺伝』も古典のため、不木の著作に何度も登場する）。また書簡中の、語学や考古学、あるいは動物実験にも「探偵的」興味を覚えるという不木の見方は、後続の探偵作家の多くが科学者であったこととともつながる共通点である。

平井大兄　侍史

〔大阪府北河内郡門真《カドマ》村一番地　平井太郎宛〕

〔愛知県海部郡神守村百町　小酒井光次出〕

〇〇三　乱歩書簡　七月二十二日

先日は御叮嚀な御返事を頂きまして感謝致します。森下さん(一二)へ送りました「恐ろしき錯誤」はどうも不評の様で、増刊にのらず九月号乃至十月号に廻るらしいのです。一寸悲観しています。それが、本日「新青年」のルヴェルの短篇を読んで、更らに倍加しました。実にルヴェルはすばらしいと思います。私の永々しい説明沢山の「あれ」(一三)なんかとは大した相違です。

ルヴェルのものはずっと以前「サンデー毎日」に訳載された「集金人」というのを読んですっかり感心していたのですが、今度もそ

〔〇〇三〕

(一二) **森下さん**　第一書簡での「森下氏」が「森下さん」に変化している。乱歩の場合、博文館社員が森下を呼ぶ慣例に従ったのか、不木の書簡中の表記に従ったのであろう。当時は大家でもない限り作家よりも編集者のほうが地位は高く、ましてや博文館のような日本最大手の出版社では、それが当然だった。博文館にかぎらず、当時の編集者の多くが作家兼任であったためにもよる。正史などは対談などで、のちのことだが「森下さん」のほかに「森下先生」とも呼んでいる。ちなみに正史の直話によれば、当時の「新青年」の編集部では、スタッフや探偵作家を愛称や略称で呼んでいた。正史が「よこせい」、渡辺温が「おんちゃん」、水谷が「みずじゅん」、延原が「のぶけん」、乱歩が「えどらん」、雨村が「もりうそ」であった。もちろん、「おんちゃん」以外はほとんど、本人の前では使わない略称である。渡辺温は正史を「よこさん」と呼んでいた。正史は乱歩を「らんぽさん」と呼んでいたが、水谷に「よこせいが乱歩さんと言うとラヴさんに聞こえるなぁ」と冷やかされるので、ひところは「乱歩さん」と呼べず、困った時期があったらしい。一時的に「江戸川さん」か「乱歩」か「平井さん」と呼んでいたのだろうが、まわりは「乱歩さん」なので、これが長く続いたとは思えない。

(一三) **「あれ」**　文中の「あれ」とは「恐ろしき錯誤」のこと。乱歩は「二銭銅貨」を森下雨村に送りつけ

れを繰りかえしました。四篇夫々に妙味がありますが、私は「ある精神異常者」に最も引きつけられました。何とも云えない「よさ」です。数ある作家の内独り群を抜いて光っているという様に感じます。「情状酌量」は最後から二行目までは一つのセンティメンタリズムに過ぎない様ですが、最後の一行が探偵的興味を掴んでいます。恐ろしい手際です。「親を殺した話」は遺言状という文字が出た時直ぐ全体のトリックを感づきましたので割合興味がありませんでした。「夜の荷馬車」も同様半ばまで読んで作者の意図が分るので少し興味をそがれましたが、何といっても描写の一種変態的な魅力はたまりません。(一四)

私の読みましたのは通計五篇ですが、その内では「集金人」が最もすぐれている様に思います。

私は不幸にして仏語がいけませんので原文は読めませんが、英訳があるのでしたら書名御教示願えませんでしょうか。是非読み度い

たとき以外、自作への評価は大変厳しかった。万事について慎重になるのと、絶えず前作を乗り越えなければ満足しない性格にもよるが、現在古典とされる乱歩作品の多くですら悲観的評価を下している。この作品に対しても「私の全作家生活を通じて、一番乗気になって、書きたくてたまらなくて書いた」としながら、「独りよがりに陥って、実力の不足を曝露した」と記している。この原因を、乱歩はデビュー作を「よそ行き」にし第二作を「ふだん着」にしたためと考えていた。

(一四) 変態的な魅力はたまりません 現在の「変態」の意味とは異なり、当初の意味は、趣味的生活者つまりディレッタントの肯定的価値観であった。奇想的、先端的、非日常的、非現実的、幻想的、非実用的などなどの、普通でない一切の趣味的傾向を「変態」と呼んでいた。この背景にあるのは、明智小五郎のような高等遊民を含む都市におけるディレッタントが、ひとつの文化享受者として成立し定着してきたことを条件とするものであった。具体例として萩原朔太郎の「探偵小説に就いて」(『探偵趣味』第9号、大正15年6月)を引用すれば、「この種の文学は、変態心理の描出を主題とするもので、そこにまた大衆向の興味がある。ドストエフスキーの『罪と罰』なども同様で、犯罪者の変態心理を描出して遺憾が無い。探偵小説の新しい概念中には、変態心理の描写などが重要な主題を占むべきだらう」といった意味で、「変態」は使用されていた。

と思います。ルヴェルにはほんとうに心酔して了いました。

一寸感激の余り御手紙致します。

匆々

七月二十二日夜

平井太郎

小酒井光次先生

大正十三年

〇〇四　乱歩書簡　十一月二十六日　封筒便箋6枚

大変御無沙汰致して居ります。御手紙を差上げ、御鄭重なる御返事を頂いてから、もう一年以上になります。併しその間とても先生に対する敬意は決して失つてゐた訳ではありません。色々な書籍や雑誌を通じて、常に先生の御高説を拝読し、此上もない思慕の念を持ち続けてゐたのです。(一五)

私は屡々、先生の御宅に伺つて、親しく御話を拝聴し度いと思立ちました。そして、御都合を伺ふ為に手紙を差上げやうとした事さへあります。併しいつも、色々な都合で果すことが出来なかつたのです。

たつた一度差上げた手紙の中で、私はたしか「赤い部屋」といふ拙作を御目にかける御約束をした様に覚えて居ります。ところが、そ

［〇〇四］

（一五）**持ち続けてゐたのです**　当時の『新青年』には、不木の犯罪および犯罪心理に関する随筆が毎号のように掲載され、多いときには二編載ることもあった。

の「赤い部屋」は一年後の今日になつてもまだ書けてゐないのです。御読み下さいましたかどうですか、当時「恐ろしき錯誤」といふのを新青年にのせましたところ、編輯者や読者にも不評の様でしたが、私自身も非常に不満足で、いやで〱たまらないものですから、その後暫く探偵小説なんて柄にないのだと思ひ、筆を断つてゐた次第です。そして「赤い部屋」も、実はあれと同じ傾向のものでしたので、書く気になれなかつたのです。(一六)

その後、また断念し切れないで「二癈人」「双生児」「D坂の殺人事件」といふ三つの短篇を書きましたが、それらはいつも締切間際に出来上つたものですから、それに、大して自信もなかつたものですから（、）発表以前に先生に御目にかけやうといふ私の希望を実行することが出来ませんでした。

ところが、今度森下さんから三四篇一纏めにして来年の四月号にのせてやるといふ御話がありましたので、有難く思つて、先日から書

（一六）**書く気になれなかつたのです**　「赤い部屋」は後の『新青年』大正十四年四月号に掲載された。「恐ろしき錯誤」にも使用した、精神が混乱している時に連想反応の暗示を与えるトリックが、もう一度使用されているが、こうした確率（プロバビリティー）を利用した殺人トリックを盛りだくさんにしたところに妙味があり、読者評は悪くなかった。両作ともにミュンスターベルヒの連想反応による暗示について語られ、これが乱歩にも満足のいく作品として消化されたのが「心理試験」である。

きはじめたのですが、その第一の「心理試験」といふのが二三日前に書上りました。で、これを御目にかけることにして別便で御送りしました。御多用中甚だあつかましい御願ひですが、どうか、御一読の上御批判御叱正を願ひます。[一七]

一昨年でしたか、先生が新青年に「心理的探偵法」[一八]といふのを御発表になつてゐます。私はあれを拝読する以前から、精神分析学に、あれと同じ様な聯想作用によつて病気を発見する方法のあることを知つてゐましたが、ミユンスターベルヒ[一九]のことは少しも知らなかつたのです。で、それ以来先生が御示しになつてゐた **On the witness stand** といふ本を是非一度読み度いものだと思つてゐました。ところが、最近神戸の古本屋でミユ氏の **psychology & crime** といふ本を見つけました。これはロンドンの出版になつてゐますが、恐らく **On the witness stand** を単に改題したものではないかと思はれます。一読しまして、非常に暗示に（私の立場でいへば探偵小説のそれに）富

（一七）**御一読の上御批判御叱正を願ひます**　乱歩の自己評価の厳しさがよくわかる一文。話題となっているのは「二癈人」「双生児」「D坂の殺人事件」「心理試験」のこと。前の三作ともに欠点のある不満足なものとし、かろうじて読むに耐える作品として「心理試験」の感想評を依頼したもの。

（一八）**「心理的探偵法」**　『新青年』大正十三年一月増刊の「心理学的探偵法」を指すと思われる。乱歩の「一昨年」という記述は、大正十二年連載の「殺人論」と記憶が融合したものか。

（一九）**ミュンスターベルヒ**　心理学者（一八六三〜一九一六）。専攻は応用心理学。ドイツ生まれでアメリカに渡り、のちハーバード大学教授。発汗・発熱・呼吸数・脈拍等々といった身体反応を資料とする嘘発見器とは別に、連想反応による犯罪発見の方法を考案した。産業心理学の方面でも研究が多い。乱歩が「心理試験」で応用したのはミュンスターベルヒの *Psychology and crime* だが、ほかにも乱歩は *The Photoplay : A Psychological Study and Other Writings* なども読んでいる。

んだ書物だといふことを発見しました。「D坂の殺人事件」といふのも、実はこの本から得たヒントに基いて書いたのです。御送りしました「心理試験」もさうです。そして、まだ〳〵この本から二つや三つは探偵小説が生れ相です。

併し「心理試験」には私はミユ氏の方法を更らにごまかさうとしてある程度まで成功した犯人のことを書きました。そのごまし《ママ》かたは、たゞ私の空想で作り上げたので、ひよつとしたら間違つてゐるかも知れません。この点を確めたいのが、先生に御覧を願ふ第一の理由です。その他色々の疏漏がないとも限りません。どうか厳しく御叱正を願ひます。

この「心理試験」は文章も下手ですし小説といふには余りに小理屈ばかり多く、それに探偵小説を面白くする秘訣とも云ふべき、事件を外部から描写する、即ち結果から原因に遡る仕方とは反対な行方で書いてありますから(二〇)、少からず興味をそいだかも知れません。そ

(二〇) **反対な行方で書いてありますから**　倒叙ミステリーのこと。こうした探偵小説作法はフリーマンの「笑う白骨」のように以前からあったが、まだ一般的ではなかった。自伝の回想に従えば「罪と罰」の物語を基とし、それを探偵小説風に転用したものである。

れにも拘らず、私自身では、何だか見所がある様に思ふのです。で、この一篇を以て、若し「二癈人」「双生児」等御読み下つてゐるのでしたら、それらも御参考の上、私が果して探偵小説家として一人前になれるかどうかを、先生に御判断願ひ度いのです。もし先生の御考で見込がある様でしたら、私は一層奮発して、もつと大物を手がけて見度いと思ふのです。どうか何分の御判断を願ひます。(二二)原稿は非常に汚く御読みづらいでしやうが悪しからず御許し下さい。それから御読み下さいましたら一度御返送を願ひます。

右甚だ無躾ながら御願ひまで　匆々

十一月二十六日

平井太郎

小酒井光次先生

侍史

(二二) **どうか何分の御判断を願ひます**　乱歩が作家専業として自立することが可能かどうかを賭けていたことがわかる一文。前にも記したように、創作に意識を集中するためには経済的な安定が必要と乱歩は考えていた。

○○五　不木書簡　十一月二十七日　ハガキ

御手紙及玉稿只今正に拝手致しました。転宅しても御通知もしませぬでしたが、表記に移つてもう一年余になります。

あなたの探偵小説はどれも皆多大の感銘を以て読みました（○）「恐ろしき錯誤」も私には大へん面白う御座いました。

「心理試験」はいづれ一両日中に拝見して感想を申上げます（一二二）。

とりあへず御受け迄。

〔大正十三年〕十一月二十七日夜

〔大阪市外守口町二六六宛（一二三）　名古屋市中区御器所町字北丸屋八二ノ四出〕

〔○○五〕

（一二二）**感想を申上げます**　「心理試験」掲載は、十四年二月号。つまり届いたばかりの最新号である。後には、届いた瞬間から乱歩作品を先に読み、すぐさま感想を手紙にしたため、乱歩に送らなければ気が済まなくなるのだが、この頃は、まだ、乱歩に急かされて読んでいる不木であった。

（一二三）**大阪市外守口町二六六**　乱歩の父・平井繁男は当時、大阪市外守口町に居住し、九月に咽喉癌が発見され病床にあったため、乱歩もこの住所に身を寄せていた。

〇〇六　不木書簡　十一月二十九日　封筒便箋3枚

玉稿「心理試験」繰返し拝読しました。いつもながらのプロットの巧みさに、心から感服致しました。（二四）実にいゝ所をつかまれたものと思ひます。叙述にも内容にも寸分の隙もありません。たゞ低級な読者はあまりに高尚だといふかもしれませんが、錦を見て、高級な人でも低級な人でも一様に感服すると同じく、かうした上品な作物を示すことは、読者にとつても極めて有益であらうと思ひます。

ひいき目で物を見ると正鵠を失するかもしれませんが私はあなたの凡ての作品を、海外の名篇と比して少しも遜色のないものと見て居ます。「D坂の殺人事件」はたしか「新青年」一月号に出る筈でまだ拝見して居りませんが、あとの作品は一つ残らず熟読しよく記憶して居ります。そしてあなたは探偵小説作家として十分立つて行くことが出来ると確信して居ます。（二五）作品の紹介は森下さんが喜んでやつてくれませうけれど、私も及ばす乍《ママ》らいつでもその労をとりますか

[〇〇六]

（二四）**感服致しました**　二日間、じっくり余裕を持って吟味し、精読したことがわかる。

（二五）**確信して居ます**　乱歩の作家専業に対しての文字どおりの太鼓判である。不木は大学教授就任が決まりながら病身のため教鞭を執ることはなく文筆家となっていたが、乱歩を専業の探偵作家として育てるいっぽうで、その乱歩の創作活動の隆盛を励みにし、それをもとに自分も探偵作家として活躍していく。病身とも思えない不木晩年の膨大ともいえる著作は、乱歩の旺盛な執筆活動によって啓発されたと考えられる。

ら一つ今後はその方向に専心になつて見られたらどうです。

玉稿30頁の **phygmograph** は **sphygmograph** の誤ですからなほして置きました。「膝《ママ》の関節を軽く打つて生ずる筋肉の痙攣は生理学上の用語からいへば「搐搦」とするのが本当ですが、「収縮」として置けば「痙攣」よりも妥当です。尤もこれは「膝蓋腱反射の多少を見る方法」とした方が、医学的には正しいかもしれません。（二六）

四月号にはまだ《ママ》一両篇御書きになるとの事、是非拝見致したいものです。

玉稿は別封御かへし致しました。

御健康を祈り上げます。

〔大正十三〕十一月二十九日夜　　小酒井光次

平井様

（二六）**正しいかもしれません**　不木は俳人であったから、俳句の師が門下生の句を添削し、手直ししたうえで、注意事項を教え諭す遣り方をとっているのだと思われる。

○○七　乱歩書簡　十二月五日　封筒便箋3枚

本日田舎から帰りました(二七)。先日の御懇篤なる御返書厚く御礼申上げます。

先生の御意見によつて愈々決心致しました。と申しますのは、大分以前から下らぬ仕事に執着してゐるよりは経済上の困窮は覚悟しなければなるまいけれど寧ろ好きな探偵小説に専念した方がよくはないかと考へてゐたのですが、何分文章道には素人のことではありどうも自信がつき兼ねたものですから実は先生にあゝして御判断を願つた訳です。ところが御返事を頂いて見ますと望みがなくもない様ですし、それに御返事と殆と《ママ》同時に森下さんから（これはこちらから相談した訳ではないのですが）これから少し奮発して毎月一つ宛書け、一年計画位の長篇も書いて見てはどうかと激励の手紙が来ま

[○○七]

(二七) **本日田舎から帰りました**　「田舎」とあるのは出生地の三重県名張市ではなく、大阪府守口市のこと。

したので、旁々、下らぬ仕事を抛つて探偵小説に専心努力して見やうと決心した次第です。（二八）新年増刊にのる「D坂の殺人事件」は大変森下さんの気に入つたと見えまして、英訳させて外国の探偵雑誌に送つて見やうかと御相談を受けたりしました。（二九）兎も角これから一つ勉強して書いて見ますから何分御援助を御願ひ致します。其内い丶ものが出来ましたら新青年許りでなく他の新聞雑誌にものる様御力添えを御願ひ致し度いと存じます。何分よろしく願ひます。

私は本年三十一才で（しかも外見五十才位に頭が禿げてゐるのです。（三〇）妙な話ですが、クリスチイ女史が何故ポワロを禿頭にしたか知り度いなど丶思つてゐる男です（三一））妻子もあり、こんな幼い決心をするのには遅すぎると思ひ大分躊躇したのですが、生来病弱で一人前の肉体的な働きが苦痛なのと、今までの職業が余り感心したものでない

（二八）**見やうと決心した次第です**　当時の乱歩は大正十二年七月から大阪毎日新聞広告部に勤務し、高給取であった。それを放棄しての決意である。つまり、しばらくは収入減を意味する。

（二九）**御相談を受けたりしました**　牧逸馬に翻訳が依頼されたが、これは牧の手紙によれば一月十八日から着手されながら、牧が流行作家のためか、結局訳しきれず計画だけのまま終わった。なおデビュー以前の乱歩は渡米してアメリカで探偵作家になることも考えた時期もあったから、この自作の翻訳出版にはかなり執着があったと考えられ、後にこの計画は、タトル商会が昭和三十一年に刊行したジェームス・ハリス訳によって果たされた。

（三〇）**外見五十才位に頭が禿げてゐるのです**　中島河太郎の直話によれば、戦前における乱歩の厭人癖の原因は、この「禿頭」という説で、戦後の社交癖も、禿頭が不自然でなくなったためという見解だった。それが原因のすべてでないにしても、かなり妥当な見解であろう。この見解は山田風太郎が『推理界』の「乱歩妖説」（昭和42年10月号）を嚆矢とし「私の江戸川乱歩」（昭和48年角川文庫『一寸法師』解説として収録）でも再説されたもので、中島見解は、風太郎に感化されたものと思われる。ただ、この禿頭にはプラスの面もあり、当時の大衆作家の大家としては一番後輩で、また若くもありながら、探

関係上色々考へた上漸く決心した次第なのです。右不敢取の御礼旁々将来の御後援をお願ひ致します。其内一度御伺ひしたいと存じてゐます。

十二月五日

平井太郎

小酒井光次先生

侍史

〇〇八　乱歩書簡　十二月二十九日　封筒便箋2枚

新青年増刊の先生の「裁判物語」と「歴史的探偵小説」の御話面白く拝読致しました。(三二)御話の時代物の探偵小説は私も出現を待つて居ります。半七捕物帳などとも違つた行き方があるに相違ないと存じます。

偵作家としては第一人者であった乱歩は、他の年長作家の貫禄と対抗するうえで、その長身とともに禿頭は役に立ったと考えられる。

(三一) **思つてゐる男です**　当時はポワロの卵型にチックで固めた、テカテカ光る頭髪を禿頭のせいと考え、すべての翻訳家が「禿頭」と訳していた。そのため戦前の日本の探偵小説ファンには、ポワロは禿頭で小男の天才探偵として親しまれ、ビリケン人形のように、小男や禿頭の人にとって心強い守護神でもあったのだ。

[〇〇八]

(三二) **面白く拝読致しました**　大正十四年一月十日新春増刊号「歴史的探偵小説の興味」と「世界裁判奇談」を指す。

現在では白井喬二氏など最も適任ではムいませんでしやうか。

私は昔の裁判物語など一つも読んで居りませんが、以前から、明智光秀、原田甲斐、由井正雪、天一坊、村井長庵、など理智的な悪人に魅力を感じてゐます。大岡越前守は、これは講談で一つ位読んだ智識ですが、何となく好々爺といふ感じがして、も少し凄味のある理智の持主だつたらなど考へてゐます。(三三) 日本の国民性の然らしめる処で、寧ろそれがい丶のかも知れませんけれど。

拙作「D坂の殺人」非常に優待されまして、冷汗を流して居ります。「心理試験」を二月号に廻し、三月号には「黒手組」といふのを本日博文館へ送りました。それは森下さんの「筋に重きを置いたドイル風のもの」といふ御注文に、多少とも適ふ様骨折りましたが、どうも拵えものになつて了つた様です。

一度御伺ひしたいと思ひながら年末になつて了ひました。いづれ明春十日前後に一度上京したと《ママ》思つて居りますから、その節御立寄り

(三三) **理智の持主だつたらなど考へてゐます** 「凄味のある理智の持主」として「明智光秀」から「D坂の殺人事件」で初登場の明智小五郎が生まれたことは、この書簡で明らかである。これは、いっぽうで「理智的な悪人」の心理も理解できる探偵という乱歩の探偵観が、含みとしてあると考えられる。

して親しく御話が伺ひ度いと存じて居ります。

敬具

十二月二十九日

平井太郎

小酒井光次先生

侍史

大正十四年

〇〇九　不木書簡　一月七日　ハガキ

御手紙及び賀状頂きました。早速御返事しやうと思ひ乍らつい〳〵御無礼致しました。

「D坂」の読後の感想も森下さんへは書いて置き乍らあなたに申上ないことを思ひ出しハツと思ひました。感服致せしことは勿論です。(三四)

近くに東上のよし是非御立寄り下さい(○)御待ちして居ます。私の家はわかりにくいから一寸左に申上ます。「電車鶴舞公園前下車、公園を貫き、動物園わき、いもん橋を渡り、南へ五六軒歩み東へ曲り、だら〴〵坂五六丁上り北側です。(三五)」委細は拝眉した上に譲ります。

〔大正十四年〕一月七日

[〇〇九]

(三四) **感服致せしことは勿論です** 「D坂」は「D坂の殺人事件」(『新青年』大正14年1月増刊)。後の不木と違い、まだ乱歩に対して余裕しゃくしゃくの不木であった。

(三五) **北側です** この鶴舞公園は、翌十五年九月十五日から十一月三十日まで、名古屋博覧会が開催され、モダン都市名古屋を全国的にアピールする拠点となる。

[〇一〇]

(三六) **大変失礼致しました** 一月中頃に乱歩は不木宅を訪問している。上京途中の、これが初対面であった。自伝に従えば大正十四年の「名古屋と東京への旅」の項目に、この時名古屋駅でカッパライに遭ったことになっているが、これは一年後の訪問時のこと(〇九〇　不木書簡186頁参照)で乱歩の記憶違いである。

(三七) **森下氏、馬場氏、星野氏** 星野はルパンの翻訳で知られる保篠龍緒(本名・星野辰男　明治25～昭和43)。乱歩「二銭銅貨」と同時に「山又山」を『新青年』に発表。この保篠は後述64頁注(七八)の大阪毎日新聞社勤務の大阪の星野、筆名・春日野緑(本名・星野龍猪　ほしのたつい)とは別人である。森下雨村(明治23～昭和40)は『新青年』初代編集長。高知県出身で早大英文科卒。馬場孤蝶(明治2～昭和15)は旧土佐藩出身の自由党の政治家・

○一○ 乱歩書簡 一月二十四日 封筒便箋4枚

本日帰阪致しました。

先日は御立寄りしまして長生《ママ》したばかりでなく、御馳走にまでなりまして、大変失礼致しました。(三六) 御礼申上げます。

東京では、森下氏、馬場氏、星野氏(三七)などに逢ひ、文壇の人では宇野浩二氏(三八)など訪ねました。宇野氏は最近「新趣味」の探偵小説から得たヒントにより新聞に続きもの、探偵小説を書く由です。何でも「二人の青木愛三郎」を敷衍した様なものだ相(三九)です。

森下氏の御好意で私の上京を機会に同好の集りを催して下さいまして 田中早苗、延原謙、春田能為、長谷川海太郎(牧逸馬)(、)松野一夫、神部正次(四〇)の諸氏に御逢ひすることが出来ました。春田氏が私と一つ年長で私と同じ位或は少し余計にはげてゐるので、大いに意を強うしました(四一)。呵々。


馬場辰猪(ばばたつい 嘉永3～明治21)の弟で英文学者・翻訳家。『文学界』の同人。樋口一葉生前の友人でもあった。大正末期には海外探偵小説通として知られ、乱歩が「二銭銅貨」の原稿売込みに、最初に郵送したのもそのためである。運悪く孤蝶が一葉の三十回忌の世話で外出中だったため、原稿は読まれず、それを乱歩が取返して森下に送りデビューとなった経緯がある。馬場を訪問したのは、そのときの無礼を詫びるためであった。なお、明治のジャーナリストの多くが、福沢諭吉・福地桜痴を始めとする旧幕臣と、薩摩・長州から冷遇された土佐藩を中心とする自由民権運動から生まれてくるのは、今や定説だが、その中に森下雨村もいたということである。また、日本の探偵作家の多くが、探偵小説が海外からの移入文化であったことにもよるが、港湾都市から生まれてくることも、出身地を考えるうえで抑えておくべきことであろう。

(三八) 宇野浩二氏 宇野浩二(明治24～昭和36)は、乱歩が日本作家で谷崎の次に、佐藤春夫とともに愛読した作家。早稲田時代は三上於菟吉・澤田正二郎・広津和郎・直木三十五などと友人。当時の文壇で「文学の鬼」と呼ばれ、文学者に限らない数々の「鬼の棲家」として有名な、本郷菊富士ホテルに住んでいた。デビュー作を正史が宇野の変名と考えたほどに乱歩の粘着質の文体は宇野に近いものであった。この正史の誤解を、乱歩は通常なら他人の真似として怒るべきことだが、生涯にわたる正史との交森下さんが私の事を面倒を見て下さるばかりでなく、先生もあゝして御力づけ下さいますし、馬場さんなども原稿の点骨折つてやらうといふ御話で、大変心丈夫に思つて居ります。

兎も角東京へ行つて見まして大体様子が分り、不安が少くなりました。

留守中に小説家の平林初之輔(四二)氏から手紙が来てゐまして、同氏も新青年を毎号買つて愛読してゐることを知りました。文壇の人で同様の新青年愛読者は随分ある様です。宇野浩二氏、加藤武雄(四三)氏などもさうの様です。其他色々な方面に存外探偵好きの多いのを知つて一驚を吃しました。

Carolyn Wells の Technique of the mystery story(四四) を森下さんに頂いて一寸読みましたが、
The mystery story is neither below nor above other types of story, but side by side with character studies, problem novels, society sketches or symbolic romances; and in so far as it fulfills the requirements of the best literature,

友史で、最も嬉しい指摘と考えていた。二人とも宇野の崇拝者であった。現在あまり使われなくなった言葉だが、本格探偵小説ファンの真骨頂を指す「鬼」は、この宇野の「文学の鬼」に由来する「探偵小説の鬼」の意味である。そのため乱歩の「鬼の言葉」も「孤島の鬼」も「白髪鬼」の鬼も「幽鬼の塔」の鬼も、その向こうには「探偵小説の鬼」となろうと志した乱歩の鬼が棲んでいる。

(三九) 敷衍した様なものだ相です　これは結局、果たされなかったと思われる。しかし宇野は二人に共通する「蔵の中」や「赤い部屋」というタイトルの借用を含めて、乱歩と正史に多大な影響を与えている。

(四〇) 田中早苗……神部正次　田中、延原、春田、長谷川、いずれも『新青年』の常連寄稿家。春田能為は筆名甲賀三郎。松野は『新青年』専属挿絵画家。神部は『新青年』の編集員。後の「探偵趣味の会」の会員。

(四一) 意を強うしました　「禿頭」同士という共感は大変乱歩らしい。甲賀は明治二十五年生まれで乱歩より二歳年長。探偵小説論争などで、誌面からでは乱歩と対立していたかのように映るのだが、現実的には乱歩は甲賀に対して親愛感を持っていた。作家同士としては、この時が初対面だが、乱歩が作家以前の日本工人倶楽部に勤務時代、本名の平井と春田として旧知の仲で、両者ともに意外な対面であったらしい。この甲賀との再会について乱歩は自伝で次のように記している。「工人倶楽部の会議の時など、

just so far it is the best literature.

の辺り大変嬉しく感じました。私は探偵小説についてもさう思ひ度くてゐながら、つい世間の考へに気兼ねがしてゐた訳ですが、少くとも探偵小説の愛好者は、かういふ風に信じなければうそだと思ひます。この点につき森下さんと議論したりしました。

四月号には「赤い部屋」を書きます。それから森下さんの御世話で「写真報知」に「算盤が恋を語る話」といふのを書くつもりです。（四五）新青年以外の雑誌には余暇を見てボツ〳〵あせらず書いて見たいと思ひます。森下さんが大体引受けてゐて下さいますが、先生もどうか機会がありましたらお世話願ひます。

京阪神地方には大分同好者がある由で、主な人の名前なども聞いて参りましたから、いづれ往来して好きの道を語り合ひ度く思つて居ります。（四六）

一寸先日の御礼旁々帰阪御通知まで申上げます。

色白のつやつやした顔の美青年紳士で、言う事は極めて歯切れがよく、自由思想家的な物の考え方は私の同感を誘うことが多かった。／後年『ぷろふいる』や『探偵春秋』の探偵随筆では、甲賀君は八方当りの毒舌家となり、私なども、随分やっつけられたものであるが、私はなぜか反感は少しも持たなかった。彼はいくら毒舌を吐いても芯は極めて善良なお坊ちゃんであったし、殊に初期の交りが上記の通り、互に好意を持つような風にはじまっていたからであろうと思う。／鰻屋での初対面のときも、その数日前に出たばかりの『新青年』に発表された『心理試験』を実に感服したと褒めてくれた。甲賀君は決してお世辞なんかいわない男だったから、小酒井さんなどが絶えず褒めて下さるのと違って、ちょっとした一言でも、深く印象に残ったのである」

（四二）**平林初之輔氏**　明治二十五年京都府に生まれ、早大仏文科講師としてパリへ留学し、その地で昭和六年に客死。プロレタリア文学を代表する理論家。ヴァン・ダインの紹介者であり、探偵小説作家・翻訳家としても『新青年』で活躍。約二十編の探偵小説がある。純文学畑から最も早期に乱歩を文芸時評に取り上げた先駆者で、「健全派」「不健全派」という呼称の生みの親でもあった。戦前の探偵小説評論家としては井上良夫とともに最も理論的で厳格な批評を書き、そのため恐れられるとともに敬愛もされていた。

（四三）**加藤武雄氏**　明治二十一年神奈川県生まれ。

匆々

平井太郎

廿四日

小酒井光次先生

侍史

二伸

父の病気につき御心添え下さいまして有難う御座いました。父は今ある非科学的療法施行中で、それに同療法を大分信用して居りますので、まだ神戸へ参つて居ない様子ですが、明日はよく説き聞かせて是非一度神戸の方へ御相談に参る様致させます。(四七)

○一一　不木書簡　一月二十六日　封筒便箋2枚

昭和三十一年没。明治四十四年に新潮社に入社し『文芸倶楽部』『中学世界』を編集。後に農民文学作家となり、その後に通俗小説・少女小説家として大流行作家となった。探偵小説にも造詣が深く、昭和十一年刊行の加藤著『小説の作り方』には「探偵小説」の章もある。

(四四) Technique of the mystery story　キャロライン・ウェルズの『探偵小説の技巧』。

(四五)「算盤が恋を語る話」といふのを書くつもりです　結果的には、「算盤が恋を語る話」と「日記帳」(ともに大正14年4月号)の二編。乱歩の推測によれば、雨村が乱歩の収入の増加を考慮したための紹介。当時の報知新聞編集顧問は、まだ捕物帳を書く以前の野村胡堂(明治15～昭和38)であった。雨村の依頼先は胡堂ではなかったが、探偵小説通としての胡堂の、何らかの指示があったと考えられる。

(四六) 好きの道を語り合ひ度く思つて居ります　関西出身作家であった乱歩は、東京での探偵作家活動にあたり、関西文化圏の作家および編集関係者を周囲に集めようとする傾向があった。大正十四年四月に関西で探偵趣味の会を結成したのも、乱歩の意向としては、こうした理由があったと考えられる。後の『新青年』編集長・水谷準が、同郷の北海道に縁故のある作家を糾合するのと同様であった。乱歩の場合、神戸の正史や西田政治(明治26～昭和59)との親交はもとより、ブレーンに鳥羽時代の友人である井上勝喜や本位田準一、岡戸武平(明治30～昭和

拝復、東京よりの御手紙と共にうれしく御消息拝誦致しました。先日は折角の御来訪に何の風情もなく失礼しました(○)然し非常に愉快であつたことは忘れられません。
東京にて皆さまに御逢ひの由、(四八)定めし面白かつたゞらうと、ひとり想像に耽つて居りました。愈よ落ついて御創作に専心になられることは非常にうれしく思ひます、どうか大活動をされて私どもを喜ばして頂きたいと思ひます。Carolyn Wells の言は至極尤もに思ひました、大に探偵小説のために力を尽さうでは御座いませんか、今に、世の迷妄を完全に破ることが出来るだらうと思ひます、それには何よりも立派な作品の出ることが肝要で、あなたの力にまたねばなりません。(四九)
原稿の紹介には精々私も努力致します、原稿が出来て、差当りやり場のないやうな時には私のところへさういつて下さい。及ぶ限りのことを致します、又名古屋へも度々やつて来て下さい。探偵小説の

61)、また男色文学研究家で夢二の弟子の岩田準一、あるいは稲垣足穂と親しく交友したのには、こうした理由があったからとも考えられる。

(四七) 御相談に参る様致させます 山岳宗教を布教する行者による心霊的治療を乱歩の父は受けていた。その宗教の霊場は三重県の山中にあり、十四年四月に父は、その拠点の霊場に、しばらく居着くことになる。書簡中「神戸」とあるのは、不木を訪問時に神戸の医師でも紹介されたためであろうか。

[〇一一]

(四八) 御逢ひの由 一月七日の不木書簡への乱歩自筆の書簡集目次に、「最初の名古屋訪問の直前／小酒井氏の激励に専業探偵作家となる事を決意、その挨拶序に東京に旅行、森下氏はじめ関係者に会ふ。その往途小酒井氏宅に立寄りし也」とあり、雨村ほか博文館の編集者に会っていることがわかる。

(四九) あなたの力にまたねばなりません こうした激励を乱歩は自伝で「少々辟易した」と記しているが、しかしこうも記している。「小酒井さんばかりでなく、森下さんも、甲賀三郎君も、私も、大げさにいえば一種開拓者のような気持で動いていたのであった」

話をすることは私にとつてどれ程たのしいものかわかりません。

御父上様が非科学的療法を試みて居られる心事は十二分に同情致します。心の慰安が何よりも大切ですから決して御心にそむいてまでも理学療法をすゝめになるやうなことのないやうくれぐも願つて置きます。まだ御目にかゝりませんがどうかよろしく御伝言下さい。

先は右とりあへず御返事迄。


〔大正十四年〕一月廿六日夜　　　　　　光、

平井兄

【封筒表書き】〔名古屋訪問直後〕
〔上京中への手紙〕

○一二　不木書簡　二月十二日　未製本で挟み込まれた封筒と便箋3枚

【封筒表書き】大阪市外守口町外島六九四
平井太郎様
貴酬
【封筒裏書き】二月十二日
名古屋市中区御器所町
字北丸屋八二ノ四
小酒井光次

御手紙拝見致しました。御親父様の御病気、レントゲンだとて決して保証は出来ぬのですから、先日も申しましたとほり、只今の治療を父上様の御気に向くだけさせてあげて下さるのが最もよいこと、思ひます。そして出来るだけ御心を慰めてあげて下さい。それより外に何とも致し方がないと思ひます。

さて「苦楽」の拙稿は申すまでもなく翻案もので、ほんのその場かぎりの読み物に過ぎません。ところが先日あなたに逢ひ、又かねて「女性」（五〇）の切なる依頼があつたので、「呪はれの家」といふ五十枚程の純創作を四月号（一ヶ月後即ち三月中旬発表）に寄せて置きました。碌なものではありませんが、是非読んで下さつて御批評を仰ぎたいと思ひます。

よく日本では、探偵小説を書くに家の構造が向かぬとか何とかいふ人がありますが、日本人の生活の中からもいくらも探偵小説の種は見つかるぞといふことを示すため……といつては少し誇張ですが、兎に角理論よりも作品で示した方がよいと考へて作つて見たのです。一週間ばかりの間に考へて書き上げたので、随分欠点が多いですが、「女性」でも相当な取り扱ひをしてくれるさうで探偵小説のために多少の気焔を挙げたいと思つて居ります。兎に角これから私もあなたの後について——いやついて行けぬかもしれませんが、創作をボツ〳〵発表したいと思ひます。まだこのことは森下さんにも申

［〇一二］

（五〇）「女性」 プラトン社発行の雑誌で『苦楽』の女性向け姉妹誌。創刊は大正十一年で、大正十三年創刊の『苦楽』より二年早い。これは、プラトン社の親会社・中山太陽堂の事業が文具とクラブ化粧品であり、イメージ戦略的な上流志向の宣伝部を兼ねた出版社としてプラトン社が生まれたためである。大阪のプラトン社にはブレーンとして震災後に関西に移った谷崎（「痴人の愛」は『女性』連載）と、大正初期から谷崎とともに映画事業を画策していた小山内薫（プラトン社顧問）がいるほか、『苦楽』編集長として小山内門下の川口松太郎がおり、映画事業とともに新興文芸としての探偵小説に大変注目していた。川口は東京を焼け出されて小山内を頼って来たのだが、その同じ日に小山内を頼って来たのが直木三十五（明治24～昭和9、早稲田時代に宇野浩二の友人）で、それに、もう一人遅れて川口を頼って来たのが岩田専太郎。この二人もすぐさま社員に採用されている。『苦楽』（命名者は小山内。タイトル候補になっていた「ライフ」を「苦楽」と意訳したもの）や『女性』は当時の最先端のモダンな高級総合雑誌で、後に正史の編集助手となる渡辺温（明治35～昭和2）が映画シナリオ「影」でデビューするのも、発表はこの二誌であった。のちに温は小山内門下となっている。谷崎と小山内は、関西でもう一度映画事業を起こそうとしている時期で、プラトン社も、その計画に関係し、前記の二誌も映

上げなかつたことで、いづれ近日森下さんにも委しく書くつもりで居ります。

どうか今後も出来るだけ相扶けて下さつて、日本に於ける探偵小説を開拓したいと思ひます。……先日申上げたとほり、作品が過剰に御出来になつたら、いつでも申越して下さい。及ぶ限りのことを致しますから。

右とりあへず御返事迄。(五一)

二月十二日　光次

平井大兄

○一三　不木書簡　二月十四日　ハガキ

新青年三月号只今到着早速「黒手組」拝見例の如く面白く拝読しま

画・演劇欄を充実させていた。映画・演劇界が化粧品の顧客でもあったからである。またプラトン社は大正十五年一月に川口編集・山六郎（高知生まれ、山名文夫の師、明治30〜昭和57）の表紙による『演劇・映画』を創刊し、そのいっぽうで関西近郊地域の映画館用に、有料の瀟洒なプログラムを多数発行するなど、昭和初期のモダニズムに特筆すべき足跡を残した。正史が編集長になって以降の『新青年』は、山六郎と相棒の山名文夫（あやお、和歌山生まれ、後期の『女性』『苦楽』の表紙・挿絵で活躍、明治30〜昭和55）のアール・デコ趣味を含めて川口編集時代の『苦楽』のモダニズムを踏襲したものである。なお最末期のプラトン社でデビューするのが、竹中英太郎である。竹中は高給で迎えられ、喜び勇んで家族を呼び寄せると、プラトン社が倒産してしまうという憂き目に遭う。次にたどり着いたのが『新青年』であったのだ。なお竹中の『新青年』登場は、乱歩の「陰獣」からのように一般的に考えられているようだが、これはあくまでも出世作で、それ以前にも挿絵を描いており、また『新青年』の投稿欄「誌友と誌友」の大正十一年や十二年には、早くも熊本市大江町にいた頃の、まだアマチュア時代の竹中作品がカットとして掲載されている。

（五一）**右とりあへず御返事迄**　不木が乱歩の創作活動を、ライバルという意味ではなく、日本における探偵小説の隆盛のための励みとし、共同戦線を期待していたことがよくわかる書簡。

した。筋に重きを置けとの註文あればその通りに作らる、腕前感服の外ありません（五二）、どうか探偵小説界のために御自重下さい。

父上様如何ですか、御大切になさつて下さい。

〔大正十四年〕二月十四日

〔守口町外島六九四宛〕

〇一四　不木書簡　二月二十四日　ハガキ

御ハガキ有難く拝見しました。国民の翻訳（五三）御恥かしいものです。一般の人が多少なりとも真面目に読んでくれ、ばと願つて居ります。

御創作の方は如何でせうか、写真報知は私のところへ来ませんが、いつ頃に御作が出るでせうか、見たいと思つて居ます。

御父上様は？　どうぞ御大切に。

〔大正十四年〕二月二十四日

〔〇一三〕
（五二）**感服の外ありません**　以前の作品の明智に、推理力の面は強調されても、探偵のアクションが欠けていたのを、やや読者サービスの意味で展開したのが「黒手組」であった。そうした筋立てへの讃辞。後半の「自重」には、そうした筋に溺れることへの戒めがあるかもしれない。

〔〇一四〕
（五三）**国民の翻訳**　ドゥーゼ作・不木訳「生ける宝冠」（『国民新聞』大正14年2月21日～6月19日）のこと。

〔〇一五〕
（五四）**私どものやうな病人**　不木の結核のこと。
（五五）**御使ひにならぬやうにして下さい**　乱歩は幼年時代から活版活字を買い集めて印刷するような、文字に対するフェティシズム的な偏愛があった。暗号解読についても大変に執着があり、好奇心程度の不木のこだわりとは違って乱歩の場合は、分類し論理的に体系づけなければ治まらないもので、同じ暗号好きにしても二人の暗号への執着には、かなりの懸隔があったのだと思われる。
（五六）**御婚儀を御祝ひ申上ます**　乱歩には通と敏男という弟がいるが、三男の敏男は他家へ養子に行っているはずだから、おそらく次男の通であろう。乱歩は五人兄弟で、乱歩本人の太郎から通（次男）、敏男（三男）、玉子

〇一五　不木書簡　三月二日　封筒便箋2枚

御手紙頂きました。

何かと御多忙の由御察し致します、私どものやうな病人(五四)でさへ可なりに催事には遮られます。まあこれも致し方ありますまい。あせらずに書いて下さい。

写真報知出ましたらどうぞ御願ひ致します。短篇が御出来になつたら御送り下さい、拝見の上直ちに紹介致しますから。

暗号のこと、あなたに解けないものが私にとける道理がありません。私も暇は少いですけれど、あとで拝見させて頂いてもかまひません。御解きになつてから送つて下さい。然しそんなことにあなたの貴重な頭をあまり御使ひにならぬやうにして下さい。(五五)

御父さんは如何でせうか。申遅れましたが弟さんの御婚儀を御祝ひ

(夭逝)の五人である。末妹の玉子は昭和七年六月七日に、数え年十七歳で亡くなっている。昭和六年五月に肋膜炎になり療養生活を始めているから、死因はおそらく結核であろう。同じく六年五月に次男の通は脊髄カリエスに罹り昭和八年まで療養生活をするのだが、これは、この時点からは、だいぶん先の話。自伝でも一、二箇所触れる程度なのは、家族のことを他人に触れられたくないためで、兄弟の仲は大変良かったという。大正八年にD坂つまり団子坂で、古本屋の三人書房をしていたのも、乱歩と通と敏男の三兄弟。通は後の作家、平井蒼太(そうた)である。経歴は、明治三十三年八月五日名古屋生まれ。三人書房の後、大阪電気局に市電の車掌として勤務し、カリエスとなり、療養後、乱歩から生活の援助を受けながら風俗文献の収集と研究に努め、戦後は後楽園球場に勤めていた。晩年は壷中庵を号して、古書の通信販売をしながら、池田満寿夫の版画による豆本作りに精を出し、乱歩の「屋根裏の散歩者」や当時の池田夫人であった富岡多恵子の詩集あるいは物語を、池田の版画による豆本(厳密に言うと豆本より大型なので、壷中庵は雛絵本と称していた)で多数出版し、それが池田を国際的に認めさせる契機となった。昭和四十六年七月二日没、七十一歳。平井蒼太以外にも薔薇蒼太郎など多数の筆名を持ち、著作には『見世物女角力志』(昭和8年私家版、限定百部)、『浪速賎娼志』(昭和9年浪楓書店刊、私家版)などがある。書誌については城市郎

申上ます（五六）。
右とりあへず御返事迄。

〔大正十四年〕三月二日夜　　小酒井光次

平井大兄

〇一六　不木書簡　三月十二日　封筒便箋2枚

御手紙と「写真報知」拝手早速、恋二題の第一例の如き、気持よき筆ざわり、例の如く、一ばんしまひへ来てがんとやられました。「い、〱」といふより外批評の言葉がありません。
御手紙の中に、前田河氏のことがあつたので早速新潮を取り寄せて「白眼録」を見ました（五七）。平林君に対しての御弁明を読みませぬからわかりませんが、前田河さんは少し見当ちがひな議論をして居られる

「画業から奇書出版へ」（『別冊太陽　江戸川乱歩の時代』平成7年）などに詳しい。また日常的な平井通を知るためには、富岡多恵子の『壷中庵異聞』が最上の出来と思われる。

〔〇一六〕

（五七）「白眼録」を見ました　前田河広一郎（まえだこうひろいちろう、明治21～昭和32）はプロレタリア文学作家で評論家。平林初之輔のように探偵小説の特異性を認める立場ではなく、前田河の批評はマルクス主義芸術理論による一刀両断のものであった。資料によって「文壇展望台」と出ているのは、文芸時評欄の総合タイトルである。探偵小説に関する前田河の文章は十三年から十四年にかけて『新潮』掲載の批評で、最初のものが大正十三年十二月号の「文壇蟻地獄」（「探偵物心理」の項）。もう一つ後のものが十四年三月号の「白眼録」（「探偵物究明」の項）であり、乱歩の反論を平林から伝え聞き、それに前田河が、もう一度、受けて論及したもの。これに対して、やっと文章での乱歩の反論「前田河広一郎氏に」（後述の、〇二四　不木書簡67頁参照）がある。前田河が「探偵物心理」で言うのは、日本の知識人がアメリカを批判しながら、いっぽうで低俗な探偵物や不健全な家庭小説に毒されている。これらにはブルジョア恐怖の社会心理が隠されており、支配者が被支配者を支配するために作った法の権威をアプリオリに認めているものであって、これらは

やうですね。これは探偵小説をあまり沢山御読みになつて居ないからでせう。オルチーの小説が、フランス革命を毒したなどといふ議論には相手になるさへ野暮な気がします。フランス革命だらうが、支那革命だらうが、紅ハコベには問題ではないぢやないでせうか。「被治者階級の犯罪云々」に至つては、何ともはや言葉がありません。物にはすべてい丶所と悪い所とありますが、なぜ批評家はい丶所を見ないで悪い所を見やうとするのでせう。まあ、世の中の人は何とでもいふが宜しい。御互に探偵小説界のために努力致しませう。（五八）「写真報知」はすぐ御入用でしたらすぐ送り返させて頂きますが、「その二」を拝見してから送らせて頂けば好都合にも思ひます。暗号は延原君のところにあります由、いづれ誌上で拝見することでせう。（五九）

御父上様は如何ですか。御大切になさつて下さい。

江戸川大兄　〔大正十四年〕三月十二日　不木

アルキメデスやガリレオやダーウィンやアインシュタインやマルクスなどの合理主義と違い、反動的な合理主義であり、こうした探偵物に馬場氏や平林氏や小牧近江氏が夢中になるのはよくないというもの。後のほうは、乱歩の、そう杓子定規に考えなくても、知的遊戯でよいではないかという意見を伝聞し、それに対して、探偵作家は、「治者階級のためにではなく、民衆全般の生活擁護のための探偵小説を書く勇気と識見が無いか」と問うたもの。このなかで、「紅はこべ」はブルジョア擁護だから怪しからんという意見が入る。

（五八）探偵小説界のために努力致しませう　現在、前田河の批評を読むかぎり、この論は、わざと杓子定規に書いた戯論であったと思われるが、不木はかなり頭に来ている感じが、文面から伝わってくる。前田河としては半分本気ではあるが、こうした新興文芸としての探偵小説を議論の対象とすることで、社会的にマルクス主義的思考方法、つまり物を見る尺度が権力的か反権力的かを日常の諸々に適用する発想を、大衆にアピールすることのほうが重大であったのだと思われる。そのため、一種の大風呂敷で大袈裟な身振りの、ドン゠キホーテ的戯論になっているのだと読める。つまり大真面目な洒落なのだ。

（五九）拝見することでせう　探偵作家による出題。『新青年』大正十四年六月号の「壱百円懸賞暗号問題」のこと。当時の探偵小説誌は、クロスワードパズルや暗号を掲載し、その正解者に賞金や賞品を与

〇一七　不木書簡　三月十四日　封筒便箋1枚

拝啓　昨日「新青年」が来まして「赤い部屋」早速拝誦、私の好きなルヴエルとチエスタートンの長所を一つにした珠玉のやうな名篇、いやどうも驚きました。本当にこの勢ひにて進まれたら、平林君の批評をそこのけにしてランドン（六〇）など蹴とばすこと糸よりも心易いでせう。御自重を願ひます。

先日「蒔かれし種」の作者松原君（六一）が来て、あなたの御噂を盛んに致しました。同君はまだ二十五歳の青年、どうかしてのび〳〵と育つて貰ひたいと力を入れて居ります。

右とりあへず一寸。

〔大正十四年〕三月十四日　光次

平井大兄

えていた。また、読者からの暗号も募集していた。誌上掲載前に、暗号好きの乱歩は、暗号解読にかかったものだと思われる。不木は、さほど待ちきれないわけではなく、誌上掲載になってからで充分という意味である。延原が出題者なのか、あるいは、投稿作品がかなり難題の暗号のため、暗号好きの乱歩にスタッフの延原から声がかかったのであろう。

〔〇一七〕

（六〇）**ランドン**　同じく四月号から連載され始めた牧逸馬訳のヘルマン・ランドン作「灰色の幻（グレイ・ファントム）」を指す。

（六一）**松原君**　四月号掲載の「蒔かれし種」の作者である「あわぢ生」の本名。後の本田緒生。経歴は後述。72頁注（九四）参照。

〇一八　不木書簡　三月十四日　封筒便箋2枚

拝復、

御たづねの短時間に木乃伊にする方法は、

　一週間ばかり、腕なり足なりを流水の中につけて置けば、組織を屍蠟化す《ママ》ことが出来ます。屍蠟は組織が石鹸になることですから、うまくいつた場合には、蠟細工のやうになります。

　一旦屍蠟になつたが最後決して永久に腐敗しません。（屍蠟といふと黒褐色を思ひ起しますが、あれば《ママ》長い年月であゝなつたので短時間に出来たのは生きた当時と変りません。）

くれぐ〵も申しますが流水に浸さなければなりません。例へば相当の大さ《ママ》の桶を持つて来てその中へ足の一本をほり《ママ》こみ、水道の水を上から落して、昼夜桶の水がかわるやうにして一週間位過ぎれば（或は四日でもよろしい）出来ます。

（流水の中へつけるのはバイ菌の寄生をさまたげるためです。そして組織を石鹸化するに好都合だからです。）

尤もうまく出来るときと出来ぬときとあり気候温度の関係があるやうですがそれ位のことは探偵小説ですから許すことが出来ます。脂肪に富んで居る程出来易いから嬰児の屍体などで容易に作れます。脂肪に富んだ人といふ事を念頭において下さい。

小説を御作りになつた挙句その部分だけを拝見すれば、ひどい間違だけ若しあらば指摘しますから書いて下さい。

首を屍蠟化することは困難ですが脚や腕は雑作ないやうです。

水につけてから、出して乾せば丁度、ドラッグの看板位のものは出来ます。（六二）

右御答迄。

平井大兄　〔大正十四年〕三月十四日午後　光

〔〇一八〕

（六二）**ドラッグの看板位のものは出来ます**　『新青年』大正十四年七月号掲載の「白昼夢」創作のための問い合わせと思われる。犯罪検屍官や解剖学者としての臨床経験を不木が持たないため、すべては文献に頼った知識で、極めてあやふやな回答だが、質問者の乱歩に対し、専門医学者として懸命に回答しようとする不木の奮闘ぶりが微笑ましい。現実的には内臓内の膨満ガスなどのため内側から腐敗が始まり、不木の言うようにはならないはずである。後年の「虫」（『改造』昭和4年6～7月号）では、死体保存にホルマリン注射が行われ、それでも素人には腐敗防止が不可能であるというのが、乱歩の最終回答であったと考えられる。乱歩は、その後、唯一可能と思われ「虫」でも指摘された、死体の氷詰めという方法を通俗物などで使用するようになる。

〇一九　不木書簡　三月十七日　封筒便箋6枚

御手紙拝見しました。

屍蠟形成のこと、先日御答へしたのは私が嘗て東京の法医学教室に居て、三田先生(六三)からきいた所でして、記憶にあるまゝを申上げたのですから、少し不安になつて、三田先生の論文を、当地の大学から取り寄せて調べましたところ、幾日にして屍蠟が出来上るかといふことは書いてないのです。先生は屍蠟なるものは屍体の脂肪のみから出来上るといふことを証明されたのでして、屍蠟が幾日で出来上るかといふことは目的として居られないから無理もありません。が約一ヶ月以内に作つて実験されたといふことはたしからしいです。十日といふのは私が先生から直接きいたうろ覚えですから、尤も安全な時日としては一ヶ月を選んだ方がよいかもしれません。

[〇一九]
(六三) **三田先生**　不木が学生時代に教わった、三田定則。

作り方については論文の中に次のやうに書いてあります。

屍蠟製成ノ方法トシテハ、上肢或ハ下肢ヲ水中ニ投ジ、尚此製成ノ際水ヲ瀦溜停滞スルヨリモ、常ニ新旧交代セシムルトキハ屍蠟ノ形成ヲ大ニ容易ナラシムルガ故ニ、余ハ大ナル素焼筒ヲ採リテ中ニ水ヲ盛リ、之ニ四肢ヲ投没シテ、更ニ硝子板ヲ以テ上口ヲ密閉シ、然ル後之ヲ水槽中ニ静置シ、其周囲ヲバ常ニ流通交替スル水道水ヲ以テ灌注シタリ

とあります。尤もこれは三田先生が、屍蠟は脂肪から生ずるといふことを証明するためですから、自然、水だけとほつて脂肪分の通らない素焼を境に入れられたのですが、あなたはたゞ早く屍蠟に化せばよいのですから、素焼筒に入れなくても直接流水中に深く漬《つ》けて置くだけでよろしいでせう。(六四)

この雑誌の合本を御送りするとよいですけれど、大学のものですか

（六四）流水中に深く漬けて置くだけでよろしいでせう　臨床実験経験のない不木の、文献だけでは不安な狼狽ぶりが、自説を力説すればするほど伝わる書簡。この説を首肯するならば、溺死者は、流動性のある水中では、すべて屍蠟になることになる。後述の皮膚の屍蠟化による空気遮断で、内臓を含めた腐敗まで停止する説など、懸命な力説だけに、すでにユーモアの域に達している。戦後になっても、木々高太郎の随筆や渡辺啓助の詩作品で、湖底に美女の死体がそのまま腐敗せず、または腐敗はしても浮き上がらず原形をとどめて保存されているという描写があり、不木にかぎらず多くの作家が、現在の常識とは違った通念を持っていたことがよくわかる。

ら、どうにも仕方がありません。大阪医大の人に知り合ひでもありましたら、図書館へ行つて、日新医学、第六巻三〇九頁の三田定則博士の論文を読んで下さい。

三田先生は新生児の下肢と上肢についてやつて居られるだけで、頭や胴が同様に早く屍蠟化し得るか、私自身実験しませんから、先便にも申上げたとほりはつきりしたことは申上げられませんが、理論上は出来得る訳で、皮膚即ち外部の組織さへ石鹸化すれば、それでもう腐敗はしないのですからかまはぬ訳です。私の手許にある西洋の文献にもその辺をはつきり教へてくれるだけのものがありませんから、権威を以て御答へ出来ぬのを遺憾とします、それだけのことは冒険的に御書きになつても誰も何とも申さないだらうと思ひます。

嘗て私の読んだドイツのフレクサの探偵小説「プラシユナの秘密」では、ある医学者がある女を仮死の状態にして、デパートメント・ストアの人形の代りにして置くことが書かれてありますが、それは不可能のことですけれど、あなたのは合理的なものですから、科学的にも筋は立派にとほると思ひます。(六五)外部が屍蠟化しさへすればそれを取り出して、空気を抜いた罎の中にでも入れて置けば、あとは追々屍蠟化して行くから、それであなたの目的は達せられませう。

それから屍蠟にしなくても、防腐剤（フォルマリン、昇汞、砒素剤等）を屍体の動脈から注射して、それを空気に触れぬやう、ガラス器に密閉せば、乾燥もしないで、その儘原形を保つやうに思ひます。この方がむしろ遥かに簡単でよいかとも思ひました。だが然し探偵小説としては屍蠟化の方が面白味があるやうにも思ひます。筋の都合で流水の中に置かれる時日を出来る限り長くせられたならば、蠟細工とよく似て面白からうと思ひます。(六六)

（六五）**科学的にも筋は立派にとほると思ひます**　この死体をマネキン人形のなかに混ぜるトリックは、後の乱歩が通俗物で多用した手法。腐敗を防ぐというリアリティーのためには、石膏による空気の遮断の方法が取られ、不木から教えられたものを乱歩流に加工し工夫した跡がある。ただし石膏の場合も、体内含有の空気のため、現実的には腐敗を防止できない。

（六六）**蠟細工とよく似て面白からうと思ひます**　現実的にはガラス器密閉の際に「空気に触れぬよう」、つまり真空密封することが一番むずかしい。真空状態では死体内の水分が沸騰することで、全身から泡が吹き出し原形を留めないような萎んだ姿になるために、これも不木の机上の空論。ただし現在では間違いであっても、当時の探偵小説では、そこまで実証的になる必要もなく、不木の言うように「面白かろう」という判断で、一般的なリアリティーとしては充分と考えてよいだろう。

松本泰氏（六七）や馬場孤蝶氏などが近く名古屋で探偵小説の講演をさる〻さうです。中々探偵小説も興隆の気運を示して来ました。この際あなたの御奮闘を切々祈ります。

「蒔かれし種」の筆者があなたに紹介して頂いたらといふやうな希望を洩して来ましたので、失礼を顧みず御住所を教へて置きました。手紙でも差上げたら、どうかよろしく指導してあげて下さい。大へん、気持のよいおとなしい人で今年廿五才です。

あわぢ生即ち松原君が「心理試験」を論文云々と書いたのは、あわぢ生に知的素養がまだ少ないためで、同君も生長の後に必ず真価を認めるだらうと思ひます、先日私を訪ねてくれたときにそのことを話して置きました。然しこんどの「赤い部屋」に対しては同君は私のところへ激賞してきました。全く近来の傑作です。

右御答へやら何やら、とりあへず。

〔大正十四年〕三月十七日　　　　　　　　　　光

（六七）**松本泰氏**　本名は泰三（たいぞう）。自称はタイサン。明治二十年東京生まれ。慶応出身で『三田文学』に関係したため、当時の純文学の新進作家として出発。イギリス留学の後、探偵小説の翻訳、紹介、小説執筆のほか、探偵小説誌『秘密探偵雑誌』『探偵文芸』を独力で刊行するなど、黎明期の探偵文壇に貢献する。昭和十四年没。夫人はクリスティーなどの翻訳で知られる松本恵子。

平井大兄

〇二〇　乱歩書簡　三月二十日　封筒便箋3枚

屍蠟のことこまぐ〵と御教示下さいまして何とも御礼の申上げ様も御座いません。御好意の程深く感銘致しました。併し屍蠟を使ふ小生の小説（六八）の方は、段々考へるに従つてとても御好意に答へる程のものが出来相になく、困つて居ります。それにドイツの死体を陳列窓の人形にする小説のことを承つて少なからずガツカリしました。小生のもそれと同じねらひ所なのですから。でも兎も角その内に書上げて御目にかけます。六月号の「新青年」にはそれでなく「疑惑」といふのを書くつもりです（六九）。トリツクに新味はありませんが、嫌疑者が三四人あつて、主人公がその各人に疑惑を抱くことを主として書いて見るつもりです。そのあとで屍蠟のを書きます。

［〇二〇］

（六八）**屍蠟を使ふ小生の小説**　後の「白昼夢」のこと。

（六九）**「疑惑」といふのを書くつもりです**　「疑惑」の掲載は、結局『写真報知』の九月十五日号～十月十五日号にまわっている。この予定された『新青年』六月号は「探偵名作短編集」と特集名をつけた翻訳ミステリーの号のため、原稿が『写真報知』へまわったと考えてよいだろう。この「疑惑」は乱歩作品再評価のなかで、まったく注目されないが、複数の登場人物の行為が複合的に合わさったことで被害者が死ぬという奇妙な事件であり、ほかに類例を見ないものである。いわば語り手が探偵であり、かつ推理していくと、殺意を持たないが被害者を殺している犯人でもあるという特異な作品と言えるであろう。もっと注目されてよい作品と思われる。

「呪はれの家」拝見致しました。非常に新味に富んでゐること、寸分の隙もなく条理整然としてゐること、流石は先生の御作だと予期してゐたことながら敬服致しました。中にも、霧原氏の心理的な訊問法、便所の探索の日本的なこと、ふたなりを取扱はれた新味と怪奇性、嫌疑者が手真似で話す所から被害者を唖と判断させる巧妙な推理等は最も小生の好みに一致し嬉しく感じました。純日本的でしかも新味に富んでゐる点無類だと存じます。それから、割合高級な編輯をする「女性」が、先生のものであつた為とはいへ、探偵小説をのせたことも嬉しく感じます。私の知つてゐる所では、数年前「中央公論」が谷崎潤一郎の「金と銀」や佐藤春夫の「指紋」などを探偵小説と銘打つてのせたのと、昨年でしたか「婦人公論」が普通の小説家の創作探偵小説をのせたのと今度の「女性」と、かうした例は三度切りです。(七〇) これからは先生などのご尽力でお高くとまつてゐる雑誌にもドシ〳〵探偵小説がのる様になることを祈ります。

(七〇) かうした例は三度切りです まだ、探偵小説が純文学を中心とする高級誌に特集されたり探偵作家の小説が載せられたりすることは、極めて稀であった。そのため不木の起用は、その先駆けとも言える快挙であった。乱歩が後に『改造』に小説を発表するようになるのも、当時としては画期的なことで、探偵小説の世間的地位が上昇してきたことを意味すると考えてよい。ちなみに『中央公論』の滝田樗陰の没年は大正十四年であり、晩年に至ってもジャーナリストとしての嗅覚が鋭かったことを偲ばせる。

江原小弥太氏(七一)の「罪悪」といふ長篇探偵小説が出たかと思ふと、延原謙さんが「女学世界」に創作を発表される。松本泰氏の「探偵文芸」も仰せの如く講演旅行など、活躍する。仲々盛んなことです。愉快に存じます。

松原さんの所は博文館に問合せて承知して居りますから、当方から御手紙を出さうと思ひます。

森下さんから読者に暗号の課題を出すから一つ考へて呉れといふことで、本日つたないのを一つ送つて置きました。どうもぎこちないものになりました。暗号を作るのも仲々楽ではありません。先生にも御願ひした相ですが、とてもそれと並ぶ様な代物ではありません。

右御礼やら感想やら。　匆々

三月廿日　平井太郎

小酒井先生

(七一) **江原小弥太氏**　小説家。明治十五年新潟県生まれ。東京物理学校卒。明治末年に創刊早々の『越後タイムス』で大正五年まで編集に従事。その学生時代に藤村操の自殺によって感化され人生問題に悩み、宗教問題に関心を持ったことからキリスト教に接近し、大正中期に倉田百三・西田天香・賀川豊彦などによって作られた宗教文学流行のなかで、聖書を題材として作品を発表。作品集に『新約』『旧約』『復活』(以上大正10年刊)『野人』(以上大正11年刊)がある。昭和五十三年没。

御座右

〇二一　不木書簡　三月二十三日　封筒便箋4枚

御手紙及写真報知只今拝手致しました。恋二題のその二、例の如き軽妙なる筆の運び、いつもの特色としてその終りが何ともいへぬうまいものだと思ひます。今迄、恋を扱つた作品のうち、かういふ風に描いたのは恐らく大兄の作品を以て嚆矢とするだらうと断言したいのです。(七二)拙作に対する過分なる褒辞赤面の至りです。発表してからつくぐ気味が悪くなりました。まるで警察署の事件報告のやうなものです。先日も極めて通俗向きの別の作品を他の雑誌社へまはしましたら、私の作品《ひん》は情味に乏しいといふ非難を受けました。如何にもその通りで、「呪はれの家」なども「うるほひ」といふものが更にありません。大兄の作品には情味がいつも溢れて居ります。この点が羨まし

［〇二一］

(七二) 断言したいのです　「恋二題」は「算盤が恋を語る話」と「日記帳」の二編のこと。小味な恋愛小説で、二作ともに暗号物という取り合わせに、この趣向の妙味があった。作品として特筆するものでないにしても、この企画と作品のペーソスには評価すべき点があり、これが不木の讃辞となっている。この趣向は乱歩が気に入ったのか、編集部が注目したためか、同年七月の『新青年』では、「小品二題」として「白昼夢」と「指環」を載せている。作品が書けない乱歩は、力作一編ができず小品二作で、お茶を濁したのかもしれない。

い限りです。科学の畠に育つて来た私にはどうも情味が出せさうにありません。それに私の年齢もこの欠点には関係して居るだらうと思ふのです。つまり冷かになり過ぎるのでせう。(七三)どうかよろしく指導して下さい。これからはもつと「うるほひ」のある作品を出さうと心懸けます。

屍蠟のこと、是非作品にまとめて下さい。先日申上げたドイツの作品は仮死に陥らせた女を人形とするのでして、而もそれが作の中心とはなつて居ないのです。作の中心のテーマは、仮死に陥らせた女から、生命の生気ともいふべきものを吸ひ取つて自分の生命を延長しやうとする所にあるのですから、あなたのとは全く立場がちがひます。あんなことを申上げてあなたをがつかりせしめたことは本当に申訳ありません。そんなことに顧慮なくやつて見て下さい。

(七三) **つまり冷かになり過ぎるのでせう**　不木は教職にも就かず開業医でもなかったが、多くの患者の死と対峙していなければならない医学者としての強みと弱みを、よく自覚した自己分析と思われる。

暗号の問題呈出は私の方へも依頼が参つて居ります。六ヶ敷いのならどんな六ヶ敷いのでも考へ出せますが、やはり解き易いやうにしなければならぬので、其処が却つて六ヶ敷いと思ひます。兎に角二つ三つ考へて送つて見やうと思ひます。

仰のやうに探偵小説が一般に拡がらうとする機運が醸されて来ました。それは同慶至極のことですが、もつともつと作家があらはれて来なければなりません。それにつけても大兄はその機運の中心に立つて居られるのですから、どうか探偵小説のために奮闘して下さい。私なども、大兄が居られゝばこそ探偵小説を書かうと思つたのです。自分で失敗しても大兄が居つてくれゝばいゝわ、といふやうな気持さへして居ります。だから大兄の自重を祈つてやまないのです。(七四)

先はとりあへず、御礼やら、感想やら。

(七四) **だから大兄の自重を祈つてやまないのです** 不木は乱歩の登場によって、自分の作品は通俗物であってもよいが、乱歩には純粋で高尚な作品を求めていた。この要求は乱歩がスランプの時期以外の、不木の基本姿勢であった。乱歩が通俗物に手を染めるのは不木の没後しばらくのことである。正史は、それを不木の呪縛が解けたためと考えていた。

乍末筆、御父上様の御容態を御心配申上ます。

〔大正十四年〕三月廿三日　　光次

平井兄

〇二二　乱歩書簡　四月九日　封筒便箋2枚

大変御無沙汰して相済みません。実は親父が段々悪くなりまして、出養生も甲斐なく先月末帰宅しまして、色々と用事もあり精神的にもへこたれて居りましたので、「新青年」六月号の原稿も間に合はず御断りした始末です。(七五)不悪御許し下さいませ。

そんな訳で其後何も書いて居りません。

両三日前最後の試みとして、これ又迷信的なものですが、三重県の山奥の仙人みたいな人の所へ母親がついて参籠に参りました。(七六)一寸

〔〇二二〕

（七五）御断りした始末です　前記の「疑惑」が間に合わなかったということ。四月初旬の段階では『新青年』六月号は、翻訳特集号でなく通常号の予定であったことがわかる。

（七六）参籠に参りました　三重県の山中にある修験道系の宗教。医学的治療が手遅れのための、最後の神頼みと思われる。乱歩の父は、この教団の霊場のある山に入り、そこの道場で〈御こもり〉をし、おそらく神に供えた〈神聖な水〉や断食などによる心霊的治療がなされたと考えられる。

（七七）集つて話し合つて見ることになりました　この「探偵趣味の会」第一回会合は、乱歩の記述に従えば、大阪毎日ではなく西田政治宅で開かれている可能性がある。乱歩自伝の「第一回趣味の会は四月十一日大毎講堂で行われたのである」というのは、乱歩の記憶違いである可能性がある。そのことは同じく自伝に、「私が神戸の両君を訪ねたのは大正十四年四月十一日であった。（中略）予め手紙で打合せをして、道順なども知らせて貰った上、私は西田君の家を訪ねた」とあるからである。西田家は神戸有数の大地主であった。参加者は乱歩と正史の二つの自伝によっても、西田を入れた三人しか確認できない。正史と乱歩は、この時が初対面だった。ところが「探偵趣味の会を始める言葉」（『新青年』大正14年6月号）の乱歩の文によれば、「そこで『新青年』の寄稿家で御馴染の西田政治君や横溝正史君な

落つきましたので、これから書かうと思つて居ります。
大分以前に阪神の同好者の雑談会をやり度いと思立ち、二三の人々にも逢つて話して居たのですが、最近それが具体化して、明後日「大阪毎日」の楼上で十人計りの同好者が集つて話し合つて見ることになりました。（七七）
御参会か知りませんが、「毎日」の記者でよく探偵物の飜訳を出してゐる春日野緑といふ人、（七八）その他「毎日」の記者二三人（和気氏（七九）は洋行するので来られないのです）阪神の新青年寄稿家四五人の集りです。（八〇）西田政治（、）横溝正史、などいふ人も加つて居ります。会の模様は「新青年」に発表させて貰つて、それによつて尚ほ隠れた同好者を集める様にする積りです。出来るならパンフレットでも出したいと思つて、春日野氏などから本屋へ交渉して貰つて居ります。（八一）面白いものになりますかどうですか、面白くなければ止します。いづれ詳報申上げます。

どにも相談して、兎も角第一回の集りを催すことにした。四月十一日、星野君の尽力で、大阪毎日新聞社の楼上の一室を借りて九人の同好者が集った。『新青年』関係では、西田政治君、横溝正史君、井上次郎とその兄君、新聞社の人では星野君の外に『サンデー毎日』の大野木繁太郎君、社会部の伊藤泰雄君、外に同好者井上勝喜君と私などであった」とある。いったいこれは、どういうことなのか。乱歩自伝では、西田家訪問の日付を比定するために、正史書簡の四月十二日付のものにある「昨日は失礼しました」云々とあることを根拠としている。正史も乱歩の自伝に従い、そのように考えていた。しかし、後に記憶で書かれた自伝より、やはりリアルタイムで書かれた「探偵趣味の会を始める言葉」の記録のほうが正しい。同じ日に、神戸の西田家に寄り、初対面の挨拶もそこそこに、三人で大阪に出て、第一回の例会に参加したと、とれないこともないが、現実的にあり得ない。それでは大阪在住の乱歩は、神戸まで二人を迎えにいって戻っただけのことになってしまうではないか。だとすると、乱歩は二度間違った記録を記しているのだ。乱歩が西田家を訪問したのは、第一回例会をするための根回しのためであり（乱歩の文中の「相談」が手紙によるものではなく）、その訪問日は、この書簡の四月九日以前になる。星野が大毎の探偵小説好きに例会前の根回しをしたであろうことと同じようにである。つまり正史が書簡で記す「昨日」は、初対面のときを指すの

右一寸御詫旁々御報告まで。　匆々

九日　平井太郎

小酒井先生

○二三　不木書簡　四月十一日　封筒便箋3枚

御手紙頂きました（○）私からも長らく御無沙汰して相済みません、御父上様の御病気面白からぬ由本当に御同情します。御本人の御心が察せられて何ともいへぬ遣瀬ない気持になります。といつて何とも仕方がありません。

最後の試み！　何といふかなしいことでせう。何とかして一日も長く病勢の停止するやう御祈りするばかりです。六月号には御執筆なき由淋しく思ひます、さうした状態で御差支の出来たのはやむを得ません。森下さんも残念がつて居られるでせう。森下さんはいま御

ではなく、二度目に会った第一回例会だったのに違いない。

（七八）春日野緑といふ人　大阪毎日新聞社の社員で春日野緑は筆名。明治二十五年東京生まれ。昭和四十七年没。本名は星野龍猪（たつい）。東京在の保篠龍緒（たつお）とは別人。乱歩は以前大阪毎日の広告部にいたが、その頃には平社員と副部長のため、直接の面識はなかった。以降、この春日野を中心とする探偵趣味の会で乱歩は親しく交際する。

（七九）和気氏　大阪毎日の社員で翻訳家の和気（わけ）律次郎。明治二十三年松山市生まれ。慶応大学を中退後記者生活に入り、外遊をはさんで、十数年を勤めたらしい。

（八〇）寄稿家四五人の集りです　他にも大阪毎日には、後に『新青年』にもよく執筆する作家の平野零児（零二とも名乗る。本名嶺夫）がいる。和気・春日野・平野以外は、伊藤恭雄・大野木繁太郎・村島帰之の三人。

（八一）本屋へ交渉して貰つて居ります　これが後の『探偵趣味』となる。

国の方へ御子さんと共に帰つて居られる筈、あはたゞしい旅でせうから御目にかゝることも出来ないだらうと思ひます。

大阪毎日で本日御集りの由、私も近いところだつたら、と神経の気に堪へません。(八二) こんど御集りの節は皆さんに私から宜しく申上げたと御伝へ下さい。名古屋でもそのうち松原君とはかつてさうした集りをしたいと思つて居ります。パンフレットの発行も至極面白いと思ひます。探偵小説の盛んになる機運が醸されたと思ひます。それにつけても作家の活動が必要ですから、どうか身体を大切にして、いつも通りの気持のよい作品をどし〴〵発表して下さい。「女性」から又書けといつて来ましたから、只今一寸したもの、やはり例の「霧原」を中心としたものをまとめて見ましたが、碌なものでありません、来月の半頃に発表になると思ひます。私も「新青年」へ何か発表させて頂きたいと思つても、「新青年」の読者は玄人ですから、あつさりした垢抜けのしたものでなくてはならず、私には少し荷が

[〇二三]

(八二) **気に堪へません**　病身のため遠出ができないのと、それでいて好奇心旺盛な不木の気性がよく出ている。不木は遠出をしなかったが周囲に同好の仲間を集めることは大好きだったようで、これが後の「探偵趣味の会」の名古屋分会や、合作組合・耽綺社や雑誌『大衆文芸』同人による二十一日会に発展していく。にぎやかなのが好きな不木の寂しがり屋の一面であろう。

過ぎます。そのうちには書きたいと思ひます。(八三)
それからこれは私の希望ですが、あなたの今迄発表されたものはもう相当の分量に達しましたから、集めて一冊の書物としてはどうでせうか。森下さんと相談するなり他の書肆と交渉するなりして産婆役をつとめますから、御内意を仰しやつて下さい。書物とすれば、作品に一段の精彩を加へてきつとい丶ものが出来ると思ひます、右私の希望を申上ました。(八四)
先はとりあへず御返事旁。

〔大正十四年〕四月十一日　光次

平井大兄

写真報知は私の手許で保管してありますから、切抜などのときにはいつでも間にあふやうになつて居ります。左様御承知下さい。

(八三)　そのうちには書きたいと思ひます　学術的な堅苦しい作品でなく、都会風で人情味のあるモダンなものという意味か。

(八四)　右私の希望を申上ました　これは大正十四年七月に春陽堂から第一作品集の『心理試験』として発刊となる。

〔〇二四〕

(八五)「幽霊」　大正十四年五月号初出。この作品は明治四十年代の、念写と千里眼を肯定する福来友吉博士と否定する山川健次郎博士の論争を端緒とする、大正期の日本を風靡したオカルト・ブームに対する乱歩の揶揄である。もう一つつけ加えるならば、この作品は、知識人でありながら心霊治療に頼ってしまった父への批判とも読める。

(八六)　前田河氏に対する御弁明も同感です『新青年』五月号掲載の乱歩の「前田河広一郎氏に」のこと。乱歩は、これまでの経緯を紹介したあとで、「要するに前田河氏は、あらゆる文学は、それが仮令探偵小説であろうとも、所謂プロレタリア文学でなければならないと云はれるのであろう。如何にも徹底した考え方で、仲々気持がいいことはいいのだが、そして私とても所謂プロレタリア文学という様な一種の芸術が存在することを否むものではないが、そう

〇二四　不木書簡　四月十三日　ハガキ

新青年到着「幽霊」（八五）早速拝読、うまいものだと思ひました。大兄の作にはどことなうゆつたりとした気持があつて、而も読者の心にぐいゝとせまる所があります。
郵便屋については私も空想をめぐらしたことがありますが、御趣向は実にいゝと思ひました。チエスタートンもきつと拍手しませう。前田河氏に対する御弁明も同感です。（八六）何といはれてもよいから、私たちはまづいゝものを生産しなければなりません、とりあへず一寸。

〔大正十四年〕四月十三日

〇二五　不木書簡　四月十四日　封筒便箋3枚

御手紙拝見しました。探偵趣味の会、どんなにか愉快でしたでせう

かと云つてその他の文学は文学に非ずという考えにはどうしても服し兼るのである。殊にこの主義を探偵小説に応用せらるるに至つては、聊か滑稽の観がないでもない。所謂プロレタリア主義に対する駁論は、従来屡々その道の人々によつて説かれたことで、今更ここに繰返す必要もないが、私は文学が社会進化の手段の様なものに局限されては、第一淋しくて仕様がないと思うものである」とし、「紅はこべ」についても、当時の貴族の大半は、何の罪科もない社会進化途上の憐れな犠牲者に過ぎず、その虐げられるものへの同情が一つの探偵小説になり、世間が持て囃したからといって、一般通念としては差し支えなく、むしろ一般的な正義感からすれば当然ではないかというものであった。そして乱歩の反撃に入り、同じ作者の「隅の老人」では論が展開できないであろうと指摘し、探偵小説の探偵は民間の素人探偵で、むしろ官憲への反抗精神があることを押さえている。そのうえで、前田河のいう「法の権威」は、何も探偵小説を制約するだけでなく、すべての小説、プロレタリア文学であっても、現代社会を舞台とするかぎり制約がつきまとうはずであるという、明快な反論であった。前田河の批評よりも長い反論で、乱歩が眉に唾をつけながら、詰め将棋のように論旨展開していることがよく解る。対社会的な探偵小説の啓蒙性について語らない乱歩から、こうした反論を引き出しただけでも、前田河の戯論は有意義であった。

と羨ましくてなりません、私も健康が許すやうになつたら是非出席させて頂きたいと思ひます、会の仕事も大へん面白いものと思ひました、雑誌の発行も至極結構ですし、同一の題目で会員が一つ宛小説を作るなど、気取つた試みだと思ひます(○)大に発展して下さい。松原君は忙しい身体ですけれど都合して出て行くかもしれません、せめてこちらでも同趣味のグループを作つて見たいと思ひますが、何分にも私自身斡旋に歩けないのが残念です(八七)。

筋が西洋の既発表のものと似通つて居ても、それまで気にして居ては手が出ないだらうと思ひます。換骨奪胎と見られても、やはり面白ければそれでよく、大衆相手のことですから、その辺のところは幾分か大胆にならなければならぬでせう。似通つて居るといふことを知つて居るのは玄人仲間の少数の人ですし、而もそれ等の人は翻案かどうか位見分けるだらうと思ひます(八八)(○)「苦楽」にはいづれ御紹介しやうと思つて居たところ、頼んで来たとあれば愉快です、是非

[〇二五]
(八七) **歩けないのが残念です**　これが後の耽綺社や二十一日会に発展する。

(八八) **翻案かどうか位見分けるだらうと思ひます**　乱歩は不断に、前作以上、あるいは以前にまだ誰もやっていない新工夫を新作に求めていたために、それがスランプの原因になっていた。不木は作品の高尚さや純粋性は求めたが、乱歩ほどにはオリジナリティーにこだわらなかったから、創作の出来がよければ過去の類型作でもよいという見解だった。

〱書いて下さい。無理にでも搾り出して下さい。創作はある程度迄はさうしなければ、天来の思想をゆつくり待つて居ては、際限がないと思ひます。

小説集のこと、森下氏からさういふ話があつたのでしたら、早速森下さんへ私から手紙を出して其後の様子をきいて見ませう。そしてその都合で私の知つて居る他の書肆に交渉します。叢書では無論少し貧弱な感がありますから、すつきりしたものが拵へたいと思ひます。序文云々のこと、書かせて頂ければこれに越した幸福はありません。いつでも、今でも、すぐ書きます。又私もい、趣向がまとまつたら今度は是非「新青年」へ発表させて頂きたいと思つて居ります。

御父上様の其後の御容態如何ですか、御案じ申上げて居ります。

先はとりあへず御返事迄。

〔大正十四年〕四月十四日　　光次

平井大兄

こんどの会のときは皆様にくれ〴〵もよろしく仰しやつて下さい。

〇二六　乱歩書簡　四月二十四日　封筒便箋2枚

数日（ヽ）三重県関町附近の父の所へ参つて居りました。帰りに名古屋へ御寄りしやうと存じてゐた所、一寸急ぎの用事を頼まれ果しませんでした。残念に存じて居ります。

先日「盗難」（八九）といふのを写真報知へ送り、今「根のないダリヤ」とでも題するつもりのを新青年の分として書いて居ります。（九〇）（「虎」（九一）といふのは長篇にしたいと思つて居ります。）「幽霊」は何とも御恥しいものでした。あんなものにも御批評を頂きまして恐縮致します。

先日森下氏から小生のもの出版の件につき、先生から春陽堂へでも御話しを願つた方がい丶かも知れないといつて来ました。本屋はどこでも構ひませんが、一つ何分の御尽力を御願ひ致します。

［〇二六］

（八九）「**盗難**」『写真報知』大正十四年五月十五日号。

（九〇）新青年の分として書いて居ります　「根のないダリヤ」は、同年七月号『苦楽』掲載の「夢遊病者の死」のことか。花氷のために凶器が消えてわからないというトリックで、「夢遊病者の死」ではその花が「夏菊の花」になっている。

（九一）「**虎**」「探偵小説十年」の記述によれば「疑惑」は「初め『虎』という題をつけるつもりであった。主人公に虎の夢を見させるという様なことであったと思う」とあり、当初は、この「疑惑」を長編化するつもりであったことがわかる。なお「疑惑」は中相作の指摘によれば、「夢遊病者の死」（『苦楽』大正14年7月号）と共に乱歩がフロイト的な父殺しの春田君などにも新しく探偵雑誌を出す議がある由で、小生達の探偵趣味の会のパンフレットと合併してやつてはどうかと森下氏から手紙がありました。それも面白いと存じます。いづれこちらの皆に相談するつもりです。いづれにしても雑誌でも出せば先生の御後援を願はねばなりません。

「ドラッグの人体模型」のは苦楽に書かうかと存じます。併しどう考へても探偵味が乏しくなり相で困つて居ります。(九二)

右一寸御願其他　匆々

四月廿四日　平井太郎

小酒井光次先生

○二七　不木書簡　四月二十六日　封筒便箋2枚

御手紙拝見致しました。関(九三)からの御帰りに御目にか丶れなかつたこ

モチーフを扱ったもので、作中にフロイト理論に言及がある意味でも注目されるという。もう一つ補足的な仮説だが、後の乱歩の長編（現在では中編だが、当時は長編だった）の「陰獣」の、このタイトルは女性的性格の猫を表すらしく、正史の証言によれば、原稿を貰った後で、表題を、もっとインパクトのあるものに変えるように依頼し、その題が「陰獣」であったという。前のタイトルを正史は覚えていないが、その題が「虎」である可能性もないわけではない。つまり「疑惑」の制作過程で、いろいろな小説の妄想が乱歩の中で広がっていき、本来長編化するはずであった「疑惑」は短編の形で小さくまとまり、後に、広がった妄想のほうが「陰獣」になったと考えられないこともない。ただし「豹」もしくは「黒豹」ならば、乱歩に「人間豹」があるように女性的性格を秘めた「陰獣」とイメージがつながるが、「虎」というのは男性的な印象が強くあり、検討の余地が残される。ちなみに正史に「黒猫亭事件」や「夜の黒豹」などがあることや、黒猫が登場する「本陣殺人事件」の主人公の性格が女性的なのも、乱歩の「陰獣」の影響があるかと思われる。

(九二) なり相で困つて居ります　「白昼夢」のこと。結果的には大正十四年七月号の『新青年』掲載。

[〇二七]

(九三) 関　三重県の関のこと。父の心霊治療所があった場所と思われる。

とは残念ですが致し方ありません。御父様の御容態はどうですか御案じ申上げて居ります。段々暇が出来て御創作下さることはうれしくてなりません。どし〳〵御作り《ママ》なるやう御願ひします。

御著書のこと先日森下さんからあなたの御意向をきくと申して来ましたから、森下さんの書信の来次第春陽堂に交渉致します。左様御承知下さい。春陽堂が都合が悪ければ他の書店に交渉し、なるべく御気に入る書物を拵らへさせたいと思ひます。

春田氏が新らしく探偵雑誌を出される由初耳です。仰せのとほり合同した方がよろしいではありませんか。「新青年」「探偵文芸」もあることですから、あまり沢山作るのも考へ問題だらうと思ひます、出来の上は又々野次らせて頂きます。

昨日の「毎日」に春日野さんが探偵小説の趣味と題して書いて居られました。先日の会のことなどもあつてなつかしく思ひました。あの中にあるとほり、同じやうな構想のが外国にあつても、そんなこ

（九四）**「鏡」について二篇作つたといつて来ました**　松原は本田緒生（別名・あわぢ生）の本名。松原鉄次郎のこと。明治三十三年名古屋生まれ。養子先の家業は肥料問屋で、戦中以降は食料営団に勤務し昭和四十九年に退職。そのいっぽうで文筆活動もしており、大正十一年「呪はれた真珠」が『新趣味』の選外佳作となり、それに続き、あわぢ生名義の「美の誘惑」が二等入選。昭和三年には『猟奇』発刊にも尽力した。この『猟奇』は戦後の同名雑誌とは別で、のちに機関誌『探偵趣味』の発行が大阪のサンデー・ニュース社から東京の春陽堂に移るため、関西勢力の発言場所の確保と交流の場の維持を目的として創刊したものである。特にコラム「れふき！」の毒舌には他誌の毒舌批評を凌駕する痛快なものがあり、無記名投稿とされながらも、多くは投稿に名を借りた本田や滋岡透のものであろうと文体から想像される。本田緒生の作家生活は、雑誌『幻影城』で

とは顧慮せず少しもかまはないで進むべきだらうと思ひます。同じ材料でも個人個人によつて取扱ひ方がちがひ却つて色とりぐに面白からうと思ひます。

松原君が「鏡」について二篇作つたといつて来ました。(九四) 私も拝見することになつて居ります。いづれ御送りすることでせう。とりあへず右まで。

平井大兄　〔大正十四年〕四月廿六日　光

〇二八　不木書簡　五月十日　封筒便箋2枚

拝啓其後益御活動のこと、存じます。父上様は如何ですか。今日読売新聞に大兄の肖像が出てなつかしく思ひました。二三日前私のも出て因縁の深いことを喜びました。(九五) 先日春陽堂に大兄の作品の出版を交渉しましたら、出版して見たいとは思ふが一度作品の一部分でも見せて

の新作「謎の殺人」(昭和53年)を除いて、昭和九年『ぷろふいる』誌の「波紋」が最後の作品で、典型的なアマチュア作家であった。『探偵趣味』誌上には多くの正体不明作家が見られるが、これは同人誌にありがちな変名および匿名趣味と思われ、鉄田頓生(本田緒生と鉄次郎のミックス。チェスタートンのもじり)や生田もとを(本田緒生→生田本緒のアナグラム)なども松原の変名ではないかと考えられる。昭和五十八年没。文中「鏡」について二篇、とあるのは、探偵趣味の会第二回会合で前もって課題としていた「鏡」というテーマで会員各自が競作したもの。松原の二作の内容は不明だが、正史と乱歩の作品は、春日野の執筆と考えられる大阪毎日新聞六月二日号によれば、以下の通り。「鏡にがい骨の笑顔が映る――Y博士の恐怖を描いたもの(神戸横溝君)」「花嫁が抱いてゐた写真をどこへしまふかと思つてふすまの孔から見たのが、鏡に映つたものを見てゐたゝめにたんすのひきだしを間違へてトンデもない悲劇を起す(大阪江戸川乱歩君)」――この乱歩作品は、後の「接吻」(『映画と探偵』大正14年12月号)の原型と思われる。

〔〇二八〕

(九五) 因縁の深いことを喜びました　これは探偵作家というものが、世間から注目され、作品のみならず、その作者にまで読者の興味が及んできたことを意味する。

ほしいといつて来ましたのでこの手紙と同時に私の手許にある二銭銅貨その他六七種送つて置きました、勝手に取り計らつて事後承諾を求めた議は御容恕願ひます。確答の来次第御通知申上ます。
今日の探偵趣味の会はどうでしたか。松原君から「鏡」を送つたことゝ存じます。私の「女性」への原稿(九六)は七月増大号へまはしたさうです(○)今月中には「新青年」へ何か送りたいと今考へ最中です。一度御目にかゝつて話したくなりました。

〔大正十四年〕五月十日　　光次

平井大兄

(九六)「女性」への原稿　大正十四年七月増大号の「謎の咬傷」。

〇二九　乱歩書簡　五月十一日　封筒便箋2枚

御手紙拝見致しました。

出版の件色々御尽力下さいまして御礼の言葉も御座いません。何分よろしく願ひます。

小説書けないで弱つて居ります。「苦楽」の七月号につまらないものを寄せて置きましたが、自分ながらゾッとする様な代物で何とも恥しく思つて居ります。(九七) 例の「ドラッグ」のは持ち扱つた末変な散文詩見たいなものにして了ひました。何とも相済みません。これはもう一つのと一緒に「小品二篇」と題して「新青年」に送りました。(九八)

「趣味の会」は十七日に開きます。雑誌を出すこと、引受ける本屋がありまして、多分七月初めに第一号を出します。(九九) 主として私が編輯に当らねばなるまいと存じます。大阪の本屋のことですからどうせい丶ものは出来ません。

若し出来ることなら先生の御寄稿が願ひたいと存じます。この十七日に寄りあつた結果いづれ具体的に御願ひは致しますけれど、予め御意嚮を伺ひます。（但し、我々の道楽半分の仕事ですから御礼など

[〇二九]

（九七）恥しく思つて居ります 「白昼夢」のこと。

（九八）「小品二篇」と題して「新青年」に送りました もう一つは「指環」。

（九九）第一号を出します 探偵趣味の会機関誌『探偵趣味』のこと。創刊号は、少し遅れたらしく九月刊行（あるいは表記のみが九月号のためか?）。全三十四頁。印刷は春日野の紹介でサンデー・ニュース社に実費で依頼。四号からは春陽堂の刊行。創刊号から順に編集長回り持ちの当番制で、乱歩・春日野・不木・西田・甲賀・村島帰之・延原・本田・巨勢洵一郎・牧逸馬・正史。十二号以降は、不木・甲賀・乱歩共同編集を表示し、実務をとったのはまだ学生の水谷準だった。最終号は昭和三年九月号で全三十四冊。半同人誌ながら水谷は、そのうち二十三冊の編集長だったわけで、昭和四年には森下・正史・延原の後を継いで四代目『新青年』編集長となっている。

殆と《ママ》出来ないかと思ひます）虫のいい御願ひですけれど。
一寸御礼やら御報告やら御願ひやら。

匆々

五月十一日　　平井太郎

小酒井先生

〇三〇　不木書簡　五月十四日　ハガキ

別封、松原君の原稿を御送りします。（一〇〇）すつきりした作です。（松原君から直送してくれとの話でしたから）十七日の会合の模様が早く聞きたいものです。どうか皆様によろしく。雑誌には喜んで書かせて頂きます。

〔大正十四年〕五月十四日

〔〇三〇〕
（一〇〇）**松原君の原稿を御送りします**　九月に刊行となる『探偵趣味』の創刊号（乱歩担当）の原稿・随筆「無題」か、不木担当の第三号掲載の小説「或る対話」であろう。不木の「すつきりした作」という言い回しから、この原稿は、小説とも考えられ、後者の場合もあり得る。

〇三一　不木書簡　五月十七日　封筒便箋4枚

拝啓左の如く春陽堂から承諾の返事がきました。

　拝啓御下命の小説集は発行させて頂きます、なほ只一冊丈け発行するのでは仲々売出しに不便ですから続けて三四冊出させて頂きたいと思ひます（一〇一）、御訂正の個所《ママ》もあらうと思ひますから一度玉稿を御返し致します、どうかとりまとめて御送りを願ひます。

同慶に堪へません。続けて三四冊出すことについて一度学兄の承知を経てからと思ひましたが、返事の都合上、「学兄も多分それに異存ありますまい。私からもす、めてさういふことにして貰ひます」と書いて置きましたから、事後承諾で恐れ入りますが是非さうなさつて下さい（一〇二）。さうして一度学兄からそのことを

　東京日本橋区通四丁目

　春陽堂

〔〇三一〕

（一〇一）**頂きたいと思ひます**　これは後に『心理試験』以下『屋根裏の散歩者』『湖畔亭事件』『一寸法師』として刊行されることになる。

（一〇二）**是非さうなさつて下さい**　引込み思案で遠慮がちな乱歩に対しての、強引な、まず一手である。慎重に考える乱歩の気性からすれば、自選傑作集にしかねないところを見越しての、不木の先手と思われる。

和田利彦《トシ》氏(一〇三)

宛に書いて下さいませ。春陽堂ならば、今後続けて出して行かれても立派な書肆だと思ひますし、小説は著作権が著者にあるので、出さうと思へば、一度出たうちから選んで他の書肆からでも出せますから、この際先方の言ふ通りにしてやつて下さい。(一〇四)

それから、第一集に出すものを選んで下さつて、直接春陽堂へ送つて下さいませんか。原稿紙にして四百字詰五百枚内外が先方の望むところらしいです。あなたから直送さる丶旨、和田さんへ書き送つて置きます。なほその際装幀組み方の希望を仰しやつて下さつてもかまひません。或は私の手許迄仰しやつて下さつてもよろしいです。(一〇五)

なるべく急いで原稿をまとめて、送つて下さい。

今日は十七日で「会」のある日。その報知の来るのを待ちます。

(一〇三) **和田利彦氏**　春陽堂社長。

(一〇四) **先方の言ふ通りにしてやつて下さい**　まだ著作を持たない後輩の乱歩に対する不木のアドバイス。必要のない心配をさせないための不木の念押し。つまり自選傑作集には、作品集を出した後でも〈別に〉出版が可能なのだから、出し惜しみをしないで、まず全部出版しなさいという意味である。

(一〇五) **仰しやつて下さつてもよろしいです**　これも、内向的で、自分の意見は持ちながら主張したがらない、それでいてプライドが高く、本音としては注文の多い乱歩に対する、不木の配慮。

先はとりいそぎ用向まで、これから森下さんへも春陽堂承諾の旨を
書いて喜んでもらふつもりです。(一〇六)

〔大正十四年〕五月十七日　　光次

平井大兄

【封筒表書き】至急

〇三二　乱歩書簡　五月十八日　封筒便箋4枚

御手紙拝見致しました。
御尽力により春陽堂が出版して呉れます由、大変嬉しく御礼の申上
げやうもありません。
早速原稿を送ります。今後の出版も春陽堂へ頼むこと無論異存はあ

(一〇六) **喜んでもらふつもりです**　乱歩の返事を待たずに雨村に手紙を書き、既成事実を作ってしまって、有無を言わせず乱歩を承諾させる詰めの王手。

りません。その旨手紙を出して置きます。

装幀組み方等は余り高価にならない程度でなるべく上品にすつきりしたものにしたいと存じます。(一〇七)つきましては序文ですが、甚だ御迷惑とは存じますけれど、なるべく長文に御願ひ出来ませんでしやうか。例へば探偵小説全体に関する御感想など御書き下さることが出来ればこれに越した喜びはありません。

最初のつもりでは、先生の外に文壇の人の批評文などもつけやうかと思つてゐたのですが、それも気が利きませんから、止して、先生の丈けを御願ひしたいと存じます。どうか御願ひ致します。

書名は「二銭銅貨」としては如何でしやうか。御意見伺ひます。(一〇八)

「趣味の会」昨夜開きました。「歎きのピエロ」(一〇九)の活動写真を見物したあとで、松竹座の地下室食堂で話しました。第一回に集つた人の外に、新聞社からと電報通信社からと一名づゝ、同好者が来ました。

[〇三二]

(一〇七) **すつきりしたものにしたいと存じます**　乱歩の本装丁の好みがよくわかる。後年の通俗長編のような毒々しいイラスト入りの装丁でなく、自装の版画荘版『石榴』や『陰獣』のように上品なものが理想であったと考えられる。クロースの春陽堂版も、こうした装丁であった。なお『陰獣』初刊本には初版本がないとされている。つまり稀本という意味ではなく、再版以降からしか印刷されていないらしい。なぜこんなことになるかというのは、確かなことは言えないが、明治・大正期の出版物が、初版刊行後一週間で、いきなり三十刷になったりするような計算によるものと考えられる。つまり一刷何部というような割り当てが決まっており、仮に五百部一刷計算では五千部増刷をかけた場合、前が十刷なら十一刷ではなく二十刷とするような計算をしていたために、日にちの数よりも多い増刷の数字になるのである。この増刷の「忽ち百版!!」といった広告が、宣伝効果満点のため、当時は各社が発刊後、いきなり増刷数を競い合った。「陰獣」もこうしたわけで、最初から大増刷が望まれ、初版（第一刷）段階で、再版予定の刊行数までを一度期に印刷したために、初版と奥付にあるものが存在しない結果を招いてしまったと、初版がまだ誰からも見つからない段階では、仮定しておこう。同様なものに耽綺社合作の『空中紳士』も、初版が存在しないという話である。

初会十一人でした。外にアシヤ映画(一一〇)の人も来る筈でしたが、これは都合で欠席しました。

席上例の「鏡」を持寄つて発表しました(一一一)。それ〴〵に頭をしぼつたものではありましたが、あまりいゝのもありません。皆が遠慮なくあら探しをしますので、どれもこれも、完膚なしといつた形です。杉原君のは、思ひつきは大変いゝけれど、描写が不充分だといふことに衆口一致しました。

それから即席に、探偵小説リレー（妙な言葉ですが）といふものを試みました。「煙草」といふ題で、小生が最初五行ばかりを書き、それを五人づゝ二組に分けた各々の第一人目に渡しますと、その人が文章を続けて又五行ばかり書き、それを第二人目に渡すといふ様にして、第五人目で、両組共一つの探偵小説を作り上げるのです。時間は一人三分づゝとして、小生が審判員になつて時計を見てゐるのです。

（一〇八）**御意見伺ひます**　結果的には、もうすこしインパクトのある「心理試験」が表題作となる。
（一〇九）**「歎きのピエロ」**　フランス映画。ジャック・カトランズ監督・主演。大正十四年三月二十日葵館封切。
（一一〇）**アシヤ映画**　芦屋映画か？
（一一一）**発表しました**　前述の「鏡」をテーマとした競作。「鏡地獄」（『大衆文芸』大正15年10月号）は、昭和四年に書かれた随筆「楽屋噺」や自伝によれば、『科学画報』のQアンドA欄にあった記事から発想されたと記されているが、その引き金となったのは、この時の課題が影響を与えているのではないかと考えられる。

つまり五人宛二組のものが十五分間で二つの探偵小説を作り、その優劣を定める競争なのです。大変面白いものでした。出来上つたものも一寸纏つた、十五分間の作品としてはい、ものでした。(一一二)雑誌の方の相談も致しましたが、具体的のことはいづれ四五日中に極る筈になつて居ります。その方は春日野君に一任してあります。皆から先生によろしく申上げて呉れとのことでした。右御礼と御願と御報告まで。

五月十八日　　平井太郎

小酒井先生

〇三三　不木書簡　五月十九日　ハガキ

御手がみ拝見しました。序文は、大へん責任が重くなりましたけれど喜んで、相当の長さのものを書かせて頂きます。然し一度和田

(一一二) 十五分間の作品としてはい、ものでした　乱歩は、連句を思わせる、こうした遊びとしてなら「探偵小説リレー」も好んだ。戦後に疎開先の正史を西田政治と訪ね、三人で「桜三吟」として有名な連句の屏風を残すのも、その一端である。しかし後の耽綺社のような合作探偵小説、あるいはリレー長編探偵小説のようなものを、必ずしも、好んだわけではない。理由として考えられるのは、座興で作るいっぽうは、短時間の、あくまでも〈遊び〉のもので、自分の作品、つまり江戸川乱歩作品としてのものではなかったからである。それに対して合作のリレー小説となると、作品に対しての自分の責任もかかり、そのうえ上出来のものが生まれるとは、到底信じられなかったためである。乱歩という作家は、たとえ最終的に出来がよくなくても、作品の端々まで自分の意識が及ぶものだけを自分の作品と考えていた。これは責任感が強いとか、謙虚であるとかではなく、自分のこだわりにしか興味のない、そのため自分の作品と認めるものに限っては、細部についてもこだわりの強い、個人主義的で、ある意味で排他的な頑固者であったことを意味している。

さん(一一三)にもそのことをはかつて下さる必要もあると思ひます。(和田さんには不賛成はないと思ひますけれど)、そして序文は組みかけてから取りか丶つてもよろしいから、適当の時期に、執筆させて貰ひます。

探偵趣味の会、定めし愉快でしたでせう。リレーなど面白い試みだと思ひます。(一一四)松原君の原稿に対する批評もなるほどと思ひました。それから、書名は「二銭銅貨」が面白いと思ひます、これは然し和田さんの考もきいて見ることに致しませう。

今日は少し忙しいので、とりあへずハガキで……。

〔大正十四年五月十九日(?)〕

〇三四　不木書簡　五月二十四日　封筒便箋3枚

御手紙頂きました。島君(一一五)は私の著書をいつも世話してくれる非常に

〔〇三三〕

(一一三)**和田さん**　前記の春陽堂・和田社長。

(一一四)**リレーなど面白い試みだと思ひます**　乱歩の思惑は〈遊び〉であって、掌編以上には考えていないのだが、これを長編にまで応用できると考えたのが不木であった。後にこれは耽綺社にまで発展する。

〔〇三四〕

(一一五)**島君**　春陽堂の編集者の島源四郎。

よい人ですから結構です、題目は私も「二銭銅貨」の方がよいかとも思ひますが、春陽堂の方からいへば「心理試験」といふ、「科学的」な名を選びたいかもしれません。(一一六)この辺はある程度迄は先方に任しておくことにして下さい。

「苦楽」へ御執筆何よりです(○)私も七月号から毎月書くことになつて居ますので、あなたと一しよになつたことは非常に嬉しく思ひます。どうせ碌なものは出来ず閉口して居りますが、かうして探偵小説が漸次根を張つて行くのは嬉しいと思ひます。「新青年」へも書くことにして居ます。どうも今迄、新青年の読者に御目にかけるほどのものが出来ないので躊躇して居た訳です。といつて、今度は自信あるものが出来さうだから書くといふのでは決してありません。まだ構想もまとまつて居らぬやうな始末です。

第一集の原稿は至極よい排置だと思ひます。(一一七)春陽堂はもうぢきに組

(一一六) **選びたいかもしれません**　これは想像ではなく、不木に前もって春陽堂の編集者側から、読者に対しインパクトのある「心理試験」を表題作にしたいという意向が、伝えられていたのだと思われる。

(一一七) **至極よい排置だと思ひます**　作品のセレクトがよいという意味であろうか。

みかけるでせう。序文は組み始めた頃に執筆させて頂きますからその時に御通知を願ひます。早く第一集が出てくれれば、と、時々書物の装幀などを空想してほゝ笑んで居ます。森下さんも大に喜んでくれました。何しろ、日本の探偵小説界の一時期を劃する出版ですから。（一一八）

パンフレットは具体的な運びに至りましたか？　松原君の「鏡」も御のせ下さいます由、何分よろしく願ひます。同君も早く世に出たいと思ひ、私も出来る限り骨折るつもりですが、よい作品を生産するのが第一の要件ですから、どしぐ作るやうにすゝめて居ります。（一一九）

御父上様はその後如何ですか。又、あなたが名古屋附近へ御出かけになる日はありませんか、一度御目にかゝつて色々の御話が承りたいと思つて居ます。先は右まで、

〔大正十四年〕五月廿四日　光次

平井大兄

（一一八）**一時期を劃する出版ですから**　雨村にせよ不木にせよ、第一子の出産に立ち会う医師あるいは父親のような心境だったと考えられる。自分の著作の出版以上に嬉しいという気持ちがヒシヒシと伝わる文面である。

（一一九）**すゝめて居ります**　乱歩の独り立ちを祝した後でもあり、身近な新人であったせいもあるが、不木が松原つまり本田緒生に、かなりの期待を持っていたことがうかがえる。

〇三五　不木書簡　五月二十九日　ハガキ

拝復　序文喜んで書かせて頂きます。六月の中旬でよろしいだらうと思ひます、早く校正が出るやうにしたいものです。

取りあへず御返事迄。

〔大正十四年〕五月廿九日

〇三六　不木書簡　六月十二日　ハガキ

坂下村からの御ハガキうれしく拝見しました。御父上様の御容態心配に堪へません。

春陽堂の校正がこんなに早く片附かうとは思ひも寄りませんでした。

只今「新青年」の増刊へ書く原稿(一一〇)に取りかゝり中ですから、序文は

[〇三六]

(一一〇) **増刊へ書く原稿**　「按摩」「虚実の証拠」のこと。

十五、十六日頃迄に外島へ御送りすることにしますから遅延の段は何卒あしからず願ひます、とりあへず用向のみ。

〔大正十四年〕六月十二日

〇三七　乱歩書簡　六月十五日　封筒便箋6枚

其後一向御手紙も差上げませんで失礼致しました。先日一寸御はがき致しました通りの始末で、つい御手紙を差上げる気になれなかつた訳です。不悪御許し下さいませ。

益々駄作乱発で、常に諸方へ面目ない様に思つて居ります。「苦楽」に先生の御作(一二一)と並べられて、大いに光栄には存じたのですが、あの駄作(一二二)で何とも汗顔の至りです。先日の「写真報知」の作(一二三)はあれ以下の愚作ですし、又今度の「新青年」の小品も、生意気な丈けで一向取柄のないものです。殊に「ドラッグ」の小品(一二四)をあんな風なものに

〔〇三七〕

(一二一)**「苦楽」に先生の御作**　大正十四年七月号掲載「通夜の人々」のこと。

(一二二)**あの駄作**　「苦楽」七月号掲載は「夢遊病者の死」(初出では「夢遊病者彦太郎の死」)。

(一二三)**先日の「写真報知」の作**　五月十五日号の「盗難」を指すと思われる。七月十五・二十五日号とすれば「百面相役者」。

(一二四)**「ドラッグ」の小品**　七月号の「白昼夢」のこと。夢野久作が絶賛し、現在、乱歩の隠れた名作とされる「白昼夢」も、乱歩の自覚としては、この程度の感想であった。「生意気」というのは、筋の進展で読ませるのではなく、猥雑と猟奇趣味の入り交じった〈不安な気分〉の描出による作品のため、散文詩風の芸術家的な気取りがあるという意味であろう。

(一二五)**「屋根裏の散歩者」**『新青年』大正十四年八月号初出。

(一二六)**始末のつかないものです**　探偵小説史のうえで日本的密室を開拓したとされる「屋根裏の散歩者」の自己評価がこの程度である。後半が弱いならば大幅な改稿をすればよいのだが、そうした形跡もないところから、自己卑下する本当の理由は他にあると考えられる。おそらく後に読者からも指摘された、毒を口中に滴らす毒殺の、節穴の真下に口がくるという偶然に頼っている点に、リアリティーとして無

して了つた点は何とも申訳もありません。

次号には先生はルヴエル式の短篇二三御寄せの由承りましたが、小生は「屋根裏の散歩者」(一二五)といふトリツクも何もないダラ〳〵した変質者の告白みたいなものを送りました。それが甚だ長いもので七十七枚もあるのです。これ亦読者の退屈をまねく外に能のない代物です。それに後半は、関の方へ行つて、親父の側で筆を執つたりして、ついゝ加減にやつつけて了つたものですから、後半丈けが単に筋書き見たいに無味なものになつて、何とも始末のつかないものです。(一二六)一昨日父を伴つて山中へ参りました。そして先生の御はがき拝見致しました。序文、御忙しい中を甚だ勝手な御願ひで何とも申訳ありません。何卒よろしく御願ひ致します。

校正は一昨日全部見まして、校了にして返送して置きました。

次に、先生の「苦楽」(一二七)の御作について感想を述べさせて頂きます。いつもながら、理路整然、一糸乱れぬ筋の運び方には敬服致しまし

理があるのと、致死量としても不足と思われる不確実性が、作品への執着をなくさせた原因だろう。しかし、もうひとつ気にかかるのは、乱歩の父が病床にあったということである。この毒殺トリックは乱歩が父と別居中、畳に横になりながら天井を見ていて思いついたものと自伝にあるが、それだけでなく、喉頭癌のために口を開けて眠る父・繁男の姿から発想されたのかもしれない（後半の三分の一は、父の病床の傍らで書いていた。そのことも「屋根裏の散歩者」に意識が集中できず、「小説の後半が思うように書けていない」理由だった）。乱歩には蓄膿症という気にかかる病気があり、これもまた口を開けて眠るのだが、こうしたいくつもの連想から天井の節穴による毒殺トリックが生まれたのではないかと推測できる。自伝には、「私の手控えによると、それから九月に父が死去するまでに、『百面相役者』『一人二役』『人間椅子』の三篇を書いているわけだが、父の病気と結びつくのは、『屋根裏』だけである」と記している。つまり現実的には父の全快を願いながら、無意識のなかで〈父殺し〉をしている、そのことを当然フロイト流に乱歩は意識しており、そうした自覚が「屋根裏の散歩者」に対する否定的評価につながったのではなかろうか。

（一二七）「苦楽」の御作　前記「通夜の人々」のこと。

（一二八）片岡氏　片岡鉄兵のこと。作品は「紫の花」。片岡は明治二十七年岡山県生まれ。新感覚派の作家として登場したのちプロレタリア文学作家として活

た。無論あの三つの中で最も優れたものだと存じます。片岡氏（一二八）のは、どうも一段調子を落して書いた様なもので、更にはかけてゐますけれど何となく物足りません。小生のは論外です（一二九）。

御作の第一の興味は実際の事件を取扱はれた点です。そして少しも無理のない点です。小生はその事件をつい知りませんでしたが、当時新聞記事に注意してゐた人には一層興味のあること、存じます。第二は連続して起つた二つの事件を巧みになひ混ぜて利用された点です。その外探偵が誰が先に殺されたかといふ点に着眼すること、佐藤がその妻を自殺と見せかけたトリックそして最後に「うちの」といふ巧みな機智、など皆面白く拝見致しました。

新青年の先月のに春田君が、先生の御作は余りに学者的だといつて難じてゐましたが、あれも一つの見方ではありますけれど、先生は今の御作風を徹底なされば、そこに独特の一つの境地が出来るのではないかとも、失礼ながら考へます（一三〇）。それは外の文学者などの迚も

躍。昭和八年に獄中で転向し、戦中の昭和十九年に没している。乱歩と片岡との交友は、衣笠貞之助監督作品の「狂った一頁」（川端康成原作）の次回作として、乱歩の「踊る一寸法師」が企画され、これを新感覚派が支持し、推し進めていたのだが、乱歩によれば、おそらく、その動きには片岡の意見が大きく作用しているだろうという。そして乱歩も片岡の小説にある映画的手法のフラッシュバックの描写に斬新さを感じており、それを随筆の「映画いろいろ」に書くと、片岡も、雑誌に、あの手法に気付いてくれたのは乱歩だけだという文章を書いて、大いに、それを徳としてくれたらしい。こうしたことから、この乱歩作品の映画化が頓挫したあとでも、乱歩は何度か片岡と会っていた。乱歩はプライドが高いため文壇作家と接触しなかったが、敬愛する谷崎や宇野などには会いに行っている。この二人は関西に縁の深い作家であり、プラトン社とのつながりもあり、探偵小説にも好意的であった。また稲垣足穂や萩原朔太郎は当時の文壇に不満があった反逆者であったから、乱歩と大変親しく交友している。

（一二九）小生のは論外です　「夢遊病者の死」のこと。乱歩は自伝の中で、この事情を、かつての「探偵小説十年」を要約しながら、次のように記している。「これはひどく無理な作で、トリックを充分使いこなせなかった。或いはその時間がなかった形である。この作は片岡鉄兵ほか二人の文壇少壮作家の探偵小説と並べて掲載されたが、純文学作家が探偵小説と

及び難い、一つの芸術上の形式です。いつも考へることですが、探偵小説に限つては、外の文学と異り、学問と芸術の中間にある様なものですから、学問的興味と芸術的興味をなひ混ぜた様なものですから、先生の様な学問的な頭の方が、それを書かれるのが理想ではないでせうか。（一三一）その点から云ひますと、小生の書くものなぞ、純正探偵小説の外道かもしれないと思つて居ります。

つい御報告を怠つて参りましたが、本月六日に例の趣味の会を大毎で開きました。府警察の刑事課長、智能犯係長、医科大学の人、弁ゴ士など多数の来会者があつて盛会でした。少し新聞社流に雑騒になつた嫌ひはありますけれど。（一三二）ところで、星野君にその報告書の謄写を依頼して置きました処、これ又新聞社流に大分大ざつぱなもので、まだご承諾も得てゐないのに先生の御名前なども会員の中に入れて了つたのです。同封して置きましたのがそれです。事後承諾を御願ひして申訳ありませんが、会の一員に御加へすることを御許し

いう註文を受けて書いたのは、恐らくこれが最初であったかも知れない。いずれも大した力作ではなかったけれども、何かしら物珍らしい感じを与えたことは確かだ。しかし、それらの人々は探偵小説には素人のことゆえ、これはという作もなかった。『夢遊病者』は拙作であったけれども、それらのうちでは、やっぱり探偵小説になっていると評した人があった」

（一三〇）**失礼ながら考へます**　甲賀三郎（春田）が六月号で「『呪はれの家』を読んで——小酒井不木博士に呈す——」と題し、不木の作品評を載せたのに対しての乱歩の反論。後年の小栗虫太郎作品のペダンチスムに対する乱歩の肯定的評価に通ずるところがある。

（一三一）**理想ではないでせうか**　乱歩の探偵小説観がよくわかる見解。理性的なものと合理性では抑え込めない感情的なものという解釈もできるかもしれない。

（一三二）**新聞社流に雑騒になつた嫌ひはありますけれど**　正史から乱歩宛の大正十四年六月十三日付書簡より抜粋すると、「どうも余りの盛会にすつかりくたびれてしまひました（中略）西田さんからのハガキに『会が隆盛におもむくのは嬉しい。そして、探偵趣味の会としてはこれが当然なのであろう。しかし、いつたい探偵小説同好者としての趣きはどこにあるのだろう』とありましたが、私も同感しないではゐられません。この間のやうな会も確かに面白

願へれば幸甚です。
先日御伺ひ出来なかつたのを大変残念に思つて居ります。色々の御礼旁々是非一度御伺ひし度く存じて居たのですが。その内機会を見て是非御伺ひ致します。
これから「苦楽」九月号の分を書かうと思つて居ります。八月号は色々の事情で御断りして了つたものですから。
今度の「新青年」の横溝君のは大変い丶ものだと存じます。（一三三）
第一回の趣味の会で筋を発表したもので、其節差上げた手紙の中へ、出ましたら是非御覧を願ひ度いと申上げて置いたものです。
色々ゴタ〳〵と並べて失礼致しました。
匆々
十五日夜　平井太郎
小酒井先生

い。しかし、月々の会合がいつもあんな様子だつたら、私はどうしやうかと思ひます。専門家たちの話も面白いには違ひないが、あまり生々しく余り実感があり過ぎて、気の弱い私など不愉快にならざるを得ません。尤も、これはこの間の話題が全部あんなセックスに関係してゐたからであるかも知れません（後略）」というような、現実の捜査官による生々しい報告であったらしい。

（一三三）**横溝君のは大変い丶ものだと存じます**　七月号の正史作品は「画室（アトリヱ）の犯罪」。

○三八　不木書簡　六月十七日　封筒便箋6枚

御手紙うれしく拝誦致しました。序文遅れて申訳がありませんでした。別封書留郵便で御送りしましたから御受取りを願ひます。何だかヘンなものになつてしまひましたが、一般読者のことを考へて、あの程度にとゞめて置きました。探偵小説の沿革とか、外国作家のことなどを書かうかとも思ひましたが、キリがなくなりますし、又、前田河氏などに喰つてかゝるのも、場所が場所ですから、折角の創作集をだいなしにしてもいかぬと思つて、あつさりと片附けて置きました（一三四）。然し私があなたの作物に対して持つて居る心持はあれで大方あらはしたと思つて居ります。御気に入らぬところは何とぞ御諒恕を願ひます。

校正は出来るならばあなたの方で御すまし下さるか、春陽堂へまかせて頂いてよろしう御座います。

探偵趣味の会益隆盛の由愉快でなりません、近いところで出席が出

［○三八］

（一三四）あつさりと片附けて置きました　前田河の探偵小説批判が、不木には、かなり頭に来るものであったことがわかる。乱歩の場合は、薄々、前田河一流の、話を針小棒大に敷衍させた戯論と感じている手応えがあるが、不木の場合は、何とかして前田河に一矢報いてやりたいという思いがあり、怒りのやり場をどこで吐き出すかで、いらついていたのだと思われる。乱歩作品のような立派な作品があるにもかかわらず、前田河は何を言うか、という不木の反論であろうが、これでは水掛け論になることは明らかであった。前田河の批判は「『D坂の殺人事件』は興味をもって読んだ」とする上での批判なのである。乱歩本人がする議論ならともかく、不木が再度蒸し返すのは、明らかに大人げないことであったに違いない。しかし、こうした大人げないところも、相手の悪ふざけがわからない、生真面目な不木らしさの一つである。

来たらどんなにか喜ばしいだらうと思ひますが意に任せません、会員たること無論異議のあらう筈はありません。雑誌創刊について金がいるやうでしたら出しあつてもかまひません。それにしても創立早々これだけの会員の出来たことは大成功だと思ひます、星野さんに御逢ひの節よろしく申上げて下さい。

「苦楽」の拙作（一三五）に対しての御言葉恐れ入ります。碌なものではありません。いつも理窟つぽくなつて蠟をかむやうなものです。八月号には「ふたりの犯人」として打出二婦人殺しの解釈をして見たものを送りましたが、これも小説だやら講義だやらわからぬものです。「序文」の中へ書いたやうに、探偵小説も芸術として書かれねばならぬといふ自分の主張であり乍ら、自分の書くものは、やつぱり駄目です。春田君の批評は一々もつともです。然し、自分ではあれでせい一ぱいなのです。いつも材料を取り扱ふたび毎に、これをあなたなら定めし私が満足するやうに表現するだらうになあ、と思はぬこと

（一三五）**「苦楽」の拙作**　前記「通夜の人々」のこと。

はありません。苦楽の「夢遊病者」(一三六)など、あの題材をあれだけに生かす手腕は並大抵ではないのです。片岡さんのなど、軽くてよいけれど、あなたの作のやうに底力がない。やつぱり、どの作を見ても、あなたの持つて居る天才的な力のひらめきが充ちて居る。それが幾重にも羨ましくもあり尊くもあるのです。「屍蠟」なんども、ねらつた的にぴちんと射当て、あるのがうれしいのです。春のいら〳〵した気持、犯人の、裏の裏を行く恐ろしいたくみ。然しあれほどコツたものになると、恐らく通り一ぺんの読者にはその味がわからぬかもしれません。(一三七)「駄作乱発云々」とあなたは仰しやいますけれど、あれで駄作なら、むしろ、盛んに駄作をやつてもらひたいものです。そんなことに卑下して居られると、あなたの持ち味がひつこんでしまひます。憚りなくどし〳〵製作して下さい。平林さんや加藤さんたちが、いつかあなたの作を批評せられたところを見ると、やはり作品全体として感心してしまふので、やつとのことに、ちよつとし

(一三六)**「夢遊病者」**『苦楽』大正十四年七月号掲載の「夢遊病者彦太郎の死」(のち改題「夢遊病者の死」)のこと。この『苦楽』掲載は、『新青年』以外では『写真報知』に次ぐ他誌への寄稿で、乱歩の自伝にしたがえば、四月に『苦楽』の川口松太郎編集長から来た手紙の原稿依頼によるもの。手紙の大意は、「あなたの新創作探偵小説を新青年で残らず愛読しているが、今まで住所がわからなかったところ、最近、宇野浩二さんから、あなたのアドレスを聞いたので、この手紙を出す。一つ『苦楽』の為に探偵小説を書いて下さらぬだろうか」というものであった。この手紙の後、川口は乱歩を訪ね、自分のことより探偵小説を隆盛させるのが先決とする乱歩に意気投合しての原稿依頼であった。なお、宇野浩二から住所を聞いたというのは、宇野が大阪育ちのこともあり、プラトン社の御贔屓作家(編集部の直木三十五の学友でもある)であったということと、乱歩が宇野のファンで、宇野の住む菊富士ホテルに何度か訪ねているためによる。このホテルは竹久夢二や大杉栄も住んでいた高級下宿を兼ねたホテルであった。塔の部屋には、後に坂口安吾が住んでいる。ちなみに、夢二も大杉も長期にわたるホテル代のほかに、クリーニング代その他、フロントが代わりに払った付けなども踏み倒しての引っ越しであった。こうした甘さが、このホテルを、必ずしも文化人に好意的でなかったにもかかわらず、膨大な文化人のサロンにしたのである。

たアラを見つけて挙げて居る様子でしたから、「序文」の中へその弁護を書いて置きました。(一三八)誰だつてアラのないやうに作りたいのは勿論ですけれど、筆の都合で多少の斟酌をしなくてはならなくなるでせう。誰が何といはうが、私はあなたのすべての作の底に光つて居るものがいつもはつきりと眼につくのです。あなたを及ぶかぎりもり立てゝ行くこそ、私たち日本の探偵小説界に身を置くものの義務だと思つて居るのです。大に書いて下さい。

「新青年」へはルヴエルの模倣のやうなものを送つて置きました。(一三九)私としては小さいものの製作に相当の熱を感じます。三篇送るつもりのが二篇（尤も一篇は二つにわかれて居ります）しか送れませんでした。これから毎月一篇は送りたいと思つて居ります。「屋根裏の散歩者」楽しみにして待ちます。

横溝さんの構想はたしかによいものと思ひました。面白いことはあの中に「めくり暦」へ云々とあるところは、私が今月の「子供の科

（一三七）**読者にはその味がわからぬかもしれません**　「白昼夢」は話の筋で読ませる作品ではないので、奇想や意外性を求める読者には面白さが伝わらない面があったと思われる。小説材料を提供した不木の喜びが伝わる文面。

（一三八）**弁護を書いて置きました**　平林・加藤の批評に対しての不木の感想には、鋭いものがある。当時は加藤武雄も大衆作家とは考えられていなかった。つまり文壇時評で、いわゆる純文学と並べ批評するに値するものとして、探偵小説でありながらも乱歩作品には、無視できないものがあったという見解。

（一三九）**ルヴエルの模倣のやうなものを送つて置きました**　『新青年』大正十四年八月五日夏季増刊号「按摩」「虚実の証拠」のことか。

学」に書いたこと(一四〇)、偶然の一致で、私は毒瓦斯の秘密をめくり暦の中へかくして置くことにしたのです。自分の考へるやうなことは人も考へるものだといふことに苦笑させられました。

御父さんはその後如何ですか、どうかせい〴〵慰めてあげて下さい。

先は御返事と御案内まで。

〔大正十四〕六月十七日　　光次

平井大兄

〇三九　不木書簡　六月十八日　ハガキ

きのふ差上げた原稿の中に僭越を潜越と誤記した（？）ことを思ひつきました。若し間違つて居たら校正の節御訂正下さい。その外、何気なしに誤字をつかつて居るかもしれませんから、どうかよろし

（一四〇）**「子供の科学」に書いたこと**　「髭の謎」（『子供の科学』大正14年6月〜8月号）のこと。この「日めくり暦」の中に毒ガスの秘密を書き記していたという場面は、七月号にある。なお、この『子供の科学』の編集長は、科学エッセイストの原田三夫で、不木の中学時代の同級生。この二人は幼年時代から接触があり、ともに「みっつぁ」と呼ばれ、隣村同士の「みっつぁ」は、どちらが出世するものかと隣人に期待を掛けられていた。なお、原田三夫は、有島武郎が作家以前の札幌農学校教師時代の教え子で、最も早い時期の弟子の一人。通俗科学解説者としては第一人者で、百冊以上の著作がある。不木の倍以上の長寿を保ち、晩年はドイルと同じく神秘主義者となっている。「ロボット三等兵」の前谷惟光の父。

く御訂正を願ひます。

〔大正十四年〕六月十八日

○四○　乱歩書簡　六月十九日　封筒便箋3枚

昨日御手紙を、本日序文と訂正の御端書を頂戴致しました。訂正の上早速春陽堂へ送ることに致します。

御多忙中を長文の序御よせ下さいまして何とも御礼の申し様も御座いません。殊に内容が重《ママ》に小生を御ほめの御言葉で、有難く感じると同時に、何だか冷汗が出る様で、この御言葉に対しても、もつといゝものを書かなければ相済まぬと、大いに発奮させられた次第で御座います。

探偵小説に対する御議論は至極穏当なもので、これなら如何に探偵嫌ひの人でも必ず首肯することゝ存じます。（一四一）

〔○四○〕

（一四一）**必ず首肯することゝ存じます**　不木が第一著作集『心理試験』序文を載せるに際して、あらかじめ著者の乱歩に検閲を請うたことに対する書簡である。乱歩は戦後に正史が再出発の「本陣殺人事件」評を正史に検閲させているが、これもまた、時代を画する作品評のため、不木を見習った心遣いと思われる。不木の序文は、「私に序文を書かせてくれる江戸川兄の心が嬉しくてならぬ」という、産婆役を果たした手放しの喜びに満ちたもので、「甚しく脱線したことを書かぬとも限らない」と自分を戒めながらも、はしゃいだ気分を隠せない。今後の探偵小説の隆盛を願うための啓蒙的批評で、そのため先駆けとも言うべき乱歩を大いに持ち上げた推薦文になっている。「更に最近の『心理試験』を読むに及んで、日本人として、欧米の探偵小説界に対し、一種の誇りを覚ゆるに到つたのである」あたりや開祖のポーとの比較あたりが、乱歩として「冷汗が出る」部分と思われる。しかしながら社会学的視点も見られる委曲を尽くした啓蒙的推薦文で、乱歩の作品評にとどまらない、以後の探偵文壇の指針としての役割をも果たした文章になっている。

拙作がこの御序文でどれ程引立つことか知れません。重ね〳〵御礼申上げます。

昨日「女性」の御作(一四二)拝見致しました。死人の歯をとつてそれで咬傷を拵えるといふ御着想、何といふすばらしいものでせう。例によつて一糸乱れぬ、少しの不自然もない筋の運び方で、その結末が、このすばらしさは、何とも敬服の外は御座いません。フエチシストが金庫の内へ、変てこな品物(一四三)をしまつてゐて、それが探偵を難しくしてゐる点など、凄くもあり、面白くもあり、一言も御座いません(一四四)。

父は関の方でも見はなされまして、こちらへ帰り勧める者があつて、もう外に致方もなく、信心を致して居ります。信仰心などない人でしたが、それが此頃では中々信心家になつて居ります。病状は余程進みまして、舌の根が話と呼吸の出来兼ねる程はれて居ります。その割に身体が衰弱して居りませんので、猶更ら苦痛だらうと思ひます。病父をだしに使ふ様で心苦しいのですが、そんなことで頭が占

(一四二)**「女性」の御作** 「謎の咬傷」(『女性』大正14年7月号)のこと。

(一四三)**変てこな品物** 女性の毛髪の束。

(一四四)**一言も御座いません** 伊藤晴雨のような失われてゆく日本髪、つまり髪型に対するフェティシズムはあったが、髪その物のコレクションというのは、当時の日本では珍しかったと思われる。ローデンバッハの「死都ブリュージュ」を、あるいは不木が読んでいたのかもしれない。欧米では「サムソンとデリラ」のサムソンの毛髪に怪力の源が宿るように、髪に対する特殊の信仰があった。英雄ナポレオンの毛髪コレクターが、その生前からいるのも、こうした理由によるものであろう。アントワネットの毛髪コレクターも、おそらくいるのだと考えられる。同じフェティシズムにしても、現在の変態趣味と少し違った、こうした奇妙な味を乱歩は、ことのほか好んだ。

[〇四一]

(一四五)**川口君** 川口松太郎のこと。明治三十二年浅草生まれ。小説家・劇作家・演出家。久保田万太郎(明治22～昭和38)・小山内薫(明治14～昭和3)門下。大正二年に十四歳で、浅草伝法院そばにて古本露天商を始め、警察署給仕、江戸橋の中央電話局勤務、講釈師悟道軒円玉宅の住み込み口述筆記助手などを経て、十七歳でデビューし、昭和十年に「鶴八鶴次郎」で第一回直木賞を受賞。花柳・水谷時代

領されてゐまして、この頃一向い、趣向が浮びません。実に無慈悲な病気もあつたものだと、時に変な心持になります。

御礼旁々右まで。　匆々

十九日　平井太郎

小酒井先生

〇四一　乱歩書簡　七月七日　封筒便箋4枚

御無沙汰致しました。

去る四日趣味の会第四回目を開きました。来会者六十名、大毎の大会議室でやりました。大毎の力で段々盛んになつて行きます。

この会からプラトン社の連中が加はりました。川口君（一四五）などもなか〱

の新派界の大御所的存在だった。後には大映専務、明治座取締役にもなっている。人情物の第一人者で「愛染かつら」は映画・主題歌ともに爆発的人気を呼んだ。明治以降を舞台とした「明治一代女」「祇園囃子」『人情馬鹿物語』などの現代物が本領だが「新吾十番勝負」「蛇姫様」などの時代物も多い。岩田専太郎（明治34～昭和49）とは無名時代から無二の親友で「飯と汁」は二人のモデル小説。専太郎が締切りに間に合わない川口の代作をしてもわからないくらいに、息の合った仲の良さであった。今東光と共に、谷崎潤一郎に可愛がられた弟子同様の取巻きの一人。現在の感覚では意外であろうが、今東光がそうであるように新感覚派とも親しく、若い頃から川端康成と親友。専門域が現代風俗小説のため没後に川口は忘れられた感があるが、叙情漫画家で絵師とも言うべき上村一夫が、晩年に傾倒したのは川口松太郎であった。江戸趣味とモダニズムを使い分けられた屈指の風俗作家だけに再評価が待たれる。夫人は女優の三益愛子。浩・恒・厚・晶の父。昭和六十年没。この書簡の大正十四年当時の川口は『苦楽』編集長。後の編集者時代の正史が、最大のライバルとみなしたのは『苦楽』編集長時代（すでにその頃は、大正十五年にプラトン社をやめて演劇・映画界に入っていた）の川口だった。

（一四六）実現しさうな模様です　当初は『ストーリー』が予定され、後に『探偵趣味』となる。詳細は後述。

好きな方です。今同君に勧めて会の半機関としてプラトン社から探偵雑誌を出す様話を進めて居ります。実現しさうな模様です。(一四六)「苦楽」にも段々会員が執筆することになります。さしあたり甲賀三郎君を紹介して、同君には川口君から依頼状を出しました。横溝君や水谷君にも頼んで居りました。(一四七)

水谷準（本名納谷三千男）(一四八)君は早大文科生ですが、休暇で小生の宅へ遊びに参り、四日の会にも六日の坐談会にも出ました。

坐談会からはよせ書きを御送り致して置きましたが、席上、探偵小説を盛んにする為には、何よりもい丶ものを書くことが先決問題であること、それには、これまでの創作は余りじみなものばかりで、面白味に欠くる所がある故、もつとリユパン式の変化あるものを書かうといふこと、など申合せました。これは柄にもない小生の発議です。なんとかしてそんなものが書き度いと思ふのです。

大分前から、「サンデー毎日」にリユパン風の長い続き物をといふ注

（一四七）**水谷君にも頼んで居りました**　前にも記したように『苦楽』は当時の、いわゆる純文学と、現在で言う中間小説に当たる通俗な風俗小説を主軸とした総合誌であったから、新興文学の探偵小説としては檜舞台であり、川口が、この新しい小説ジャンルに並でない関心を寄せていたことがうかがえる。

（一四八）**水谷準（本名納谷三千男）君**　後の四代目『新青年』編集長。明治三十七年函館市生まれ。大正十一年、十八歳のとき「好敵手」でデビュー。雨村から海外ミステリー通として期待され、次期編集長に望まれたが、いまだ学生のため、二代目は正史となった。学生時代も『新青年』のブレーンとして活躍し、四代目編集長就任後、正史・延原のモダニズム路線を一層拡大し、『新青年』のカラーを作った最大の功労者。『探偵趣味』の編集や、大正末年から正史・延原編集時代の『新青年』にも、水谷は編集サイドで大きく関係している。編集者を本業と考え、同郷人の久生十蘭や、北海道に縁のある渡辺啓助を育て上げたのも水谷の功績。翻訳や創作は、あくまでも余技と考えていたらしい。昭和十年代からゴルフを始め、文壇ゴルフ界では『新青年』作家の摂津茂和（せっつもわ、明治32〜昭和63）とともに草分けの一人。出社前・出社中の途中外出・出社後とゴルフ場に通い続け、爆弾の降る戦中も、ゴルフ場閉鎖のための数週を除いて皆勤のゴルフ・ファン。戦後はゴルフ評論家としても著名。なお昭和十一年一月から『新青年』に連載され、架空国レグホ

文を受けて居りますが、どうも柄にない為手がつけられずそのままにして居ります。（一四九）併し、さういふものも書かなければ創作探偵小説の普及にならないと信じますので、何とかして書くつもりでは居ります。

同封の印刷物は会の間に合せる為大忙ぎで印刷させた為大変杜撰なものですが、なか〳〵多方面の人々を網羅してゐる点御目にかけます。女の会員も十名近くあり、毎回四五名は出席致します。警察の連中や弁護士達も毎回熱心に出席致し、面白い話をして呉れます。会ではよく先生の御名前が出ます。今度も高山弁護士（一五〇）は先生の著書にある理論の一例だといつて、二三の殺人犯人の人情味について長い話をしました。法曹界にはなか〳〵先生の崇拝者がゐる様です。先生に一度御来阪を願ひ講演して頂き度いといふのは会員一同の熱望です。

会の模様は四五日中に印刷物を以て御報告致します。

ーンとコーチャンの両大国に平和洋をはさんでミノルカ合衆国と国土狭小なチャボ国を配した架空世界地図を舞台とする、「くノ一葉子」という痛快なユーモア国際間諜小説を書いた泉谷彦なる作家は、ペンネームの中にMIZUTANIがあることや、編集後記の水谷の文章が感じさせる紙背にあるホクソ笑みから、おそらくは水谷の変名と考えられる。チャボ国とハンバーグ国が秘密裏に交わしたハンチャ同盟をめぐる国際的大陰謀なのだが、こんな危険な題材を茶化しつくした上で、腹を括って掲載できるのは編集長以外ありえない。ささやかな軍国時代への水谷の抵抗であったのだろう。平成十三年没。

（一四九）**そのままにして居ります**　「サンデー毎日」に乱歩が初登場したのは、大正十五年一月三日号から五月二日号まで連載（十九号中八回休載）の「湖畔亭事件」。

（一五〇）**高山弁護士**　会員かは不明だが「探偵趣味」に三回アンケートなどに登場している高山義三（後の京都市長）か。

[〇四二]

（一五一）**通知に接しました**　『ストーリー』はプラトン社の内紛（116頁注〈一八〇〉参照）のため、計画だけに終わった。

（一五二）**屹度書き得ると期待します**　大正末、昭和初期の探偵小説界では、ドイルは本格物で高尚、ルパンは痛快だが、西洋講談で、誰も愛してはいる

右一寸御知らせまで。　匆々

七月七日　江戸川乱歩

小酒井先生

○四二　不木書簡　七月八日　封筒便箋3枚

御手紙及び座談会寄せ書頂きました、探偵趣味の会隆盛に赴きしこと愉快に堪へません。今日御手紙と殆んど同時にプラトン社から「ストオリー」発行の通知に接しました。（一五二）愈よ斯界のために祝すべきこと、存じます。

座談会でリユパン式のものがよいとの事、至極尤もと存じます。一人や二人あゝしたものを書く人が居なくてはいけません。私などには及びもつかぬことですが、サンデー毎日からさういふ話があるのでしたら、是非試みて見て下さいませんか。

が、やや低俗という意識があった。しかし、国産のしゃれた冒険活劇の探偵小説が求められていたのも確かで、この課題は、甲賀三郎をはじめ、ルパンの翻訳者の保篠龍緒による創作など、多くの人に試みられた。ところが日本の場合、フランスと違い、愛国心を大らかに鼓吹することができないために、ルパンの亜流になることすらできなかった。かろうじて、そんな中で成立したのが、理知とチームワークの勝利を正義とする、少年探偵団と二十面相のシリーズであったと思われる。

（一五三）「二銭銅貨」　後の単行本『心理試験』。

（一五四）ふえること、予期して居ります　乱歩の「二銭銅貨」が掲載される以前の『新青年』は、短編募集のコンテストでも八重野潮路（西田政治）の「林檎の皮」や篠原荒村の「梨の汁」という風に、題名からして傑作が期待できないような風潮があった。これは作為的に題名を抽出しているわけではない。そのことは、『新青年』のコンテストは探偵小説以外の学生小説・青年小説なども含めての募集だが、受賞作の題名を列挙すれば、いちばんよく分かる。【大正9年】「死人の眼」伴梨軒、「林檎の皮」八重野潮路（4月）、「（学生小説）英語の答案」竹内純一（5月）、「破れし原稿用紙」八重野潮路（6月）、「（学生小説）不正事件」小林紫蘭、「（青年小説）同宿生」圭四郎（7月）、「S温泉事件」本多義一郎（8月）、「（青年小説）帰還兵」中野十九松、「（学生小説）落第生」佐藤五平（9月）、「『黒』と

そのうちにはあゝいふものを自由に書く創作家も出るでせう。いや、出したいものです。所詮は会員が遠慮なく試作して見るとよいと思ひます、さうしたらそのうちにはよいものが生れるでせう。松原君は修業せばさうしたものを屹度書き得ると期待します。(一五二)先日同君から、学兄が「苦楽」へ紹介して下さつたといつて大へん喜んで来ました。私からも川口さんに御願ひしますが、なほ学兄よりもよろしく御伝へ下さい。

会員名簿を見て面白い顔触れにほゝ笑みました。会費は送るのが厄介で、（三円ぐらゐでは少し足らぬことありませんか、三円でよければ送ります）郵便局へ序の節に送ります。会員は私も同好の士にすゝめてふやすやう心懸けます。

横溝さんと水谷さんの御ところがわからんので寄せ書の返事を出すことが出来ません、御序の節御しらせ下さいませんか、

「二銭銅貨」(一五三)は追々出版の日に近づきつゝあること、鶴首待つて居り

銅貨」中村貞一（10月）、「新聞の切抜き」富田一夫（12月）【大正10年】「優勝旗の紛失」中西一夫（2月）、「ボートに位牌を乗せた話」三竹一路（3月）、「恐ろしき四月馬鹿」横溝正史、「仏像の眼」安田城西（4月）、「（短編小説）髭」石川九三（5月）、「告白」篠原荒村（6月）、「俸給日」篠原荒村（7月）、「老探偵の物語」錦酒泉、「深紅の秘密」横溝正史、「会計係の行方」中川藻山、「三つの犯人」武井おさむ（8月・夏増）、「にわとり」鈴木如楓（9月）、「梨の汁」篠原荒村、「拳銃を擬して」武井おさむ（10月）、「死にそうな山羊と穢多なる彼等」池田斉、「土曜日」川崎幸次郎（11月）、「一個の小刀より」横溝正史（12月）【大正11年】「村長の子」新島舟三（1月）、「黒真珠」谷川潮帆（2月）、「亀さんと青の礬」池田斉、「手中の灰」つねを（3月）、「（青年小説）芽生」雨森一花、「仏蘭西製の鏡」藤田操（5月）、「古本の秘密」健三郎（6月）、「倉野二等卒」野村太郎（7月）、「貧しいけれども」大洲繁夫（9月）、「自然の復讐」田中健三郎（10月）、「南米へ」松浦豊（11月）、「好敵手」水谷準（12月）【大正12年】「妹」加納鉦一、「ブルドッグ」田中健三郎（2月）、「牛を追うて」池田斉（3月）、「二銭銅貨」江戸川乱歩、「頭の悪い男」山下利三郎（4月・この二人のみコンテストではない）、「護送」加納鉦一（5月）、「三人の罪人」田中健三郎（8月）【大正14年】「蒔かれし種」あわぢ生、「夜行列車」成田尚（4月）。以上で、見落としがなければすべ

ます。あれが出た晩は、きつと同好の士がふえること、予期して居ります。（一五四）

御父上様は如何ですか……。

〔大正十四年〕七月八日　　不木

江戸川兄

〇四三　乱歩書簡　七月十六日　封筒便箋3枚

拝啓

色々御骨折り下さいました短篇集漸く出来上りましたから一部御目にかけます。実は出来上りましたら持参の上御礼に参上致し度いと心構えて居りましたのですが、父の病気が二三日来殊に悪く一寸家を明けることが出来ませんので、様子を見た上、若し出来れば数日

てのはずである。六割方は探偵小説ではないはずだが、別種のものが同時に入賞していたりもし、明らかに探偵小説でも、すべてに探偵小説という角がきが記されてもいないなどの点から、分離ができないため、入賞作のすべてをあげている。探偵小説誌として定着するまでに、いかに多様な読者がいたかということもわかるはずである。「林檎の皮」や「梨の汁」ですら、この中では探偵小説として本格物であった。雨村が、いかに西田や正史を、大変貴重な人材と受け止めたかも理解できるであろう。ただし、乱歩が登場しなければ雨村としても、いまだ人材不足で、『新青年』を農村の青少年と、海外雄飛を希望する青少年のための、娯楽と教養雑誌に留めたに違いないことは明らかだと思われる。それほどに乱歩の登場は画期的であったのだ。多くの、後の探偵作家達は乱歩を一つのモデルとして、批判し、啓発される中で、探偵作家として自立していったのである。不木においても、それは同様であった。そして『心理試験』が、職業的探偵作家の最初の単行本として売れることは、読者のみならず、作家を育てる意味でも重要だったのである。

中に一度御伺ひする積りで居ります。松原君にも其節御会ひし度いと存じまして、此の間手紙で都合を問い合せたのですが、同君は非常に多忙で御話をする暇もない様子で、甚だ残念に存じて居ります。(一五五)本は、先生の御序文と、装幀が大変上等で、中味がそれに添はないのを甚だお恥しく存じます。若し売れれば先生の御序文のたまものです。売れなければ中味が悪いからです。

初版二千部です。二千部位売れ相に思ひますが、どうも心配です。(一五六)家の中がゴタ〳〵してゐまして、どうにも筆が執れません。九月号は「新青年」も「苦楽」も御断りしました。其後書きましたのは、「写真報知」へ「百面相役者」といふ短いもの丈けです。今「新小説」から頼まれまして、これもごく短いものを書かうと思つて居ります。(一五七)例のプラトン社の「ストーリー」も九月上旬には出ることになりましたので、これにも何か書かねばなりませんし、気が気ではないのですが、どうも少しも書けないので弱り切つて居ります。

〔〇四三〕

(一五五)甚だ残念に存じて居ります 松原君(本田緒生)は、家業の肥料問屋が忙しかったようである。「暇もない」という言い回しに、会えなくて残念という他に、辞を低くしてプロ作家の乱歩がうかがいを立てたにもかかわらず、無礼ではないかという、心外な思いがあるように感じられる。けんもほろろの返事であったのだろう。

(一五六)どうも心配です 流行作家の場合、現在では数万も刷る初版部数と違い、当時の出版界では、このくらいが普通だった。探偵小説の単行本の初版としては千部前後が通例で、二千部は、やや多い部類に入り、春陽堂の期待の程度がうかがえる。乱歩も恩恵を受けた昭和初年の平凡社や改造社の円本ブーム以前には、単行本の印税収入は作家の総収入の、ごく一部で、ほとんどが雑誌の原稿収入だった。単行本の出版は、作家の名誉や記念碑的な意味合いのほうが強かったのである。後の大作家である乱歩ですら、処女出版では、読者が買ってくれるか不安であったことを示す貴重な証言。

(一五七)短いものを書かうと思つて居ります 「一人二役」(『新小説』大正14年4月号)のこと。

右一寸御礼旁々御報告まで

七月十六日　江戸川乱歩

小酒井不木先生

○四四　不木書簡　七月十七日　封筒便箋4枚

今朝読売新聞の新刊書目録の中に「心理試験」のはひつて居たのを見て、大に喜び早速この旨ハガキで御祝ひ申しあげやうとして居たところへ、御手紙に接しました。

まだ御送り下さつた書物はつきませんが、明日は手に入ること、焦れて待ちます。(一五八)

御父上様の御病気思はしからぬ由本当に同情致します。私のやうに自由に筆執ることの出来る身分でも小説となると、いら〳〵してち

〔○四四〕

（一五八）**焦れて待ちます**　序文を書いた不木に、春陽堂から献本されなかったとは思えないが、そうした手配が、いまだ後手にまわる時代であったのであろう。献本のすべてを、春陽堂がすべて著者の乱歩に委託していたとは思えない。

つとも思想が纏まらずほと〳〵閉口して居るのですもの、御心配中どうして考を纏めることが出来ませう。探偵小説といふやつは、普通のものとちがひ、無駄な時間を構想のために費さねばならず、この苦しさはつく〴〵私も味ひました。どうか気を挫かれないでやつて下さい。十二分に私は御同情申上げて居ります。

私もストオリーその他へ書かねばなりませんが、今日は朝から考へても一つもまとまらず、ポオの小説を読んで暮れてしまひました。

実際、小説書きは辞職したいやうな気持ちです。(一五九) 参考書を見て書く文章なら立ちどころに出来るのにと今更、かつたいのかさうらみの為体です。(一六〇)

先日春日野さんから大兄が近いうちに来て下さるかもしれんとのことで心待ちにして居りました。御父上様が悪くては致し方ありません。又、少し時間の余裕の御出来になつたときに、来て下さいませ。御父上様の悪いに他行して居られることは気が落つきませぬから、

(一五九) **辞職したいやうな気持ちです** 横溝正史・小林信彦対談(『横溝正史読本』所収、昭和51年角川書店刊)によれば、不木の原稿は締切り前に確実に届き、指定枚数どおりの、編集者にとって大変にありがたい作家であったという。そのための律義な苦労が偲ばれる。こうした消極的な発言もある不木だが、没後に乱歩が編集した全集の全十七巻は、おもに晩年五、六年間の著作だった。

(一六〇) **かつたいのかさうらみの為体です** 「立ちどころに出来る」とするのは、『近代犯罪研究』のようなものを指すようだが、こうした著作でも不木の手にかかると面白さが倍増するので、読者にすれば不木が卑下するには当たらないように思われる。

少しよい□みが来たときになさつて下さい。松原君はこの月は何でも目がまはる程忙しいのださうです。八月はたしか閑散になるとの事です。八月にゆつくり私の家で落ち合つて語ることにでも致しませうか。

いづれ又、書物を拝手した上に万縷申上げます。

御父上様を大切に!!

〔大正十四年〕七月十七日　光

平井兄

〔この手紙以後ハ凡て単に大阪市外守口町となつてゐる。〕

〔或は当時より守口町字守口六九四に転せしか。〕

〇四五　不木書簡　七月十九日　封筒便箋2枚

貴著「心理試験」昨夜頂戴致しました。装幀その他実に気持よく出来上り、ひとりうれしさにほゝ笑みました。この上はたゞ一冊でもよく売れるやうにしたいものだと祈るばかりです。（一六一）近いところなら早速祝賀会でも開いて、否、大兄と二人でいゝから乾盃したいものだと思ひます。万事は然し拝眉の日に譲りませう。内容は深く私の頭の中にきざみこまれて居ますが、かうして書物になつて見ると、やはり読まずには居られません。（一六二）春陽堂も大に好意を持つてくれて愉快です。早く第二集に接したいものです。

父上様の御病気は如何ですか、案じて居ります。大兄の御心のうちにも御同情申上げて居ります。出来るなら近いうちに御目にかゝれるやうになりたいと思ひます。

名古屋にも探偵趣味の会にはいる人がぽつ〳〵あると松原君から申して来ました。愉快です。（一六三）若し都合がよかつたら大兄の御来名を機として集つて見たいとも思ひます。

どうか父上様を御大切に、

〔〇四五〕

（一六一）**祈るばかりです**　この『心理試験』の売れ行きが、日本で探偵小説が商品として受け入れられ、探偵小説の読者が育つかどうかの、ひとつの試金石であった。

（一六二）**やはり読まずには居られません**　自分のこと以上に喜んでいる不木の嬉しさが伝わる書簡。末尾の二行とともに、心躍る不木の喜びが伝わってくる。

（一六三）**申して来ました。愉快です**　阪神間や東京だけでなく、という意味である。翌十五年に名古屋博覧会が開かれ、近代的になっていくという意気込みが感じられる。不木のなかで、社会の近代化と犯罪の深化はさておき、それと平行して合理的な考え方の探偵小説の一般的普及がなされるという考えがあったことは確かであろう。

紅い、気持のよい表紙をながめつゝ、又、度々開いては、この手紙を認めました。

平井兄　〔大正十四年〕七月十九日　光、

【封筒表書き】〔「心理試験」出版の頃〕

○四六　不木書簡　七月二十日　ハガキ

御ハガキ頂きました。何といふ喜ばしいことでせう。鶴首御待ちします。（一六四）御差支の突発しないやう祈ります。川口さんによろしく仰しやつて下さい。松原君へは私からも通知して置きます。

〔大正十四年〕七月廿日

〔○四六〕
（一六四）**鶴首御待ちします**　久しぶりの乱歩との再会に、はじめの頃とは違い、不木の方から心待ちにしている期待が感じられる。

○四七　乱歩書簡　七月二十五日　封筒便箋2枚

昨日は多勢にておしかけ大変御馳走になりまして恐縮の至りで御座います。

お蔭様で、大変愉快でした。国枝、松原両君（一六五）にもお逢ひ出来ました し、甚だ有意義な聯盟の内相談も纏り（一六六）、一夜の会合にしては可也の収穫で御座いました。御礼申上げます。

只今森下君（一六七）の所へ、昨夜の報告と、帰京の際大阪へ寄つて下さる様に手紙を出して置きました。若し寄つて下されば趣味の会の小集を催し度いと思つて居ります。

廿七日には大野木君送別の小集をやります（一六八）。その節星野君に、例の名古屋の講演会の事相談致します。是非やり度いものだと存じます。もう一人位講演者が必要とすれば、御心当りの人でもありましたら御知らせ下さいませ。こちらでも考へて置きますけれど。

御心配をかたじけなくしました父は目下の処重態中の小康を保つて居ります。然し最早や余命も長からぬ事と覚悟致して居ります。一

［〇四七］

（一六五）**国枝、松原両君**　国枝史郎と本田緒生のこと。国枝は明治二十年生まれで不木より三歳年長、乱歩より七歳年長で、作家としても先輩だが、その国枝に対して乱歩が「君」を使用しているのは、当時には「君」という表記が、親しみを込めた尊称でもあったためである。

（一六六）**甚だ有意義な聯盟の内相談も纏り**　大正十四年十月号の『苦楽』に掲載の、その時の写真に寄せられた川口の説明文によれば、「この集りを名古屋の会と称して、一年に一度でも二度でも機会のある度毎に集まって、意味のない会合の内に食事を共にしようという申合せを作って、僕たちはお別れを告げた」とある。

（一六七）**森下君**　しかし、この「君」は、はずみとはいえ、恩人の雨村には失礼。

（一六八）**小集をやります**　大阪毎日記者・大野木繁太郎が大阪毎日新聞から東京日日新聞に転任の送別。探偵趣味の会としては、この転任によって、関東にも会員を増やそうと考えていた。

寸御礼旁々。

廿五日

匆々

江戸川乱歩

小酒井先生

〇四八　不木書簡　七月二十六日　封筒便箋2枚

御手紙頂きました。遠い所をよくやつて来てくれました。近頃にない愉快を覚えました。その節は何よりのもの頂戴し恐れ入りました。厚く御礼を申上ます。

川口君の御骨折で国枝氏にも御目にかゝることが出来、(一六九)大衆作家聯盟の下相談の出来たことは全くの掘出しものです。(一七〇)松原君は家へ帰つて御父さんに叱られたさうです。(一七一)致し方もありません。そのうちには御父さんを征服してしまはうと心懸けて居ります。

［〇四八］

（一六九）**国枝氏にも御目にかゝることが出来**　国枝は当時『苦楽』に「神州纐纈城」を連載中で、そのため川口が紹介者となって国枝を連れてきたもの。乱歩も不木も国枝と初対面だったらしい。乱歩自伝には「大正十四年八月には、川口君と一緒に名古屋に旅行をして、小酒井さんに会ったりしている」とあるが、手紙の通りとすれば、それは「七月」が正しいことになる。この書簡集の表層にはあまり出てこないが、この川口、ひいてはプラトン社の持つネットワークは非常に重要で、関西の作家を糾合することや芸能界と結び付けることも、作家達にとって好都合なだけでなく、東京に勢力を伸ばそうとしていたプラトン社にとっても、必要な企業戦略であった。こうしたプラトン社や、同じく東京に勢力を伸ばしつつあった大阪毎日の動向が、この書簡集を理解する重要ポイントである。この二社に競合する点がないことから、おそらく一種の同盟関係があったと考えたほうが、理解がしやすい。

長篇は是非手をつけて頂きたいと思ふが如何です。犯罪を取り扱はれるための材料ならば御参考にいつでも提供致します。決心さへ御つきになつたら、それがための談合も致したいと思ひます。何しろこの際純日本式の長篇探偵小説の秀れたものが出なければいけません。川口君が帰られたら、よく御相談なさつて下さい。

春日野君に御逢ひでしたらくれぐ〵もよろしく。そして会のことも会のことですが、一度名古屋へ来て下さるやうすゝめて下さい。

どうかくれぐ〵も御父上様を御大切に。

いづれ又、後便で。

〔大正十四年〕七月廿六日

不木

江戸川兄

【封筒表書き】〔十四年七月二十六日〕

（一七〇）**全くの掘出しものです**　これは、後の『大衆文芸』同人の二十一日会を思わせるが、乱歩の自伝では、その誘いに対し、驚きをともなった逡巡の見られることから、乱歩の了解としては川口の記すような親睦的作家同盟であって、探偵作家以外と共通の同人誌を持ったり、ジャンルを越えて合作したりするような運動体が想定されていなかったのだと思われる。しかし、不木や国枝にとっては親睦のみならず、合作やリレー合作が当然のものとして想定されていたと考えられる。

（一七一）**御父さんに叱られたさうです**　当時の作家、つまり小説家の社会的地位は大変低かった。そのため家業の肥料問屋を仕事中に脱け出して例会に参加した風当たりも、とうぜん厳しかったのだと思われる。おそらく帰宅も遅れたのであろう。当時の小説家の地位が社会的に低いのは、破綻型の性格の私小説作家が多く、また収入の少ない〈三文作家〉がほとんどだったことにもよる。「征服」というのは、大家になって父を見返してやれという、不木の門下生への願いであった。

〔川口君と名古屋訪問の直後〕

〇四九　不木書簡　七月三十一日　ハガキ

写真を別封御送りします。
森下さん御都合がわるく御目にかゝれず残念致しました。(一七二)
とりあへず御案内迄。

〔大正十四年〕七月卅一日

〇五〇　乱歩書簡　八月二日　封筒便箋4枚

写真頂戴致しました。(一七三)大変いゝ記念品が出来て喜んで居ります。狭い場所にくつついて、皆（私は殊に）変な格好になつて居ります。これも一興でせうか。色々御手数を煩しました段厚く御礼申上げます。

〔〇四九〕

（一七二）**残念致しました**　雨村は例年の盆の帰省とぶつかり、普段なら、高知へ帰る途中で立ち寄るのだが、今回は、会えなかったのだと思われる。

〔〇五〇〕

（一七三）**写真頂戴致しました**　「写真」とあるのは、不木訪問の際、本田・乱歩・不木・国枝・川口で撮った写真のこと。

（一七四）**是非御催しなさいませんか**　この「名古屋の小会」は、前記の川口たちと考えた「名古屋の会」とは別である。探偵趣味の会の例会は大阪近郊で行われるため、病身で遠出ができない不木は、賑やか好きのせいもあるが、すこし寂しい思いをしていた。そのため、名古屋にいる松原（本田）を中心に、探偵趣味の会の支部的な活動としての定期会合を、名古屋でも始めればよいという、乱歩の提案である。

（一七五）**島氏も入会して居ります**　それぞれ会員で、「島氏」は編集者の島源四郎。斎藤龍太郎（明治29～昭和45）は、あるいは、『探偵趣味』に二編小説を載せている、筆名・斎藤徳太郎の可能性もあるが、編集者で小説家・評論家。栃木県宇都宮市生まれ。大正十年早稲田大学西洋哲学科卒。中学教師などを経て大正十二年『文芸春秋』編集同人（創刊時の同人かは不確か）となり「テリア」などを発表。それ以前には同人誌『蜘蛛』に所属していた。のち同社社員となり、昭和十五年編集局長。十八年に専務取締国枝氏は早速趣味の会に入会（、）会費も送つてくれました。名古屋の小会を是非御催しなさいませんか（一七四）。星野君が二三日前から旅行に出て居りますが、帰りに先生の所へ御立寄りしやうかと申して居りました。

春陽堂の島氏の紹介で、斉藤龍太郎、池田孝次郎、細田源吉諸君が入会致しました。島氏も入会して居ります（一七五）。

大毎の大野木君が東日に転任、東京でも趣味の会を盛んにする筈です。先夜その送別会を催し尽力を依頼しました。

平林初之輔氏が拙作「屋根裏」を大変ほめて呉れまして、そして、入会致しました。同氏も一つ探偵小説を書いて見るとの事でした（一七六）。

森下君す通りは何とも残念でした。

本日帰京後の来信に接しましたが、拙著出版祝ひの会を同人でやらうから上京しないかとの御言葉で、痛み入つて居ります。出来るなら一度上京したいのですが、父が今の状態では一日以上家を空ける

役となり、その他に日本編集者協会会長を務めた。著書に『ニイチェ哲学の本質』『ニイチェ論攷』などがある。細田源吉（明治24～昭和49）は、日本橋の洋服反物問屋に三年間丁稚奉公をしたのち、苦学しながら早稲田大学文学部英文科（同期に直木三十五・青野季吉・細田民樹・保高徳蔵・田中純・西条八十・鷲尾雨工などあり）を卒業。卒業後春陽堂に入社し『新小説』『中央文学』の編集に従事。その間、暗い運命や性欲などを扱った「空骸」（大正7）をへて「死を恃んで行く女」（大正8）が出世作となった。暗い男女関係と愛欲の悩みを追求した『罪に立つ』（大正11刊）をはじめ、『存生』（大正12刊）、『はたち前』『未亡人』（大正13刊）、『本心』（大正14刊）などの現実主義的な創作集を刊行。大正末の『大都』（大正15刊）の頃より左傾し、十五年に独力で『文芸行動』を創刊するなど、プロレタリア作家として成長。代表作は『巷路過程』（昭和5刊）。ほかに「誘惑」「この人達の上に」「陰謀」などの作品がある。昭和七年に検挙され転向。『転向作家の手記』（昭和10刊）がある。

（一七六）書いて見るとの事でした　当時の平林は早大仏文科の講師のはずである。また新進の社会評論家でもあったから、会員に加わるだけでなく小説作品も書いてくれるとなると、探偵小説界にとっては、大変に名誉なことであった。平林は翌十五年には博文館の『太陽』編集主幹となり、昭和三年の同誌廃刊まで博文館に勤めている。これも何かの縁があっ

訳にも行かず困つて居ります。
写真御礼旁々御報告まで、

匆々

八月二日

江戸川乱歩

小酒井不木先生

〇五一　不木書簡　八月三日　ハガキ

御手紙拝見しました。先便で松原君の原稿閲読を御願ひして後御書を手にしました。何分よろしく、川口君にあゝした作品(一七七)が気に入るかどうかはわかりませんが、又――穿鑿すれば色々の小さい欠点があるかもしれませんが、どうか引立て、やつて下さい。

名古屋での趣味の会は、ことによると来る八日に(、)私の宅で第一回

たのだろう。小説は「予審調書」を皮切りに二十編ほどの作品がある。

[〇五一]

(一七七)**あゝした作品**　作品名不詳。

(一七八)**第一回を開くかも知れません**　混乱するといけないが、探偵趣味の会の名古屋の小会の第一回目である。

[〇五二]

(一七九)**川口君から聞いたことです**　プラトン社の危機については、同年一月講談社より創刊の『キング』の影響を考えなければならない。しかし『苦楽』が『キング』に対抗し、価格の低廉化とページの増加という二つによって、熾烈な部数増大作戦を開始するのは翌十五年二月からであり、『キング』に押されているとは言いながら、まだプラトン社自体が危機に陥るような情況ではない。前年から活発になった単行本の発刊も、山六郎・山名文夫ふたりの美装によって出し続けており、十四年五月には、山の代表作とも言うべき『鈴木泉三郎戯曲全集』を出したばかりであった。つまり、まだ余力があるのだが、親会社としては、元宣伝部が拡大した出版社であるために、危なげのないところで退却したいというのが、本音ではなかったかと思われる。

(一八〇)**目下協議中**　太陽堂主とプラトン社社長は仲のよい兄弟である。太陽堂主・中山太一も、弟の

を開くかも知れません（一七八）、兎に角近日集るつもりです、当地の名古屋新聞の人々も共讃して二三日中に新聞に書いてくれる筈ですから、追々盛んになつて参りませうと存じます。

「心理試験」出版について森下さんも先日大に喜んで来ました。この際何とかして上京出来ませんか。それも一つの探偵趣味普及になります。

御父上様を御大切に!!

〔大正十四年〕八月三日

○五二　乱歩書簡　八月五日　封筒便箋4枚

拝啓
御手紙と御はがきと松原君の原稿拝受致しました。原稿は早速川口君の方へ廻すことに致します。
ところで、甚だ残念且つ申訳のない御報告をしなければならないこ

豊三にプラトン社を任せているが、文化事業に理解がないわけではない。では、この時期二人が対立するのには、それなりの理由があるはずである。それを記す前に、なぜプラトン社、ひいては太陽堂が『女性』や『苦楽』といった高級で上品な雑誌を出せたかについて記さなければならない。太陽堂は石鹸会社として出発し、後に化粧品会社となる。その過程で日本文具株式会社を設立し、弟の豊三が社長となった。ここから「プラトン・インキ」が生まれ、万年筆などの筆記具も「プラトン・ブランド」の高級品として売られ始める。しかも幸か不幸かプラトン社・太陽堂ともに関西本社のため、大震災の被害も軽微で済んだ。そのうえに、東京を焼け出された、後のシャープ株式会社社長・早川徳次（早川は日本文具に販売代理店契約を結んでいた）に貸し付けた二万円のカタに取った焼け残りの機械（充分使用可能）のほか、シャープペンシルなどの特許四十八件が、太陽堂へ棚ボタ式に手に入るという幸運（早川側にすれば災難）に恵まれる。この遣り口は、あまり褒められたものではないが、企業としては致し方ない部分もあったのであろう。このシャープペンシルの特許は、世界中から需要の多い特許で、この特許料が莫大な額になり、これが、そのまま太陽堂に入ることになったのだ（この項目、末永昭二のご教示による）。こうした背景があって、太陽堂の広告部的なプラトン社は、まだ阪神間の上流志向のお嬢さん雑誌にすぎなかった『女性』を、全国的なモダ

とを悲しみます。それは、プラトン社が、今つぶれるか続けるかの瀬戸際に際会してゐるといふことを、一昨日川口君から聞いたことです。(一七九)太陽堂主とプラトン社長との間に最近面白からぬ感情の行違ひが生じ（それもプラトン社の営業状態の面白くないことに起因してゐるのでせうが）資金の点其他の都合上、プラトン社に大縮少を行ふか、全然雑誌の発行を止して了ふか、目下協議中(一八〇)なのだそうです。川口君の観測では、仮令「女性」は止しても「苦楽」丈けは続けて行くつもりらしいのですが、事務所も堂ビルを引払ひもつと小さい所へ移るなど、従来の方針を全然改めることになるのださうです。

さういふ訳で、どうしても、「ストーリイ」は駄目になる模様で、川口君大変申訳ないと、只管陳謝して居りました。(一八一)先生の所へは今月末に再び御伺ひして、その節充分御詫びするのだと申して居りました。

川口君の提案しますには、その代り「苦楽」に沢山探偵小説をのせ

ンな女性誌に変身させていく。また震災の年の十二年十二月創刊した『苦楽』は、以前からあった企画だが、おそらく『女性』と別に、男性も含めた化粧品および高級文具の宣伝媒体として考えられたメンズマガジンだったのであろう。この二誌が、太陽堂の潤沢な資金を背景に、いわば商売を度外視した贅沢な雑誌を志向するのは当然であった。もう一つ記しておかなければならないのは、初期の『苦楽』の編集部および『女性』編集部と、新入社員である川口や直木などの小山内の子分たちとの対立である。『苦楽』の初代編集長は河中作造（副社長）である。この人は、おっとりした船場の元・蠟燭問屋の若旦那で、不労所得で生活できるモダンボーイのため、問題ではない。問題となるのは発行人の松阪寅之助（青渓）である。この松阪は『女性』の発行人でもあった。以前から大阪で発行されていた女学生向け雑誌『女学生画報』を編集部ごと買い取って『女性』にしたために、編集経験も長く、作家とのつながりも強い松阪の発言力は、たいへん社内で幅を利かせた。食道楽と古美術趣味で、それは誌面にも反映され、おそらく関西の『白樺』を意識したのだろうが、谷崎・佐藤・里見などと親しく交友し、劉生・華岳なども寄稿していた。けっして悪い趣味ではないが、これが川口たちのモダンボーイと反りが合うわけがない。谷崎の原稿取りにいって、同じプラトン社内の青渓と川口が、原稿の取り合いになることもしばしばで、これは豊三社長の采配により『女性』は青

ることにし、又会の報告などものせて、それを「ストーリイ」の代りにしてはどうかといふのです。これは、「苦楽」としては、稿料の節約を意味し、この際それも都合がいゝからの提案と存じますが、そんなことをしては結局「苦楽」の読者を更らに少くすることになりはしないかとも思はれます。会としては、その方が好都合なのですけれど。

いづれにしても、こゝ暫くプラトン社内の協議の模様を見まして、いづれかに決定次第、御報告することに致します。

私としましても、残念なばかりでなく、何だか諸方へ嘘を云つた様に当り、申訳なく、大いに困つて居ります。

「苦楽」十月号は別段予定を変へず、探偵号として先生のを始め、横溝、西田、小生などの作を賑かにのせるといふことです。（一八二）例会は当方も八日に開きます。（一八三）川口君の尽力で活動写真の余興がある筈です。（一八四）馬場さん（一八五）が下阪せられる由ですが、八日には間に合はぬ

渓、『苦楽』は川口に分けられる。こうした旧社員と顧問の小山内直属とも言うべき川口たちとの不仲も、プラトン社の内紛に大いに関係があると考えられる。つまり豊三社長に話してわからないことは、親会社の太一社長にねじ込むのだ。豊三社長は道楽商売のモダンボーイに理解ある太っ腹。往々にして、小山内一派の意見を取りいれざるを得ない。旧派閥は、これに対し、太一社長に、豊三社長の放漫経営をすっぱ抜く。こうしたことが、プラトン社への締め付けとして現れているのだと推測する。むろん青渓たちが清廉潔白であったというわけでもあるまい。風雅な趣味ほど金の掛かるものもないと思えるからだ。『モダニズム出版社の光芒』小野高裕他著（平成12年淡交社刊）によれば、佐藤春夫に「女誡扇綺譚」（『女性』大正14年5月号）を書かせるため青渓は、家にいてもイメージが湧かないだろうと旅に誘い、「さうだ、行こう、那智へ行こう」という春夫の一言で、霊験あらたかな和歌山の霊瀑に飛んでいる。また美味い物好きの谷崎を堪能させるために支那料理で接待しているが、こうした趣味人への饗応が、そう安くついたとは思えない。しかし川口たちの遊びぶりも相当に派手であった。宇野浩二に小説を書かせるために、早稲田時代からの友人直木が、まず御茶屋に案内。芸者四人をあげて遊んだ一行は、深夜から宝塚の旅館に直行。三日間居続けで遊んだ請求書は、二人の半年分の給料を上回るものであり、これをそのまま経費で落とせないことは二人にもわ

かも知れません。

御宅で会合を御催しの由、喜ばしく存じます。

名古屋新聞が共鳴してくれた事も大変結構に存じます。(一八六)記事が出ましたら、一部御送り願へませんでせうか。右取急ぎ。　匆々

八月五日　江戸川乱歩

小酒井先生

〇五三　不木書簡　八月六日　封筒便箋2枚

御手紙拝見しました。ストオリー実現あぶなき由大に悲観しました。女性や苦楽までに暗い影がさしかけては誠に残念ですが、然し大きい社のこと故、何とかうまく解決がつくこと丶期待致します、川口君も定めし心配して居られることでせう、(一八七)折角川口君の努力で芽を吹きかけたのに惜しいことです、この上はたゞ適当な時機を待つばか

かった。そのため二人はしばらく御茶屋遊びを断って、埋め草原稿の執筆に精を出し、三分の一返済したところで社長に報告。豊三は少しお灸を据えながらも、「しかし、よく責任分を払ったな」と褒めて、支払分の半金を小遣いにくれたうえ、残りの始末を付けている。また、川口が私淑する万太郎の接待で、例によって御茶屋に誘うのだが、途中で仲のよい花柳章太郎（明治27～昭和40）に出会ってしまい、主賓そっちのけで遊んでしまって、万太郎を憮然とさせ、一編も書かせずに東京に帰らせてしまう大失敗もしている（最終的には、申し訳程度の作品を得ている）。こうしたことが許されていたのも、元はと言えば、プラトン社の経営が、かなり杜撰な放漫経営であったことを示している。こうした会社で、川口も、酒が飲めないのに御茶屋が大好きの直木も、顧問料月額千円という法外な給料をもらい、これもまた遊び好きの小山内（月額千円になった頃は、出勤が義務づけられていたが、これも半日出勤という大甘の待遇であった）も、思う存分、新企画を出して雑誌をモダンにするいっぽうで、これもまた思う存分、会社の経費で遊んでいたのである。これが、プラトン社の内紛の原因であったと考えてよいだろう。

（一八一）**陳謝して居りました**　乱歩の手紙を読むと、情報源が川口からだけのため、責任感の強い、たいへん謙虚な編集者を想像させるが、これに騙されてはいけない。内情をすべて明かしてしまうと前記の

りです。川口君へ御慰めの手紙を出すべきですが、まだ社の協議が確定した訳ではないでせうから、差控へます、大兄からよろしく御伝へ下さい。そして今月末是非御立寄り下さるやう頼んで下さい。そのうちには何とかよい方策が出来ないにも限りません。苦楽を探偵小説雑誌とすることは大兄の仰せの通り読者を減らす憂があるでせう。(一八八)

趣味の会が出来ストオリー誌が出れば探偵小説の黄金時代だと思つたのに聊の力落ちの観がないでもありませんが、まあゆる〳〵進んで行きませう。八日には御地の会合と共に拙宅でもやる筈になつて居ります。その模様はいづれ、松原君からも私からも報告致します。名古屋新聞にはまだ出ませんが、出たら御送り致します、くれ〴〵も川口さんによろしく御伝へ下さい。そして、「御わび」なんてとんでもないことだと申上げて下さい。私たちはこれ迄に運んで下さつた川口君の努力を多としなければなりません。いづれにしてもプラ

ようなわけだから、川口や直木が一番に悪いので、八方にひたすら謝るのが当然であった。なお、今後のプラトン社は、少し無駄な経費を削減して、来たる講談社との激戦に向かうことになる。親会社の太陽堂にとって、プラトン社の経営は心配の種だが、総事業の観点からすれば、プラトン社は氷山の一角にすぎず、攻めに出るか会社を閉ざすかの二つに一つしか方針はなかったと思われる。そのため、円本ブームのあおりを食らって会社が弱体化するのと、昭和二年に始まる金融恐慌でいよいよ会社が立ち行かなくなるまで、プラトン社は、小山内の退社とその死、および川口の退社によって誌面のセンスを落としたことを除けば、最末期まで、上品な美装本を出し続ける。会社閉鎖によって退職する末期に、山と弟子の山名は共著の豪華本『女性のカット』(昭和3年刊)を出しているが、まさに装丁・挿絵家としての彼等にとって、プラトン社は書物の楽園だったに違いない。

(一八二) **小生などの作を賑かにのせるといふことです** 不木は「指紋研究家」、正史は「丘の三軒家」、乱歩は「人間椅子」のこと。西田作品は未詳。

(一八三) **当方も八日に開きます** これは大阪例会。

(一八四) **余興がある筈です** 川口は当時まだ編集者時代だが、翌十五年一月に『演劇・映画』の編集長となることでもわかるとおり、演劇・映画界と、すでにコネクションがあった。プラトン社の親会社・中山太陽堂の主な事業が、前にも記したようにクラ

トン社の協議が円満に進行するやう祈つて居ります。

御父上様は如何ですか、御大切に。

平井大兄　〔大正十四、〕八月六日　光次

【封筒表書き】〔プラトン社探偵雑誌「ストーリー」発行の議あり見合せとなる〕

○五四　乱歩書簡　八月九日　封筒便箋7枚

昨夜例会を開きました。川口君の世話で探偵活動写真 through the Dark 八巻の映写あり（一八九）、来会者七十名盛会でした。小倉から加藤重雄君（一九〇）も来会しました。

貴地の御会合は如何でしたか。

会の後、プラトン社の中山社長が一度御逢ひし度いといふことで、

ブ化粧品であったためである（他に文具を扱っていた）。この役得で、プラトン社社員は映画館に木戸銭御免で入れるような関係になっていた。また「探偵趣味の会」であれば映画宣伝にもなるので、川口の口添えさえあれば、新作をいち早く観ることも可能だったに違いない。おそらく現在の試写会であったと思われる。映画作品は後述。

（一八五）**馬場さん**　海外探偵小説通として知られる馬場孤蝶。

（一八六）**大変結構に存じます**　大阪周辺の会員が後盾に大阪毎日新聞を持ったように、経費削減と広い範囲のキャンペーンを必要とする同好会では、こうした地方新聞の協力は得難い財産であった。会員のなかには中学生（旧制）もいたわけで、会員増強のためには、会費が低額であることを必要とした。一時的に誰かが経済的に支えるような形では、こうした会は維持できなかったのである。そのため、探偵趣味の会の入会案内や小会合のお知らせ、その他の情報公開の意味で、広告料のかからない新聞社の協力は、ぜひとも必要であった。

〔○五三〕

（一八七）**定めし心配して居られることでせう**　川口も、これだけ同情票が集まれば、編集者冥利に尽きることであろう。親友であった永井荷風と小山内が不仲になって後のことだが、荷風は川口を出版ゴロと思っていたらしい。

星野君と一緒に逢ひ、色々事情を聞きました。

結局、「ストーリイ」の発行は暫く延期すること、その代りに「苦楽」の一部を探偵物の為に提供し、会の報告等ものせ、尚ほ定価の七掛けで会に卸し、それを会員に配布してもよいこと。（普通卸は七掛半の由です）そして、不敢取、十月号は探偵小説集と銘を打ち、表紙等も全然色彩を換え、続物の外は殆と《ママ》全部探偵小説で埋めることになつてゐるさうです。（これは少し冒険だと存じます）

それを機として講演会を開くといふ話もあります。然し、これは先生に来て頂けないのですから少し考へものかと思つて居ります。

プラトン社が可也窮況にあることは事実らしく、事務所も堂ビルを引払ひ、印刷工場と合併し、その上都合によつては東京へ移るかも知れないといふことでした。然し、「女性」「苦楽」の発行は継続して行くつもりださうです。

さて、先方の提案は右の通りですが、「ストーリイ」なれば五十銭の

（一八八）読者を減らす憂があるでせう　『苦楽』を探偵小説雑誌にすることは、一時的に探偵小説が栄えても、『新青年』と読者の食い合いになり、最終的に共倒れになることも考えられた。それより何より、当時の『苦楽』は広範囲の読者を抱えた、よく売れる総合誌であったから、完全な探偵小説雑誌化は、明らかにマイナス効果であった。一部探偵小説も掲載しながら現在のカラーを変えずに維持していこうという、不木の正しい判断である。

［〇五四］

（一八九）映写あり　メトロ映画「暗黒」のこと。会費は五十銭、アイスクリームと紅茶付きの会だった。

（一九〇）加藤重雄君　門司在住の地方会員で、当時旧制中学四年生。乱歩自伝によれば、「当時中学生の加藤君は、盛んに春日野君に手紙をよこし、非常な熱心ぶりを示したので、お父さんから春日野君に長い手紙が来て、うちの子供を堕落させてもらっては困るという抗議を申込まれ、春日野君も大いに弱ったことがあった。加藤君は中学を出ると京都の同志社大学に入り、そこを出てからは春日野君の弟子になって新聞記者生活に入り、現在では京都新聞のたしか編集局長におさまっている」とある。乱歩が自伝のこの部分を書いているのは昭和二十五年であり、この加藤君の登場から四半世紀の開きがある。この加藤君が、後の雑誌『猟奇』のコラム「れふき!!」（この「!」の数は掲載ごとに増えたり減っ

会ヒで充分配布出来たのですけれど、「苦楽」になると七掛で五十六銭ですから、これを配布する為には会ヒの値上げをしなければなりません。例へば八十銭と改めれば、二十四銭余り、これで他の費用を支弁することが出来るのです。

五十銭の会ヒで、サンデーニユースのみでは馬鹿に高いといふ非難もある際で、勿論何かを配布しなければならないのですから、多少値上げしても、「苦楽」を配布するといふことは、必要でもあり、会員としても歓迎しはしないかと考へます。八十銭と云へば「苦楽」の定価ですから、少しの余分の支出もしないで趣味の会員となり切る事となり、或は非常に沢山の会員が出来るかも知れません。(一九二)

が、星野君などの説では、一方から考へますと、第一会ヒの値上げといふことは面白くないし、若しプラトン社が東京へ移転した場合に困ることになりはしないかといふ様な懸念もあります。

と同時に、「苦楽」を配布する位なら、「新青年」に交渉して、これ

たりする)で、探偵作家を震え上がらせた毒舌家の滋岡透（別名・河東茂生。いずれも本名のアナグラム）となる。『探偵趣味』誌上の夏冬繁緒・夏冬繁生・加藤茂も、この加藤君に違いあるまい。滋岡透名での追悼文「噫々・不木」（『猟奇』昭和4年6月号）によれば、夏冬繁緒は不木の命名という。乱歩はこのコラムについて、「毎号気の利いた小気味のよい毒舌が呼びもので『新青年』を目のかたきに、東京の作家達は片っぱしから悪口を書かれたが、私などは悪口をいわれながら、この雑誌が出るのが待ち遠しいくらいであった。その気の利いた寸鉄的毒舌の筆者も加藤君だったのである」と記している。

（一九一）**サンデーニュース** 『探偵趣味』発刊までの暫定的な会の機関誌で、週刊発売のはずであった。それがなかなか週刊にならなかった経緯については後述。

（一九二）**沢山の会員が出来るかも知れません** こうした緻密な計算を、冷静に出来るところが、乱歩の意外な面であった。

を配布させて貰つた方が、値段の点でも都合がいゝし、探偵専門といふ点からも適当ではないかといふ様なこともあります。が、又一方から考へると、(甚だやゝこしいですが)折角「苦楽」で探偵物を沢山入れて見やうといつてゐるのですから、なるべくこれを助けて、一つでも探偵物の舞台を余計にする様努めるのが我々の得策でもあります。(一九三)

右につき、昨夜は星野君と二人で色々相談しましたが結局、どちらとも決定せず、一度小会を開いて協議しやうといふことで別れました。これについて先生の御意見を承り度いと思ひます。つまり、会ヒを値上げしてもいゝかどうかといふ点についてです。尤も、会ヒは厳収して居りませんから半年分納めた人はまだ三四十人です、この際改めるのにさして面倒はない訳です。

会員数は日々増加して目下二百五十位になつて居ります。東京でも、大毎の大野木君が東日へ転じて尽力して呉れる筈ですし、最近島君

(一九三) **我々の得策でもあります**　焦点となっているのは、探偵趣味の会の後楯を関西に本社のある『苦楽』にするか東京の探偵小説専門誌の『新青年』にするかという問題。もうひとつは『苦楽』の探偵小説誌化を推し進めるかどうかの問題である。関西に中心を置く探偵趣味の会としては、大阪毎日との連携もあるため関西基盤のプラトン社を守り立て、『新青年』よりも関西の作家に好意的と思われる『苦楽』を、探偵小説専門誌にしないまでも、会員作家が執筆できる発表舞台にしたいのが本音であった。しかし『苦楽』と提携するとなると、雑誌単価が『新青年』より高いため、会費を上げなければならないという課題が残される。しかも、プラトン社が東京移転の可能性もあるため、会として本腰を入れるべきか、しばらく様子を見るべきかという問題。これらの心配を大作家の立場からではなく、まだ無名の作家や一会員の立場で、真剣に考えていた乱歩の姿勢がうかがえる。こうした探偵小説ファンの底辺を育成することが、最終的な探偵小説の普及につながると乱歩は考えていたと思われる。

の紹介で入会した細田源吉、斉藤龍太郎君の諸君（一九四）も会員を勧誘して呉れることになつて居ります。

馬場さんが十日頃に来阪される由です。歓迎の小集を催し度いと思つて居ります。

右つまらない事で先生を煩して相済みませんが一寸御相談致します。匆々

八月九日

江戸川乱歩

小酒井不木先生

それから、名古屋に於ける会の中心を先生の御宅にして頂く訳には参りませんか、実は却つて御迷惑と存じて御遠慮申上げてゐたのですけれど、少集など御宅で開くことになれば、その方が都合もいゝと存じますので、所謂申込所を御宅にして、それを印刷物にも入れさせて頂いて差文御座いませんでせうか。

（一九四）細田源吉、斉藤龍太郎君の諸君　ともに114頁注（一七五）に前述。探偵作家がモダニズムの一環でマルクスボーイに近づいたように、細田のようなプロレタリア作家も、新興文学としての探偵小説に期待を感じていた時代であったのだ。

尚、プラトン社長は先生に対しても、「ストーリイ」を発行しないのは非常に申訳ないと申し、小生からもよろしく御伝へを乞ふといふことでした。(一九五)

〇五五　不木書簡　八月十日　封筒便箋3枚

御手紙拝見しました。趣味の会盛会なりし由何よりです。私の宅では七人集つて雑談に時を費しました。(一九六)こんどからは纏まつた話を致すつもりで御座います。私の宅を申込所になさつて下さることは少しもかまひませんから、そのやうに広告なさつて下さい。

さてプラトン社の事、中山社長と御逢ひの由、苦楽も女性も続刊されることは何よりです。(一九七)ストオリーは無論望み得ないこと、あきらめました。それについて会費値上げの件、私は差支ないと思ひますけれど、これはむしろ会員全体にその意向を問《ママ》つて見たらばどうで

(一九五) **御伝へを乞ふといふことでした**　プラトン社社長の中山豊三としては、「探偵趣味の会」のようなアマチュアも含めた新興勢力が生まれてきたことも、プラトン社の支持として大いに兄の太陽堂社長・太一にアピールし、なんとか会社を維持したいという気持ちであったと考えられる。

[〇五五]

(一九六) **雑談に時を費しました**　名古屋の小会。

(一九七) **続刊されることは何よりです**　『女性』も『苦楽』も、乱歩だけでなく不木も厚遇したから、これが廃刊しなかっただけでも何よりであった。また、新人作家をデビューさせるには『新青年』以上に高級雑誌であり、プラトン社の意図は別にして、「探偵趣味の会」の側では、かなりの期待が寄せら

せうか。

新青年を配るか苦楽を配るかといふことはデリケートな問題で、(一九八)これは一寸手紙では書きにくいやうに思ひます。出来るなら会員が両方取つてくれるならと思ひますが。……苦楽が割引してくれるなら、新青年も割引してくれるでせうから、会費を一円としてはどんなものですか。さうなると九銭ほどしか残らずそれではその他の費用に差支ますけれど……(一九九)(○)なほ又、新青年には増刊もありますし、一寸困つたものです。苦楽は大へん力を入れてくれるのですから、配るなら両方配り、配らなければ両方配らぬやうにして、もつと会費をやすくする（今の五十戔を改めて）といふ方針では如何ですか、さうすれば会員は買ひたい方の雑誌を買ひます。サンデーニユースだけを五十戔で買つては高過ぎるといふ非難はこちらにもあるやうです。こちらでもなるべく会費は徴集《ママ》しないといふ方針で当分は私の宅で開くことに致しました。(二〇〇)

れていたのだと考えられる。

(一九八)デリケートな問題で　値段の問題と、会員に会の方針として、どちらかの雑誌を強制的に買わせることになるのは問題であるという意味か。あるいは作家の立場として、片方に肩入れするということは、その雑誌に、より力作を書かねばならないために、作家として制約を受けやすく、他の雑誌に向けた作品がおろそかになるのではないかという危惧とも受け取れる。

(一九九)他の費用に差支ますけれど……　この二つの「……」は、不木が仮定を推し進める中で、論理破綻に気づいているための「……」である。

で、雑誌を配らぬとならば、会費だけは多少の割引をしてくれるとい
ふやうにはなりますまいか。会費の値上げといふことは、理由を考へ
て見ればなる程と思つても、一寸マゴつく人も多いと思ひます。
要するに私もにはかに決し難いです。もう少しゆつくり研究する必要
がありませう。春日野さんとよく相談なさつて下さい。私も考へます。
中山社長、川口君などに御逢ひの節はどうかよろしく御伝へ下さい。

〔大正十四、〕八月十日　不木

江戸川兄

【封筒表書き】〔探偵趣味の会員に「新青年」を与へんか「苦楽」を与へんかの問題〕

○五六　不木書簡　八月十七日　ハガキ

（二〇〇）**私の宅で開くことに致しました**　最初の「……」以降、ほとんど論理の混乱と、その破綻のための狼狽に、この書簡は終始している。「徴集しないといふ方針」の「会費」は名古屋の小会の、例えば茶菓代のような必要経費なのか、それとも不木周辺の会員の会費を不木が払うというのか、理解に苦しむ。乱歩が会場提供を不木に頼んだのは、病身を心配するためと、会員個々の会場費などの必要経費削減を意図したものと思われるが、手紙で問題となっているのは、あくまでも会の機関誌購読を含めた会費を問題にしているので、論旨がまったくかみ合っていない。当時の不木の経済状況がいかに良いとしても、多数の会員の費用を支えられるわけもなく、また、それができたにしても、そうしたことで会が運営できるものでもなかった。

其後如何ですか、御父上様の御病気を御案じ申上げて居ります。「趣味の会」のこと、その後どう致しましたか、サンデーニユースが一向来ませんので、みんなが不審がつて居ります。(二〇一) 名古屋新聞での紹介は私自身が今月の下旬に一二回に亘つて書くことに記者と約束致しました。(二〇二) それ故出来るならば、会費その他のことをそれまでに決定してほしいと思ひます。今日はこちらはあらしが吹きしきつて居ります。

〔大正十四年〕八月十七日　小酒井光次

〔〇五六〕

(二〇一) **みんなが不審がつて居ります**　プラトン社の内紛と『サンデー・ニュース』が出ない理由とは直接の関連はないのだが、京阪神から離れているだけに、いろいろなアクシデントが想像されて、不安の高まる名古屋の分会であった。

(二〇二) **記者と約束致しました**　新聞社の側でも名古屋にモダンな文化的組織ができることは、望ましいことであったに違いない。

〇五七　乱歩書簡　八月二十一日　封筒便箋6枚

拝啓　其後は御無沙汰致して居ります。御はか《ママ》きに接し恐縮致しました。会費其他の件は実はまだ決定致し兼ねて居ります。星野が最近多忙だつたのと、小生も締切でいつもの如く閉口してゐたものですから、つい相談の機会がなかつたのでございます。昨日星野君と二人で協議致しましたが、どうも話が纏らず結局来る廿五日頃小集を催して決定することに致しました。「サンデーニユース」は度々発行日が遅れ困つて居ります。何しろ広告雑誌で、広告が集まらねば出ないのですから、会の機関としては最初から不適当だつたのです。(二〇三)この点も、廿五日によく相談する筈でございます。若し新聞に御書き下さいます際には、会費の点は現在の五十銭として頂くか又は別段いくらとも云はずに置いて頂く外ないと存じます。

サンデーニユース第三号御手許に参りましたか。第三号はとつくに出てゐるのですが、ひよつとしたら、ニユース社員の人の手落ちでまだ発送してゐないかとも思ひます。

九月の新青年は、近来にないいゝものが揃つて居りました。中にも先生の「遺伝」は実にすばらしいと思ひました。この前の「按摩」よりは又一段と敬服致しました。あの凄味は何とも云へません。そ

[〇五七]

(二〇三) **不適当だつたのです** 会の便宜的機関誌『サンデー・ニュース』は、春日野緑の友人が出していたPR誌で商業誌ではない。そこに相乗りして掲載費を只にし、経費を安くするという当初の予定が、こういう結果を招いてしまった。

してトリックの清新なことも、一寸類がありますまい。

やつぱり、流石に先生の「種」は素敵だと思ひます。あんなのが、定めし、先生の頭にはゴロ〱してゐるのでございませうね。羨しき限りでございます。(二〇四)

外に、新進城昌幸氏の二篇(二〇五)も非常に優れたものだと思ひました。あんな人が出てくれゝば、日本の探偵小説界も心強い訳でございます。

独逸の作品にも感心しました。「変な目に逢つた話」と「ピエトロの何とか」の二篇はいゝと思ひました。(二〇六)

とも角、普通号にしては、近頃にないいゝものが揃つて居りました。

来月は又ビーストンが十ばかりのる由で、楽しみにして居ります。

やつぱり森下さんはうまいですね。

来月号には平林、甲賀両君が拙著「心理試験」の批評文を書いてくれた由で厶います。外に巨勢洵氏(二〇七)から長い批評をかいて小生の所へ送つてくれました。中に探偵小説の一般論があり、それが知識階級

(二〇四) **羨しき限りでございます**　乱歩が「種」と言っているのは「トリックの清新」さや、〈趣向〉の意外性を指すと思われる。ミステリーの材料をうまく探偵小説にすることにかけては、乱歩は天才的ではあったが、その基となる「種」を生み出すことにかけては、乱歩はあまり得意ではなかった。不木は落語「蕎麦羽織」の、ウワバミが腹ごなしに食べる薬草を、蕎麦食い合戦の前に食べると勝てると思った男が、それを実行すると、蕎麦が羽織を着て坐っていたというオチの付く噺を、トリックのアイデアの手控えに記していた。普通ならこうしたところにトリックの可能性を見出せないものだが、こうしたところからでも探偵小説のトリックないしは意外性のある趣向を、不木は創造することができたらしい。そのような思考の柔軟性は、乱歩にはなかったものであった。

(二〇五) **新進城昌幸氏の二篇**　「その暴風雨（あらし）」「怪奇の創造」のこと。

(二〇六) **二篇はいゝと思ひました**　「変な目に遭った話」ランズベルガー作・甲賀三郎訳、「ピエトロの綱渡り」ハンス・トラウジル作・訳者不詳のこと。

(二〇七) **巨勢洵氏**　巨勢洵一郎のこと。戦前・戦後を通じてアマチュアに徹したミステリー・ファン。批評や随筆寄稿も多い。創刊される『探偵趣味』の第九号編集担当者でもある。

の同好者の傾向を代表する様にも感じますので、別封御目にかけます。同氏の小生に対する忠告は平林氏なども同意見の由ですが、先生は如何御覚召しますか、先生の御考が伺へれば幸でございます。

八月廿一日

江戸川乱歩

小酒井先生

来月の「苦楽」探偵小説号には、「人間椅子」(二〇八)といふ四十枚ばかりのを、四苦八苦の末書きました。変なものでございます。

(二〇八)「人間椅子」『苦楽』大正十四年十月号。

〇五八　不木書簡　八月二十二日　封筒便箋5枚

御手紙と巨勢氏原稿拝手早速読了致しました。趣味の会のこと、然らば会費の点などは先づぼんやりさせて紹介することにします。然し今月末ですから、二十五日に話がきまつたら一寸御しらせを願ひます、サンデーニユース三号はたしかまだ貰はなかつたと思ひます、（加藤君のヒゲの小説ののつたのが最後でした）（二〇九）

巨勢氏の言はるゝところ別に異議はありません（二一〇）、あなたの御作に対する批評も大たい私の心持ちと一致して居ります。全体としては大へんよく書けて居ります。

探偵小説と所謂高級文芸との関係は近頃やかましく論ぜられるやうになりましたが、芸術としていへば一般文芸ものと差別ある筈はありませんが、さうすれば探偵小説といふ名を撤廃してしまはねばなりません、さうなると妙なことになりはせぬでせうか。

一たい、あまり窮屈に考へすぎて、従来の探偵小説の型を破らうとすると、こんどは又、その作者の型が出来上つてしまひます。一般民衆を対照《ママ》として考へると、型にはまるといふことは好.ましいことではありません。その時々の一寸した思ひつきであつてももちつとも

〔〇五八〕

（二〇九）**ヒゲの小説ののつたのが最後でした**　記録が残されていない『サンデー・ニュース』の貴重な証言。おそらく非売の小冊子ながらも、会内の情報伝達だけでなく小説掲載までしていたことが、この手紙によってわかる。乱歩自伝によればこの第三号が最終号で、次号から『探偵趣味』となる。

（二一〇）**巨勢氏の言はるゝところ別に異議はありません**　巨勢の批評の掲載誌を探したが見当たらずにいたが、中相作の推定では、乱歩作成の『自著目録』中の「私に対する批評及一般探小論切抜目録」の大正十四年の項にある「巨勢洵一郎　江戸川乱歩氏に寄す　未発表原稿　八月六日記」というのが、話題になっている論文とのことである。この未公開の「江戸川乱歩氏に寄す」を不木に郵送し、不木が感想を述べ、あとで乱歩に送り返したというのが推測で、今でも平井家にある書簡の束の中に紛れているのではないか。〇五七　乱歩書簡130頁の「別封御目にかけます」というのは、印刷物ではなく肉筆だったのである。

（二一一）**行き詰るだらうと思ひます**　乱歩の潔癖症に対する不木の励まし。不木が初期の手紙で、乱歩に純粋さや高潔さを求めたことに対する反省もあると考えられる。

（二一二）**見せて貰へば私には沢山です**　この乱歩の「特種な感覚」に対し、不木は最大の敬意を持っていた。

かまはぬから、それを作品にあらはして読者に一寸面白いなと思はしめればそれで沢山でせう。といふ位の元気で書かなければ、行き詰るだらうと思ひます。(二一一)探偵小説の要件としては「面白く」なくてはなりません、ポオの作品には如何にも深い人生観とてはないやうですが、でも、言ふに言へぬ程私には面白いのです。一般民衆が二三の優れた批評家のやうな鑑賞眼は持つて居ないのですから、批評家の言葉を無闇に気にするには当りますまい。あなたの持つて居る特種な感覚、それを作品を通じて見せて貰へば私には沢山です。(二一二)あなたの作品が所謂純芸術的作品に近よつたといふやうなことは私にとつては実は第二義なんです。(二一三)無論こんなことをいふと、何と低級な意見だらうと人は嗤ふでせう。然し笑はれてもかまひません。それが事実ですから。そして、世の中には私と同じくらゐの意見の人も可なりにあるだらうと思つて居ります。

だから、あなたが今後どんな風な工夫を凝らされやうが、あなたの

(二一三)　**第二義なんです**　個性的気質こそを作家の第一義と考える視点は、後年の澁澤龍彦を想わせるものがある。このことは〇三七　乱歩書簡87頁で、不木の病理学的ペダンティズムの特異性を賞賛していることと、つながるものがある。

(二一四)　**それで十分です**　後半は娯楽で充分の意見となる。個性の尊重については乱歩も同意すると思われるが、後半の意見については、自尊心の強い乱歩にとって不満があったろうと考えられる。

(二一五)　**描写になつて居るといふのです**　国枝の乱歩批判である。国枝は〈大衆文学〉という言葉が生まれる以前から作家生活を始めており、劇作家として活躍していたこともあって、当時の文壇の宇野浩二や芥川龍之介と旅行に出掛けるような関係もあった。そのため国枝も、菊池寛や真山青果や村松梢風が自分を〈大衆文学作家〉などとは自覚しなかったように、現在のいわゆる純文学を意味する〈文壇作家〉と考えていたと思われる。つまり、後に『大衆文芸』に参加しても、新興の〈大衆文学〉に対して、あくまでも〈文壇作家〉としての啓蒙的な客分と自分を意識していたと考えられる（このことは『大衆文芸』同人会・二十一日会の参加者の多くが、新派や歌舞伎の劇作家でもあったことにもよるが、本山荻舟や平山蘆江や矢田挿雲、あるいは直木三十五などについても同様であろう）。こうした自覚が、同じく〈文壇作家〉である松本泰に対する共感として現れ、後進の〈大衆作家〉である不木や乱歩への、

持つて居る特種な感覚さへあらはれて居れば私は無条件で推服します。私は歌舞伎芝居を見るとき、役者がどうの、脚本がどうのといふより先に泣かされてしまふのです。泣けばそれで私は満足するのです。他人の作品を見ましても、よほどメチヤ／＼のものでない限り先づ感心するのです。泣きたい、怖ろしがりたい、驚きたい、笑ひたい。これが私の心ですから、泣かしてくれ、怖がらしてくれ、笑はせてくれ、驚かせてくれるものであればそれで十分です。（二一四）

先夜国枝史郎氏が来られ、探偵小説の話が出て、私のは無論問題にならぬが、あなたの作品にも説明が多く描写が少ないと言つて居ました。同氏は松本泰氏のは描写になつて居るといふのです。（二一五）然し描写になつて居ても面白くないものは仕方がないではありませんか。いづれにしても批評といふものは個人々々でちがふのですし、作品に存在の価値がなければ、自然に消滅するものですから、当分は

先輩面をした批判や揶揄として現れる。このような国枝の感情が具体的な形となったのが、「日本探偵小説界寸評」（『読売新聞』大正14年8月31日）であった。このなかで国枝は、文壇の大家が編集者に懇請され「探偵小説」を作ったことを取り上げ、そのうちの一、二編は立派なものであったようだが、それだからといって、彼らがまた次々に作ってくれるわけでもないと釘を刺す。そのうえで、「兎角文壇の大家なるものは、御上品なことが好きである。兎もすれば下等視されやうとする、なんで探偵小説などへ、わざ／＼成り下つて来るものぞ。と云ふことになつて見れば、止むを得ず」と揶揄している。そして乱歩の「心理試験」についても、本来心理試験なるものは犯人捜査の際には指紋ほど役に立つものではなく、探偵小説の材料にするには多少弱い点があると断りのうえで、「それにもかかはらずその心理試験を、無雑作に肯定してかかつた所に、この創作の不用意さがある。心理の推移解剖が、常識圏内から出られなかつたのも、この作の欠点の一つであらう」と、ミュンスターベルヒがよく認識し、乱歩も、そのことを解ったうえで「無雑作に」書いていない点が重要であるにもかかわらず、ひとつうえの達観した場所から批評する。心理分析が「常識圏内」の類型なのは、論理的興味を際立たせるための乱歩の意図であることが理解されていないのである。これに対し乱歩は「探偵小説界寸評を読む」（『読売新聞』大正14年9月13日）で、「探偵小説も斯く問題

どし〲製作することに心がけて貰ひたいと思ひます。探偵小説の黎明期に際会して居るのですから、（二一六）あまり、考へすぎると手も足も出なくなり、折角開けかゝつた道が崩れてしまふやうになります。

何だかとりとめのないことを書いてしまひました。要するに物ごとは棺を蓋ふて何とやらですから、「書く、書く、書く、」で進んで下さい。

御父上様は？　御大切に!!

〔大正十四、〕八月廿二日　㊦

江戸川兄

【封筒表書き】巨勢氏の原稿同時に御返しします

にされるに至ったかと思ふと一寸愉快だ」と前置きし、「あれで心理試験の弱点を指摘した積もりなのだが」と反論している。その乱歩の反撃に対しても国枝は、「抗議拝見。折角の君の抗議だが、僕は僕の寸評を訂正しない」（「晴雨計」『読売新聞』大正14年9月16日）と開き直った。心理試験が法律上、指紋のような決定的証拠でないことが国枝の最後の砦であったと思われる。血液反応は決定的証拠でないから、物的証拠として不適格と言ったのと同様であった。乱歩は加害者を追いつめる知恵の勝利を論理に求めたので、それが法律的に決定的証拠でなくてもよかったのである。乱歩が国枝と出会う以前の、この書簡に前後して、こうした論争があったことは重要で、後々まで二人の間にわだかまりを残す。乱歩はこうした探偵小説に愛情を持たない高圧的批評を絶対に許さない性格であった。これとは別に、国枝が乱歩と不木に批判を加える、もうひとつの理由があった。それは国枝がバセドー病を病んでいたためもあると考えられるが、すこし高圧的な、この時期を経ると、医者であり世話好きで親分肌の不木に、年齢では国枝のほうが年長であるにもかかわらず兄事していく。後に不木を誘って別荘を隣同士に建てるほどの傾倒をあらわすようにもなる。その普段は敬愛する不木が、乱歩という後輩作家を非常に高く評価することへの嫉妬心が、徐々に国枝に累積していったのではないかと考えられる（国枝は当時、代表作の「神州纐纈城」を連載中で、得意の絶頂であ

○五九　乱歩書簡　八月二十六日　封筒便箋6枚

拝啓

取急ぎ申上げます。昨夜芝東園ホテルで小集を催し、会費は改めず、「サンデーニユース」は毎週続け、外に菊版三十《ママ》余頁の「探偵趣味」を発行することに取りきめました。(二一七)ポイント四段組みで充分つめ込みますから、原稿紙百枚以上這入ります。紙は厚手のラフを使ひ、体裁よく致します。

で、これまでの経過報告を兼ね、右発行のことと、会費徴収のことを書いた依頼状を印刷しました。明日は出来る筈です。この依頼状の連名十八名の内に先生の御名前も入れて置きました。専断の点は不悪御諒承下さいませ。

今申込者は二百五十位ありますが、会費徴収の結果百名位に減ずるとしても、どうかこうかやつて行ける予算です。印刷が実費で出来

り、なぜ探偵作家も含めて自分に対して讃辞がないのかと、不満を持っていたと思われる)。その、とばっちりの八つ当たりが、ときとして爆発し、不木への文章批判ともなったと考えてよかろう。国枝の乱歩へのわだかまりは不木の晩年まで継続し、後の手紙で、国枝には乱歩弁護を、乱歩には国枝弁護を不木がしていたことが、文中から感じられるようになる。この乱歩と国枝の、相互に不木の顔を立てるための表面上おだやかな冷戦は、この書簡集の背後にある重要なポイントである。

(二一六) **黎明期に際会して居るのですから**　不木のなかでは、その黎明期のトップランナーは自分ではなく乱歩であった。不木はあくまで、開業医でも医大教授でもなかったが、本業を医学者と考え、現実的には作家生活をしながら、作家からは一歩身を引いた余裕派の文人作家と考えていた。乱歩をランナーとするなら雨村と不木は、ともに作家でもありながら、一歩現場から離れて、ランナーを支える監督とコーチであると考えていたに違いない。

[〇五九]

(二一七) **発行することに取りきめました**　やっと『探偵趣味』の発刊である。同人誌ではあるが、探偵小説が多くの読者を持つようになり、専門誌だけではなく読者を基盤とした同人誌まで生まれたという意味で、日本探偵小説史上の画期的なことであった。『サンデー・ニュース』は、今後も週刊を予告

るものですから。(二一八)

編輯は我々の交互編輯にし度いと思ひます。第一号は小生が引受けましたが、毎号別の編輯者で、その個性を出して行くのも面白いと存じます。

内容は小説はごく短いの一つ位にして、あとは寸鉄式の批評、ゴシツプ、随筆で充たして行かうと思ひます。一種二三枚の程度で。会員全体に原稿を頼むことにします。

ところで、皆の希望は、先生にも三号あたりで一度御編輯が願ひ度いといふのですが、如何でせうか。校正等はこちらでやりますから、立案と原稿の選択丈けおやり下されば結構なのです。若し御承諾下さいますなら、第一号に、その三号の分の原稿募集の公告を致し度いと思ひますから、御文案御送り願へないでございませうか。

それから第一号の原稿〆切は九月五日なのですが、大変切迫して恐縮ですけれど、何か五六枚で結構ですから御執筆願へませんでせうか、

しながら、乱歩の自伝を信じるならば、既刊の三冊で終わったらしい。詳しい資料の発掘が待たれる。
(二一八) **印刷が実費で出来るものですから** 『サンデー・ニュース』と同じく、春日野緑の斡旋によるものであろう。

なるべく肩のこらない面白い、書きつぱなしのもので結構です。(二一九)
発行は九月中旬の予定です。
外に原稿紙一枚以内で、左の各項御答へ願ひます。甚だ愚問ですけれど、皆に回答を頼みました。
　1、探偵小説は芸術とは云へないか、どうか。
　2、探偵小説の形式は将来どう変つて行くか、又変ることを望まれるか。
　3、探偵小説目下の流行がいつまで続くか、すぐ駄目になるか、相当永続するか。
　4、お好きな作家二三名、その代表作品一つづゝ
右御報告と御願ひまで。
　　八月廿六日　　　　　　　　江戸川乱歩
小酒井先生

(二一九) **書きつぱなしのもので結構です**　不木が『探偵趣味』の創刊号に寄せているのは、随筆「女青鬚」である。

二伸

巨勢氏の論文に対する御批判承りました。感謝致します。

探偵物が芸術かどうか、又芸術的でなければならないかどうか、近頃ちよい〱いはれますが、実は小生などにはさつぱり見当がつきません。が、兎も角、探偵小説が、普通の小説よりも劣るとして、軽蔑されるのが癪なのです。もし芸術だつたら尊敬されるのなら、芸術だといひ度いのです。(二二〇)

ルパン式のものが書き度い位ですから決して「芸術」にこだはつてゐる訳ではありません。一生に一つでいゝから「巌窟王」の様な通俗的大作がしたいものだと野望して居ります。(二二一)

三伸、

先生の探偵的御著書全部の名と定価と発行所御知らせ下さい。

先生の探偵創作全部の表題と雑誌名と年月お知らせ下さい。

(二二〇) **芸術だといひ度いのです** たいへん乱歩らしい見解である。探偵小説を「芸術」と言いたいのだが、その本質を守るためには、「芸術」と言えないという乱歩の苦悩がよくわかる。この文面を誤読すると、乱歩が探偵小説を「芸術」と考えていたと単純に読んでしまうが、乱歩の主張は、そこにはない。探偵小説が独立自尊のジャンルとして社会的に認知され、「普通の小説」つまり、いわゆる純文学と別のものとされても、その価値観で「軽蔑」もされず上下関係で比較もされないならば、「芸術」でなくても乱歩にとっては、一向にかまわなかったという意味である。たまたま「芸術」でないため「軽蔑」を受けるならば、何とかして「芸術」と呼ばれたいという、願望にすぎず、現在の人間の価値観からすれば、探偵小説の本質は「芸術」ではないというのが、乱歩の合理的に考えた解答であった。つまり純文学を「芸術」とする価値観を、乱歩は近代主義という共同幻想が生み出した、単なる人間の思想的傾向、換言すれば永劫不変で実証可能な公理や定理ではなく、イデオロギーにすぎないと考えていたことを意味する。

(二二一) **野望して居ります** 「芸術」でない「通俗」な「大作」の理想として、大デュマの「巌窟王」が典型作として挙げられているのが興味深い。涙香に心酔した影響とも考えられるが、地下牢の幽閉趣味は乱歩の胎内回帰願望とも共振する気質的なこだわりであろう。

〇六〇　不木書簡　八月二十七日　封筒便箋3枚

御手紙拝見致しました。「探偵趣味」発行に御決定の由何よりです。編輯持ち廻りのこと無論賛成ですが、三号の編輯は丁度十一月が締切りでその頃は「新年号」の原稿が急がしくはないかと思ひますから、出来るなら四号か五号を私がやらせて頂きたいと思ひますが如何でせうか、尤も大したヒマもつぶれますまいから都合が悪くば三号を私が引受けてもよろしいです。(二二二) 第一号への五六枚のものは九月五日迄に必ず御届けします、その節、四つの質問にも御答へ致します（又私の著書名その他も）(〇)
いづれにしても屹度面白いものが出来上るだらうと思ひます。名古屋新聞へは雑誌発行のことを書いて会員を募りませう。
あなたの御質問にある探偵小説は芸術か云々、それから巨勢氏の批

[〇六〇]
(二二二) **私が引受けてもよろしいです**　結局、予定通り三号は不木の担当。なかなか断りが言えない不木であった。

評に関聯しての事。無論芸術でなくてはなりませんが、探偵小説が普通文芸に劣るなど、いふ人は要するに探偵趣味のない人ですから、あながち憤慨するにも当りますまい。(二二三)何分まだ揺籃期にあるのですから、当分のうちは区々たる評に拘泥しないで、あなたの持味を遺憾なく発揮するにつとめて下さいませ、

右とりあへず御返事迄。

〔大正、一四、〕八月廿七日　光

江戸川大兄

【封筒表書き】〔「探偵趣味」発刊直前〕

○六一　不木書簡　八月三十一日　ハガキ

「探偵趣味」への原稿御送りしました。御答へには少々閉口しました。(二二四)

(二二三) **憤慨するにも当りますまい**　不木にとっての探偵小説観は、不木が作家を余技と考えていた文人気質にもよるが、一種のディレッタント的な趣味性による高級娯楽であれば充分と考えていたと思われる。つまり娯楽も高級であれば芸術である、ないしは芸術に準じたものであると考えていたと思われる。

〔○六一〕

(二二四) **閉口しました**　答えたくないという意味ではなく、探偵小説が芸術か否かは、アンケートのような短い形では、なかなか上手く書けないという意味である。いわく言い難い不木の苦しみが伝わる書簡。

いづれこれ等の問題はぼつ〳〵「探偵趣味」へ書いて見たいと思ひます。

小説名兎に角ならべて見ました。九月初旬に発表されるべきものの表題も入れて置きました。

御父上様の御容態は？　どうか御大切に。

〔大正十四年〕八月卅一日夜

〇六二　乱歩書簡　九月五日　封筒便箋3枚

拝啓
先日は結構な原稿を有難うムいました。巻頭にのせさせて頂きます。
先月末から馬場孤蝶氏来阪して居られまして、昨夜は歓迎の小集を催す筈の処、丁度雨天で集りが悪るく、大毎の平野君（二二五）と松本長蔵君（二二六）と小生の三人で、支那料理へ御同行して、色々お話しました。同氏

〔〇六二〕
（二二五）**平野君**　平野零児、別名・零二。本名・嶺夫。明治三十年兵庫県生まれ。昭和三十六年没。当時大阪毎日新聞記者。後に東京日日新聞記者を経て馬場孤蝶門下となり、『新青年』にも軍事読物・戦争小説で活躍。戦後は、その裏側の軍事謀略をあばく立場で、戦前に書けなかった軍事読物を多数発表。著書に随筆集『満州国皇帝』などがある。
（二二六）**松本長蔵君**　後述の潮山長三のことか。

は俳画の揮毫旅行に来られたのです。なか〳〵頼み手がある様です。雑誌の原稿は随分集りました。なか〳〵いゝのもあります。小説は水谷準君が二つ送つて来た内の一つが一寸いゝと思ひますので、それをのせます。(二二七)同君が従来「新青年」で発表したものより寧ろ優れてやしないかと思ひます。五枚半の小品です。

先生の御原稿、馬場さんの口述物、森下氏の原稿、春田君の原稿等立派に市価のあるものばかりでこれなら会費が高くはないと思ひます。(二二八)探偵クロスワード、其他余興記事もあります。

発行は九月十七八日になるかと存じます。二号からは月初めに出す様致し度いと存じます。

三号の原稿締切は十月末になります訳です、丁度御多忙中ですけれど、たゞ原稿の集つたのを御整理下さればいゝのですから、大して時間もとるまいと思ひます。校正其他こちらでやりますが、如何でせう御引受け下さいませんでせうか。

(二二七) **一寸いゝと思ひますので、それをのせます**　水谷「勝と負」(『探偵趣味』大正14年9月号)。

(二二八) **高くはないと思ひます**　不木作は前述。孤蝶作はアンケート「探偵問答」だけのため、第二号の「東西探偵作家偶然の一致」ではないかと思われる。雨村作は随筆「汽車の中から」。「春田君の原稿」は甲賀名義の随筆「夢」。

二号は星野君にやつて貰ひます。同君は法曹界警察関係の原稿がよく取れる様な立場に居りますから、[二二九] 又代つた編輯振りを見せることと存じます。

一寸御報告旁々御相談申上げます。乱筆御許し下さいませ。

九月五日　江戸川乱歩

小酒井先生

〇六三　不木書簡　九月六日　ハガキ

「苦楽」の「人間椅子」拝誦、実に感心しました。奇抜なことを思ひつかれる大兄の頭はたしかに構造がちがつて居ます、いつも申すとほり、その構造のちがひ工合を見せて下さればそれで私には十分です、[二三〇] どうか、この調子で御進み下さい。

(二二九) **原稿がよく取れる様な立場に居りますから**　大阪毎日新聞の社会部副部長のため。

[〇六三]

(二三〇) **私には十分です**　「屋根裏の散歩者」や「人間椅子」にあらわれた乱歩の奇想に対する讃辞である。乱歩のこうした奇想は、発想の転換といった思考の操作から生まれるのではなく、乱歩の根源的気質から生まれるものであり、その点を不木は高く評価していた。後の、作家の気質を体現した文体を持つものだけを表現者として認めた、澁澤龍彦の評価を想わせるものがある。

昨夜趣味の会を開きました。名古屋新聞への紹介、いそがしくてまだ筆とりません。(一三一) 近日のせて同志を募ります。

〔大正十四、〕九月六日

〇六四　不木書簡　九月七日　ハガキ

御手紙拝見しました。三号は私が編輯させて頂きます、（手伝つてくれる人(一三二)もありますから）その旨広告して下さつてかまひません。

とりあへず一寸。

〔大正十四、〕九月七日

〇六五　不木書簡　九月十三日　封筒便箋3枚

拝啓

(一三一) **いそがしくてまだ筆とりません**　「趣味の会」は名古屋分会。「紹介」は入会案内や小会の案内記事。

[〇六四]

(一三二) **手伝つてくれる人**　前記、松本長蔵のこと。筆名・潮山長三（しおやまちょうぞう）。本名・松村長之助。明治二十五年名古屋生まれ。名古屋市立商中退後、名古屋新聞の記者を経て、後に新愛知新聞記者。十数年の記者生活のかたわら「闇の森心中」を連載（単行本は大正12年講談社刊）。昭和四年上京して村松梢風に師事。代表作に「釣瓶心中」「五月闇の聖天呪殺」などがある。昭和六年没。

早晩御逝去は免れぬこと、存じて居りましたが、こんなに早からうとは夢にも思ひませんでした。(一二三三)御手がみに接して全くびつくり致しました。でも臨終に御苦悩の少なかつたことはまだしもの慰めです、(一二三四)皆様の御愁傷さこそと御察し申し上げます、どうか御過労なきやう願ひます。

何か御霊前にもと思ひましたが、あとで却つて御迷惑をかけますからたゞ言葉の御くやみだけにとゞめて置きます。悪からず御容赦下さい。

当分は御執筆不可能の旨、致しかたもありません。然し、あと片つけがすみましたら、幾分、御執筆に自由になりませうから、その時に、今の時間の失はれたのを取りかへして下さい。十一月号へは私も短いのを送らうと一つ二つまとめましたが、どうも気に入らぬのでやめてしまひました。学兄がやめられては十一月号の「新青年」が寂しくなりますから、森下さんに対してすみませんが、まあ致し

［〇六五］

(一二三三) **夢にも思ひませんでした**　乱歩の父・繁男は九月九日に数え年五十九歳で没（9日であるのは『貼雑年譜』による）。癌を宣告されて一年目で、不木の慰めだけでなく、乱歩も余命がもう少しあるものと考えていた。この父の死は、この時点ではわからないが、乱歩の一生の上ではかなりの節目で、一家の家長になったことを意味する。今までの規制が解かれて、家族の経済面をしっかり維持しておけば、長期の放浪などが思い通りにできるようになったのである。また経済的にも豊かになることで、以前は父親的な立場であった不木を、乱歩が必要としなくなってきたことにもつながることであった。

(一二三四) **まだしもの慰めです**　乱歩の父は「喉が脹れふさがって、呼吸困難に陥る」ことを心配していた。

方ありません。

読売新聞の国枝氏に対する玉文只今、拝誦致しました。国枝氏の評は多少にはか作りのところがありますから、やむを得ないでせうが、それにつけても、立派な探偵小説批評家があればい丶と思ひます。国枝氏も「人間椅子」には感服して居ました。（一三五）御いそがしいときの駄弁、何とぞ御ゆるし下さい、御仕事が片つきましたら、ゆつくり御消息を御きかせ下さい。

どうか皆様によろしく。

〔大正十四、〕九月十三日夜　　光次

平井大兄

【封筒表書き】〔父の死の悼み、国枝氏「探小号寸評」の後〕

（一三五）**感服して居ました**　国枝評（前記「日本探偵小説寸評」）を軽くいなしながら、そこには未熟で了見の狭いものがあるが、そこには乱歩への悪意などなくて、ただ杜撰なだけだから、乱歩も、余り気にしないようにいて欲しい、という両者の顔を立てた不木の国枝弁護。その上で「人間椅子」への国枝の「感服」の強調。乱歩の「探偵小説界寸評を読む」を読んだ、すぐさまに書かれていることが分かる。

〇六六　不木書簡　九月二十三日　封筒便箋3枚

拝啓其後随分御多忙でしたでせう。
今日森下さんが訪ねて下さつて御消息を承りました。「探偵趣味」、森下さんから拝借して読みました。気のきいた面白い出来栄を喜びます。追々変つた原稿も集つて来ること、楽しみにして居ます、「遺伝」についての重ね〱の御褒辞には恐縮します。春田兄は「機械を見るやうだ」といつて来ましたが、それが適当な評言でせう。(二三六)
どうも蠟をかむやうなものしか書けないのに閉口してしまひます。そのうちにはモウパッサンの言ひ草ではないが、短いもの一つでも作者の名を不朽……といつては大袈裟ですが、まあ会心の作をしたいと思ひます。ですが、いつの事やら……と思ふと、いやになります。
水谷君の今度の創作はたしかにい、と思ひます、(二三七)どうか大兄から、督励の言葉を御伝言下さるやう願ひます。

[〇六六]

(二三六) **適当な評言でせう**　乱歩の讃辞に対して、生きている人間が書けていないから「機械を見るやうだ」という甲賀の否定的評価を、自分の説明的で冷やかな表現の弱点として認めるのが、己惚れにならない冷静な評価であろうという不木の謙遜。

(二三七) **水谷君の今度の創作はたしかにい、と思ひます**　前記「勝と負」のこと。

(二三八) **テキニック・オブ・ザ・ミステリー・ストオリー**　キャロライン・ウェルズの『探偵小説の技巧』の原書を指す。

(二三九) **申出るでせうがよろしく願ひます**　当時は博文館が会社の規模として最大手で、新興勢力の講談社は実業之日本社と肩を並べながらも、まだ二番手三番手に甘んじていた。しかし個別の雑誌としては、後に娯楽誌『キング』が百万部近くを売り『講談倶楽部』がそれにつづいたように、講談社の娯楽雑誌は、探偵小説専門誌の『新青年』とは違って桁違いに多い発行部数であった。そこから原稿依頼が来るというのは、乱歩の名前が探偵小説界だけの新人スターではなく、より広範な大衆文学、あるいは、もう少し砕けた意味の大衆娯楽としての読物の世界からも、すでに花形作家として注目されてきたことを意味している。不木が講談社の雑誌への寄稿を奨めるのは、発行部数が格段に違うために原稿料が高く、そのことで乱歩の経済的な苦労を緩和しようとしたためと考えられる。ただし乱歩の側とし今日森下さんの御話に、テキニック・オブ・ザ・ミステリー・ストオリー（二三八）があなたの手元にあります由、「犯罪文学研究」のために一寸見たいと思ひますから、若し御あきでしたら御序の節寸借願へますまいか、御面倒ですが何分願ひます。決して急ぎません。

それからキングの編輯者から大兄に是非小説を依頼してくれといつて来ましたから都合が出来たら書いてやつて下さいませんか、いづれ、直接編輯者から申出るでせうがよろしく願ひます。（二三九）

春日野氏に御逢ひの節来月五日迄には原稿と、その他編輯に関することなど申上げると仰しやつて下さい。

とりあへず右迄。

〔大正十四〕九月廿三日夜　　光次

平井大兄

て、経済的安定は望ましいが、大衆娯楽誌のために、探偵小説ファンでない読者まで含めた期待に応えなければならず、その対応として作品の通俗化は避けようがないものであった。そのことは純粋な謎解きを物語の中核とする、後にできた言葉にすると本格探偵小説の一般普及を、いまだ少数であった読者の地道な獲得によって成そうと考えていた乱歩にとって、〈堕落〉以外の何物でもなかった。翌年末から『東京毎日新聞』連載の「一寸法師」が、広範囲の読者を対象とするために通俗化をきたし、一般読者の好評にもかかわらずスランプに陥る乱歩だが、その乱歩が、諦めにも似た開き直りで講談社の『講談倶楽部』に「蜘蛛男」を連載し始めるのは、昭和四年の八月号、つまり不木の没後であった。このことを正史は61頁注（七四）に前述したように、不木の呪縛が解けたためと考えていた。木々高太郎などは、それを乱歩の〈堕落〉と考えたが、のちに博文館の大衆娯楽誌『文芸倶楽部』の編集長でもあった正史の見方では、通俗探偵小説にもそれなりの苦労と、通俗物でしか出せない面白さがあることを認めていた。「仮面劇場」や「夜光虫」などの耽美的通俗物の傑作を残した正史ならではの見識である。遅筆で本質的意味での長編小説が書けない乱歩も、連鎖的に物語を引き伸ばせる通俗物では、さほどの苦労なく澱みない文章で連載長編が書けたのであった。乱歩の通俗物は、クイーンやヴァン・ダインより前時代のゴシック・ロマン風のミステリーや「ジゴマ」

【封筒表書き】〔「遺伝」の事、「キング」原稿依頼の伝言〕

〇六七　不木書簡　九月二十四日　ハガキ

今朝出した手紙と行きちがひに御手紙を頂きました、国枝君には其後逢ひませんけれど、決して何とも思つて居る訳ではありません（二四〇）、逢つたらよろしく申上げて置きます、「手術」の御評恐縮です。あれは国枝君にも気に入つたさうです。横溝さんに御逢ひの節宜布く申上げて下さい。

とりあへず一寸、

〔大正十四〕九月廿四日

〇六八　不木書簡　九月二十五日　ハガキ

「ファントマ」などの連続活劇、それにホラーとショッカーの扇情的傾向と本格物の謎解きを、そのまま海外作品からトリックごと借用し、盛りだくさんにして作られた混成物であるが、これほど通俗で、かつ壮大にして贅沢な大衆娯楽としての探偵小説は、黒岩涙香をのぞけば空前絶後の、誰も真似の出来ない作品であった。しかし乱歩は生涯、この通俗作品によって自分に与えられた〈有名作家〉としての大衆的評価を〈虚名〉とし〈屈辱〉と考えていた。

〔〇六七〕

（二四〇）**訳ではありません**　この書簡の前に、まだ未発見の不木宅着二十四日の乱歩書簡があることがわかる。その内容を推定すると、九月十三日の「晴雨計」でなされた開き直りの傲慢さに対し、国枝の側に乱歩への悪意、ないしは乱歩の側で善処すべき不平や不満があるのではないのかという質問がなされたのだと考えられる。つまり年長者で先輩作家でもある国枝に対し、失礼があったのならば、それには謝る用意が乱歩にはあった。そのあたりの理由を国枝に直接問いただしても藪蛇なのは明らかのため、不木に問うたのであろう。その返事がこの不木の答えである。不木は正直な人のため、嘘は吐かないが、隠し事をするときには、その痕跡をしっかりと書いてしまう。「国枝君には其後逢ひませんけれど」というのは、前回、つまり不木作品や乱歩の作品を批判された、その時に会ってからは会わないと突然ですが、こんど東京で大衆作家同盟が出来、大兄にはひつて頂きたいと、発起人の池内氏(二四一)が申して来て、私にも意向をたづねてくれと申して来ました。(二四二)今のところ同人は、平山蘆江、本山、白井、国枝、矢田、長谷川伸、土師清二、直木三十三、池内、小生の十人、ださうです、(二四三)大兄もはひつてやつて下さい。いづれ詳しくは池内氏から申上げるさうです。

昨夜川口、国枝両氏来訪、大兄の御噂をしました。大兄のこと伝へて置きました。よく了解してくれたのみならず大兄を激賞して居りました。(二四四)

〔大正十四年九月二十五日〕

○六九　不木書簡　九月二十六日　封筒便箋2枚

御手紙拝見しました。「探偵趣味」は本日到着しました。ウエルズの

いうことである。何の情報も加わってないため、信頼度に欠ける返事だが、国枝に限って、悪意を持っているはずはないという、根拠のない〈断定〉にすぎない。不木にしても乱歩にしても、勘の悪い人間ではない。おそらく前述したような国枝のわだかまりに、薄々は気付いていたであろう。しかし楽天家で、ことをまるく収めたい不木は、国枝の八つ当たりにも我慢し、国枝をかばうことに努めたのだと考えられる。これに対して、謙譲の精神は持ちながら、理不尽で対応策のない相手に対しては、プライドの高い乱歩であるだけに、憮然とするしかなかったと思われる。

〔○六八〕

(二四一) **池内氏**　会の幹事役の池内祥三。

(二四二) **たづねてくれと申して来ました**　これが後の二十一日会となり、その機関誌『大衆文芸』の発刊となる。

(二四三) **小生の十人、ださうです**　フルネームでないのは、本山荻舟（てきしゅう）・白井喬二・国枝史郎・矢田挿雲・池内祥三。この中で乱歩は一番若かった。直木の名前が三十三なのは、まだ年齢ごとに加算していた時代のためである。この後に加わったメンバーに正木不如丘（ふじょきゅう）がいる。

(二四四) **大兄を激賞して居りました**　「人間椅子」評と思われる。乱歩の困惑を話し、不木自身としては国枝に悪意のないのはわかっており、乱歩の杞憂に

書物御面倒かけました。いづれ次便に到着することですから、受取りの手紙は出しませんから悪からず。

川口君に一昨夜逢ひました。「探偵趣味」のことは何ともいひませんでした、来年から大兄が長篇、私が一回毎にきれる続き物体《てい》のものを書くのださうです（二四五）。大兄の名声、上が上によく、「心理試験」再版のよし、何といふ愉快でせう。大衆作家同盟へも是非はひつて下さい。

東京移転の件は、私はかねてから、その方を御す丶めしやうと思ひました。大兄の今後の発展のためには、どうしても東京へ行かれる必要があると思ひます（二四六）、星野氏は残念がるでせうが、サンデー毎日の客員といふことにでもしてはどうでせうか（二四七）。

東京へ御出かけの序には是非立寄つて下さい。

とりあへず右まで。


過ぎないという前置きのうえで、国枝に〈同意〉を求め、乱歩は新興文学の探偵小説のトップ・ランナーなのだから、出る杭を打つような真似はせず、先輩作家として守り立てて欲しいという、不木からの搦め手による依頼がなされたのだと読める。それに対して、国枝も「よく了解してくれたのみならず大兄を激賞しております」という不木による国枝の弁護である。しかし国枝のわだかまりが、これで解けたのでないことは、おいおいわかってくる。

[〇六九]

（二四五）**続き物体のものを書くのださうです**　これは予定と違って読み切りの続き物連載とはならず、雑誌では何度かの休載の後、尻切れトンボになった「闇に蠢く」として約束が果たされる。

（二四六）**どうしても東京へ行かれる必要があると思ひます**　この書簡の前に乱歩から不木宛の、東京移転をすべきかどうかという相談を持ちかけた、未発見の書簡があるはずである。不木は乱歩が関西から離れると寂しくなるとは思いながらも、乱歩の将来のためには東京に住むほうが有利と考えた。しかしこの後、東京に出た乱歩を待っていたのは、探偵小説界の第一人者というプレッシャーと、絶えず新機軸を追うために生じるアイデアの枯渇とから来る、憂鬱なノイローゼと一年半にわたる休筆をともなったスランプであった。しかし、これも「陰獣」で復活することで再出発し、大作家になるための試練で

光、

〔大正十四〕九月廿六日

平井大兄

【封筒表書き】〔「心理試験」再版の喜び〕

○七○　不木書簡　十月四日　封筒便箋2枚

御病気の御経過は如何ですか。心配して居ります。どうか大切にして下さい。もうすつかりよいとは思つて居ますが、今日森下さんから御手紙が来て、大兄が、新青年へ書くとなると筆が固くなるといつて来て居るから、私からも、大兄にさういふことを思はぬやう告げてくれとの事でした。(二四八) 実際、さういふ考は捨てゝ下さい。漱石さんのやうに、運次第だと思つて、ごく平気な態度で書いて下さい。(二四九) いつも申上げるとほり、大兄の価値はどんなものを書かれても決してもうゆるぎません。自重される大兄の心持は尊いけれども、もつ

あったといえるであろう。

(二四七) **客員といふことにでもしてはどうでせうか**　大阪毎日の星野としては、趣味の会の後楯としてだけでなく、自分の所属する新聞社に協力が頼める有力作家として、乱歩を確保しておきたい気があるのは当然であった。そのため星野は『サンデー毎日』に「湖畔亭事件」（大正15年1月3日～5月2日号一部休載）を依頼時に、東京移転するのはやめて『サンデー毎日』編集部に入らないかと奨めている。その時期は不明だが、書簡に、『サンデー毎日』にルパン風のものを依頼したという記述がある七月初旬から、乱歩が東京移転を考えている、この時期の前後と考えられる。当時の編集部は大阪で、すぐに編集長とはいかないが厚遇のうえ、他誌への寄稿も自由という条件だった。いまだ原稿料の高くなかった乱歩は、生活不安も予測される小説家よりも、将来的な経済的安定もある話のために心が動いたが、もう一度会社に毎日出勤する辛さを思うと、やはり東京へ行くことを選んだのであった。

〔○七○〕

(二四八) **告げてくれとの事でした**　不木から雨村に情報が伝わっているということもあろうが、不木だけでなく雨村にも乱歩の気性が見抜かれている点が興味深い。雨村も、乱歩に直接ではなく不木をとおして意思を伝えているあたりに、劫を経た編集者の老獪さが感じられる。乱歩自伝の翌十五年の記述に、

と、軽い気持にならねば到底手が出ません、自重すれば二月に一篇か三月に一篇しか出来ますまい。さうでなく、読物を提供するといふ意味で筆を執つて下さい。私からも切におすゝめします。新青年の新年号には是非書いて下さい。私もつまらぬ乍ら一篇差上げやうと思つて居ます。（二五〇）
どうかくれぐ〵も御大切に。
今日は一寸、これだけ申上げました。

〔大正十四〕十月四日　　不木

江戸川兄

【封筒表書き】〔激励の言葉　新青年に書かぬ為〕

〇七一　不木書簡　十月二十日　ハガキ・印刷

次のようなものがある。「私は無料執筆の『大衆文芸』には『新青年』以上の責任を感じていた。他の同人は毎月書いているんだから、一年に三篇ぐらいはどうしても書かないわけには行かなかった。それに、池内幹事の催促がなかなか上手でもあった。一方森下さんの方は、私に対して先輩の立場にあり、お世辞をいって原稿を書かせるというような態度はとれなかった。一つには新進作家の多忙を察して黙っていて下さったのでもあるが、その沈黙が私には怖かった。絶えず無言の叱責を受けているような気がしていた」。その結果、苦し紛れに『新青年』に書いたのが、青年時代にノートに書いていたものを基にした「火星の運河」であったらしい。いかにも雨村らしい乱歩対策であった。この怖い雨村に対し不木はどうかと言うと、別のところで乱歩は〇一一不木書簡38頁を引用し、「『（前略）大いに探偵小説のために力を尽さうでは御座いませんか、今に、世の迷妄を完全に破ることが出来るだらうと思ひます、それには何よりも立派な作品の出ることが肝要で、あなたの力にまたねばなりません。（後略）』この後半のような激励の言葉は、小酒井さんのどの手紙にも充満していて、私は少々辟易したものである。小酒井さんの方には『おだてる』というような人の悪い気持は、なかっただろうが、こちらでは、やはりおだてられたように感じるので、もっと対等にビシビシやってもらいたいと思うことが屢々であった」と、乱歩の感想は、不木に言わないながら、な

◇十一月号につき御願ひ

御多用中まことに御手数かけますが左記質問の内何れなりとも御撰択の上十一月五日迄に御回答下さいます様御願ひ申します

1 怪談についての感想

2 奇抜なる犯罪方法（実例）

3 日本探偵小説作家に関する一般的批評

4 探偵小説に対する註文（どんな探偵小説が御好きか）

その他御随筆（原稿用紙四百字詰五枚以内）を歓迎します

〔大正十四、〕十月二十日

名古屋市中区御器所町字北丸屋八二

小酒井光次

（不木）

【署名に重ねて押印】「探偵趣味の会」

かなか辛辣なうえに気難しい性格をよくあらわしている。

（二四九）**平気な態度で書いて下さい** 不木の「漱石さん」という「さん」付けに、特別の親しみが感じられる。正史も、漱石作品にある探偵趣味を含めて漱石ファンであったが、この書簡で不木もまたそうであったことが確かめられる。ただし漱石が「平気な態度」で生きることを主張したのは、現実にはそれがなかなかできなかったからである。「則天去私」を漱石文学の理想とする通説があるが、「則天去私」と文学の深化は正反対のものである。漱石の胃弱は、この相克の結果であり、漱石が最後まで「私」を捨てなかったことを意味している。その点に気付かない不木ではないし、乱歩ではないから、これは気休めの意見である。しかしこの後半を読むと、不木の堅実なリアリストの一面も、しっかり書かれ、説得力のある意見になっている。

（二五〇）**一篇差上げやうと思つて居ます** 不木作は「恋愛曲線」、乱歩作は「踊る一寸法師」。

○七二　不木書簡　十月二十一日　封筒便箋3枚

御手紙拝見しました、心にかゝり乍ら私からも御無沙汰してしまひました。随分御忙しいであらうと察して多少遠慮の意味もありました。私も随分忙しい思ひをして居ります、前月の末から昨日までに大小六ツの創作（二五一）を致しました、その外きまり通りの雑文があり、まるで機械のやうです。到底碌なものの出来る筈はありません。「大衆文芸」への原稿は昨日兎にも角にも送つて置きました。「人工心臓」と題する生理学の講義のやうなもので探偵小説とはいへないやうなものです。月々五十枚の探偵小説はちとエラ過ぎますから、もつと同人をふやしてせめて三十枚位にして貰ひたいものだと思つて居ります。（二五二）国枝さんも、随分困つたが書きかけたといつて来ました。（二五三）だから若し出来るなら書いてやつて頂きたいと思ひます。初号は十一月の下旬に出すといつて来ました。

［○七二］

（二五一）**大小六ツの創作**　「痴人の復讐」（『新青年』大正14年12月号）、「暴風雨の夜」（『講談倶楽部』大正15年1月号）、「難題」（『女性』大正14年12月号）、「手紙の詭計」（『苦楽』大正15年1月号）、「人工心臓」（『大衆文芸』大正15年1月号）、ここまでは確定。残りの一作は、執筆年代不明の「硬骨漢」（『苦楽』大正14年12月号）と考えられる。

（二五二）**三十枚位にして貰ひたいものだと思つて居ります**　乱歩のように、原稿が書けなければ〈落とす〉場合もある、という発想のない不木には、枚数も締切りも依頼原稿（『大衆文芸』『探偵趣味』は稿料なし）の注文どおりに仕上げるのが当然と考えていた。原稿依頼も断らず、また、その場では断っても、律義に相手が要求する最低限度の枚数は、期待に応えるのが物事の筋目と考えていた。書くのが辛くても原稿用紙に向かう、書けなくても、書き始め、一日のノルマを課したうえで、それを果たす。こうした習慣が身についていたのだと思われる。そのうえで、原稿依頼を断らず、作品のレベルを落とさず、酷評にも堪えるというのは、並の神経ではなく、不木が人格者であったゆえんであろう。ここで述べられているのは、そうした不木も、ときには弱音を吐くことがあったということである。

（二五三）**書きかけたといつて来ました**　国枝の『大衆文芸』創刊号（大正15年1月号）掲載作品は「五右衛門と新左」と随筆「信玄雑感」のため、この

「新青年」への小説[二五四]は明日あたりから書きにかゝらうと思ひますが、思ふやうに纏まりさうもなく困つて居ります。小生一流の大胆さを以て進むより外ないと思ひます。

月末には御上京の由拝眉の日を御待ち致します、友人松村長之助氏（大衆文芸作家雅号潮山長三氏）が只今大阪へ行き、あなたにも御目にかゝりたいと申して居りました。[二五五]御訪ねしたら一寸でも逢つてやつて下さい。探偵趣味三号の編輯を手伝つて頂いて居ります。三号の原稿はまだ一向集りません。二号はもう出たでせうか。

その後もう御からだはすつかりよろしいこと、思ひますが如何ですか、御大切になさつて下さい。

星野さんに御逢ひの節どうかよろしく仰しやつて下さい。

〔大正十四〕十月廿一日　　不木

「五右衛門と新左」であろう。

（二五四）「新青年」への小説　十二月号の「痴人の復讐」の可能性もあるが、翌十五年一月号の「恋愛曲線」が妥当であろう。

（二五五）御目にかゝりたいと申して居りました　探偵趣味の会の大阪イベントに、不木の編集助手でもある新聞記者の潮山が、病気で遠出のできない不木の名代として名古屋分会から出席するということ。不木は助手に対しても、このように丁寧な言葉づかいで相手に紹介していた。

江戸川大兄

【封筒表書き】〔大衆文芸に「人工心臓」書きしその報〕

〇七三　不木書簡　十月二十五日　ハガキ

拝啓　池内さんから別封の「議案書」がまはつて来ましたから御送り致します。御覧済みの上は土師さん[二五六]へ御送り願ひます。

随分御多忙御察ししますが創刊号へは是非書いて下さい。只今私も新青年への原稿に取りかゝつて居ります。

拝眉を得る日を待ちこがれて居ます。

〔大正十四〕十月廿五日

〔〇七三〕

（二五六）**土師さん**　土師清二のこと。当時の土師は宝塚に在住。

〇七四　乱歩書簡　十月二十五日　封筒便箋2枚

拝啓

本日ページエントをやりました。（二五七）なか〱盛でした。雑誌も本日出来上り、御送り致しました。潮山さんにも会場で御目にかゝりました。

横溝と小生、三十一日朝発の三等特急で参り御宅へ御伺ひする心積で居ります。此前川口君と御伺ひしたのと同じ頃参ることになると存じます。何分時間御繰合せ下さいます様。

星野君は社用の都合で往きには御伺ひ出来ない様子です。帰阪の節御立寄りすると申して居りました。

匆々

十月廿五日夜

江戸川乱歩

小酒井先生

［〇七四］

（二五七）ページェントをやりました　探偵趣味の会が六甲苦楽園で開催した屋外イベント。春日野緑脚色による探偵劇「幽霊探偵」が眼目となる屋外劇で、主演は新国劇の沢田正二郎（明治25～昭和4）の恋人の渡瀬淳子と、その演劇研究所の門下生。観客は五百人の大盛況。終演後は会員全員で記念写真を写し、ラジウム温泉に入浴後、晩餐会。参加者は乱歩・春日野・正史・平野など。遠来は、名古屋から潮山長三、東京からの額田六福（明治23～昭和23）を連れた川口松太郎。額田は岡本綺堂門下の劇作家で演劇雑誌『舞台』の編集者。翌十五年初演の翻案劇「白野弁十郎」は、沢田正二郎主演で大当たりをとることになる。

〇七五　不木書簡　十月二十七日　封筒便箋2枚

拝復御手紙と探偵趣味原稿有難う御座いました。
大衆文芸の50枚（月々）は私も可なり屁古垂れて、何とかして貰は
ねばならぬと思ひます。探偵小説の50枚は骨ですから東京へ行かれ
たら池内さんに逢つてよくそのこと、あなたから御話し願ひたいと
存じます。これは又いづれ拝眉の上に申上ます。
三十一日には御待ちして居ります。今朝潮山氏が来て下さいまして
御消息をきゝました。ページエントも面白かつた由何よりです。
委細は拝眉の上に譲り申上ます。

〔大正十四〕十月廿七日夜　　　　不木

江戸川兄

二伸、

大衆文芸の方は私たちが無理に御すゝめして大兄に入つて頂いたのだから、無理に書かれなくてもよいと思ひます（二五八）、若し書けなければ、私からも池内さんへ手紙を出して責任を持ちますから心配しないで下さい。これはいづれ三十一日に御目にかゝり定めませう。

【封筒表書き】〔探偵ページエントの後〕
〔上京の前〕

〇七六　乱歩書簡　十一月二日　封筒便箋2枚

拝啓
一昨日は両人（二五九）で拝趨、大変御馳走になりまして恐縮致しました。色々御話を伺ひ大変愉快でした。
昨朝着京、本夕趣味の会の小集を催す筈です。春田君のきも入りで

〔〇七五〕
（二五八）**無理に書かれなくてもよいと思ひます**　乱歩は探偵小説を、特殊な興味を有する読者を対象としたジャンルと考え、当時勃興した〈大衆文学〉という概念には入らないという意識があった。そのため恩人で先輩でもある不木の強引な勧めがなければ、この『大衆文芸』には参加しなかったと思われる。このメンバーの中では乱歩が一番若かったことも、精神的に畏縮させた原因と考えられる。

〔〇七六〕
（二五九）**両人**　正史を連れて上京する途上であった。十月三十一日に不木宅を二人で訪問し、本田緒生・潮山長三と会い、夕方は名古屋ホテルに場所を移し、国枝とも会っている。この時、初対面の正史に不木は、「横溝君はしあわせですね、乱歩くんみたいな人にかわいがられて」という言葉をもらしている。

馬場さん平林さんなども出席される由です。

五六日滞京の上、信州の方を廻つて帰阪致す積りで居ります。

二日　東京にて

平井太郎

小酒井先生

〇七七　不木書簡　十一月八日　封筒便箋2枚（丸の内ホテル回送依頼メモ添付）

度々の御手紙及び玉稿拝手しました。

先夜は実に愉快でした。上京日誌によつて大兄の活躍振り目に見る如く実に愉快です。大に探偵小説のために尽して下さい。

二十一日会の「五十枚」の話承知しました。まあ今更致し方がないから、大にやりませう。(二六〇)

［〇七七］
(二六〇) **大にやりませう**　五十枚は辛いと言いながら、結局断りきれず、引受けてしまう不木であった。

寄せ書やその他の消息（森下さんから通知ありました）拝手。定めし御多忙のこと、推察します。ラジオの放送は痛快です。（二六一）趣味誌の原稿は明日春日野君に送るつもりです。今日中山さん（二六二）と川口君との来訪を受けて大兄の噂も致しました。

この手紙は多分大兄の御滞京中に着くだらうと思ひますが、どうかしら。

ゆうべ趣味の会を拙宅で開きました。

今編輯で忙しいので、ゆつくり書いて居れません、いづれ大兄が帰宅されてから、またゆつくり申上ます。

〔大正十四年〕十一月八日　不木

江戸川大兄

〔東京、丸ノ内ホテル宛、同ホテルより付箋にて帝大赤門前伊勢栄旅館に転送〕

（二六一）**ラジオの放送は痛快です**　当時はラジオと映画が文化の最先端であった。放送は十一月九日午後七時半。丸の内ホテルのスチームによる空気乾燥のため、乱歩は扁桃腺を痛め、以降は本郷赤門前の伊勢栄旅館に宿を変えて寝込んでいた。しかし大先輩の作家長田幹彦（当時放送局文芸顧問）の出演依頼でもあり、長田みずから辞を低くしての車での迎えのため、旧友の本位田準一を付添いにして、乱歩は毛布に包まれ放送局に向かっている。演題は「探偵趣味について」で三十分の講演。現代生活のあらゆる部分に推理判断を必要とする時代となり、探偵小説の有用性を説明し、好見本として水谷の「好敵手」を朗読したもの。出演料は、奉書の包みに「御菓子料」として二十～三十円という乱歩の記憶。

（二六二）**中山さん**　プラトン社の社長・中山豊三。社長みずから川口を伴って不木を訪問したのは、来たる十五年初頭から、プラトン社が講談社の『キング』と総力戦に入るためであったと考えられる。そのための協力の依頼であろう。

○七八　不木書簡　十一月十三日　ハガキ

今日の読売新聞に御病臥中との記事があつて驚きました。(二六三) 昨日池内氏から大兄が御風邪のことをきゝましたが大したことはないと思つて居ました、如何ですか、早くよくなつて下さい。キングの森田氏から大兄の承諾を得たといつて喜んで来ました。(二六四) くれ〴〵も御大切になさつて下さい。第三号の原稿は九日に星野氏宛全部送つて置きました。

〔大正十四〕十一月十三日

〔本郷赤門前伊勢栄宛〕〔守口町字守口六九四に転送〕

○七九　乱歩書簡　十一月十八日　ハガキ

〔○七八〕

(二六三) **驚きました**　乱歩も有名作家になったため、現在日本のどこにいるかの動静や近況が、逐一、日々の新聞に載るようになっていた。情報源は本位田や池内祥三からで、乱歩としては「急に名士になったような気がした」半面、おそらく、わずらわしい気持ちも、しだいに生まれてきたと考えられる。

(二六四) **喜んで来ました**　森田は『キング』の編集者。この依頼も、乱歩のスランプもあってなかなか果たされず、まず先に『講談倶楽部』の「蜘蛛男」から講談社とのつながりができるのは、前に述べたとおり。十一月八日付の不木書簡にある中山社長の訪問にあるように、プラトン社と講談社の戦争は、こうした形ですでに始まっていたのである。この講談社との約束がなかなか果たされなかった理由のもうひとつは、自伝の昭和四年の項目に、次のように記されている。「その少し前ごろまで（【原註】菊池寛が婦人雑誌などに大いに通俗小説を書くようになる前の意）作者仲間に、余りに通俗的なものを要求する講談社の雑誌に書くことを、いさぎよしとしない風潮があった。講談社でもそれを知っていて、そういう固い作家には、よけい意地になって書かせようとするところが見えた。／私は大阪在住時代、はるばる「キング」編集部員の訪問を受けて以来、当時まで、絶えず講談社から原稿の依頼を受けていた。しかし、書くなれば先ず『新青年』にという例の気持があって、それがいつも思うように行っていなか只今こちらに居ります。（二六五）会のことで御報告やら御相談やらあり、多分帰途御立寄り致します。

長野県山田温泉

平井太郎

〇八〇　不木書簡　十一月二十八日　封筒便箋3枚

御手紙拝見しました。実は先日来心待ちにして居ましたが残念でした。然し無事御帰宅は何よりの事です。

探偵趣味誌春陽堂の計算によつて発売するの件は大へん結構と存じます。（二六六）

それから創作集のこと、（二六七）丁度昨日春田君から照会して来ましたので、私は新年号に出るのが（恋愛曲線）丁度三十五枚だからそれを入れて下さるやう申して置きました。序文は私のが中へはひる関係上、

ったし、一方には私にもやっぱり講談社敬遠の上記の風潮がしみこんでいたし、又、『老幼男女だれにも歓迎されるような』という講談社好みの小説が、果して書けるかどうかも危ぶまれたので、当時まで五六年の間、ついに依頼に応じないで来た」。現在では意外な観があるが、大正末期の新興勢力であった講談社が、一般的に作家達から、どう捉えられていたかは、当時を理解するうえで大変重要であろう。乱歩の講談社への執筆は、不木の死後であるだけでなくプラトン社が出版活動をやめてからであり、そうした意味でも、恩義に厚く律義な乱歩の性格がうかがえる。

［〇七九］
（二六五）**こちらに居ります**　挨拶状がなくても二十一日には、読売新聞紙上の文芸欄で「江戸川乱歩氏、長野県山田温泉山田旅館で静養中」と公表されている。

［〇八〇］
（二六六）**結構と存じます**　これによって、同人誌だが半商業誌となる。
（二六七）**創作集のこと**　春陽堂刊の創作探偵小説選集のこと。

馬場さんと森下さんだけに願つた方がよいと思ひますから春田君にその旨申して置きました。
それから人選のことで春田君に言ひ落しましたが、国枝氏の贋翻訳（二六八）はどうしたものでせうか。又、白井氏の髷物を入れるとすれば綺堂さんのも入れねばと思ひますが、段々手を拡げて行けばきりがなくなつてしまひます。（二六九）
昨日森下さんへこのことに就て手紙を出し、人選のことだけを言ひ落しましたから、大兄からこの事御告げ下さらば幸甚です。
今月号は色々の原稿書きに追はれ、大衆文芸の二号は明日あたりに手をつけやうと思ひます。（二七〇）大兄もこんどは御書き下さる由予告で拝見しました。（二七一）
名古屋の大会（二七二）の方は、骨折つてくれる人がないので、まだ何とも定まつて居りません。やつぱり春日野兄のやうな人が居なければいけないと思ひます。

（二六八）**国枝氏の贋翻訳**　「アラスカの恋」のこと。『苦楽』大正十三年六月号に掲載時は、「デボン・マーシャル作、国枝史郎訳」となっていた。
（二六九）**きりがなくなつてしまひます**　どこまでを「創作探偵小説」とするかという〈枠組み〉の悩みである。
（二七〇）**明日あたりに手をつけやうと思ひます**　二号の不木作品は「三つの痣」（『大衆文芸』大正15年2月号）のこと。
（二七一）**予告で拝見しました**　これは結局果たされず、二号に載ったのは小説ではなく乱歩の懐疑的な随筆「探偵小説は大衆文芸か」であった。
（二七二）**名古屋の大会**　おそらく大阪の「探偵趣味の会」のイベントに刺激されて、名古屋でも定期例会とは別の、少し大きな企画による集会をしたい希望があったのだと思われるが、乱歩自伝にも記録がないところから、これは立ち消えになったらしい。

白井氏御訪問の話(二七三)うれしく拝読しました。御互に大に勉強してこの際根づよい礎を置くことに努力致しませう。

春日野君に御逢ひの節よろしく御伝言下さい。

いづれ又委しくは後便に、

〔大正十四〕十一月廿八日　不木

江戸川兄

【封筒表書き】〔「探偵趣味」春陽堂に移る事〕
〔「創作探偵小説選集」出版の事〕

〇八一　不木書簡　十二月四日　封筒便箋2枚

拝啓
「趣味誌」のこと春日野君同意の由愈よ結構に存じます。国枝さんは快く承知してくれました。早速送つてくれることになりました。(二七四)春

(二七三) **白井氏御訪問の話**　乱歩自伝に白井宅へ訪問という記述がないため、十一月六日の夕方五時から開催の『大衆文芸』の会に参加し、編集の打合せ、その他を話し合ったことを指すと思われる。参加者は、長谷川・白井・本山・平山・正木・矢田など。

〔〇八一〕
(二七四) **早速送つてくれることになりました**　この書簡の前に『探偵趣味』に関する何らかの提案がなされ、それに対して春日野や国枝からのリアクションがあったことはわかるが、それが何であったのかが推定できない。二人ともに毎号のように執筆しているため、こうした依頼ではない。原稿料の出ない雑誌のため、なかなか小説までは手が回らないが、一年一作以上は、必ず載せるという風な合意であろうか。

陽堂が力瘤を入れてくれることは何よりも嬉しいです。全く今は探偵小説全盛の有様です。この機に根強い礎を据えなければいけないと思ひます。大に努力致しませう。「恋愛曲線」の御褒評いたみ入ります。考へて見ればアラが多く、満足出来ません。例の如き無頓着な性質、行きあたりばつたりですから。若し多少よい所があつたらまぐれ当りだらうと思ひます。

大兄にも無頓着な御執筆を切に御すゝめします。他に作家が沢山あればいゝですけれど、何分新作家は出ず、どうしても大兄に数多くの作品を発表してもらはねばなりません。無頓着な私も先月は少しも頭が働かず、やつと大衆第二号への原稿を昨晩書き上げて35《ママ》枚今日送りました。二十枚でも三十枚でもかまわぬといふつもりで今後は書くつもりで御座います。[二七五]

苦楽の長篇、例の如く敬服致しました。[二七六] 定めし読書界をうならせることゝ思ひます。次号が待たれます。

（二七五）書くつもりで御座います　五十枚原稿のノルマが果たせず、「せめて三十枚」の不木が折合ったのが三十五枚という妥協点。プラス五枚は、芸の細かいところ。アイデアが出ない乱歩と違い、不木の場合は、時間が足りないという理由が大きい。

（二七六）敬服致しました　翌十五年一月号より連載開始の「闇に蠢く」第一回のこと。これは不木の期待にもかかわらず十一月号で中絶。後に単行本化の際に完結。自伝によれば「結末がどうなるかという見通しは全然ついていない」状態で締切りが来て、とりあえず先のことは考えないで書き始めたもの。乱歩が自讃するように「私は物語の発端だけは、なかなかうまい男」のために、編集長の川口から十月の六甲でのページェントの時、「谷崎潤一郎ばりだね」という讃辞をもらう。連載時の挿絵はプラトン社の顔ともいうべき山名文夫で、特別のゲスト待遇とわかる。『新青年』にも山名は挿絵を描いている準レギュラーだが、プラトン社専属で、後に資生堂専属となる山名は、『新青年』には画料が高額だったのではないかと考えられる（プラトン社専属画家は、給料と別に、一枚描くごとに四～五円）。乱歩は山名について「当時ビアズリー風の線画で岩田専太郎君と艶を競っていた、山名文夫氏が描いてくれ、これもなかなかよかった」と評価している。

名古屋の趣味の会は十二日の夜に開きます。趣味誌第三号はもう出たでせうか。い、加減の編輯をしたので定めし春日野兄を困らせた事と存じます。(〇)大兄からよろしく御わびして下さい。

光、

〔大正十四、〕十二月四日

平井大兄

【封筒表書き】〔「恋愛曲線」感想への返事〕

〔「探偵趣味」春陽堂に移る事〕

〇八二　不木書簡　十二月六日　ハガキ

探偵趣味第三号忝く拝手しました。随分御世話をかけたこと、存じます。厚く御礼申上ます。

今日の読売の貴稿〔「探偵小説時代」〕拝読しました。(二七七)非常に愉快を覚えました。御互に大につとめませう。

〔〇八二〕

(二七七)〔**「探偵小説時代」**〕**拝読しました**　乱歩の自己解説によれば、「探偵小説がいかに盛んになって来たかということを実例をあげて記したもので、内容は『新青年』や『探偵趣味』の宣伝文であった。森下さんなどは、よくあんな雑誌宣伝をのせてくれたものだと感心したほどで、私という男は昔から『人癲癇』のはにかみ屋のくせに、一方ではなかなかの宣伝屋でもあったのである」と記している。なお乱歩の文中の「人癲癇」とは、厭人癖の極端なものを表す言葉で、宇野浩二の小説「人癲癇」からきたもの。おそらく宇野の造語と思われる。乱歩の表題「人間椅子」も、案外、宇野の「人癲癇」から発想されたのかもしれない。

〔〇八三〕

(二七八)**うれしくてなりません**　作家専業の決心かと思われる。何を今更という見方もあるだろうが、この十二月の初旬、乱歩は大阪毎日の春日野緑に『サンデー毎日』の編集部への誘いを受けている。春日野としては何とかして東京移転を考える乱歩を関西に引き止め、大阪毎日の看板スターとしておきたいのが当然であった。乱歩は自伝に記している。「編集長というわけには行かないが、相当優遇する、また他誌に小説を執筆することは構わないというのである。／当時の私の原稿料はそれほど高くはなか

〔大正十四、〕十二月六日

○八三　不木書簡　十二月六日　ハガキ

拝復二三日風邪で寝て居まして起きたばかりですから、ハガキで失礼します。

愈よ御決心なさつたことは実にうれしくてなりません（二七八）〔。〕どうか進んで下さい。

世の中への紹介は私どもで及ぶ限りのことを致しますから、森下さんからの手紙にもあなたのことをくわしく申して来ました。御前途の祝ひといふ意味で一筆。

〔大正十四、十二月六日〕

〔こゝまで凡て単に守口町宛ナリシニ〕

〔このハガキ守口町二六六となつてゐる。〕

ったし、小説家として将来ずっとやって行けるかどうか必ずしも自信があるわけではなかったから、この話を聞いたときには幾分心が動いたのである。しかし、考えて見ると、いくら雑誌の編集にしても、毎日出勤する勤めというものには私は懲り懲りしていた。折角自由職業者として出発したのに、今更からだをしばられたくないという考えの方が強かった。それに、編集者として別に経験のない私を傭おうというのは、恐らく、私をお抱え作家のようにして、主として『サンデー』に執筆させる下心ではないかと思い、それも私の好まぬところであった。結局、編集部入りの話はお断りして、連載小説だけ引受けることにしたのである」。つまり、一応の生活は出来るようになっていた乱歩ではあったが、探偵小説専業作家が、まだ存在しない日本では模範例がなく、まして慎重に慎重を重ねて事を運ぶ乱歩のことである。また、並の収入では生活的な満足ができない乱歩でもある。不木から作家としての保証がなされても、並みの収入なら作家専業の決断がつかなかったに違いない。乱歩は、ある意味で欲張りなので、そのため作家専業の保証がなされても、それだけでは、まだ不安があったのだと考えられる。自伝の「大正十三年の主な出来事」の【十一月】の項目に、「三十日、大阪毎日新聞を退社、愈々文筆のみによる生活を決意す。／〔附記〕『双生児』で決意したのではない。（中略）このうちの『心理試験』の原稿を小酒井不木博士に見せ、作家専業になっても

〇八四　不木書簡　十二月十五日　封筒便箋3枚

拝啓其後如何御暮しですか。

今日森下さんから、新春増刊（一月十五日発売）に載るべき平林さんの「探偵小説壇の諸傾向」の「控」を送つて下さいましたから、一読の後御まはし致します。（二七九）平林さんの御説にはいつも感服して居りまして、全く氏のいはれるとほり、私たちの求める世界は行き詰り易いですから、何とかこの際方向転換しなければならぬと思ひますが、然し、当分は先づ御互にこの調子で押し進んで行つてかまはぬではありますまいか。行き詰りやしないかと恐れることは却つてよくないかと思ひます。行き詰らぬぞといふことを示す元気がなくてはならぬでないでせうか。批評家からは色々な註文が来ますが、その註文を一人で引受けることは困難だと思ひます。（二八〇）前途は長いで

大丈夫だろうかと判断を乞い、大丈夫という御返事を得て、上記の決意をしたのである」とあるにしても、「探偵作家専業となる」という年度の表題は十三年ではなく大正十四年度の総合タイトルなのである。しかもこの表題は後につけられた自伝のものである。覚悟は決めたものの、まだ本腰を入れてというわけではなかったのではあるまいか。そのことが自伝を書く際に一年の猶予（実質としては約二年）を見て、十四年のぎりぎりまで引き伸ばすアリバイ工作が十四年の総合タイトルに現れているような気がする。春日野の誘いに対しての感想には、明らかに乱歩の生活不安と、突然の好条件に対しての躊躇と狼狽が読み取れる。編集者歴がないと言いながら乱歩には大正八年に三ヶ月間『東京パック』を編集していた時代もあり、幼時から雑誌作りを遊びでしていた活字癖もある。食指が動かなかったわけではあるまい。当時の『サンデー毎日』編集長は後で出てくる渡辺均（一二一　不木書簡237頁参照）だが、乱歩に編集長の地位と以前の給与と同じか、前以上の保証のうえ、他誌への寄稿が許される好条件ならば、一時的に大阪に残ったこともあり得ると思われる（こうした好条件で川口はプラトン社で二足のワラジを保証されていた）。『サンデー毎日』の編集長ならば川口や雨村と張り合っても充分互角以上の格式であり、兼業作家であっても、決して不名誉なことではなかった。大正十四年の乱歩の原稿料は『写真報知』が一枚四円、『新青年』は二円まで上がっ

すから、ぼつ〳〵註文に応ずるといふ風にして進んで行かうではありませんか。

それにしても日本にもつと沢山探偵小説家が出てくれゝばと思ひます。米国のやうに沢山あると、却つて作者は御互にゆつくりした気持で創作が出来るかと思ひます。(二八一) 何とかして新進作家を生み出す工夫はないものでせうか。

池内氏から大衆文芸三号へは是非共大兄に書いて頂かねばならぬと申して来ました。何とか都合してやつて下さい。大衆文芸は大へんな売行きださうです。二十枚でも三十枚でもかまはぬと思ひますから三号には是非恵んであげて下さい。

この控は御覧ずみの後春田氏にでも御廻送下さるやう願ひます。(二八二)

〔大正十二《ママ》〕十二月十五日　　　不木

ていた。この額は新人としては高額であるにしても、大阪毎日新聞社時代の収入から比較すると、いまだ小額のために、筆が進まない乱歩としては、経済的に苦しい時期と推定できる。月産二百枚でも以前の生活におぼつかないのだ。三百枚でトントンだろうが、それが遅筆の乱歩に書けたとは思えない。後に乱歩が野村胡堂と川口松太郎に恩義を感じたのは、早期に『新青年』以外から原稿依頼を高額でしてくれたことへの感謝であったことでも、当時の乱歩の心境がわかると思われる。その情況をあえて忍んで、以前から計画していた東京移転と同時に背水の陣として乱歩によってなされたのが、年末のうちに長編連載を含めた原稿依頼をまとめること（〇八五　乱歩書簡175頁参照）と、編集者にも顧問にもならない兼業作家を断念した作家専業の、遅れ馳せながらの決意であったのだと思われる。その決意が形を変えた数誌への長編執筆として意志表明されようとも、やっと本気になってくれた乱歩に対する、不木の諸手を挙げた賛意と受け取れる。前の書簡と同日のハガキであるため、郵送後に届いてきた書簡にすぐさま返礼を書いていた、不木の律義な一面が伝わる。

〔〇八四〕

（二七九）**御まはし致します**　時代を画する重要論文のため、雨村が気を利かせて一ヶ月早く不木に内容を伝えたもの。乱歩と不木作品に多く論及されていることもあり、反論その他のリアクション的な準備

江戸川兄

〔以下　単に守口町宛〕

【封筒表書き】〔新年号、平林氏「探小壇の諸傾向」のゲラ刷送附の手紙、「大衆文芸」第三号原稿依頼、〕

○八五　乱歩書簡　十二月十七日　封筒便箋3枚

拝復

大変御無沙汰致しまして相済みません。ろくなものが書けないので大いに恐縮、意気銷沈の体でございます。

平林氏の原稿御転送下さいまして有難う存じます。なか〳〵うがつてゐると思ひました。小生の行きつまりは確かにづ星でありました。健全不健全の分類には恐縮しました。併し、いかに健全であり、本格であり、無傷でありましても、「予審調書」（二八三）などよりは、先生の所

の意味でも、早期の手配としてなされている下見であると考えられ、名編集者としての雨村の手腕がうかがえる。つまり、実際にはなされなかったが、間髪入れず二月に出る三月号に、不木ないし乱歩の平林の論に対する批評を、この時点なら間に合わすことができたという意味である。内容の詳細は後に譲るが、この論で「精神病理的側面の探索」を追求し人間心理の「不健全な病的なものを喜ぶ傾向」を「不健全派」とし、乱歩・不木・正史・城昌幸をあげ、それに対立するものとして、こうした傾向のない正木不如丘と甲賀三郎をあげ「健全派」としたことは、当時の日本の探偵小説を状況分析するうえで画期的なことであった。この分類は、佐藤春夫の「探偵小説小論」（『新青年』大正13年8月増刊号）に語られた、探偵小説を「怖いもの見たさの奇異な心理」と「明解を愛するといふ健全な精神」のアンビバレンツな感情の具有とする説の、両極的要素をふたつに分け、作家のタイプに適用した大変わかりやすいものだが、ネーミングの悪さから、どちらの派に属する作家からも使用されずに終わった（使用される場合も「いわゆる」付きだった）。しかし、それぞれの指す概念は多少異なるが、後の昭和十年代初頭に成立する〈本格・変格〉という日本の探偵小説界独自の二項対立によるパラダイムを、十年前に準備した意味で先駆的であった。多くの作家達が、文章で表記したり語ったりしないまでも、自己規定や他の作家について考えるうえで、平林の作ったテ

謂不健全な「曲線」の方がどれ程心を躍らせ、楽しませてくれるか知れないと思ひます。(二八四) 無論健全なもので、もつとい丶ものもあり得るのでせうが、健全派の頭目ドイルとポオやルヴエルを比べたら、我々はやつぱり後者に引きつけられます。これは私のみの病的な嗜好でありませうか。

「読売」の甲賀氏の短評(二八五)も、平林氏程尖鋭ではありませんが(二八六)、実にしつかりした好論だと思ひました。但し拙作をほめすぎたのは失敗です。あれは勿論当らないと固く信じて居ります。

横溝君の「広告人形」は平林氏けなしつけ、甲賀氏認めず、少し変だと思ひました。(二八七) 私は先生の「曲線」に次ぐ佳作だと信じてゐるのですが、但しこれは小生の方が少し変なのかも知れませんけれど。あれに対する先生の御感想が承り度い様に思ひます。

余り皆から行きつまりだと云はれるので、小生自身もそんな気がしていさ丶か癪にさはり、それに先生の日頃の御教訓もあり、一つ奮

ーゼは大変便利だったからである。なお不木書簡の記述にあるように、現実的な『新青年』発売は一月十五日かもしれないが、本誌の日付としては「一月十日新春増刊号」。

（二八〇）**困難だと思ひます**　不木の楽観主義に対し、いっぽうで「一人で引受ける」性格の乱歩であることを、不木はよく理解していた。そのことの制御のための楽観主義の勧め。

（二八一）**創作が出来るかと思ひます**　作家数が増すことと個別作家への依頼が減ることは、あまり関係がなく、いっぽうで探偵作家の活躍の場も求めているわけだから、不木の論には、かなり矛盾がある。文人作家のオットリした気質であろう。

（二八二）**御廻送下さるやう願ひます**　これも不木の判断というより、雨村からの指示であろう。

[〇八五]

（二八三）**「予審調書」**　『新青年』翌十五年一月号所収の平林の小説作品。新年号は十二月中旬には、すでに店頭へ出ていた。

（二八四）**楽しませてくれるか知れないと思ひます**　平林に悪意がないとわかりつつも、「不健全派」と名付けられた乱歩の悔しさが、平林作品よりも不木作品の断固たる支持にあらわれている。「所謂不健全な」が、後からの割込みなのも、なるべくなら、この「不健全」を使いたくない乱歩の悔しさを伝えて余りある。

発して駄作の連発をやつて見やうと思立ち、続き物をドッサリ引受けました。月刊では「苦楽」「婦人の国」旬刊で「写真報知」週刊で「サンデー毎日」その上「大衆文芸」もひよつとしたら続き物にしやうと思つて居ります。(二八八)（いづれにしろ三号は必ず書きます。(二八九)一二号は何とも申訳のないことを致しました。これも実は、御手紙を差上げられなかつた一つの理由です）週刊物は月四回の関所を通過しなければならず、そこへ旬刊物がはさまり、駄作にしても、愚鈍小生の如きは並大抵ではありません。よくもこんなに引受けたと驚いて居ります。もう皆書きかけましたので、今更ら中止もならず、あれが皆さんの目にふれるのかと思ふと、穴の中へでも入り度い気持ちがします。今度こそ文字通り、愚作駄作の続出であります。たゞ「新青年」丈けはなるべく自重したいと思ひます。今度は四月号に本格物を書く予定にして居ります。(二九〇)

右御返事旁々、下らないことばかり並べまして。　匆々

(二八五)「読売」の甲賀氏の短評　「正月の探偵雑誌から」（『読売新聞』大正14年12月15日号）のこと。

(二八六) 平林氏程尖鋭ではありませんが　「尖鋭」のあたりに、ネーミングは腹立たしいが、理路整然とした平林の論旨への敬意が読み取れる。平林が「探偵小説壇の諸傾向」で語る乱歩論は、「屋根裏の散歩者」を筆頭とする「思ひつきが奇抜で他人の追随を許さぬところ」を絶賛し、着想が並の作でも「念入りに、巧みに、書きこなす手腕」を褒め、「実際自分の家の天井裏へ上って実験した」という実証的リアリズムを、フロオベールが「サランボオ」のためにアフリカ実地調査したような例は他にもあるが、天井から下の部屋を覗いた作家は「世界に例がなからう」とまで評す。そのうえで、独創を重視するあまりに「氏のやうに、落下物体が獲得するやうな加速度をもつて、尖鋭、怪奇、意外等の最高頂をめざして突進して来た作家は、一度、方向転換して、余裕のある姿勢を、とりなほさぬと抜きさしならぬキュル・ド・サックへ頭を突つこんで動きがとれなくなりはしないか」と、自縄自縛の袋小路に陥ることを危惧したものであった。この危惧は、平林が、乱歩作品にふれる前の序論で述べた日本の探偵小説界すべてにわたっての行き詰まり、換言するなら、読者を驚かすための意外性を求めるあまりに、かえって凝り過ぎの堅苦しいものができてしまう弊害と、殺人や犯罪だけでは芸術ではない、もっと幻想的な美を求めねば芸術からも見放されてしまうとい

十七日

江戸川乱歩

小酒井不木先生

〇八六　不木書簡　十二月十九日　封筒便箋4枚

御手紙うれしく拝見しました。大兄の御返事に接して浮び上つた気がしました。この意気込く。大に引受け大に書き破つて下さい。週刊に旬刊に月刊二つは随分苦しいでせうが、（その上「大衆」(二九一)もありますから）なあに、その元気だけで、突破して行くことが出来るだらうと思ひます。本当に「行き詰り」(二九二)なんといふ言葉はきいても厭です。どうして大兄が行き詰るものか。早く、この活動振りをみんなに見せてやりたいと思ひます。(二九三)人間の仕事は、古い言葉ですが「棺を蓋ふて後定まる」のですから、さうして又、誰が何といはうと、

う考えから、かえって造花のような力のないものになってしまう弊害のふたつに通底することだった。このふたつの傾向を、最も典型的に乱歩の作品が究極にまで推し進め、そのために行き詰り、早老を予感させるという、探偵文壇の状況分析と乱歩論が二重になった、有無を言わせない論であった。この結論を乱歩は自伝で「これは当時の私には、最も痛い言葉であった」とも「作者の心奥に徹した、恐るべき批評であった」とも記している。まさに乱歩が陥っているスランプを言い当てた図星の指摘だったからに違いない。そして、現在の視点からすれば、当時の平林の視覚的広がりが、探偵小説界のみでなく、〈筋のある小説〉をとるか〈筋のない小説〉に行かざるを得ないかで争われた谷崎・芥川論争を経て、芥川の「ぼんやりした不安」による死に到る、大正文学の時代閉塞の現状まで見通されており、この文学史では誰も気付かなかった二つの文学界が、リアルタイムで平林には明確にパラレルに併置され、まさに〈文学的問題意識〉で俯瞰されていたことがよくわかる。

（二八七）**少し変だと思ひました**　「広告人形」を、厭人癖で、なおかつ他人の生活が覗きたい〈隠れ蓑願望〉を持つ乱歩が評価するのは当然だった。

（二八八）**続き物にしやうと思つて居ります**　翌十五年の作品それぞれ、『苦楽』は「闇に蠢く」。『婦人の国』は「覆面の舞踏者」二回連載。『写真報知』は「空気男」（予告では「二人の探偵小説家」。掲載

どんな作物を示さうと、大兄の価値はもう動かすことが出来ないから、今後はたゞ元気を以て進んで下さい。実際また「闇に蠢く」のやうなアトラクチヴな作品[二九四]を示せば、誰も何とも言ひ様がありません。

仰せのとほり「健全」ものにはどうも私も物足らぬ心持がするのです。ドイルのやうな完璧な作品ですら、やつぱりそれだけといふやうな感じがして来出しました。[二九五]ちと、病膏肓に入つたのでせうか？

私もそのうちには健全派にはひつて行きたいとも思ひますが、まあ当分は自分の身体と同じく不健全で進むことでせう。[二九六]

横溝君の「広告人形」は、あれを若し、「人間椅子」を読まないで読んだらすばらしいものだと思ひますが、人間椅子を読んで居るために、印象が幾分弱められる憂があります。[二九七]だから平林君も春田君もとりたて丶言はなかつたのだらうと思ひます。先日私は新青年から各雑誌の新年号の作品推奨の問合せが来たとき、健全派に敬意を表

誌廃刊のため連載途中で中絶）。『サンデー毎日』は「湖畔亭事件」。『大衆文芸』は長編が書けず「灰神楽」と「お勢登場」と「鏡地獄」。それにリストにあがっていないが、『新青年』が「パノラマ島奇談」と「踊る一寸法師」と連作長編「五階の窓」。この乱歩にしては多作な状態は、自伝の記述に従えば東京移転のために、東京のうちに注文が殺到したせいと解されるが、書簡の日付にあるとおり、まだ十四年の十二月。東京に家族全員で落ち着いたのは一月と自伝にあり、これらの約束は大阪にいた時点ですでになされていたことがわかる。東京ではやく作家としての地盤を固めるための奮闘であろう。ルーズでありながら、反面大変に計画的な乱歩の一面がうかがえる。なお乱歩の当時住んでいる自宅は、自伝だけでなく『貼雑年譜』の記載によっても、大正十三年九月から十五年一月までは「守口町外島六九四ノ父ノ家（父死後太郎ノ家）」とあり、大正十五年一月から昭和二年三月まで「牛込区土八幡町三二」となっている。『読売新聞』文芸欄「よみうり抄」の十二月十七日、つまりこの書簡の書かれた当日の記事でも、乱歩の近況として「新春早々大阪から東京へ移り住む」とある。一月何日かに引っ越したのだろうが、今問題となるのは十二月にどこが住所かであり、編集者との密約が、すでに十二月の時点で大阪にてなされていたことが確認できる。乱歩自伝が嘘でないにしても時期などの整合性でかなり間違いがあるのは、こうしたところなのである。

して「予審調書」と「ニッケルの文鎮」（二九八）をあげ、それから大兄の「闇にうごめく」の三つを答へて置きましたが、前記二つの健全派の作品よりも、私としては横溝君の方が実は少しばかりよけいに好きなんです。けれど健全派の存在を紹介しそれをもり立て、行くのも私たちの義務だと思ひますので、又実際予審調書は実に整然とした書き方なので、自分にはとても書けさうにないと思つて推奨しました。（二九九）なほ又前記健全派の二つよりも「踊る一寸法師」は比較にならぬほどすぐれたものでせう。国枝氏も非常に感心したといつて来ました。（三〇〇）甲賀君の批評は当つて居ります。ポオのホップフロッグを読んでなかつたら、私はポオの何十倍もよい作品だといつたでせう。（三〇一）又実際ポオのホップフロッグよりもより現実的であるだけ私たちには余計に迫つて来ます。兎に角当分は御互に不健全に徹しやうではありませんか。（三〇二）さうしてこの世の中をむしろ不健全化してしまはうぢやありませんか。（三〇三）健全派は先づ甲賀君あたりに当分任せたいと思

（二八九）**三号は必ず書きます**　翌三月の「灰神楽」。

（二九〇）**本格物を書く予定にして居ります**　これも結局書けず、過去に下書きのあった「火星の運河」となる。

［〇八六］

（二九一）**「大衆」**『大衆文芸』のこと。

（二九二）**「行き詰り」**　平林が危惧する「行き詰り」を指す。

（二九三）**見せてやりたいと思ひます**　ところが不木の憤懣とは別に、乱歩の心理には、だんだん暗い翳が差してくる。自伝によれば、「この評論を読んだときには、私自身はまだ平林氏ほどには感じていなかった。もっと創意ある着想が残されていると考えていた。そういう空だのみがなければ、私は上京など出来なかったはずである。／しかし、欲ばって三つの長篇を引受けた上で、いざ上京してみると、私は卒然として着想枯渇の不安に襲われはじめたのである。一作毎に、もっと異常なものを、もっと意外なものを、もっと怪奇なものを、と、貪慾に貪慾を重ね、平林氏のいわゆる加速度を望みながら、私の能力はその速度に及ばない、より高い振動数に追随し得ないという苦悩にさいなまれ、眼高手低の絶望感が、日一日と深まって来たのである」と、記されている。そして「パノラマ島奇談」を書き上げた瞬間から、一年半の長いスランプが始まるのだった。

（二九四）**アトラクチヴな作品**　「闇に蠢く」がアトラ

ひます。

横溝君に御序の節よろしく伝へて置いて下さい。横溝、水谷、城、などゝいふ人は今後の不健全派の探偵小説界を背負つて立つて行く人たちで、修行次第で、どんなにでも発展して行くことが出来ると思ひます(三〇四)。

時に読売新聞に、東京へ御転居のことが出て居ましたがあれは本当ですか？

御多忙の中をさまたげて失礼しました(○)寒くなつたから御大切にして下さい。

江戸川兄　〔大正十四、〕十二月十九日　不木

〇八七　乱歩書簡　十二月二十九日　封筒便箋3枚

拝啓

クティブかどうかは、連載が続くと疑問が多いと思われる。

(二九五) **感じがして来出しました**　論理で割り切れてしまうという意味であろう。ただし、平林の〈売り言葉〉に乗ったためにドイルの評価を低く見ているので、本音として不木や乱歩が、ドイルを低級と考えているのではない。

(二九六) **不健全で進むことでせう**　俳人としても大家であった不木には、結核と闘いながら、俳人風の自己諧謔があり、それがユーモアや楽観主義につながっている。一種の不木の処世術と思われる。

(二九七) **印象が幾分弱められる憂があります**　「広告人形」に「人間椅子」の影響を感じるあたりは、不木の卓見であろう。乱歩の未完作品「空気男」に、次のようなセリフがある。「あれは柴野氏の『サンドイッチマン』の模倣だ。若し前に『サンドイッチマン』という名作が出ていなかったなら、面白いものには相違ないのだけれど、あれのあとで書かれたのでは、またかという気がする」。これは正史への揶揄ではない。乱歩自身のマンネリズムに対する自戒の思い、後に太宰治が書き記す「トカトントン」の音にこめられた、表現への絶望的な思いであった。

(二九八) **「ニッケルの文鎮」**　甲賀三郎の作品。

(二九九) **思つて推奨しました**　作品の好き嫌いよりも、啓蒙的効果を重要視する不木のバランス感覚がよくわかる。平林の「予審調書」を「整然とした書き方なので、自分にはとても書けさうにない」とい

昨夜神戸のユーナイテツト活動会社のチヤプリンのゴールドラツシユ(三〇五)の試写を見て、それから牛肉屋で趣味の会の忘年会をやりました。(三〇六)趣味誌は廿九日製本出来とのことですから間もなく御手元に届くこと、存じます。七十三頁になつた相です。(三〇七)

「大衆文芸」第三号にやつと三十八枚丈け書き昨日送りました。不健全物でなく、本格に近いものにしました。(三〇八)その代り稚気満々の代物で、御恥しいことです。

新青年四月には先生と小生とが創作側を代表して書くのだ相で、大いに光栄と致します。(三〇九)これには是非本格物が書きたいと思つてゐるのですが、何の腹案もなく困つて居ります。

東京移転のことはなるべく実行したいと存じます。今家を探して居りますから、あり次第行く積りで居ります。星野君が引留めてくれますので、少々迷つて居りますが、多分行くことに致します。

一寸御報告旁々、　匆々

う点を、斬新さとして評価する視点は、翌十五年の『新青年』の小説新人賞の選考に対して、夢野久作の「あやかしの鼓」よりも山本禾太郎の「窓」を、リアリズムの〈新しい表現〉として、より高く評価した選考結果ともつながる点であろう。選考委員は、乱歩・不木・甲賀・平林・延原・雨村で、「健全派」が「不健全派」の夢野を支持し、「不健全派」が夢野を否定している部分もあるが、大勢において、禾太郎のリアリズムの表現が、夢野の怪奇的表現よりも斬新であったためである。その背景には、探偵小説界を刺激した平林の社会主義リアリズム論の影響が、強くあらわれている。

(三〇〇) **非常に感心したといつて来ました**　国枝に対するフォローであろう。不木に乱歩作品の批評を伝えているのは国枝のみに限らない。その中で、国枝に限って、不木が重大視して乱歩に伝えていることは、国枝評の頻出からいって明らか。国枝は十二月号の『新青年』の「マイクロフオン」でも、「トリツク、トリツク！　解剖、解剖！　これだけで近代の探偵小説とは云へない」と、それ自体は芸術的な立場からの不満としてよく解るが、暗に乱歩を批判しているとも取れる意見を吐いていた。

(三〇一) **ポオの何十倍もよい作品だといつたでせう**　「踊る一寸法師」がポーの「ちんば蛙」の模倣作であるということ。「今の何十倍」ならば理屈として、まだわかるが、「ポオの」何十倍というのは、不木の筆の走り。ここまで褒めると、乱歩が「辟易する」

廿九日　　　　　　　　　　　　　江戸川乱歩

小酒井不木先生

〇八八　不木書簡　十二月三十一日　封筒便箋2枚

御手紙嬉しく拝見しました。先日土師君が訪ねて下さつて色々御噂をし、一しよに国枝さんを訪ねました。国枝氏も大兄の御活動を双手を挙げて賛し、定めし苦しいだらうが、大にはげましてあげて下さいとの事でした。どうか、御活動の程を願ひます、
大衆文芸へ御書き下さつた由、私もほつとしました。池内君も定めし喜んだこと、思ひます。第三号へは私はとても書けなくて雑文の長いのを寄せるつもりで居ります。(三一〇)
新青年四月号へは是非書かうと思ひます。私はやつぱり、不健全否むしろ病的なものを書いてしまふだらうと思ひます。所謂、病膏肓

のも、よくわかる。

(三〇二) **不健全に徹しやうではありませんか**　こうした、突然くるユーモアのセンスが、不木にはあっても乱歩にはないものだった。

(三〇三) **不健全化してしまはうぢやありませんか**　啓蒙的建て前と本音が矛盾しながら、不健全で快活な不木の楽観主義である。

(三〇四) **出来ると思ひます**　この頃の正史・水谷・城は、不木にとって、まだ半人前にも満たない作家の卵にすぎなかったことがよくわかる。いずれも、後の編集者であることも、作家専業から一歩の距離を隔てた理由のひとつであろう。城は戦後の『宝石』だけでなく、戦前は詩誌『文芸汎論』の編集者であり、戦後も『詩学』を編集していた。

[〇八七]

(三〇五) **ゴールドラッシュ**　こうした映画は、川口の紹介による特別の計らいで、ロードショー以前に試写会として「探偵趣味の会」会員は観ることができたのだと思われる。「黄金狂時代」は、大正十四年十二月三十一日に神田日活館、葵館、千代田館、大久保キネマで封切。神戸の情況は不確かだが、東京の封切日より早いとは考えられず、おそらく同日であろう。「探偵趣味の会」の会員特典が、封切以前に話題作を、混雑なしの良い環境で鑑賞できることでもあったことが、ここで確認できる。

(三〇六) **忘年会をやりました**　「探偵趣味の会」の会

に入るといふ奴、当分は仕方がありません。東京移転愈よ実現の由、東京の連中は定めし喜ぶでせうが、春日野兄が力を落すことでせう。(三一一) 然しそれはかねて申上げましたとほり非常に結構なことに思ひます。東京に居れば周囲から刺戟を受けるだけでもよいと思ひます。(三一二) それにしても昨今は随分御多忙のことでせう。然し原稿といふものは、うんとりきめば何とか始末のつくものですから、多々益弁の勢でやつて下さい。(三一三) 今年も愈よ暮れます。私は賀状を廃止して居りますから、こゝで年頭の御挨拶を申して置きます。春になつて一寸出かけて来られる暇はありませんか?(三一四)

〔大正十四、〕十二月三十一日午後五時　光、

江戸川兄

【封筒表書き】〔東京移転の直前。〕

則に、その「事業」として「探偵もの活動写真の鑑賞」があり、月二回の会合のうち、一回は大毎講堂で講演と映画の会が開かれていたらしい。名古屋分会では、こうした催しも羨ましい点であったと考えられる。

(三〇七) **七十三頁になつた相です**　創刊時は三十四頁だったが、春陽堂に移った第四号（編集担当不木）からこの頁数になり、増減はあるが五十頁を下回ることはなく、七十頁前後を維持。一度百二十頁の号を出したこともあり、末期には九十頁代であった。発行部数は、最も多い時期で五千～六千という。

(三〇八) **本格に近いものにしました**　乱歩の作品は大正十五年三月号の「灰神楽」。まだ平林の評論が発表以前にもかかわらず、「健全派」「不健全派」という用語が、もうすでに不木と乱歩の間で一人歩きをしていく情況が興味深い。乱歩が「不健全物」とした理由は明らかで、「本格物」との対照概念として使われている。当時は「変格物」という言葉がなかったのである。しかし「不健全物」作家と自称もできず、他人を「不健全物」作家とも呼びづらいネーミングの悪さが、後の「変格派」ということばを生み出したのは確かであろう。これは「健全物」作家についても同様であった。当時は「変格物」という対概念になる言葉がないために、「本格」や「本格物」や「本格探偵物」という言葉はあっても、「本格探偵小説」という言葉はわずかに使われるだけで定着せず、一般化していなかったのである。

（三〇九） **光栄と致します**　乱歩は前記の「火星の運河」。不木は二作品「安死術」「秘密の相似」。

〔〇八八〕
（三一〇） **寄せるつもりで居ります**　不木の随筆は「毒二題」（『大衆文芸』大正15年3月号）。
（三一一） **春日野兄が力を落すことでせう**　乱歩が大阪守口町から東京牛込の築土八幡に転居したのは十五年一月。母方の叔母が日本画家・岩田豊麿に嫁しており、親しくしていたため、その岩田叔父に借家を見つけてもらったもの。六部屋の二階家で家賃は四十八円。当時の同居家族は、母・妹（11歳）・妻・長男（6歳）の乱歩を入れて五人。
（三一二） **刺激を受けるだけでもよいと思ひます**　乱歩の中央進出を喜びながらも、会う機会が少なくなるのを残念がっている不木と思われる。その寂しさが、後年の書簡に、だんだん現れてくる。
（三一三） **勢でやつて下さい**　「原稿」は、「うん」と力むとできるという不木の、アイデアが常にある強さに驚かされる。
（三一四） **出かけて来られる暇はありませんか**　この時点では、寂しさだけの来訪を待つ願い。これが、だんだん強くなり、一見すると、なにか異常な感じになるのは、後のことである。

大正十五年

○八九　不木書簡　一月十日　ハガキ

「屋根裏の散歩者」忝く拝誦しました。疑惑、百面相役者、盗難の三つが読んでありませんでしたので早速拝読。例により感服いたしました、サンデー毎日、苦楽、いづれも第二回を拝誦、あとがしきりに待たれます（三一五）、どうかこの勢でどこまでも。乍蔭御健康と御成功とを祈つて居ります。

寒いために正月以来筆が動かず閉口して居ります。先は御礼旁。

〔大正十五、〕一月十日夜

○九〇　不木書簡　一月二十四日　封筒便箋2枚

〔〇八九〕
（三一五）**しきりに待たれます**　『苦楽』は「闇に蠢く」、『サンデー毎日』は「湖畔亭事件」。後者の挿絵は大毎の専属の名越国三郎で、ビアズリー調としては岩田専太郎や山名文夫よりも先駆者。名越はアール・ヌーボー調、山名はアール・デコ調、岩田はその折衷である。乱歩の評では、「私は名越氏の絵が非常に好きで、その後いろいろの画家に挿絵を描いてもらったが、名越氏ほどの感銘を受けたものは少なかった」とある。水島爾保布（におう、明治17～昭和33。今日泊亜蘭の父で谷崎潤一郎の『人魚の嘆き　魔術師』の挿絵画家）とともに、大正期を代表するビアズリー調の双璧であった。

御手紙と御金たしかに拝手致しました。そんなに御急ぎにならなくてもよかつたのに。先日はとんだ災難で本当に御気の毒で御座いました(三一六)。然し、私は大へん愉快でした。松村氏から伝聞しましたが、国枝氏も大喜びだつた由で、たゞ一しよに話し得なかつたのは残念でした。二十一日会で、同人外原稿推薦、良案的に賛成を得たのは非常に愉快に存じます(三一七)。二十一日会といへば大衆文芸の四号への原稿は、新青年の原稿のあとになりますから、早くとも今月一杯はかゝると思ひますから、池内氏に御序の節よろしく御ことわり置きを願ひます。新青年の方も心ばかりいら〳〵して少しも纏まりがつかず閉口して居ります。春陽堂のこと色々有難う御座いました。今村さんの返事があり次第、国枝氏に通知しやうと思ひます。

引越早々、何かと御多忙の御事と存じます。乍末筆御母上様御令室

［〇九〇］

(三一六) **御気の毒で御座いました**　一月中頃に乱歩は不木宅を訪問している。上京途中に立ち寄ったものであった。乱歩はこの時、名古屋駅でスリに遭い、自動車で不木宅へ直行、車代を立て替えてもらい当座の借金をして難を凌いでいる。そのことが「とんだ災難」。乱歩の文章では、「名古屋駅の待合室で袴をしめ直しているすきに、そこのベンチへ置いた懐中物を盗まれてしまい、無一物となった。探偵作家カッパライに遭うというのは、まことに汗顔のいたりで、交番に届ける勇気もなく」云々とある。淡々とした乱歩自伝の中では、ひときわユーモラスな場面と言えるであろう。乱歩自伝では、この事件は大正十四年の初めて訪問した時のこととされているが、これは同じ一月であったための乱歩の記憶違い。乱歩は時期を比定するために、よく書簡を使うが、同様のシチュエーションがある場合、記憶の混乱が起きるのだと思われる。また封筒と本文の日付などの誤記や封筒の入れ違いのために、思わぬ間違いが生じている場合も多いと考えられる。

(三一七) **良案的に賛成を得たのは非常に愉快に存じます**　二十一日会の同人以外も『大衆文芸』に載せることが決議され、賛成が得られたという意味と思われる。次回の不木書簡にある甲賀の寄稿について、を参照。

様によろしく御伝言を願ひます。

不木

江戸川兄

〔大正十五、一月〕廿四日

〔以下　東京市牛込区築土八幡町三四　宛〕

○九一　不木書簡　二月二十四日　封筒便箋3枚

江戸川兄

其後は法外の御無沙汰しました。(三一八) 実はわざと御無沙汰をしました。今日森下さんから、愈よ四月号への玉稿〔「火星の運河」か〕が出来上つた通知を受取つて、早速この手紙を書くのです。(三一九) 森下さんは非常な力作だといつて大に喜んで来ました。(三二〇) 私もそれをきいて大に喜びました。森下さんが折角企てた四月号の計画はこれで完成した訳

〔〇九一〕

(三一八) **法外の御無沙汰しました**　行き来の激しい書簡の遣り取りのため、一ヶ月も間の開いた便りは「法外の御無沙汰」になる。後半の文章で不木の優しい気遣いとわかる一通。

(三一九) **早速この手紙を書くのです**　不木が乱歩の執筆の邪魔をしないように考えたのは『新青年』の新作が該当作。つまり結局、その作品が書けなくて

「火星の運河」という、過去にメモがあった作品で穴埋めをしたのだが、それが意外に好評のために雨村も不木も、乱歩の行った苦肉の策がわかっていない（そのため、少し話がかみ合っていない）。しかし当時、乱歩が本当に書くのに苦しんでいたのは「闇に蠢く」で、これが後に中絶するように、この頃から乱歩のスランプが始まろうとしていた。この「パノラマ島奇談」の連載が始まる大正末年は、スランプ前の乱歩の、ひとつのピークであった。

(三二〇) **大に喜んで来ました**　この作品は、乱歩の気質の本質から来ているもののため、当初予定された本格物ではなかったが、大変評判になった。詳細は後述。

です。で、此頃中は大兄をいら〱させてはいけないと思ひ、手紙出すことを差控へて居りました。

御上京早々風邪にかゝられたことを聞いてもつい見舞も差上げませんでした。あしからず。実は私自身も此頃中可なり忙しい思ひを致しました。然し彼此して居るうちに又、苦楽や大衆文芸などの〆切が近づき、少々うんざりさせられます。大兄も定めし忙しからうと御察しして居ります。然しこの際どこまでも踏張つて大にやつて下さい。いまのうちに日本探偵小説界の根づよい基礎をきづ《ママ》き上げたいと思ひますから。

森下さんから合作〔「五階の窓」〕の話があり大に賛成して置きました。（三二一）大兄の御話の如く相談しないでやるのも面白いと思ひます。（三二二）然し最後に収拾のつかぬやうになつてもいけないでせうから、その辺のところ皆さんとよろしく御相談なすつて下さい。

甲賀兄の大衆文芸寄稿のこと、（三二三）池内さんから御たづ《ママ》ねがあつたので

（三二一）**大に賛成して置きました**　後の「五階の窓」のこと。

（三二二）**面白いと思ひます**　乱歩は第一回の発端部分のため、相談なしでも可能であった。かえって、他人の意見がないだけに書きやすかったのだと思われる。

（三二三）**甲賀兄の大衆文芸寄稿のこと**　「古名刺奇譚」（大正15年6月号）のこと。

大に賛成して、「甲賀兄のことは大兄から委しくきいて下さい、大兄の意見は私の意見ですから」と申して置きました。何しろ、ちと、応援隊[三一四]がなくてはやり切れぬ矢先ですから。

まだ、何か書かねばならぬことが沢山あるやうですが、思ひ出せません。

乍末筆母様、御令室様によろしく御伝言下さるやう。

〔大正十五、〕二月二十四日　不木

江戸川兄

○九二　乱歩書簡　二月二十五日　封筒便箋2枚

拝復

御手紙有難く拝見致しました。一ヶ月も御無沙汰致しまして何とも相済みません。原稿の書けないことにつき色々御配慮下さいまして、

〔三一四〕**応援隊**　同人だけだとノルマがきついと感じていた不木には、同人以外からの寄稿は「応援隊」であった。

[○九二]

〔三一五〕**御心遣ひの段万謝致します**　この「心遣い」は、『新青年』執筆のための特別の配慮である。前にも記したように、『新青年』原稿だけは他の雑誌とは違い、最も玄人の読者の目にさらされるため、乱歩としてはレベルの高いものを書かねばならないという緊張を強いられた。そのための気遣いであった。

〔三一六〕**間に合せもの**　「火星の運河」のこと。結局、予定した本格物は書けずに「青年時代、ノートのはしに書きつけておいた、夢のような散文詩のようなものに、多少手を入れて原稿にした」とある。当時の反響は、乱歩の心配にもかかわらず好評で、翻訳家の田中早苗は「江戸川君は後世に残すものを書こうとしている。感心な男だ」、戸川貞雄は、夢落ちを欠点としながらも「読者の恐怖感を唆ることが、一つの美学の要件であり得る限り、作者の意図は一種幻想的な凄美の世界を展こうとしたところに在ることを」認めると評している。

〔三一七〕**長谷川氏**　長谷川天渓のこと。当時の雨村の上司にあたり、編集局長であった。経歴は、明治九年新潟県生まれ。評論家・英文学者。本名・誠也。東京専門学校（早稲田大の前身）文学科卒。坪内逍

御心遣ひの段万謝致します。(三二五)

新青年やつと書きましたが、今度はまるで探偵小説でないのです。本当の間に合せものです。(三二六) お恥しく存じます。

上京後毎朝早く訪客の為に起されました為、いつも夜半に寝てヒル頃起る小生には大分こたへ、人と接する心遣ひの為にも少々へこたれた気味で、多分神経衰弱かと思ひますが筆を執る気力を失つた形でありました。御手紙を差上げなかつたのもそんな訳からでございます。時に熱も出したり、色々ゴタ〱致しました。続きものも大分休みました。諸方へ迷惑をかけた訳です。

少し呑気に体を養ひ、大いに大作を物したい意気込は充分持つて居ります。勉強したいと思ひます。

色々御心配をかけまして申訳ありません。

本夕博文館長谷川氏(三二七)の招待で例の合作小説の相談を致しました。森下、春田、平林、神部、小生等集りました。(三二八)

遥と哲学者の大西祝（はじめ）に師事。明治三十年、博文館に入り『太陽』記者となる。三ヶ月はやく『太陽』に入った高山樗牛と論戦し、ニーチェによる美的生活論を説く樗牛に対し科学的研究を説き、日本における自然主義の基盤を作った。この時期に小杉天外などのゾラの影響を受けた写実小説をゾライズムの皮相な模倣とし、またゾラの自然主義も科学の誤解として斥けた。この科学的方法論も、日露戦争後には、科学や理性に対する懐疑となり、しだいに、実人生をありのまま肯定し追求する、日本的自然主義の理論的指導者となった。明治四十三年、博文館の後援で渡英し、帰国後には一時早大英文科の講師を兼任（そのため、四十三年早大英文科卒業の雨村とは入れ違いで、早稲田では出会っていない）。大正初期のベルグソン、クローチェなどの研究に従い、昭和初期にはフロイトにも関心を持った。昭和十五年没。なお、天渓の洋行費用を、国でも学校でもなく博文館という一企業が面倒をみているのは、プラトン社に入社以前の小山内の洋行費用を、プラトン社が支払っていたのと同じように、当時の出版社が欧米の最新知識を得るためには、資金を惜しまなかったことを意味する。

（三二八）**森下、春田、平林、神部、小生等集りました**　『新青年』の合作小説、後の「五階の窓」の集まり。なかなか『新青年』に乱歩が書けないことを心配した雨村が、「君は長篇で行詰って苦しんでいるが、書き出しだけはうまいのだから、連作の第一回相談の結果は森下氏から御報告するでせうから別段申上げませんが、前座小生、真打先生といふことで、大体、小生、平林、森下、春田、国枝、先生の順にきめました。い、順序だと思ひます。御賛承を希望します。結末は国枝氏と御相談できる便宜もあつてい丶と思ひます。国枝氏には森下氏から色々申上げたかどうか知りませんが、よろしく御勧誘の程切望致します。

森下氏の加入は小生が勧めた訳ですが、大いに食指動いてゐる様です。この機会に森下氏も創作仲間に入れ度いと思ひますが、御意見如何ですか。

さて第一回、オイ来たと引受けたものの大いに困つて居ります。一番楽ではありませうけれど、題からしてつけてか丶らねばならず、それに第一回の出が悪いと全体をぶつこわす虞もあり、難物です。(三二九)

まあ一生懸命やつて見ます。

右御無沙汰御詫旁々御報告まで、頓首

なら、いやとはいうまい」というような意味の要請で始められた企画。題名はこの時にはなく、後に乱歩の命名したもの。

(三二九) ぶつこわす虞もあり、難物です　「五階の窓」の題は、後に乱歩が命名したもので、会合のときには、まだ決まっていなかった。「探偵小説の連作なんて、むつかしい仕事だが、うまく行けば、他の小説の連作よりも面白いかも知れないというので、やって見ることになったのだと思う」という回想にもあるように、当時の出版界では連作が流行していた。そのブームに探偵小説もあやかったものである。後に乱歩は、耽綺社などで戦前だけでも十作あまりの連作を残すのだが、これは、その最初で、まったく憮然として笑わない人だったという乱歩には珍しく、はしゃいだ気分を伝える書簡。前年十月末が「闇に蠢く」の第一回締切り、「湖畔亭事件」と「空気男」が十二月に入ってからの第一回締切りで、以来三つの連載だが、一番辛かったはずの週刊連載「湖畔亭事件」の最終回が、やっと終わった頃である（三月発売号が最終回）。長編の苦手な乱歩には、この連載が悩みの種だったが、最後まで考えず始めた「湖畔亭事件」が意外に好評で、第一回など、大毎の重役の激賞を受けるなど、思わぬ幸運に恵まれていた。穴埋めで書いた「火星の運河」が、これもまた雨村編集長以下、絶賛に近い評価を受けている。まだまだ書けるという自信が、平林の予言に怯えながらも、乱歩にあった時期であった。そのため、憂

廿五日

小酒井不木先生

江戸川乱歩

○九三　不木書簡　二月二十七日　封筒便箋2枚

御手紙拝見しました。何分、御転居早々の訪問客には閉口されたこと、思ひます。(三三〇) 然し、もう昨今は落ついて来られたこと、思ひます。私までホッとした気持です。

合作の件、五月号から御はじめ下さる由、愉快でなりません。(三三一) 結末は少々難物ですけれど、皆さんさへ意地悪くなつてくれなければどうにかやつて行けるだらうと思ひます。

森下氏加入の件大々的賛成です。私からもすゝめて置きました。国枝氏も賛成で、かうしてみんなが意気が合つた訳ですから、きつとよいものが出来るだらうと思ひます。(三三二)

鬱性の乱歩に珍しく、おどけた気分すら文面に溢れている。

[〇九三]

(三三〇) **閉口されたこと、思ひます** 自伝には次のようにある。「転宅と同時に、私のみすぼらしい借家は、千客万来であった。東京へ出て来た甲斐があったともいえるが、甚だ脅かされもしたのである。客は、殆んど雑誌社の人々で、短篇の依頼が多かったが、あとで記すように、上京したばかりのこの年に、早くも私の創作力は枯渇するという惨状を呈していたので、それらの註文の大部分を断らなければならなかった」。しかし、前にも記したように、十五年に乱歩が書いたほとんどの作品は、既に前年中に原稿依頼があったもので、それ以外は、あとわずかである。「毒草」(『探偵文芸』1月)、「モノグラム」(『新小説』7月)、「人でなしの恋」(『サンデー毎日』10月)「木馬は廻る」(『探偵趣味』10月)、これだけにすぎない。しかも「毒草」は一月のため、原稿は前年中。「人でなしの恋」は、「湖畔亭事件」で何度か休載し困らせたお詫びと、好評に応えたものと考えられ、『探偵趣味』は同人誌だから義理原稿。結局集まった訪問客で原稿が取ることができたのは『新小説』誌のみで、残りはすべて、断るか、随筆でごまかしたことになる。

(三三一) **愉快でなりません** 「五階の窓」のこと。持ち回りは、乱歩、平林、森下、甲賀、国枝、不木の順で全六回連載。

只今川口さんに逢ひました。この手紙のつく前後には御逢ひのこと、存じます。よろしく仰しやつて下さい。
右とりあへず。

〔大正十五、〕二月二十七日　不木

江戸川兄

○九四　不木書簡　三月三十日　封筒便箋5枚

御手紙うれしく拝見しました。其後私からも久しく御無沙汰して申訳ありません。追々御健康御恢復のこと、存じます。(三三三)
「探偵趣味」の尊文実にうれしく拝誦しました。(三三四)　御詫びなど以ての外のことです。あれを読んで私は喜びこそすれ、些の特異感情をも抱きませんでした。実は、小生の作があまりに医者くさく鼻につくと

(三三二) **出来るだらうと思ひます**　「国枝氏も賛成で」「みんなが意気が合つた」ところが、国枝のフォロー。平林の名前を出さないのは、前の論文の「不健全派」が癪の種のため。甲賀の名前が出ないのも、〇三七番乱歩書簡89頁で触れている『新青年』掲載の甲賀の批評「『呪はれの家』を読んで」で、不木作品を、あまりにも「学者的だといって難じて」いることが、癪の種だからであろう。根に持つタイプではないが、小酒井不木は意外に気分屋なのである。

〔〇九四〕

(三三三) **御恢復のこと、存じます**　〇九二番乱歩書簡192頁にある神経衰弱。

(三三四) **尊文実にうれしく拝誦しました**　四月号の随筆「病中偶感」のこと。

(三三五) **気がしたのであります**　乱歩には、リラックスした平常心の、高望みをしない楽観主義を進めながら、不木にも、やはり不木なりのスランプがあったのだと、よくわかる。

(三三六) **私には出来ないのであります**　患者に対して感情をセーブする医学者であることの習慣のために、小説においても、対象に対して感情移入をしない慣性が身についてしまったことが、その原因と考えられる。ふだんは楽観的な不木が、急に弱気になった遠因は、言うまでもなく平林の予言のせいである。「不健全派」と言われ、マンネリズムとアイデアの行詰まりによる袋小路に陥るという、平林の予

いはれて居るので、自分でもそれに対して何か一言書いて見たいと思つて居た矢先、大兄の文に接して、実に愉快でなりませんでした。森下氏も、国枝氏も、盛んに、所謂研究室ものを続けよといつて下さつて居るので、その上に、あゝした大兄の言葉を頂いたことは、非常に心強く且つ、自分の眼の前に垂れ下つて居た雲霧がはれたやうな気がしたのであります。(三三五)

私の作品が一部の人に不快な感じを与へるのは、まつたく、大兄の仰せのとほりです。即ち、取り扱ひ方があまりにも冷たいからであります。自分でも、いつも思つて居ることですが、自分のこの題材を江戸川兄に取り扱つて貰つたら定めし暖かいものが出来るだらうになあといふことは、筆執るたびに考へるところです。科学的な物の見方に訓練された結果、作中の人物に同情をもつことが私には出来ないのであります。(三三六)同情を持たう〳〵として、つひ持てなくなるので、自分ながらあきれて居ります。然し、私はなるべく情味の豊

言に対して、空元気で反発していたうちはよかったが、いざ冷静になって考えると、平林に悪意があるわけでもなく、極めて正確な状況判断のため、我が身をふと、振り返ると、明らかにマンネリズムではないかという不安が襲ってきたのであろう。自分より才能のある乱歩ですら、スランプになっているのに、自分に弱点がないわけがない、というのも、不木の不安を助長したに違いない。もうひとつは、不木作品の反響に不木を不安にさせるものがあったからである。それは、注（三三七）で記す。

（三三七）**私にはわかり過ぎる程よくわかつて居ります**　文中の「あれ」は、主に甲賀の「『呪はれの家』を読んで」に始まる、不木作品への嫌悪感や危惧に対しての乱歩の反論、つまり不木の小説の弁護として書いた「病中偶感」を指している。たぶん、この書簡の前に、まだ未発見の乱歩書簡があり、そのなかで「病中偶感」を差し出がましく書いてしまったことのお詫びが述べられ、友人（たぶん「探偵趣味の会」の会員のため名前を不木に伏せている。この号の『探偵趣味』の編集担当者の延原か、この原稿執筆を相談した雨村の評であろう）から不木に対して僭越にも、こんな不木先生ですら我慢していることを、乱歩が不木の代人のように抗弁するとは「生意気だ」という批評があったことが告げられ、しかし、それでもなおかつ、乱歩としては「病中偶感」を書かざるをえなかったという内容の手紙のはずである。そのため冒頭部に、「御詫びなど以ての外の

かな、暖か味のあるものを生産したいと心懸けては居ます。もう少し修行したならば、多少自分の欲するところへ来ることが出来るかも知れません。

いづれにしても、尊文は私を非常に力づけてくれました。感謝こそすれ、大兄があれを後悔せらる丶など以ての外のことです。御友人が「生意気」だといはれたさうですが、ちと見当ちがひな批評ではないでせうか。大兄があれを書いて下さつた真情は私にはわかり過ぎる程よくわかつて居ります。(二三七)私はあれを読んだとき、「ハ、ア、これは森下氏が、私が自分の作品について書き送つたことを江戸川兄に話したのだな」と直感し、それを大兄が弁護してくれたのだと思つたのです。(二三八)

こんなことで大兄を煩悶させては、却つて私の心配の種です。「まだ神経衰弱が治りきらぬのではないですか。」と反問したくなります。どうか御心配をさらりと捨て丶下さい。

ことです。あれを読んで私は喜びこそすれ、些の特異感情をも抱きませんでした」という、不木の感謝の言葉が来るのである。「病中偶感」の不木弁護の部分は以下のとおり。「小酒井先生の『恋愛曲線』の前半を講義式で面白くないという者がある。僕は正反対だ。あすこが面白いのだ。様々な科学的操作によって心臓を体外で生かせる。心臓が何んとやらの溶液の中でコトコトと独りで動いている。何んといういい味だ。あれが面白くないという人の気が知れぬ。又ある者は嬰児を食うのが汚いという。僕なんか汚いとは思わぬ。ある戦慄を感じる丈けだ。そして、それが作者の狙い所だ。あれでちゃんと成功した作品だ。小酒井先生が右の様な批評を気にして、作風を換えられるとか伝聞したが僕としては賛成出来ない。もっともっとああいう世界を材料にして、我々を怖がらせて貰いたいと思う。ただ描写が今一段洗練されることは望ましい。といって僕の描写が先生をしのぐなんていう意味では決してない。理想を目安にして物を云っているのだ」。あるいは、「生意気」というのは、後半の理想を述べた部分かもしれない。

(二三八) **それを大兄が弁護してくれたのだと思ったのです** 雨村の老獪さがよくわかるエピソード。こうした書簡がなければ、雨村編集長の、本当に凄いところはわからない。この書簡の前半にあるように、批判に対して不木は「自分でもそれに対して何か一言書いて見たいと思って居た矢先」であった。その五階の窓、愈よ御書き下さつた由、最後のしめく、りを受持つた私は、好奇心と興味と心配とがごつちやになつて居ます。まあ何とかしてごまかすことが出来れば御なぐさみだと思つて居ます。
一昨日国枝氏と料亭で会談してたのしく一夜を過しました。国枝氏も「火星の運河」に感心して居ました。（三三九）あ、した夢幻的色彩をもつた作品は大兄の独壇場、これからもどしぐ〵発表して下さるやうに御願ひします。私も大兄はじめ一部の人々の御す、めによつて、今暫らくは、所謂研究室ものを続けて行かうと思ひます。（三四〇）
どうか御家族の皆様によろしく御伝言下さいませ。
とりあへず御返事まで。

〔大正十五、〕三月卅日夜　不木

江戸川兄

ことを雨村に不木は相談したのであろう。ところが雨村には、その反論を直接に作者の不木が書くと、水掛け論にしかならないと予想されたに違いない。作者が自作を弁護しても、説得力がなく、また、その不木の反論に、多方から賛否両論の意見が寄せられたとき、たとえ不木弁護が多数だったとしても矢面に立たされ、苦しい立場に不木が置かれることは、明らかだったからである。そのために、雨村は不木の不服の感想を、ひとまず預かりにして、乱歩に、そのことを相談し、乱歩のほうから不木弁護の反論を書くように仕向けたのである。雨村の老獪さは、不木の反論したい意見を抑えることなく、また、それの対策を不木に明かさないで、また、乱歩にも反論を書くように命令もしないで、自ずから世論の一つとして不木弁護が生まれたかのように、誘導操作していることである。乱歩の反論が書かれて表に出るまで、不木に雨村の、こうした配慮がわからなかったのは、そうしたわけである。お抱え作家の心労を極力減らして、ベスト・コンディションにしておくことが、依頼原稿を手堅く集めるための、編集者の当然の仕事と雨村に考えられていたことが、よくわかる。

（三三九）**国枝氏も「火星の運河」に感心して居ました**　国枝の乱歩評価の強調。具体的評がないのは、お座なりな肯定とも取れる。

（三四〇）**研究室ものを続けて行かうと思ひます**　「一部の人々」に注目。探偵趣味を特殊なディレッタンテ

〇九五　不木書簡　六月十一日　封筒便箋2枚

御手紙拝見しました。先日は私用のためゆつくり御話も出来ず残念しました（三四一）。

新青年への創作、書くつもりで居ましたところ、突然なる用事が出来数日間努力しなければならぬことになつた、めとても書けなくなりました。

大兄にそのことを告げて是が非でも八月号には書いて頂きたいと御願ひしようと思ひましたが、まだ旅行中（三四二）と思つて、いら〳〵しながら、手紙を書き得なかつたのです。森下さんには、大兄が書いてくれるといふ意味のことを告げて置きましたから何とかして間にあはせて下さい（三四三）。

突然の用事についてては今一寸申しかねます。いづれ後日すつかり申

ィズムとして、むしろ自尊心をもって少数を肯定する乱歩の主張に、不木が共感していることがわかる。乱歩の憂鬱性と違い、不木の憂鬱は、乱歩と雨村の計らいで、カンフル注射のように意外に簡単に治療され、もとの楽観主義者に自己回復していくのであった。

［〇九五］

（三四一）**御話も出来ず残念しました**　「先日」は「探偵趣味の会」の名古屋小会と思われる。自伝の「大正十五（昭和元）年度の主な出来事」の月別細目に「【五月】三十一日、大阪放送局の依頼により出張放送講演。／【六月】右の機会に神戸の横溝正史君を訪ね深夜の元町通りを放歌高吟して歩き廻る」とある。この時に、不木の家へも、立ち寄ったのであろう。この頃の乱歩には、すでに、神戸で家業の薬種商をしながら燻っている正史を、何とか東京作家の仲間にしようという考えがあった。そのことを正史には言っていないが、この時神戸を訪ねたのは、この計画の下見でもあった。乱歩から「トモカクスグ　コイ」という正史宛の電報が届くのは、もうすぐである。その時期が、乱歩自伝でも正史自伝でもはっきり確定できないが、正史自伝のなかに、東京に呼ばれた後、八月の兵役点呼に間に合えばよいと正史が、ずるずる長居をしている表現があり、そこに緊迫感のないことから、この六月から旧盆の間と考えられ、おそらく七月のことと推定される。乱歩自伝に従え

し上げようと思ひます。妻からよろしく申上ました。

〔大正十五〕六月十一日

光次

江戸川大兄

○九六　不木書簡　八月十三日　封筒便箋3枚

御手紙忝く拝誦しました。その後は私からも法外の御無沙汰致し申し訳ありません。片瀬かどこかへ行つて居られるやうきいて居ましたが今は御帰京のよし、東京も定めし暑いこと、存じます。(三四四)名古屋は一両日百度近くにのぼり、筆とる気さへ起りませぬでした。探偵趣味のこと、何分よろしく願ひます。何とかして息だけは絶やさぬやうしたいものと思ひます。先日も島源四郎(三四五)君が来られて話がありました。然し原稿を集めるのが随分骨だらうと思ひます。この

ば、乱歩の鳥羽時代の旧友である本位田準一（遊び仲間では一番年下で「ほんい」と呼ばれていた）が東京におり、探偵映画のプロダクションを作ることを画策していて、その計画の手助けに正史を呼んだのだが、この計画が頓挫したため、そのまま神戸に帰さずに、博文館に入社させたという。この本位田もまた、乱歩の口利きもあったと思われるが、正史と同じ頃、博文館の編集者となっている。この本位田は、後に非凡閣の『実話雑誌』の編集者として辣腕を振るい、戦中は出版協会の印刷用紙の専門家として過ごし、戦後は日本編集者協会を作り理事長になったという。

（三四二）**旅行中**　乱歩の放浪癖が顕著に現れるのは、翌昭和二年のスランプのために休筆してからだが、この五月から六月にかけての関西旅行の頃に、すでに、その兆候が現れていた。乱歩自伝によっても、その詳細は摑めない。

（三四三）**何とかして間にあはせて下さい**　ピンチヒッターを頼まれた乱歩だが、八月号の『新青年』も夏季増刊号にも乱歩の創作はない。雨村の名前があるから『新青年』以外に考えられず、おそらく乱歩の苦衷を察して、別の原稿を手配したのであろう。

〔○九六〕

（三四四）**暑いこと、存じます**　乱歩に物語のアイデアが浮かばないため、『苦楽』連載の「闇に蠢く」が何度か休載を繰り返し中絶するのは十一月のこ

点水谷さんに大に働いて貰はねばなりません。(三四六)新青年の浅草趣味拝誦、冒頭の御言葉誠に御尤もに存じます。(三四七)「厭きるといふこともあるだらうし」といふ言葉ははつきりわかるやうな気がしました。まつたく書けく〳〵と責めるのは酷だと思ひました。近く森下さんに逢ひますから、責める代りに「出来るのを待つ」やう申し伝へませう。それにしても十月号に書いて下さるのはうれしいです。私も久しく新青年に書きませぬから、十一月号には何か書きたいと思ひますが、果して書けるかどうか怪しいものです。横溝君の博文館入り(三四八)は非常にうれしいことに思ひます。同君の将来のために此上もないよいことに思ひます。

酷暑の折、御自愛を祈ります。

乍末筆御令室様によろしく。

〔大正十五〕八月十三日夜　不木拝

江戸川大兄

と。その間、編集員の指方竜二が上京して乱歩に会おうとしたが、その時には乱歩が旅に出た後であった。それが、この頃ではないかと思われる。乱歩が家を出たのは、中絶を言い出す勇気が出ないため、家族に「伊豆の某温泉へ行った」と告げて行方不明になり、連載を自然消滅させるためであった。伊豆にはアリバイ的に寄っただけで、あとは偽名を使い、もっと辺鄙な別の温泉に逃亡していたという。そのための曖昧な表現の「片瀬かどこか」であろう。有名作家になったために、毎日どこにいるかが新聞報道されるような生活が、乱歩に、こうした追跡から逃れる、逃避的な放浪癖を生んだといえるであろう。ちなみに「よみうり抄」の乱歩の近況は、七月二十四日の記事で、「相州片瀬藪屋敷かき屋気付に今暑中滞在」とある。

(三四五) **島源四郎君**　春陽堂の編集者。

(三四六) **大に働いて貰はねばなりません**　水谷が学生のかたわら『探偵趣味』の実務をしていた。

(三四七) **御尤もに存じます**　随筆「浅草趣味」のこと。冒頭部に小説が書けない心境が述べられている。その書けない理由として、「気質にもよるだろうし、体質にもよるだろうし、素養のないことにもよるだろうし、その上に飽きるということもあるだろうし」と、列挙されている。

(三四八) **横溝君の博文館入り**　この入社工作は前記注(三四一)のとおり。『新青年』を乱歩と親しい人脈で固めておくことは、最低限の乱歩の布石であ

○九七　不木書簡　九月十五日　封筒便箋2枚

御手紙忝く拝誦しました。益々御健筆何よりに存じます。今回は春陽堂からとんだ御迷惑(三四九)を御願ひ致しました由厚く御礼申上ます。今後又御厄介になるかも知れず、その節はどうか宜布く御願ひ致します。

湖畔亭事件愈よ出版の由鶴首待ちます。小生も近日中に原稿をまとめて送るつもりで居ります。

読売新聞社での趣味の会(三五〇)はどうか盛大であつてほしいと思ひます。東京では始めてのことで定めし注目されること、存じます。

先日森下さんが来られて大に語りました。いつも二時間ぐらゐしか逢はないのでしたが、こんどは満足しました(三五一)。

来る十八日こちらで拙著の出版記念会(三五二)を開いてくれますので、そん

った。編集長就任は二年三月号だが、それまでは雨村の編集助手であったことになる。いっぽう雨村は、『新青年』および『新青年』編集あがりの博文館社員を増やすなかで、硯友社系の幹部社員や上司の長谷川天渓を追い出して、自分が編集局長に納まるクーデターを計画していた。正史や、乱歩の友人の本位田、のちには不木の助手の岡戸武平や正史の弟の武夫を、つぎつぎに編集者として採用したのには、そうした意味もあったのである。

[○九七]

(三四九) **御迷惑**　不木の単行本『闘病術』の検印のことを指すと思われる。○九九　不木書簡204頁参照。本来、依頼が不木から乱歩に行くべきところを、春陽堂から不木の弟子と目された乱歩に、直接検印立会いの依頼が行ったのだと考えられる。

(三五〇) **読売新聞社での趣味の会**　九月二十四日開催の合同出版記念会のこと。「探偵趣味の会」も協賛という意味で不木は「趣味の会」という言葉を使っていると思われる。探偵作家の出版記念会として初めてのもので、乱歩は『心理試験』『屋根裏の散歩者』『湖畔亭事件』の三冊、甲賀は『琥珀のパイプ』、正史は『広告人形』、延原は翻訳の「探偵傑作叢書」その他が対象となり、四人の合同であった。

(三五一) **こんどは満足しました**　いつも雨村が帰省のときは、名古屋の不木を訪ねていたことがわかる。今回は帰省のための旅の途中でないために、長時間

なことで何かと心ぜはしく、ために今月大衆文芸へはゆつくり書けないかも知れません、池内さんへは一寸ハガキを出して置きましたが、大兄からもよろしく御伝へが願ひたいと思ひます。
佐久さんはまだ御いでになりません。喜んで御待ち致して居ります。
右とりあへず御礼旁。

〔大正十五、〕九月十五日　小酒井光次

江戸川大兄

○九八　不木書簡　九月十六日　封筒便箋1枚

拝復
会のこと拝承しました（○）至極結構に存じます。探偵劇は小生大賛成（三五三）、決して大人気ないものとは思ひません。さういふものこそ探偵趣味ではありませんか。

にわたり腰を落ち着けて話ができたのであろう。
（三五二）**拙著の出版記念会**　『恋愛曲線』ではなく『闘病術』の出版会。執筆者は岡戸武平で、不木名義の本としては最も売れたベストセラーであった。乱歩と違い自分の執筆作品でもない著作の出版記念会でも、周りが進めてくれる会であれば鷹揚に対応する不木であったことがわかる。ただし、乱歩の直筆書簡集目次には「名古屋にて十八日に小酒井氏『恋愛曲線』出版記念会」とあり、これは出席できなかった乱歩の誤記と思われる。

［○九八］
（三五三）**探偵劇は小生大賛成**　東京の出版会で探偵劇をする知らせが、前便の不木書簡の後、乱歩から届いたのであろう。
（三五四）**春陽堂の今村君**　春陽堂社長の義弟。
（三五五）**和田氏**　春陽堂社長。

［○九九］
（三五六）**最後の芝居**　スランプの最中にも、芝居の派手な役で出演しているところが、乱歩という人物の複雑怪奇な多面性。話題となっているのは、出版記念会の後に、乱歩、正史、水谷も出演して上演された探偵劇「ユリエ殺し」のこと。これは講演や映画上映なども取り混ぜて入場料五十銭で、読売の予告のため超満員だった。この日のアトラクションの企画・制作・脚本は、本位田準一ひとりによるもの。

十八日に春陽堂の今村君(三五四)が、拙著出版記念会に来てくれるさうで、その時御手紙の旨をつたへて、頼んで見ようと思ひます。無論出して呉れると思ひます。なほ今村君と談合の都合によつて和田氏(三五五)に直接頼みます。

先はとりあへず御返事まで。

〔大正十五〕九月十六日

小酒井光次

江戸川大兄

〇九九　不木書簡　九月二十七日　封筒便箋2枚

御手紙忝く拝誦しました。趣味の会大成功に終りました由何よりに存じます。ことに最後の芝居(三五六)は人々を驚かしたとの事で大兄の巡査姿が目の前にちらつく位です。先日今村君に話して置きました。（費

当夜のプログラムは、【開会の辞】雨村【講演】平林、甲賀【映画「極楽突進」】説明、甲賀、松井翠声【映画「罪と罰」】説明、保篠龍緒で、探偵劇が入り、【閉会の辞】が乱歩で終わるものであった。この探偵劇は物語の途中でピストルが発射され、それに実弾が入っていたため客席の見物人（正史）に当たり、そこへ臨監席の巡査（乱歩）が舞台に上がって、騒ぎを鎮め、芝居であったことを説明するという茶番劇。配役にそれぞれもっともらしい名前が付けられ、乱歩も明智小五郎役で出演すると記されているあたりが、すべてミスディレクションになっている仕掛けであった。本位田が博文館へ入ったのは、この日の企画者としての才能を評価されたためもあるらしい。以上の資料は乱歩自伝だが、『読売新聞』大正十五年九月二十二日付広告では、映画が「霧の中の顔」と「罪と罰」で、説明者も星野龍緒（ママ）と川口松太郎となっている。また登場人物の配役も違っている（実際は登場しないで終わるのだが）。この違いは、映画は当日差し替えられたためであろうし、説明者が変わっているのも、乱歩の助手の二山久が説明することになっていた（これも二山が当日言い出して変更したものであろう）のを、現場で口籠もって絶句してしまったために本職の松井がつないだというハプニングからも分かるように、かなり予定と食い違った、行き当たりばったりの配役であったと思われる。資料的な意味では、講演表題が、平林「探偵小説私見」、甲賀「探偵漫談」で、主催『探偵

用の足らぬ点は春陽堂で持つて下さるやう）左様御承知を願ひます（三五七）。本日、湖畔亭事件拝手しました。厚く御礼申上ます。私の原稿も愈よ取りまとめて本日島君宛に送つて置きました。短いものばかりで原稿枚数足らず、為にくだらぬ作品（三五八）まで入れてしまひました。闘病術（三五九）の検印について毎々御世話様相かけ恐縮に存じます（三六〇）。他人の弱点につけこんだ書物はよく売れるものですが、考へて見れば気味の悪い気もします。だが近頃はすつかりその方のために時間をつぶし、小説を考へるひまもなく閉口しました。然し、幾分なりとも他人の苦痛を救ふことが出来ればと、及ぶ限りのことをして居ります。
右とりあへず。

不木

〔大正十五〕九月廿七日

江戸川兄

趣味』社、後援読売文芸部というのが一番重要だろう。なお、この芝居には、演出が本位田というためもあるが、乱歩の鳥羽時代の友人総出演で、二山久と松村家武が出演者の名前にある。二山は後の昭和六年に意見が違って離別するのだが、乱歩が下宿屋を始めた時代には、そこに乱歩の助手として食客となっていた。探偵趣味を競った井上勝喜の名前が見えないが、大阪在住のため上京できなかったのであろうか。井上は「探偵趣味の会」の例会員で、乱歩が大阪にいる頃は常時顔を合わせていた。しかし、この井上とも、一時乱歩の助手時代を経て、乱歩の経費持ちで結婚式を挙げさせ、二山より長く付き合ったが、後年別れている。鳥羽時代の同僚で終生の付合いとなったのは、本位田だけであった（岩田は同僚ではなく、また戦中に亡くなっていた）。

（三五七）**左様御承知を願ひます**　乱歩たちの出版記念会の赤字を春陽堂が持つということ。その春陽堂の厚意に従い、むこうの顔を潰さないようにして欲しいという意味。

（三五八）**くだらぬ作品**　単行本『恋愛曲線』収録作のこと。

（三五九）**闘病術**　最も売れた不木のハウツウ本『闘病術』のこと。不木は著者名義のみ。執筆は不木の助手をしていた岡戸武平。岡戸は明治三十年愛知県生まれで、大正七年名古屋新聞社に入社。その関係で不木の助手となったもの。もと乱歩の同僚（鳥羽造船所とは別で、『大阪時事新報』記者時代）であった

一〇〇　不木書簡　十月四日　封筒便箋2枚

拝復毎度検印について御厄介相かけ恐縮に存じます。売れることは嬉しいですが、あれがため(三六一)、先日も申ましたとほり時間と頭をスポイルされ閉口致しました。長篇を引受けた矢先で、少々困却の体で御座います。

「パノラマ」第二回本日拝誦、何度繰返して言ふか知れませんが文章の妙味にはすつかり酔はされてしまひます。読者を熱狂させるのも無理はありません。鬼熊合評会(三六二)の記は本日毎夕新聞で拝誦しました。小生の一文は自殺を知らぬ前に書いたのでヘンなものになりました(三六三)。でも、今迄に数の少ない集まりだつたと思ひます。

探偵趣味売行や、良好のよし安心致しました。何分東京在住の人に御願ひするより致し方なく、どうかよろしく願ひます。

廿一日会のこと、池内君が七八日頃に来るさうですから委細がわか

が、これは偶然のこと。のち乱歩の「蠢く触手」の代作もする。博文館編集者を経て、戦後は中部経済新聞客員。昭和六十一年没。

(三六〇) **毎々御世話様相かけ恐縮に存じます**　当時は、出版物の発行部数を著者が明確に管理するため、出版物に著者印を押していた。そのため押印作業や、印紙貼りの作業の立ち会い確認（注〈三七〇〉参照）もあり、これが意外に、時間の取られる仕事であった。おそらく不木が乱歩に依頼しているのは、『闘病術』（大正15年春陽堂刊）の検印が、東京まで出向かなければならないような検印であったためと考えられる。出無精の乱歩が恩人の不木のために、スランプにもかかわらず手助けをしていることがよくわかる。一〇二　不木書簡210頁参照。

［一〇〇］

(三六一) **あれがため**　検印のスタンプ押印作業の立ち会いを指す。

(三六二) **鬼熊合評会**　当時、日本中を騒がせた殺人事件。自分の情婦ほか二名を殺し、追跡の刑事ほか三名に重軽傷を負わせ、更に巡査一人を殉職させた犯行で、「殺人鬼」岩淵熊次郎（35歳）は、その後、祖先の墓前で剃刀自殺を図ったところを逮捕されている。「殺人鬼」も新聞にある表記で、略して「鬼熊」事件と通称になった。「座談会」とあるのは、当時、『東京毎夕新聞』の文芸部長であった川柳の川上三太郎の発案でなされたもの。もとは事件発生一ヶ月あ

ると思ひます。本当に夕ゞ奉行《ママ》では力もはひらず、かうなるのも無理はないと思ひます。(三六四)趣味の会欠損の始末はつきましたかしら、私から言ふべきことがありましたらいつでも和田さんに話しますからさういつて下さい。(三六五)

小酒井光次

〔大正十五、〕十月四日

平井大兄

まり、犯人逮捕直前の『報知新聞』の九月二十七日号に載った記事が発端。探偵作家総出演で「探偵趣味の会」の名のもとに「犯罪の動機から研究すべく」捜査に乗り出すという、雨村が冗談半分に話したことを、大きく記事に取り上げたのが『報知新聞』の手柄。それを、犯人の鬼熊が、意外に早く捕まったため、事件の合評会に企画変更したのが『東京毎夕新聞』の手柄であった。十月一日に予告が出され、三日の日曜版文芸欄全部を使っての目玉記事として扱われている。出席者は、乱歩・甲賀・正史・延原・高田義一郎（医学博士）・雨村・大下宇陀児・川田功・平林・新居格・金子準二で、最後の二人以外は、『新青年』のレギュラー作家。

（三六三）**ヘンなものになりました**　不木も新聞社に、事件の感想記事を依頼されたと思われる。不木全集の執筆年表では、この事件発生以降で書いた随筆は『新青年』の「犯罪文学研究」の第七回（9月30日）のみであり、リアルタイムで起こった事件の感想のため、自分の作品という意識がなく、執筆年表に記載がないのかもしれない。

（三六四）**無理はないと思ひます**　『大衆文芸』の二十一日会は、メンバーが流行作家のうえに原稿料のない「タダ奉公」のため、原稿不足に悩まされていた。池内祥三が相談に来るのは、甲賀のようなゲスト作家にも書いてもらうかどうか、そして、おそらく、いちばん問題となるのは、寄稿原稿に原稿料を払うかどうかであったと思われる。

（三六五）**話しますからさういつて下さい**　不木の紹介した乱歩の著作が売れ行き好調であり、自著の『恋愛曲線』も出たばかりのうえに『闘病術』も大ヒットで、春陽堂に対し、いたって強気の不木であった。「始末」は、東京の出版会イベントの収支決済を指す。

昭和二年

一〇一　乱歩書簡　一月十九日　封筒便箋5枚

拝啓

非常に御無沙汰して申訳ありません。御聞及びと存じますが、自作の下らなさにヒステリイを起し勝ちにて、つい諸方へ御無沙汰致して居ります。

御著書の検印も、そのつど御報告すべきを怠つてゐて誠に申訳ありません。間違ひはないと存じますが、これからはその都度御報告致します。

池内君から河合一派が御作を東京にて上演する由承りました（三六六）。大衆文芸の方でも総見の計画あり、趣味仲間も一緒になつて総見その他の趣向を考へて居ります。

［一〇一］

（三六六）**上演する由承りました**　新派役者の河合武雄の一座が不木作品「紅蜘蛛奇譚」を劇化したもの。

（三六七）**専心する意向ある由**　当時、甲賀は二足のワラジを穿いていた。注（三八二）参照

（三六八）**困つて居ります**　円本の平凡社版『大衆文学全集』の割り当てのトラブル。時代小説の配分を増やそうとする白井喬二の意向による皺寄せが、探偵作家側へのページ削減になったと考えられる。

（三六九）**計らつたとのことでした**　雨村の文壇的地位から、一冊丸ごと雨村の巻に当てられていたのを、後進の新進作家集に割り振ったという意味である。

［一〇二］

（三七〇）**煩はし恐縮に存じます**　「御立合」というのは、当時は印税に誤魔化しがないように、切手状の検印した印紙を貼るか、一冊一冊に検印を押して出版していた。その検印の立会いであろう。

（三七一）**わざと遠慮して居りました**　「パノラマ島奇談」（『新青年』大正15年10月号～昭和2年4月号）のこと。編集部が予期しない乱歩の長編連載で、この作だけは、構想があって始められたものである。乱歩に小説のネタがあるらしきことを感づいた正史の懇請による連載。正史入社以来の大手柄であった。

（三七二）**探偵小説の劇化**　「紅蜘蛛奇譚」のこと。

（三七三）**波屋書房の宇崎君**　文芸同人誌『辻馬車』（大正14年3月～昭和2年9月）発行元の波屋書房

上演の月と劇場極つて居る様でしたら御洩らし下さいませ。

大阪では春日野君等総見をやつたとか承りましたが。

甲賀三郎君、官職を抛つて文筆に専心する意向ある由、(三六七)同君の為不為は別として、探偵小説も益々真剣になつて来たことは喜ばしく存じます。小生もこれから少しましなものが書き度いと存じて居ります。但しこれはヒステリイのやまつてゐる間に起す妄想に類したものかも知れませんが。

白井君の「大衆文学全集」誠に快心の企てですが、探偵側は千四百枚もとられては、作品全滅にて、皆々困つて居ります。(三六八)森下君は同君割当ての分を牧、水谷、大下、秀子、城その他の諸君の選集にする様計らつたとのことでした。(三六九)好都合と存じます。

一寸御無沙汰御詫旁々申上げます。

江戸川乱歩

小酒井不木先生

主人・宇崎祥二のこと。ここではオップンハイム等の「世界探偵文芸叢書」を出しており、『闇に蠢く』（昭和2）も含まれている。他にも、この叢書のいくつかに乱歩は序文を書いている。文学史の上では『辻馬車』の発行元として有名で、これは全三十二冊。同人誌『龍舫』『傾斜市街』などに集まっていた当時の旧制大阪高の学生だった藤沢桓夫・神崎清らにより創刊されたもの。藤沢は「首」などの新感覚派的な表現で注目され、のちに小野十三郎・武田麟太郎・長沖一などが参加する。武田や神崎たちがプロレタリア文学に接近したために後に廃刊し、主なメンバーは翌三年に『大学左派』（昭和3年7月～4年2月、平野書房）を創刊した。藤沢桓夫（明治37～平成1）は、大阪市生まれ。今宮中で武田麟太郎と同級。『辻馬車』創刊前後は前述。東大国文科に入学し「首」が川端康成・横光利一に認められた後「結婚の花」（大正15）で文壇に登場。左傾化後は武田や高見順などと『大学左派』を創刊し、「生活の旗」（昭和4）、「傷だらけの歌」（昭和5）で地位を築き、新感覚派時代の作品を『辻馬車時代』（昭和5）にまとめる。結核を病んで大阪に帰還後は、生来の多才にまかせて通俗小説に転じ、「花粉」（昭和11）から新聞小説の定連。主著に『大阪の話』（昭和10）、『新雪』（昭和17）などがある。なお結核のため富士見高原療養所で療養時代は、当然に担当は不如丘で、正史が入院時は、そこに長くいるためか牢名主のようにしていた。後年、大阪文壇のボス

一〇二　不木書簡　二月十八日　封筒便箋2枚

江戸川兄

その後はまことに申訳ない御無沙汰致しました。度々春陽堂の検印に御立合を煩はし恐縮に存じます。(三七〇)とくに御礼を申上げようと思ひながら失礼しました。といふのは大兄の長篇執筆中、わざと遠慮して居りました。(三七一)さうして先達、横溝君から健康を恢復されたときいて早速喜びの手紙を差出さうと思ひましたが、柄にない探偵小説の劇化(三七二)に一月以来ひまをつぶして、これ又、失礼してしまひました。ところが昨日、波屋書房の宇崎君(三七三)が立寄られ、大兄が又少し脈搏の頻数を来されたとき(三七四)、久し振りにこの手紙を書くことになりました。「一寸法師」も愈よ映画になり、何よりに存じます。こちらでも疑問の黒枠を映画にしようといふ計画がありますけれど、まだどう

になるのも、環境に適応する藤沢の強靭さのためであろう。

(三七四) **脈搏の頻数を来されたとき、**　乱歩の言う「ヒステリイ」のために心悸高進を起こしているもので、精神的なものが原因のため、心臓病ではない。

(三七五) **まだどうなるかわかりません**　「一寸法師」映画化は、松竹と直木三十五の経営する聯合映画芸術協会とで上演権が争われ、最終的に直木側が製作した。この芸術協会は、大正十四年に牧野省三から小山内薫と川口松太郎が招待を受け、それに直木が便乗して付いていったとき、牧野の直木作「心中きらら坂」を撮りたいという話に乗せられ、二人で作り上げた企画製作団体。牧野の計画では、松竹・日活・マキノ・東亜の四社連盟でマキノが一番弱小のため、牧野の顔は隠して直木を代表に置き、四社協定を合法的に破って作り上げた傍系団体だった。直木は、その頃（大正14年頃）プラトン社に不満もあったため、客員として名義だけ残し、映画界に移っていた。つまり出社もしないで情報提供による若干の給料と、高額計算の原稿依頼（一枚九円）がプラトン社から来ていたはずなのだ。このあたりが、プラトン社の大甘のところである。さて映画のほうは、一寸法師役に九州の活動写真弁士の栗山茶迷、明智役を舞踊家の石井漠（明治19～昭和37）が演じ、監督は志波西果であった。当時はまだ無声映画だったのである。また詳細は不明だが、石井漠は不木の「疑問の黒枠」にも主演している。

なるかわかりません。(二七五) 探偵小説が追々劇化され、映画化されて行くことは御互に愉快なことで、何とかして、その方でも物にしたいと思ひます。十九日より大阪の浪花座で拙作の「紅蜘蛛奇譚」が上演されますので、二十二日に春日野君の発起で探偵趣味の会の人が観劇会を催ほしてくれるさうです。是非出席せねばならぬと思ひますが、まだ健康が許さないやうですから出席出来ねば代理を出さうと思ひます。(二七六)

探偵小説も昨今は落つくところへ落ついたといふ感があります。それと同時に、この機運を持ち続けるためには長篇小説をどし〴〵生産せねばならぬやうに思はれます。ですから、この際大兄の健康を切に祈つてやみません。脈搏の頻数などは週《ママ》期的に来るもので捨て、置けば自然に治つて行くと思ひます。(二七七) どうか安心して執筆に従事して下さい。色々申し上げたいことがありますけれど本日はこれで失礼します。御令室様によろしく。

浅草オペラ時代を経てヨーロッパ各地で公演し、アメリカにも渡り、二年間の海外生活を終えて帰国すると東京は震災のため焼野原。そのため難を逃れて、一時、関西へ行き、宝塚少女歌劇のダンス指導をしていた時期ではないかと思われる。大阪毎日の大正十四年十一月二十三日に谷崎潤一郎が「西洋と日本の舞踊」と題して、来日したデニ・ショーン舞踊団と漠とを比較し、後者のほうがはるかに芸術的と評価しているところから見て、漠の映画出演には、当時、映画事業を小山内や直木たちと画策していた谷崎の影響が考えられる。また石井漠のモダンダンス第一回公演は大正五年の帝劇で、音楽は山田耕筰であり、この公演は、山田と小山内が始めた新しい演劇運動「新劇場」第一回公演の一環のものであり、谷崎ラインからも小山内ラインからも石井漠は結びついていた。漠はこの映画撮影の強いライトで眼を痛め、虹彩炎のために一時失明するような状態で、晩年の失明にもつながるのだが、この苦難の中から盲者の舞踊を考えるようになる。乱歩の後年の「盲獣」には、こうした漠の影響があるのかもしれない。なお渡辺啓助の直話によれば、弟の温は漠の弟子だったという。山田耕筰も明治末期の若い頃は、漠とメトロノームの音の中で体を動かすイメージトレーニングのユーリーズミックス（リトミック）の身体訓練をしていたから、こうした基礎訓練としての弟子ならあり得ることであろう。そして、こうした温の弟子時代があるならば、漠が関西にいた、この時

〔昭和二、〕二月十八日　小酒井不木

江戸川兄

一〇三　不木書簡　二月二十日　封筒便箋2枚

拝復

丁度入れちがひになりました。これも昔の以心伝心又はテレパシーの現象かも知れません。御元気な筆蹟を見て杞憂に過ぎなかつたことを知り愉快に思ひます。その調子でやつて下さい。

二十二日に探偵趣味の会が開かれ、春日野君がどうしても来いといひますので行かねばならぬかと思ひます。[三七八] 新らしく書きおろした方[三七九] ですと万難を排しても行かうと思ひましたが、といつて折角皆さんが集まつて下さるのをすつぽかすのも悪く一寸困りました。

東京ではいつやるともわからぬことになりました。新作は大衆文芸

代ではないかと考えられる。

（三七六）**代理を出さうと思ひます**　不木の持病の結核は、近所の外出程度は可能だったのかもしれないが、遠出は健康上の理由で控えていたのであろう。

（三七七）**自然に治つて行くと思ひます**　乱歩の健康を願いながら、心因性の心悸高進には、あえて荒療治をする不木であった。

［一〇三］

（三七八）**行かねばならぬかと思ひます**　観劇会を兼ねた大阪例会。参加したとすれば、出席は初めてのことであったと思われるが、結局出席できず、来てくれた会員のために電報を送った上で、参会者の引き出物として代理人に百枚あまりの短冊を持たせたらしい。

（三七九）**新しく書きおろした方**　「龍門党異聞」のこと。

（三八〇）**四月号に掲載してもらひます**　「龍門党異聞」（『大衆文芸』昭和2年4月号）のこと。

（三八一）**いれて貰はうと思つて居ります**　前記のように『現代大衆文学全集』では、不木のような〈大家〉に、ひとり一冊配分であった。しかも円本のセールスポイントの定価一円で千ページを超す分量のため、自薦作を集めても一冊にならないと感じた不木は、配本を後回しにしたのである。全六十巻中、不木、甲賀、松本泰、綺堂、不忘、佐々木味津三、宇陀児、胡堂が、それぞれ一人一冊。乱歩が二冊。

の四月号に掲載してもらひます。(三八〇) 若し東京でやることになりましたらよろしく願ひます。

大衆文芸全集にはとても頁数が足らぬので、づつとあとにしてもらひ、疑問の黒枠やこれから書くものもいれて貰はうと思つて居ります。(三八一)

甲賀兄の御元気には感心します。よほどの決心だと思ひます。私など遊び半分といふ気が抜けないのですが、甲賀兄の決心を思ふと、少しは真剣にならねばならぬかと思ひます。(三八二) 尤も又、大兄ほど真剣では、私など一たまりもなく健康を崩してしまふと思ひますが。叱られるかも知れぬけれど、どうかラクな気持で書いて下さい。

大兄から御手紙を貰つたので久し振りに愉快な気持です。妻もいつも心配して居りました。よろしく申してくれとの事です。

〔昭和二〕二月廿日夜　小酒井不木

江戸川兄

これに対し国枝は企画者の白井と同じく三冊だった。ちなみに、不木の助手でもあった潮山は、師の梢風と合集の二人で一冊。正史、保篠龍緒、浜尾四郎は三人合集で一冊。新進作家集など十人で一冊であった。捕物帳作家はさておき、いかに探偵作家が時代作家に押されていたかがわかるであろう。探偵作家および捕物帳作家は、林不忘のような場合でも乱歩は探偵作家に分類しゴチックにしているが、国枝についてはゴチックにしていない。自伝において、好感を持っていた不忘については触れられても、国枝には殆ど触れられないように、乱歩は、明らかに国枝を、探偵小説を見下したうえで軒下を借りに来た、探偵小説界の外の部外者と考えていた。

(三八二) **真剣にならねばならぬかと思ひます**　農商務省臨時窒素研究所の技師を甲賀が退職したこと。背水の陣で作家専業になった甲賀に対して、まだ文人気質の抜けない自分への反省。ただ、後半にあるように、こうした「遊び半分」でないと、不木の病気に差支えたのも確かであろう。

〔一〇四〕

(三八三) **家族の方はどうかやつて行ける様に致しました**　素人下宿屋の筑陽館経営を指す。乱歩という作家はたいへんに計画的作家で、そのいっぽう、自分の食道楽や放浪的旅行癖などの趣味的出費には贅沢な浪費家であったから、家族の生活のための経済基盤を、下宿屋経営で独立採算させることが一番重

一〇四　乱歩書簡　三月二十四日　封筒便箋2枚（八ガキ同封）

拝啓

御無沙汰致して居ります。

今回別紙の様なことに致し、暫く小説の方を休んで考へて見たいと思つて居ります。尤も断念する訳ではなく、何か新しい境地を探す積りなのです。又先生の御叱りを受けること、存じますが、種々の事情が重なつてこんな風にする外ない様に思はれましたので、何卒御諒承下さいませ。

女房には女手で出来る商法を営ませ家族の方はどうかやつて行ける様に致しました。（三八三）小生はいづれ諸々転々致すつもりです。

先生には旅先からも御通信致しますが、一寸右御通知致します。

三月廿四日　　江戸川乱歩

要であった。そのうえで乱歩は、原稿料と印税によって小遣いを捻出する計画であった。

（三八四）当分休むことに致しました　乱歩の休筆の始まりである。家族扶養の生活基盤を固めてから休筆に入るあたりは、世事に長けた乱歩の几帳面で計画的な面を覗かせる。乱歩は自伝に次のように記している。「私は朝日新聞に『一寸法師』を書いている中途ごろから、一時休筆の決意をしていた。あまりの愚作にあいそがつきて、中絶したかったのだが、許してもらえず、死ぬ思いでともかく書き終ったその苦しさが胆にこたえたのである。もうもう小説という字を見ても、ゲッと吐き気を催すほどであった。しかし書くのをやめれば、忽ち生活に困る。上京以来予想以上の収入はあったけれど、皆無駄遣いをしてしまって、貯金なんて全くなかった。しかし、愈々休筆と決意したときには、『パノラマ島奇談』が未完であったし、新聞の方も中途だったので、倹約すればいくらかの金が残るという見通しがついていた」。これが「一寸法師」の連載の中頃とあるから、昭和二年の一月であろう。「一寸法師」が一回三十円の原稿料で、これを貯めると一ヶ月千円。これを二ヶ月貯えて筑陽館経営の元手にし、「パノラマ島奇談」などの原稿料を自分の小遣いにあてるというのが当初の計画であった。しかし、こうした経済的心配も、現実的には平凡社版の『現代大衆文学全集』の印税一万六千円あまり（現在の五千万円くらい）が幸運にも入ったことで、家族への心配はま

小酒井不木様

【同封のハガキ・印刷】

転居御通知

従前の住居を引払ひ暫く旅から旅に暮すことに致しました。行く先々からの御通知は致しませんが、家族のものを左記に定住致させますから、御用の節は左記気附にて御通信下さいますれば、小生まで届く様取計らひます。

近来非常に健康を害して居りますので、小説の執筆は当分休むことに致しました。(三八四)

昭和二年三月　平井太郎

東京府下、戸塚町下戸塚六二一　平井りう気附

（江戸川乱歩）

ったく無用になる（これは次の下宿屋・緑館の買入れ資金となった）。「パノラマ島奇談」の原稿料は一枚四円になっており、この一回分で二百円近くになるのを、乱歩は放浪の費用に充てていたのである。これは三月に始まり、一時は自宅にも寄っているのだろうが、一年の「殆んど女房の住んでいる場所にはいないで、東京市内や近国を浮浪者のように、何の意味もなく」放浪していたらしい。自伝によっても詳細が不確かである。また六月からの放浪は日本海沿岸、千葉県の海岸地域などに行っており、この旅は数ヶ月、また十月からの京都、名古屋方面の放浪は二ヶ月続いている。耽綺社合作のアイデア提出や連作第一回の執筆をのぞき、昭和三年八月の「陰獣」まで、乱歩は何一つ書けないスランプだった。

[一〇五]

（三八五）**見に行くつもりで御座います**　自作「一寸法師」の不出来も、乱歩のスランプの原因だが、そのことを不木は、気付いていなかったのかもしれない。乱歩の苦手とするのは、自分で駄目な見所のないと思われる作品について、褒められたり触れられたりすることであった。

（三八六）**正木君**　正木不如丘（明治20～昭和37）のこと。パリのパスツール研究所で学んだ結核治療の権威で、富士見高原療養所所長。帰国後、慶応の医学部助教授でもあり、信州と東京の両方に自宅があった。作家で随筆家のうえに俳人としても著名で、

一〇五　不木書簡　三月二十五日　封筒便箋1枚

御手紙頂いて妙に暗い気持ちになりました。大兄のことですから、また小説に取りかゝつて下さることゝ思ひますが、どうか一日も早く健康を恢復して下さい。

「一寸法師」本日より当市港座で映写されることになり二三日中に是非見に行くつもりで御座います。(三八五)

昨夜大衆文学全集の講演会があつて直木氏に御目にかゝりました。久し振りで正木君(三八六)にも逢ひ愉快でした。

一度名古屋へ来ませんか。ゆつくり御話したいと思ひます。

江戸川兄　廿五日　不木

〔昭和二年三月廿五日〕

〔以下　東京市外戸塚町下戸塚六二一宛〕

探偵小説作品もあり、木々高太郎や椿八郎は門下生。特に随筆家としてすぐれ、探偵小説界の横綱格。大変な速筆作家として知られ、二十一日会の会員でもあった。作風は、漱石を、思いきり感傷的に通俗化したものを本領としていた感があり、探偵小説は余技に近い。プラトン社の原稿料ランキングでは不木と乱歩の中間に位置し、かなりの人気作家であった。『大衆文芸』掲載の短編「お梅」は天衣無縫の仰天小説。結末の意外性は世界的レベル。不如丘おそるべしである。本職の医師として療養所で治療した患者には、堀辰雄と婚約者の矢野綾子、竹久夢二、横溝正史、関西文壇の顔役であった藤沢桓夫（たけお）などがあり、東京での治療者には、患者から名指しで正木を指名した喉頭癌の徳冨蘆花がある。

〔一〇六〕

（三八七）**一寸御報告致します**　鬱状態のスランプのさなかにも、不木の検印だけは代行する乱歩だった。

〔一〇七〕

（三八八）**むさぼり読みました**　「一寸法師」を読むためである。この作が現在の憂鬱の原因なので、それを「むさぼり読」まれては、ますます落ち込む乱歩であったと思われる。

〔一〇八〕

（三八九）**川畑玄二**　報知新聞の出版部員と思われる。

一〇六　乱歩書簡　三月二十七日　封筒便箋1枚

拝啓
御手紙拝見致しました。
色々御心配下さいまして有難く存じます。少し静養しまして何か大物に着手して見たい意気込みで居ります。
只今別紙の通り捺印致しました。一寸御報告致します。(三八七)

廿七日　　江戸川乱歩

小酒井光次様

一〇七　不木書簡　三月二十八日　ハガキ

拝復

この寄せ書きは、不木の新作戯曲「龍門党異聞」の帝劇公演を、耽綺社の東京在住者である乱歩と平山で観に行ったものと考えられる(一〇九　不木書簡219頁参照)。甲賀が一緒なのは、仲の良い乱歩の誘いによるものであろう。国枝・長谷川・土師の三人は、帝劇公演ではなく、関西の京都か大阪で同演目の地方巡業の際に集まるのであろう。

(三九〇) **甲賀三郎**　耽綺社グループの観劇に参加したので、別の日に集まる『新青年』グループの観劇には行かず、この日の参加で、両方「兼任」するという意味。当初は仲の良かった甲賀と雨村との関係が、後に原因は不明だが不仲になるのだが、そうした兆しが既に始まっているために、乱歩たちの観劇に相乗りをしたのかもしれない。

(三九一) **乱歩**　大詰の最終幕を二場にし、いったんは悲劇を観客に予感させ、場面を変えたトリッキーなどんでん返しで、悪者たちが馬鹿を見るという落ちがつくのが原作の妙味である。その落ちの場面の前に、「読者への挑戦状」めいた説明幕を見せる指示が、原作にはあり、それが省略されたということであろう。

(三九二) **平山蘆江**　河合が演ずるのは龍門党の首領・講釈師南龍の女房お玉。このお玉が人質になって縛られるのだが、その縛り方が、緩んでいたか、あるいは時代考証的な意味で、時代作家の平山には不自然に見えたという意味であろう。

印税領収証たしかに拝手致しました。御面倒かけ恐縮に存じます。
一寸法師の映画は三十一日か一日に見に行く約束をして居ります。
朝日新聞の十二月からの縮刷版がやつと手に届いて御作をむさぼり
読みました。(三八八) 映画に如何に表現されるか見ものだと思ひます。
一度名古屋へ御いでになりませぬか。御待ちして居ります。

〔昭和二〕三月廿八日夜　小酒井不木

一〇八　乱歩書簡　五月二十五日　ハガキ

名古屋市中区御器所町字北丸や八三
小酒井不木様

大変面白く拝見いたしました

川畑玄二(三八九)

〔一〇九〕
(三九三) **感謝に堪へません**　大正十五年九月十日に乱歩を喜多村緑郎が訪ねている。この時に、河合武雄の盟友でもある喜多村に、不木作品の劇化についての口添えがあったのかもしれない。いちばん妥当な答と思われるのは「龍門党異聞」の東京公演についての骨折りを頼んだという解釈であろう。自筆の書簡集目次では「小酒井氏の劇帝劇にて伊井河合上演につき花環その他骨折りし礼状」とある。なお、この時期には川口はプラトン社の『演劇・映画』の編集長であり、川口と喜多村は常日頃から頻繁に会っているうえに、河合・喜多村の盟友の伊井が小山内と若い時代からの知り合いだということもあって、不木作品の劇化には、川口と、ひいては芸能界へも影響力を波及させようとするプラトン社の後押しがあったということも考えられる。
(三九四) **拝手致しました**　「龍門党異聞」帝劇上演の際の寄せ書き。一〇八　乱歩書簡参照。

〔一一〇〕
(三九五) **龍門党**　不木の戯曲「龍門党異聞」の帝劇上演。

〔一一一〕
(三九六) **御旅先より度々の御芳書**　六月から乱歩は富山から新潟にかけての日本海沿岸を旅しており、「押絵と旅する男」を書く契機となった蜃気楼で有

新青年の方と兼任ですから之で失礼します

最後の説明幕がないので残念でしたが棺を開いた時は拍手でした

甲賀三郎(三九〇)

乱歩(三九一)

河合が妙なしばられ方をしてゐます

平山蘆江(三九二)

一〇九　不木書簡　五月二十六日　ハガキ

拝啓其後益御健勝の事と存じます。芝居について一方ならぬ御骨折をして下さいました由、横溝兄から承り感謝に堪へません(三九三)(。)厚く御礼申上ます。寄せ書もうれしく拝手致しました(三九四)。この機会に上京して皆様に御目にかゝりたかつたのですけれど、気候の加減で上京の勇気も出ず失礼しました。

名な魚津に寄っているのもこの頃で、乱歩直筆の書簡集目次でも、「放浪中旅先よりのハガキに対する礼。魚津に行きし時」とある。新聞報道の近況はポイントが広がり曖昧になったが「よみうり抄」の六月十五日記事に、「越後方面旅行中」とあり追跡は終わっていない。そして乱歩が、物語にこだわりながら筋のない物語に行き着いてしまった〈大正文学の死〉である芥川の死（昭和2年7月24日）を報道で知るのも、日本列島の背骨に当たる、この〈裏日本〉の日本海沿岸を旅していた頃に違いない。

[一一三]

(三九七)　昔の浄瑠璃作者のやうにして　この「浄瑠璃」は、もとは人形浄瑠璃のことだが、それが歌舞伎に移されるように、歌舞伎脚本と考えたほうが解りやすい。「狂言」が歌舞伎芝居の意味で使われるのと同様な用法。昔の歌舞伎作者は、作品を総監修の師匠が弟子達に大まかな筋を話したうえで、弟子達に部分を工夫して作らせ、それを最も巧い按配に配合するのが腕の見せ所であった。つまり複数による合作だったのだ。劇作家だった国枝はもとより、劇作家として新人の長谷川伸も土師清二も、こうしたことは、お手の物であった。

(三九八)　如何でせうか　国枝としては不木との合作は大歓迎だが、できれば、乱歩抜きの少人数が望ましかったに違いない。

(三九九)　日本でははじめてゞ御座います　確かに歴

来月の当地の二十一日会には久し振りで拝顔したいと思ひますが御都合如何でせうか。
御令室様によろしく。

〔昭和二〕五月廿六日　不木

一一〇　乱歩書簡　六月八日　ハガキ

足尾の山へさまよつて参りました。これからどこへ向ふか当てもありません。
(三九五)龍門党は面白く拝見しました。

乱歩

一一一　不木書簡　六月二十九日　ハガキ

史的なことだった。スランプの乱歩を励まし自分にとっても新局面を模索する不木だったが、しかし、この壮大な明るい展望は、尋常な明るさとは思えない。なお耽綺社結成の理由は、新派の喜多村緑郎より探偵劇の依頼を受けたことが契機だった。

（四〇〇）国枝氏と小生合作で書くことに申出ました　国枝は二人だけで合作したいのが本音であり、不木は、そんな国枝を当て馬に乱歩を仲間に加えようとしているのは明らかだと思われる。正史宛の手紙で既成事実を作って行く手口は、乱歩の処女出版の時（〇三一　不木書簡77頁）と同様の、乱歩を逃げようもなくさせる、不木の先手を打った常套手段であった。躁状態の時の不木は、大変に強引で、頭の回転が速く、行動もすばやい、それでいて落度のない、普段の不木とかなり違った性格だったのではないかと思われる。

（四〇一）御転送を乞ふ）とあり　乱歩は当時、十月から十一月にかけて、京都、名古屋方面を放浪中だった。自伝の「昭和二年度の主な出来事」の月ごとの細目の【十一月】に次のような記述がある。「二日附にて小酒井不木氏より留守宅に耽綺社設立の相談の手紙来たる。同月、名古屋在住の小酒井不木、国枝史郎両氏のほかに、当時京都在住の長谷川伸、大阪郊外の土師清二両氏を誘い、私を加えて五人の大衆文芸合作組合『耽綺社』構成さる。後に長谷川氏の勧めにて東京在住の平山蘆江氏を同人に加う」とある。これは後の結果を含めての乱歩のまとめで

東京府、戸塚町下戸塚六二
　平井太郎様

御旅先より度々の御芳書(三九六)うれしく拝誦致しました。
北国の風光は定めし大兄の詩嚢をふくらませたこと、存じます。
この夏一度御西下は如何。
新舞子へでも行つてゆつくり御話したいと思ひます。
〔昭和二〕六月二十九日　不木

一一二　不木書簡　八月二十日　封筒便箋2枚

拝復其後とんと御無沙汰申し訳ありません。近頃は御健康御恢復のよし何よりに存じます、私も御蔭で無事暮して居ります。
毎日検印の御立会恐縮に存じます、今後も折々御迷惑をかけるこ

ある。

〔一一四〕

(四〇二) 長谷川氏　長谷川伸のこと。

(四〇三) 鉄砲でも来い」といふ気がします　この楽観主義には、いつもながら驚かされる。賑やかなのが大好きな不木の、人を集めて何かをやるという嬉しさが溢れている。この合作組合は、結果的に流行作家が名古屋に集まるには、原稿料は高いにもかかわらず、手間賃が合わないで終わったが、長谷川伸をはじめ年長作家が、病身で遠出ができない不木を、その死に到るまで、いたわり慰めるうえでは大いに役立った。耽綺社の纏め役だった不木を、同人達は「社長さん」と親しみをこめて呼んでいた。

〔一一五〕

(四〇四) 奥さんを大切にして下さい　乱歩夫人・隆子は胆石のため病床にあった。乱歩自筆の書簡集目次の後註によれば、「久しく家を留守にせし為、妻病気となり、電報により帰郷す。以下下戸塚宛」として、十二月八日書簡以下がある。つまり経済的な保護だけをして妻子を放置して家を留守にする乱歩へのストレスが、隆子夫人を病気にしたのである(一一六　不木書簡228頁参照)。そうした意味で乱歩は「奥さんを大切に」しない人だった。

(四〇五) 寸楽　不木が常用していた名古屋市内七本松の料亭で、正式名称は寸楽園。この寸楽と宿泊の

と、存じますがどうぞよろしく願ひます。

探偵小説界も落つくところへ落ついた観があります。当分沈滞のま、過ぎて行くことと思ひます。

新人の活躍を期待して居るのですが、一向出現せず、さりとて致し方のないこと、存じます。

この秋、遅くも新年号までには大兄のすばらしい作品に接したいと思ひます。御健康を切に祈上ます。

〔昭和二〕八月二十日　小酒井光次

江戸川兄

一一三　不木書簡　十一月二日　封筒便箋4枚

拝啓その後御無沙汰致しました。

偖突然のことですが、探偵小説界も大衆小説界もどうやら千篇一律

ための大須ホテルは、耽綺社の同人や編集者に大変利用され、特に、この大須ホテルは乱歩のお気に入りであった。自伝に次のようにある。「そのホテルの奥まった別棟の、薄暗い二階座敷二間が『私の部屋』となっていて、いつもそこへ案内された。（中略）部屋そのものも他の部屋と全く隔離され、陰気に静まり返っていて、昔のおいらんの幽霊でも出そうな、好もしい感じがあった。私はその部屋が気に入って、いつもそこに泊まることとしていたが、あるときの耽綺社の会合は、そこで催したこともある」。ここが正史に原稿が書けなかったとして、「押絵と旅する男」の初稿をトイレに捨てたという曰く付きの宿である。この時期が「昭和二年の末」とあるから、この頃であろう。正史は翌三年一月の『新青年』に「あ・てる・てえる・ふぃるむ」を乱歩名義で代作しているのは、このためであろう。このホテルは元遊廓をホテルに変えたもので、相方と花魁が刃物で心中した時の、噴き上げた血による血天井も残っており、まんざら「おいらんの幽霊」も誇張ではない。正史が後に書く「真珠郎」の舞台となる、元遊廓を湖畔に移し建てた血天井も残る「春興楼」は、この大須ホテルがモデルに違いあるまい。正史の無意識の中では、正史著「真珠郎」の春興楼の雪隠に乱歩が「押絵と旅する男」の初稿を捨てたのだ。赤江瀑の「獣林寺妖変」の血天井も、おそらく、この春興楼がモデルであろう。

（四〇六）喜多村氏　新派役者の喜多村緑郎（明治4

になつて来ましたから、この際どうしても局面を展開する必要があります。それについては本当の意味の合作をして二人以上の人が十分練り合つて、昔の浄瑠璃作者のやうにして、(三九七)い、ものを多量に製産するに如くはないと思ひます。そこで国枝氏と相談した結果双方非常に乗気になり、国枝史郎氏は土師氏を誘ひ小生は大兄を御誘ひ致しこの挙に賛して頂きたいが如何でせうか(○)無論各自単独のものを発表することは従前通りにして、或は若し都合よかつたならば当分合作専門で進んでも、大衆を喜ばせさへすればよいと思ひますが、如何でせうか。(三九八)差し当りこの四人でないと一堂に一定期日間参集することが出来ぬのですから、殖す必要あれば後に殖すとして、とに角素破《ママ》らしい作品を提供したいと思ひます。先に連作をやりましたが、連作は尻取りですからいけません。本当の合作をして若し成功すれば大衆文芸界を一時風靡し得ると思ひます(○)又それ位の意気込がなくてはなりません。探偵小説と髷物及び大衆劇といつたものを

~昭和36)のこと。壮士芝居・書生芝居の創始者たちが明治期に亡くなり、大正初めに現在の「新派」の原型が作られる。その頃に伊井蓉峰と河合武雄と並び「三巨頭」と呼ばれた新派の大御所。河合と共に女形だったことが、後の新派の性格を特徴づける。真山青果(明治11~昭和23)が有名な原稿二重売事件で文壇から放逐時代、その才を惜しみ新派の劇作家として復活させた功労者。佐藤紅緑、泉鏡花、谷崎などを新派の写実的向上のため招き、新脚本を多数創作させたことでも知られる。耽綺社が出来たのも、探偵小説マニアの喜多村が探偵劇を依頼したのが契機である。花柳章太郎の師。その遺著『喜多村緑郎日記』(昭和37年演劇出版社刊)は大正十二年から昭和四年までの日記で、芸道に精進するため、俳句に没頭することや探偵小説に夢中になることを戒めながら、書き綴られた身辺雑記と句日記であり読書録および映画録。俳句は碧梧桐系の自由律俳人。探偵小説趣味は新派に探偵劇が古くあることからも影響されたと思われるが、相当なファンで、乱歩の『心理試験』も発売と同時期に、すぐさま購入している。ルパンやホームズはもちろん、ビーストン、コリンズ、ルヴェルの『夜鳥』なども、新刊、古本屋歩き、露天の夜店で見つけ、探偵小説を一日五冊も買うことがあった。長年新派劇に脚色したいと探求の『金の三角』(おそらく大正11年刊の金剛社版)が見つかり、寄り道なしに帰宅したり、『探偵趣味』の翻訳評論で、ルルーの「黄色い部屋の謎」が「近

も製産したいと思ひます。西洋の大衆小説合作はヂューマ、探偵小説の合作はリースやスーヴエストルなどすでにやつて居りますが、日本でははじめてゞ御座います。（三九九）

二月号から私は新青年に長篇を約束しましたが、若し出来たらこの合作で行きたいのです。とに角この手紙と同時に横溝君へ、大兄たちの御賛成なくとも国枝氏と小生合作で書くことに申出ました。（四〇〇）いづれにしても大兄の御意見を御伺ひ致したいので御座います。一方に於ては創作的の修行にもなり、単独でもいゝものが書ける気が起きるかも知れません。とに角御賛成を切望します。

とりあへず右まで。

〔昭和二〕十一月二日　小酒井不木

江戸川兄

〔下戸塚宛。自宅より京都カモ川べりの宿へ転送されしもの〕

〔封筒の表に（至急）（若し御不在ナラバ御旅行先へ御転送を乞ふ）

代の傑作」とされているのを読み、「自分の頭の矢つ張り間違つてゐなかつた事に会心の笑がもれる」ような探偵小説マニア。ルパンやホームズも「保篠の」「和気の訳」と記すあたりに、訳者についても一家言を持っていたことが解る。映画も洋画を中心に多数観ており、チャップリン、ロイド、キートン、フェアバンクスは当然として、ドイツ表現主義もロン・チャニーの映画も贔屓のようで、「メトロポリス」は再度見て感嘆している。不木についても以前からのファンで、大正十四年十月二十一日の項目に、「小酒井博士の訳したものは同じ博文館のものでも、流石にいいところがある。『真夏の惨劇』（ウヰリアムス著、大正14年博文館刊）は、ある文章に力をもってゐる。予想もしない事が再三出てくる。然し物事は、さうした方が却つて興味がある」と評し、並でない鑑識眼を感じさせる。不木と初対面は、日記で見るかぎり大正十五年八月二十二日で、不木脚本「パレットナイフ」演出のため度々会ったのが最初。二十日に脚本が届くが、これが「読んでみると、実に、舞台は新派のそれである。甚だ拙なるものといへる。／言葉の不用意といつたらない。構想も、いつもの小酒井（言葉は、いつもうまくないが）氏の書くべき医学上の問題をとりあつかつたものでないのが第一に飽きたりない。／出来るだけよく理解して猛烈に訂正を加へた」と、普段の不木らしからぬものを感じている。新派に新風を期待する脚本のため「新派のそれ」であってはならないというのが喜

とあり」(四〇一)

【封筒表書き】至急

若シ御不在ナラバ御旅行先へ御転送ヲ乞フ

一一四　不木書簡　十一月十日　ハガキ

御ハガキと御手紙只今拝手致しました。土師氏が賛成だつたことは国枝氏にき、ましたが、今長谷川氏(四〇二)の賛成を得たのは実にうれしく思ひます。愈よ五人組が出来上りました。「矢でも鉄砲でも来い」といふ気がします。(四〇三)合作は先夜も申上ましたとほり十五日から始めたいと思ひますので十四日の晩までに来て頂ければ幸甚。然し御都合もあること故御都合を御知らせ下さい。

長谷川氏十一日出発とあつては手紙も出せず、恐れ入りますが、大

多村の面目躍如。会ってすぐさま「脚本について突込んで質問をすると、結局、プランを立てて潮山と云ふ弟子のやうな男に書かせたと云ふ訳であつた」とある。怖い読者がいたものである。配役を喜多村は「素人芝居といつた方が当を得ている」と記すが、主演の山田九州男は、後の山田五十鈴の父であった（山田が田舎芝居の座長だったわけでなく、新派界の中堅なのだが、新派の頂点の喜多村からすれば素人に見えたという意味である）。この一座をビシビシ鍛えて、何とか舞台にしたのが第一回目の不木との出会い。

（四〇七）あの脚本　「残されたる一人」を指す。次に喜多村が不木に会うのは昭和二年二月八日だが、これは名古屋に寄った挨拶。そして今回の耽綺社脚本の時代物「残されたる一人」（『サンデー毎日』昭和2年12月18日）になる。名古屋新守座での上演は翌三年のことだが、スタッフの顔合わせは二年の暮れからで、十一月二十五日の緑郎日記の記述に、「小酒井氏の書斎にゐると、いつみても、『人間椅子』を感じられる、偉大ないすを見る。今日はそれにかけると、大分に『バネ』がゆるんでゐた」という記述があり、以前たびたび来ていた模様である。十一月二十八日には、「土師に会ふ、小酒井、（ママ）に会ふ。かくも、ある機会の来る事を、歓迎しずにはゐられない。／佐藤紅緑が、三人（伊井、河合、自分）へ何か書くといつて居たといふ噂。国枝氏が、送つてきた脚本。大衆作家のこの脚本、新派も存在

兄から、東京宛にこの事通知して下さいませんか。とりあへず。

小酒井光次

〔昭和二〕十一月十日

〔京都市丸太町橋西詰　山水舘内　平井太郎宛〕

一一五　不木書簡　十二月八日　封筒便箋3枚

御手紙拝手しました。どうぞ奥さんを大切にして下さい(四〇四)。

私たちは昨日寸楽(四〇五)に会して、昨日と今日と二日に喜多村氏(四〇六)と共にあの脚本(四〇七)の修正を致しました。さうして、十二月の例会は、一先づこれで片つけ、来春新守座上演の時期に会合することにしました。さうして、土師氏、長谷川氏は明朝それぐ\大阪京都に帰られます。大兄の不在のために打切つたのでなく、土師氏にも、長谷川氏にもそれぐ\用事があり、且つまだ註文がないから、来月ゆつくり（長い期間）会合しようといふ魂胆ですから決して御心配なく願ひます。

はみとめられてゐる」と、やっと地固めができた新派の世界に対しての感慨がこめられている。敬称がつくのは谷崎・鏡花・小山内・荷風・岡鬼太郎・小林一三クラスだけで、久保田万太郎も里見弴も、寺嶋でしかない六代目菊五郎も、また当然、真山青果も川口松太郎も、すべて敬称抜き。そのなかでの「国枝氏」は、やや劇作家に敬意を表したためであろう。劇作家の紅緑はもとより国枝が文壇人だったことをよく表す記述。確証はないが、この脚本は国枝が書いたものだという含みもあるのかもしれない。ただし新派は座頭演出者制で、座頭が演出家を兼ねていたから、どちらかというと脚本家より座頭のほうに発言力があり、演出の都合で座頭によって脚本は変えてもいいものであった（脚本通りの上演は一つとしてないはずである）。舞台稽古は翌三年の一月十四日から、他の公演などの合間を縫いながら、それでも気を抜かず、かなり厳しい駄目出しがあったことが日記からうかがえる。本公演は一月十七日を初日に二十二日千秋楽。楽日は昼夜売切れの大盛況であった。

（四〇八）物足らぬ気がしました　「残されたる一人」のため一堂に会した耽綺社スタッフ顔合わせの写真撮影。七日当日の緑郎日記は「今日の寸楽の会合では、何れも、ラブシーンを、気まりがわるいから、などとかたづける人たちだつた。それは合作であるから、かういう事も口にするのだと思つた。一人で書くのだつたら、かなり甘いことを書ける人たちで昨日写真を各新聞社がとりましたが、大兄の不在は物足らぬ気がしました。(四〇八)こんど皆が揃つた時に撮つてそれを読売新聞にでも送らうといふことになりました。

さういふ訳ですから、どうか奥さんを十分看護してあげて下さい。

さうして暇が出来ましたら、合作の方の原稿を御書き下さい。

二人の方のは私も考へつゝあります。(四〇九)何とかして、今迄試みられないつかみどころを見つけたいと思つて居ります。奥さんともよく御相談下さつて、名古屋住ひのことを実現して下さい。私もその御都合で、家を探しますから。(四一〇)

横溝君に御逢ひになりますか。御逢ひになつたら、「耽綺社同人」といふ文字を五人の名の肩書に入れて下さるやう御話し下さい。さういふ風に相談がまとまりましたから。(四一一)尤もこのことは私からハガキを出します。

御健康と一日も早き御来名を祈りつゝ。

ある筈だ」と、芸道には厳しい緑郎の独り言。

(四〇九) 私も考へつゝあります　不木と乱歩の合作のこと。後の掌編「ラムール」（『騒人』昭和3年1月）「屍を」（『探偵趣味』昭和3年1月）となる。

(四一〇) 家を探しますから　これ以降、乱歩を名古屋移住させようとする矢の催促が、不木の死まで続く。その懇請は、何か異様なまでのくどさを感じさせるが、原因はおそらく、この年七月二十四日の芥川の死が大きいと考えられる。不木は乱歩を、当時の日本で屈指の天才と考えていることは、書簡でも明らか。いっぽう不木の考える精神医学は、当時の主流派のロンブロゾーから影響を受けており、二年後に原著が出版されるクレッチマーの考えですら最先端であった。不木はクレッチマーを知らなかったはずだが、メランコリックな気質が天才的才能を持つ場合、鬱状態の自殺の可能性を予感させる契機となったのが、芥川の自殺でなかったかと考えられる。自殺に到らないまでも、ポーのような自暴自棄的な死が予感されたに違いない。それを防ぐためには、いったんは作家的成功のために東京移住を奨めながら、今度は反対に、孤独と喧騒の東京から離して、医師でもある自分の側に置くことが、最善であると考えられたのであろう。そのため、乱歩のいない寂しさとの相乗効果によって、この時期以降、執念深いほどの催促となると考えられるのだ。こうした不木のリアクションに対して、いまだ東京を離れがたい乱歩は、しだいに言葉少なくなっていく。また、

〔昭和二〕十二月八日夜　小酒井不木

江戸川兄

〔下戸塚宛〕

一一六　不木書簡　十二月十四日　封筒便箋3枚

御手紙拝誦しました。奥さままだ御悪い由心配です。然し胆石発作のこと故そのうちには治まることゝ存じます（四一二）。嘸々心が重たいでせうが、今暫らく辛抱して下さい。

合作の方御着手下さいました由感謝します。合作についての非難は私のところへまだ誰も申して来ません。大兄のところへ言つて行くのは言つて行く人が卑怯な気がします。尤もそれには色々の意味がありませうが、とに角悪《ママ》にいはれるのは予て覚悟の前、今に征服し

不木の、そうした乱歩への傾倒に対して、国枝が不木と親密になるため採ったのが、隣同士に別荘を建てるという対抗策であったと言えるであろう。

（四一一）相談がまとまりましたから　当時としても異例のことである。さすが「社長」のアイデアと思われる。不木が発案者でなかったとしても、それをすぐさま実行してしまう不木の行動力は、やはり並の才能ではない。しかし、これはおそらく、乱歩の意思とは反するものであっただろう。

〔一一六〕

（四一二）こと丶存じます　乱歩夫人の胆石による、心の焦燥からくるヒステリーを指すと思われる。渡辺啓助の直話によれば、こうした隆子夫人のヒステリーを、まわりでは「お隆旋風」と呼んだらしい。

（四一三）こだはらずに書いて下さい　前記の「卑怯」は不木の過剰な反応であろう。周囲から悪く言われてもかまわないという、我がほうに正義があるとする不木の確信からきた言葉で、結社を維持するために少し強引で排他的な「社長」の意見。自筆の書簡集目次に「合作不賛成の意をもらせしに対する返事」とあり、乱歩が不木の顔を立てながらも、なかなか合作に同意していなかったことがわかる。

（四一四）するに限ります　狼の群の中からノイローゼ気味の〈子羊〉の乱歩を、何とかして救い出さねばならないかのような使命感が感じられる。「名古屋はさういふことを耳にしないだけでも住みよいと

てしまひますから、少しもこだはらずに書いて下さい(四一三)。やつぱり名古屋はさういふことを耳にしないだけでも住みよいと思ひます、何とかして名古屋在住を実現して下さい。世の人々は大抵は何か目的をもつて言ふのですから、聞いても聞かぬ振りをするに限ります(四一四)。

サンデー毎日に愈よ発表されました。来月の新守座の二の替りか三の替りに出るのですから、その時は勢揃ひすることになつて居ります(四一五)、奥様の御病気が一日も早く快癒に赴くやう祈ります。

今朝長谷川氏から、奥さんの御病気を心配した手紙が来ました(四一六)。十五日上京される由いづれ御逢ひのこと、存じます。

註文はまだ来ませんが、大ぶ註文される機運は醸されて来ましたから御安神下さい(四一七)。

「飛機睥睨(四一八)」の第二回の原稿出来次第御送りを願ひます。同人連中は、新青年の〆切にさへ間に逢へばよいと思つて居るのですから、その

思ひます」という言葉には、近代都市として発展し孤独や不安を生み出す東京と、探偵小説がジャーナリズムに取り上げられる中で生まれてきた弊害に対する、不木の批判がこめられている。

(四一五)することになつて居ります　「残されたる一人」を耽綺社同人で総見のために集まるということ。乱歩夫人の病気もあって、是非とも来いと書かないところが、不木の心遣い。

(四一六)心配した手紙が来ました　人情の機微に触れた苦労人の長谷川伸らしい心遣い。

(四一七)御安神下さい　「註文」は、耽綺社合作への注文のこと。出版社側としては、合作よりも個別の原稿が欲しいため、物珍しい最初はともあれ、後期には、しだいに敬遠されるようになる。

(四一八)「飛機睥睨」　後の『空中紳士』(「飛機睥睨」『新青年』昭和3年2～9月号)のこと。乱歩も参加の十一月十九日例会で筋立てを決めた作品。改題は乱歩の命名による。旧題のほうがよいという意見があるにしても、単行本に際しての、このモダンでスマートな改題は、やはり単行本の売行きを伸ばす意味で成功していると思われる。この単行本は岸田劉生の片腕とも言うべき河野通勢(つうせい)の装丁で、時代小説の挿絵や装丁としてはあったが、いわば白樺派の装丁家や挿絵画家であるために、探偵小説の本としては異例の計らいと思われる(連載の挿絵は坪内節太郎)。河野は当代随一の南蛮趣味が描ける画家だった。支那趣味も得意とし、代表作に

ことは少しも心配なくやつて下さい。

十五日放送のよし、来月はこちらで我々五人が放送することに先日内定しました(四一九)。近く放送局にかけあひます。

早く名古屋へ来て下さるやうに。

奥さまによろしく。

〔昭和二〕十二月十四日　小酒井光次

江戸川大兄

一一七　不木書簡　十二月二十四日　封筒便箋2枚

拝啓

電報只今拝受、実にうれしく安神しました。明後二十五日には受取ると思ひますから即日書き直して、二十六日には新青年に発送します。どうも有難う御座いました。

長与善郎の戯曲集『項羽と劉邦』の装丁・挿絵がある。

(四一九) 先日内定しました　十二月十五日放送の「探偵小説の夕」と題すラジオ番組。雨村の「探偵小説について」、甲賀の「面白い探偵小説」という、それぞれ講演の後、「探偵小説が出来るまで」という乱歩・甲賀・正史・水谷に司会の宇陀児という座談に、探偵趣味の会合作の探偵劇「カフェー奇譚」を声優が演じるものが後半にあって、全部で二時間ほどの番組だったという。名古屋分会のラジオ放送については、詳細不明。

〔一一七〕

(四二〇) 浜本氏　作家・浜本浩（明治24～昭和34）のこと。浜本は愛媛県に生まれ博文館に入社後、南信日日新聞、信濃毎日新聞、高知新聞の各社記者を歴任し、大正八年から改造社京都支部長であった。その後、昭和七年に作家専業となり、映画化もされた「浅草の灯」などを残した。

(四二一) ポオの翻訳　乱歩名義だが、これは渡辺温と渡辺啓助の訳。温が原書を目の前で縦裂きにして「これが、あなたの分」と、本の半分を手渡されたという、啓助の直話。名訳として大好評であった。

(四二二) 中川芳太郎先生　英文学者（明治15～昭和14）。漱石門下で『文学論』（明治40年刊）の筆記者。名古屋生まれで明治三十九年東京帝大文科大学英文科卒。明治四十一年に八高教師に就任。

一昨日改造社の浜本氏(四二〇)来談、大兄にポオの翻訳(四二一)を御願ひした由、愉快此上もありません。名古屋には八高の中川芳太郎先生(四二二)が見えますから、むつかしいところはいつでも教へて頂けますから、こちらで着手して下さい。

奥様の御病気如何ですか、浜本氏の御話では先日奥様が電話へ出られたとの事、ではもうよくなられたこと、安心した次第です。

喜多村氏の我々の芝居は、二の替り即ち八日か九日にはじまるやうな話もあります(○)それで、七日か或は六日にでも集まらうかと思ひます。伊井喜多村一座(四二三)は元日からはじまりますから、いづれ決定次第報知致します。上旬（五日後）に御出立出来るやう都合しておいて下さい。それから耽綺社同人で伊井喜多村両氏へ引幕を送つてはとの議があります(四二四)、御賛成下さいまし。

横溝氏へは第二の原稿を送り次第稿料をもらふやうしたいと思ひます。

（四二三）伊井喜多村一座　伊井蓉峰（明治4～昭和7）は河合・喜多村と並んで新派の草分けの一人。芸名は「いい容貌」のもじりで、明治・大正きっての二枚目役者。明治二十四年に、明治維新以来、日本ではじめての男女混合劇に出演したパイオニア。小山内が学生時代、蓉峰一座の翻訳劇の演出をしていたこともあった。「二の替わり」というのは、一座公演の上演期間で、二番手に演じられる演目である。人気劇団では演目が増えるのが通例。「七日か或は六日」というのは、二の替わりの初日前に集まろうという意味である（実際は三の替わりになり、一月十七日初日、二十二日千秋楽となる）。原作者一同で総見するのは当然だが、相手が大物二人だけに、それなりの心遣いがあったと思われる。

（四二四）議があります　贔屓筋が役者や一座に送る引幕のこと。当時は小芝居が揚幕の〈緞帳芝居〉として下賤とされ、引幕が上層の一流劇団が用いてもよいという、認可制のものであった。

（四二五）御届けしたいと思ひます　合作ではあったが「飛機睥睨」は、アイデアを同人皆で話し合い、最終的に執筆したのは乱歩であった。そのため原稿料を急いで送らせるという意味である。夫人の病気のための出費もあることを考えて、乱歩の懐具合を大変心配しての不木の配慮であろう。

［一一八］

（四二六）ひきつけると思ひます　他人のアイデアと筋さえあれば乱歩に書けたのは本当であるが、それ

さうして着きましたら直ちに発送し年内に御届けしたいと思ひます。(四二五)
それとも大兄年内に御出名は出来ませんか。色々話したいこともあ
ります。
とりあへず右。　不木拝
〔昭和二年十二月廿四日〕
江戸川兄

一一八　不木書簡　十二月二十五日　封筒便箋2枚

御手紙及び玉稿正に拝手、玉稿息もつがずに読了、更に二回繰返しました。侯爵の死体のあらはれ方の巧みさよ。竜子が人形を出すあたりは、誰が読んでも大兄の筆であることを知ります。もうわかつてもかまはぬと思ひます。暗々にわかつた方が却つて読者をひきつけると思ひます。(四二六)
嘸々骨が折れたでせう。なまじあの様な筋書きがある為大兄を苦し

は合作という匿名性があったからこそできることで、自分の作品となると、筆が鈍る乱歩の性格であった。つまり、自分の書いた作品でありながら、後の『空中紳士』を、自分の作品としては認めたくないという心理が、乱歩のなかにあったのである。このことは、自伝のなかでも、ほとんど合作について愛着を持って語られないことでも、また生前の全集に収められることが少なかったことでも明らかである。しかし不木としては乱歩健在を誇示したいのが当然で、それは編集長の正史にとっても同様であり、また『新青年』の営業としても、乱歩の執筆という明記が、合作表示と別に欲しかったのも事実であった。

(四二七) 筆写が終つたら返送致します　自筆の書簡集目次には、「江戸川の稿を岡戸武平君が浄書する事になつてゐたらしい」とあり、清書が岡戸と分かる。岡戸は新聞社を退職し、フリーの立場で不木の助手の仕事をしていた(岡戸武平『全力投球』〈昭和58年中部経済新聞社刊〉より)。『蠢く触手』(昭和7年新潮社刊)を乱歩名義で岡戸が代筆するのは不木の没後のことである。

[一一九]

(四二八) 七百四拾九円 (**一〇七枚**) **を得ました**　一枚につき原稿料七円というのは『新青年』として破格の値段。それ以前の乱歩の原稿料が、好評の「パノラマ島奇談」でさえ四円であり、この高額は、売

めるやうな気がして何とも御気の毒に思ひます。本当に死体の紛失など、筋立てのときは漠然と考へたゞけで、不合理この上もありません。竜子と謡子とがはつきり描き出されたので、筋で考へたよりもはるかにい丶ものとなりました。狂女となつたので、すつかりあの人物が古くなくなりました。その他の伏線みなうなづかれます。私の記憶する限り前回と牴触するところなく、今晩筆写に取りか丶つてもらひます。多分明日の夜は発送出来るでせう。原稿は筆写が終つたら返送致します。(四二七)

とりあへず一寸。

〔昭和二〕十二月二十五日夜　　不木拝

江戸川兄

一一九　不木書簡　十二月三十日　封筒便箋2枚（耽綺社封筒）

れっ子の大衆作家合同によるための正史の配慮だが、もうひとつは、乱歩の懐を心配した正史の英断であったと思われる。正史は不木から、執筆者の取り分を聞いていたであろうから、半分として、前の四円より低額だが、決して安い原稿料ではないという計算をしたと考える。後に正史は「陰獣」で乱歩の原稿料を八円まで上げ、事後承諾に博文館へ戻り、その金額を納得させるために、随分苦労している。雨村に話しても、その一存では決められず、編集局長の長谷川天渓まで話を持ち上げて、やっと許可が下りたのが八円だった。つまり七円は、大家連名（それぞれ当時、一流新聞に連載していた）の合作だから博文館も出さざるを得ない額であり、そのことが『新青年』での乱歩の原稿料値上げにもつながるのである（乱歩自筆の書簡集目次には「一枚七円也」と特筆されている。乱歩にとっても意外な高額原稿料であったことが分かる）。しかし結果的にそのことが、低予算でしか編集できない『新青年』が、乱歩の原稿を頼めない状況を作ってしまうのは、皮肉なことであった。昭和四年以降、講談社などの大雑誌で活躍するようになると、乱歩の原稿料は上がり続け、『新青年』が、予算の関係で、そうやすやすとは頼めないのは当然であった。乱歩は『新青年』から依頼がこないのを、モダニズムとナンセンス化のために自分が不必要になったためと誤解していたが、本当の理由は、こうした経済的理由だったのである。

御手紙拝誦しました。

本日飛機睥睨稿料二回分

七百四拾九円（一〇七枚）を得ました。（四二八）

で大兄の分半分

三百七拾四円五拾戔

このうち、拾九円弐拾八戔　寸楽第一回及び挨拶状等の費用五分ノ一

残り、三百五十五円弐拾弐戔となります。

で、三百五十五円電報為替で送りました。

何だか私たちは大兄にすまぬ気がしますが、そのうちにはみんなが

忙しくなると思ひますから我慢して下さい。（四二九）

とりあへず。

〔昭和二〕十二月三十日　　小酒井不木

江戸川大兄

（四二九）**我慢して下さい**　アイデアの枯渇によって乱歩が書けないと考えた不木は、合作集団を作ることで、適材適所の発想も生まれ、乱歩も書けると信じていた。このことは、半分は当たっていた。確かに乱歩は、話の筋があれば、それをうまくアレンジして、より面白くすることもできたし、原稿も以前ほど停滞しないで書けた。また、それによって収入も得ることは乱歩にとって、有難いことに違いなかった。しかし乱歩の気質からくる物語は、デビューして四年で出し尽くしていたのが正確であろう。後は、その気質からの、装いを変えたマンネリズムであるのは仕方がないことであった。次が出ないというより、既に終わってしまったのである。「パノラマ島奇談」と自己批評であり自己抹殺を企てた「陰獣」が、その集大成であり、以降は借り物であったに違いない。不木が「すまぬ」というのは、こうしたやり方だと書けるのだから、「社長」として、原稿注文を取ってこられなくてすまないという意味である。そのうえ半分をアイデア料として同人各位に配分して「すまぬ」という意味でもある。しかし、これ以降の乱歩は、同人会にもあまり出席せず、執筆もしないで配当を受けているので、そのことが目的でなかったにしても、結果的に一番得をしたのは乱歩であったかもしれない。

昭和三年

一二〇　不木書簡　一月二日　封筒便箋3枚

御手紙拝見しました。小此木氏(四三〇)に診て貰はれし由、さういふ状態では憮不愉快のことゝ存じます。鼻茸があるとすれば、先づ鼻茸だけとれば非常に楽になると思ひます。三つとも(四三一)一時に手術するのはどうでせうか。これは無論専門家の意見に従はねばなりませんが。この辺のところよく相談なさつて下さいませ、鼻茸の手術は一両日でなほつてしまふ筈です。蓄膿扁桃腺の手術もそんなに時日はかゝらぬものと思ひます。で、たとひ今すぐ手術を受けられても合作の執筆には差支ないと思ひます。

若し大兄が名古屋で手術を受けられるやうでしたら、八木沢教授(四三二)にたのみ病室も都合してもらつて、出来るだけの便利をはからひます。

［一二〇］

（四三〇）小此木氏　耳鼻科医師と思われるが不詳。

（四三一）三つとも　鼻茸と扁桃腺と蓄膿症の三つだが、詳細は後述（注〈四三四〉）。

（四三二）八木沢教授　医大の先生だろうが不詳。小此木氏にしても、敬称が付いているだけでなく、同じ医学者として、不木に何らかの面識があったのだと思われる。

（四三三）その点は都合がよいと思ひますが　通常の場合、そんなに長期の入院になるものではない。合作のために入院するのではないのだから、わざわざ手術のために東京から名古屋に行くという論理は、本末転倒で破綻している。

（四三四）誰でもよいと思ひます　ところが、そうではなかった。乱歩は不木の言葉に従い、誰でもいいと考えて、小此木医師のところへは行かず、下谷の高橋病院に入院する。乱歩はこう記している。「院長の高橋研三という人は、ドイツでドクトルを取った民間学者で、大学系の学者からは、山師のようにいわれていた。高橋ドクトルは堂々とこれに反駁して、学会などで、盛んに自説を主張し、著書もあった」。乱歩は、こういうタイプにとても弱い。在野の反骨精神に、つい共感してしまうのだ。「どういうきっかけで、この病院を選んだのか、今では忘れてしまっているが」と、前置きがありながら、絶対に、この高橋ドクトルの「著書」を読んでいたのに違いない。そして、かなり共鳴したのであろう。特たゞさうすると奥様が心配なさるで、これは強ひてすゝめることも出来ません。名古屋でしたら、大兄が病床に居られても、小生がそばへ行つて合作すればやれますから、その点は都合がよいと思ひますが、(四三三)合作ゆゑに色々な不便をしのんでもらふのは心苦しいですから、この点はたつてとは申しません。東京では名医がいくらもありますけれど鼻茸や蓄膿や扁桃腺肥大の手術は、少し経験の積んだ人なら誰でもよいと思ひます(四三四)。

合作はなるべくなら大兄が一貫して書いて頂きたいですが、やむを得ぬ時には他の四君と相談して何とか致します。然し若し出来ることなら、五十枚分を二十枚ぐらゐにした筋書き（?）でも書いて下さると非常に都合がよいと思ひます。

尤も病気の程度にもよりますから、手術後の経過がどれくらゐかゝるものか一度小此木氏にきいて御覧になるとよいと思ひます。

大兄の頭痛は必ずしもそれ等の三つの病の為ではないと思ひますが(四三五)、

にこの高橋ドクトルが乱歩を惹き付けたのには理由があった。自伝によれば、「高橋院長の説では、頬の骨を鑿で削る在りきたりの手術は全く必要がない。鼻腔内の軟骨と粘膜の歪みを整形さえすれば、蓄膿症は自然に快癒するものだというので、あのコツコツと頬を鑿で削られる苦痛を我慢しなくてもすむというところに魅力があった」と記している。本文では二度も書いているように、鑿のコツコツが想像するだけで苦手なのだ。この高橋療法を、乱歩は、「どこかでこの話を聞いて」と、とぼけているが、雑誌の宣伝記事ないしは「著書」で読んだのに違いない。乱歩自伝で、探偵小説に関係ない在野の人にページをこんなに割いている箇所は他にない。高橋ドクトルは四角な縁無し眼鏡をかけた五十年配の人で、乱歩は、そんな眼鏡を初めて見て、さすがはドイツ帰りらしいと考えている。さて、診断の結果は、やはり高橋の見立てどおり鼻腔の歪みからきているから、蓄膿症の手術をしなければならぬという。しかしその前に扁桃腺を取るのが先決らしい。そして「このへんの記憶がハッキリしない」うちに、強引に入院させられてしまう。普段はそんなことで入院などする乱歩ではないが、ちょうどその時、扁桃腺炎のために熱があることも、乱歩を気弱にした。さて、このドクトルの手術だが、「先ず一方の扁桃腺を剔出すると、夥しい出血で、それがゴボゴボと喉へ流れこみ、息も出来ない状態となった。院長は、ビクともせず『喉の奥の方で息をして、静かに静か

然し不愉快のほどは御察ししますから、あまりたえられぬやうでしたら、とに角手術を受けて早く苦痛から脱して下さい。若し名古屋でもよいといふことならすぐやつて来て下さい。その手順を運びます。

〔昭和三、〕昭和三年一月二日　小酒井不木

江戸川兄

一二一　不木書簡　一月十九日　封筒便箋3枚

拝啓　手術の経過如何ですか(○)案じて居ます。

十七日寸楽に会し芝居を見ました。上出来だと思ひます。

十八日渡辺均[四三六]氏来訪、こんどサンデー毎日の増刊号に、六大都市を背景とした小説（ローカルカラーの出た）を耽綺社各位で書いてくれとの事、[四三七]

に』といいながら、看護婦に命じて、縫合器を持ってこさせ、私の喉をパチンパチンと縫い始めた。三針ぐらいだったろうが縫わなければ血が止まらなかったのだ」。そして乱歩は、看護婦二人に病室のベッドまで抱えられ、夫人と友人の岩田準一に介抱されたまま、四、五日は物も言えず食事もできない状態で、一週間目にやっと粥を食べ、少し声も出るようになり、半月かかって、かろうじて退院することができた。退院したというより、逃げ出したというほうが正解だろう。これに懲りて、後の二つは遅くなる。先ず鼻茸は昭和八年三月から四月にかけて入院し、鼻茸が鼻腔をふさぎ、息ができなくなったために我慢しきれなくなって、鼻茸だけの手術をしている。これは「夜の睡眠を妨げられるほど」のもので、この時期の乱歩は「屋根裏の散歩者」で殺される遠藤のように、口を開けて眠っていたに違いない。これは蓄膿症そのものを退治したわけではないから、一年もすると鼻茸が生えてくる。これを我慢し続けて、我慢できなくなった十年五月、作家の平野零児と奥村五十嵐の推薦する小野病院に、二人に同行してもらって入院。この味方が側にいないと病院に行けないところが、乱歩らしい気弱なところ。さて、「鑿で上顎の骨をコツコツやられ」るのが厭さに、その日まで長延ばしにしてきたのであったが、我慢して両方の鼻腔とも手術している。これで、鼻の患いは消えたのだが、この手術のために徐々に顔面の痙攣が、晩年の乱歩を襲うようになっていく。

東京　国枝氏
名古屋　小生
大阪　大兄
神戸　横溝氏
京都　渡辺均氏
横浜　長谷川氏

といふ註文是非きいてくれといふことで大兄の分をもとに角引受けて置くことにしました。探偵小説でなくともよいのですから、若し差支なくば二十五日頃までに十五枚書く用意して下さいませんか。

これについて長谷川氏が上京の上訪問されて話されます。「大阪」がいやならば東京を背景でもよいのです。その時は国枝氏が大阪を書いて下さいます。いづれにしても一寸御耳に入れて置いて委細は長谷川氏が申伝へられます。若し手術のために執筆不可能でしたら、その時のことも長谷川氏と相談して置きました。(四三九)

土師氏は同じ号の中篇を書くさうです(四三八)

むろん神経痛ではないので、痛くはないが、物事に集中する上では、かなり気にかかる後遺症であったといえるであろう。つまり、いちばん最初の不木の理屈は間違いだったが、小此木氏か八木沢教授に頼んでおけば、八年も苦しめられることなく、まず二度目の休筆も難なくやり過ごし、鼻茸に悩まされて、思わず「人間豹」を書いてしまい、またしても三度目の休筆の憂き目に遭うことも無かったかもしれない。しかも乱歩は、第一回目の休筆の時、放浪先の京都で扁桃腺のために高熱を出し、作家デビューを同じくした山下利三郎に看病されている。この時の診断で蓄膿症を発見されているのだが、この扁桃腺炎は、乱歩が幼少期からのものであり、一年に二、三度かならず罹り、高熱を出す周期的なものであった。つまり蓄膿症も鼻茸も扁桃腺炎も、共に、外的細菌に対して抵抗力の少ない虚弱体質から来るアレルギーが、治療されないまま長い年月の中で堆積されて生まれてきた病状の、ひとつひとつであったと考えられる。そして、こうした体質が、乱歩を現実に対してあまり興味を持たない、物事に懐疑的で集団の論理に組みしない性格を作り出し、それはまた、乱歩を憂鬱にさせるものではあったが、いっぽうで乱歩の厭世的で憂鬱な、それでいて華麗で幻想的な世界を生み出す母胎でもあったのである。そのため、この三つの手術は休筆時になされているが、その前の、憂鬱のピークに到る寸前の短期間に、乱歩の傑作群は書かれているのである。つまり極論すれば、本日、曽我の家五九郎（四四〇）のための喜劇（一幕三場）を合作しました（四四一）。

昨日までかゝり明夜長谷川氏は帰京されます。

新守座、岐阜劇場上演料合計四百円受取り、五十円引幕で引き残りを七十円づゝ分配しました（四四二）。分配金は長谷川氏に託しました。

とに角御大切にして下さい。

〔昭和三、〕一月十九日　　不木拝

江戸川兄

【封筒表書き】至急
【右書簡に同封されたと思われる封筒・裏・印刷】
一月十九日
名古屋市中区御器所町北丸屋、小酒井方（電話南三五四六番）

乱歩の扁桃腺炎や蓄膿症は、集中力の持続を長期にわたって必要とする長編小説には向かなかったが、短期間の集中力によって作られる鮮烈なイメージを残す短編を生み出すことのためにおいては、むしろ、必要不可欠なものだったのではあるまいか。

（四三五）三つの病の為ではないと思ひます　一般的に言うならば、扁桃腺を腫らして蓄膿症気味の症状があり、頭痛がするとき、その頭痛の原因は、扁桃腺と蓄膿症が原因である。すべての医師がそう言うであろう。ところが不木は乱歩に限って、そうは考えない。乱歩の頭痛だけが特権的なのだ。その原因が、蓄膿症や扁桃腺炎や鼻茸のせいであってはならないのである。ここには、明らかにロンブロゾーの『天才論』の影響が見られる。天才はメランコリックでなければならないし、その天才に頭痛がするなら、その原因は、天才であるからに他ならないからである。

〔一一二〕

（四三六）渡辺均氏　『サンデー毎日』編集長。

（四三七）書いてくれとの事　正式な依頼内容は一二五　不木書簡244頁。

（四三八）中篇を書くさうです　耽綺社は五人のため、六大都市の一編をゲストの正史に依頼している。土師が中編参加で一編たりないため、編集長の渡辺均みずから京都を担当したと思われる。

（四三九）相談して置きました　これほどの、至れり

耽綺社　土師清二
同　長谷川伸
国枝史郎
人　小酒井不木
江戸川乱歩

【同・表】　江戸川乱歩兄
名古屋岐阜二ヶ所
「喜多村伊井」

〔上演料分配〕
金七拾円在中

尽くせりの配慮にもかかわらず、乱歩は原稿が書けず、乱歩名義で正史が代作をしなければならなくなる。作品は『サンデー毎日』昭和三年三月増刊号初収の「角男」で、正史は、もう一編「劉夫人の腕輪」を載せている。正史の「代作ざんげ」（雑誌『X』昭和24年4月号）によれば、乱歩の代作三作目で、当時正史は『新青年』編集長だったが、その博文館の編集部へ長谷川伸が来訪し、書けない乱歩の代作を依頼したもの。

（四四〇）曽我の家五九郎　曽我廼家五九郎（そがのやごくろう、明治9～昭和15）は曽我廼家五郎（明治10～昭和23）、十郎（明治2～大正14）の弟子で、早期から分家し一座を持った喜劇役者で劇作家。自由民権運動の壮士に始まり中年までの半生は苦難の連続だが、明治末年に浅草で成功してからは順風満帆であった。五郎が関西気質を丸出しのために東京進出に失敗したのに対し、五九郎は浅草で大成功を果たし、大正初期より、浅草きっての顔役。大震災で打撃を受けるまでは観音劇場の持主。大正中期には一座に歌劇部を持つほどモダンなところがあった。大正初期に伊庭孝（いばこう、明治20～昭和12。演出家・劇作家・音楽評論家・俳優ほか十種ほどの肩書きあり。上山草人の相棒）と協力して、浅草オペラの全盛時代を作り上げる影の功労者。それまで俗悪文化の悪所として貶められていた浅草歓楽街を、インテリも含めたペラゴロ達の殿堂に変え映画とオペラの町にしたのは、五九郎と伊庭による、二

一二二　不木書簡　一月二十三日　封筒便箋2枚

江戸川兄

長谷川氏の手紙により心配に堪へません。先便申上げたサンデー原稿はどうしても大兄の名を並べてほしいとの事でしたから、横溝君に代作してもらふことにしました。(四四三)どうかその旨御含み下さいまし。こちらで勝手にきめたので、恐縮ですが、耽綺社のため、よろしく御ゆるしを。

先日集会して五九郎への喜劇脚本「ジャズ結婚曲」三場をこしらへました。浅草新築の昭和座のつらはり(四四四)にやるとの事です。週刊朝日に交渉中です。

「飛機」の方は横溝氏に大兄の意を承つて筆記してもらふことにしました。(四四五)小生が上京して大兄と書くのが本義ですけれどそれが出来難く、どうぞよろしく御願ひします。

人の協力の賜物であった。五郎戯曲にある強引な灰汁の強さに対し、五九郎戯曲のウイットに富んだモダンな軽妙さは、志賀廼家淡海の戯曲と並んで現在読んでも面白い。後の劇作家としては茂林寺文福(役者名・曽我廼家十吾)の戯曲が最も五九郎のものに近い。この不木たちと関わった昭和初めは、やや五九郎の全盛期をすぎた時代で、エノケンやロッパなどの軽演劇の新興勢力に押され始めた頃である。五九郎の対抗策は、これに対し報知新聞連載漫画の麻生豊作「ノンキナトウサン」で、これが大人気であった頃であろう。大ヒットにあやかり直木三十五の聯合映画芸術協会が五九郎主演で映画化している。後の松竹新喜劇は五郎と五九郎の後継者たちによるものである。愛車のプレートナンバーは「5963」であった。

(四四二) 喜劇(一幕三場)を合作しました　脚本作品は「ジャズ結婚曲」(『週刊朝日』昭和3年3月11日・同18日)、公演は浅草・昭和座三月公演。なお不木の昭和三年十月二日書簡に、「ジャズ結婚曲を五九郎が九日から公園でやるさうです　今月中旬集りたいですからご都合を一寸きかせて下さい」とあるのは、例会に合わせて舞台を見ようという提案と思われるから、これは名古屋公演と解釈できる。つまり本拠地の浅草で公演の後、地方都市で巡業していたのであろう。これは劇団の格式からも、いわゆる「ドサ廻り」というニュアンスではなく映画で言えばロードショー並みの地方巡業であった。

どうかくれ〴〵も大切にして下さい。その後の容態を御きかせ下さいませ。

小酒井不木

〔昭和二《ママ》〕一月廿三日

江戸川兄

一一三　不木書簡　二月一日　ハガキ

拝復

苦しい中を書いて下さつて本当に御骨折でしたでせう。有難う〳〵。すつかり安神いたしました。まだ傷がいたみます由、早くよくなつて下さい。早く御無事な顔を見せて下さい。

（四四二）七十円づゝ分配しました　引幕を耽綺社名義で一座に贈ったのに五十円かかり、残りを五分の一にした計算。現在の金額にして、三千倍計算でひとり二十一万円、引幕十五万円になるが、名士が送る引幕としては、少し安物にし過ぎた感じがある。ひとり当たりの配当も、名古屋にわざわざ出てくる作家にとっては、三日間体を開けなければならず、宿泊・交通費を差し引くと、さほど割のよい仕事でなかったことがよく分かる。作家相互の親睦のほうが意味として大きかった耽綺社の活動であった。

〔一一三〕

（四四三）代作してもらふことにしました　前記のように、正史の「角男」は乱歩のスランプから生まれている。正史は、ある意味で不名誉でもあるが「乱歩二世」と呼ばれていた時期である。少し時期が遅れるが、春陽堂に『探偵趣味』を取られた関西の例会員が作った『猟奇』の三年八月号のコラム「れふき！」に、「某誌編輯欄に、不木、三郎、乱歩の二世出でよと号す、言行不食の勇ありや、京童の曰く――成るは嫌なり、思うは成らず」（以下引用は『「猟奇」傑作選』〈平成13年光文社刊〉）、あるいは、「江戸川乱歩の本年度以後の作品一覧表／第一回作品――あ、てる、てーるひるむ／第二回作品――あ、ぶらっく、どっぐ／第三回作品――あ、ますこっと、おぶ、ぜれっど、です／第四回作品――あ、かすく、おぶ、ぜ、まさむね」と、しきりに東京の探偵文壇とりあへず一寸（四四六）。

〔昭和三〕二月一日　　小酒井光次

〔下谷区黒門町高橋病院内宛〕

一二四　不木書簡　二月十五日　ハガキ

拝啓その後御病気如何ですか。案じて居ります。二月の例会は大兄にどうしても出席して頂きたいので、御病気の経過の模様を御きかせ下さい。さうしていつ頃御来名願へるかきかせて下さいませ。

とりあへず御見舞かた〴〵（四四七）。

〔昭和三、〕二月十五日　　小酒井光次

〔下戸塚宛〕

にヤジが飛んでくる。十月号には、「新青年の八月増刊に江戸川乱歩沈黙一年半の傑作『陰獣』を発表す。ハテ、では新青年の今年の正月に載った『あ・てえる・てえる・ふぃるむ』は一体誰の作なんだろう」とか「甲賀三郎、大下宇陀児、まんまとトリックにかかり大きな顔をして、代作を讃む。曰く「江戸川乱歩氏作『あ・てえる・てえる・ふぃるむ』は傑作なり』と」などなど、読者の眼は恐ろしい。おそらく、当時二十歳くらいの滋岡透こと加藤重雄であろう。当然読者の目を欺かなければ代作の意味がない。以前の二作と違い、今回は、手持ちの作品を使い回したのではなく、乱歩の贋作として書かねばならぬ正史の正念場であった。そして「陰獣」発表までに代作がばれなかったのをみると、それなりの評価は得たのであろう。正史は普段の原稿料（小説は不明だが、翻訳の場合で正史は二円だった）よりも高い乱歩のレートで、原稿料をもらっているはずである。

（四四四）**つらはり**　こけら落としのこと。つまり、開館祝いに上演する、その劇場の初芝居。

（四四五）**筆記してもらふことにしました**　乱歩が、前記の高橋病院で扁桃腺炎の手術をして、そこから、やっとの思いで逃げ出すように退院するのが、昭和三年の二月十日。したがって、この書簡を受け取った頃は、乱歩は病院に入院中で、やっと声が出て、話せるようになった時期である。正史が筆記するというのだから、乱歩は、動けるような状態ではなか

一二五　不木書簡　二月十九日　封筒便箋2枚（後掲の小酒井不木宛土師清二書簡と同封され、不木から長谷川伸に送付されたもので、長谷川が後掲の書き込みとともに乱歩宅に届けたもの）

拝啓先便差出しましてから、同封の土師氏の手紙受取りました。

かういふ訳で遅くも二十四日迄に集らねばなりませんから、二十三日集合としては如何かと思ひます。御都合御きかせ願ひます。

江戸川兄のことですが。甚だ恐縮ですけれど、この同封の手紙を見せて、名古屋へ来れるか否かをたしかめて下さいませんでせうか。サンデー毎日のは是非引受けたいと思ひますので、江戸川氏がたとひ来れなくても集つて、江戸川氏の分についても相談したいと思ひますので、一応江戸川兄の内諾を得て頂きたいと思ひます（四四八）。

さうして、出来るなら二十三日に来て頂きたいと思ひます。御都合決定次第電報にて御知らせ下さいませ。

甚だ御面倒ですが万事よろしく。

ったらしい。たいへんな扁桃腺手術もあったものである。乱歩の晩年に、正史が病気がちの乱歩に対し、「お勢登場」のようなものなら書けるはずだから、自分が口述筆記なら請け負うと、小説執筆をうながすエピソードがあるが、それは、この体験からきているものと思われる。

［一二三］

（四四六）とりあへず一寸　病中の原稿を、連載のため致し方なく書かせてしまったことへの済まなさが、ひしひしと伝わる書簡。文中「傷」とあるのは、口中の上顎から入って切開した蓄膿症の傷である。しかし不木は、そうした外傷としての傷よりも、乱歩の精神的ダメージのほうを心配している。確かに、この扁桃腺炎にしては長すぎる乱歩の入院は、杜撰で乱暴な手術のためだが、それだけでなく、手術恐怖からくる精神的なものが多大に影響しているものであろう。そのため、文面も、腫れ物に触るような、いたわりが感じられる。

［一二四］

（四四七）御見舞かたぐ　耽綺社には厳密な社則がない。原稿料の分割にしても、例会参加者で話し合われたと思われるが、社則に則り話し合われ、取り決められたというより、参加者相互が、その場で納得すればよいという大らかなものであった。そのため、乱歩のように、書簡では参加が可能だが、ほと江戸川兄へはこのこと手紙を出しませんから、あなたからよろしく御願ひ致します。（四四九）とりあへず。

〔昭和三、〕二月十九日朝　　小酒井不木

長谷川伸様

〔小酒井氏より長谷川伸氏宛のもの、長谷川氏より転送〕

【封筒表書き】東京市外大崎町桐ヶ谷八二九　長谷川伸様

大至急

（二月二十日　平井太郎殿　長谷川伸）

【小酒井不木宛土師清二書簡】

んど顔を見せないというのは、年長者の会員に対して、性格的なものや諸事情あるにしても、失礼でないわけではなかった。乱歩を紹介した不木としては、その点を気遣い、また、自分の顔を立てて欲しいという意味もこめての、乱歩への希望である。乱歩自筆の書簡集目次には、「見舞いと、会合にどうしても出よとのハガキ」とあり、手術後の乱歩を文面ではいたわりながら、名古屋に「見舞い」に来い、とは心外だと言わぬばかりの乱歩の感情が伝わってくる。

〔一二五〕

（四四八）頂きたいと思ひます　当時は『サンデー毎日』の編集部は大阪だが、大手会社でもあり、大毎の春日野緑の顔を立てるためもあったと考えられ、この大口の仕事は、「社長」として、ぜひとも取りたい仕事であった。しかも『サンデー毎日』側としては、耽綺社五人の中でも乱歩という名前がぜひとも欲しい企画であったに違いない。そのため、不木としては、自分の手紙だけでは効果が薄いと感じたのか、その乱歩に書かせるために、同人の長谷川伸や土師清二の手をわずらわせるような、回りくどい手続きをしているのだと推測する。こうしたテクニックは、不木が雨村から学んだものかと想像されるが、雨村の老獪さに比べ、どこかぎこちない感じが残り、いかにも不木らしい。

（四四九）よろしく御願ひ致します　長谷川伸は乱歩

拝啓おハガキ拝読いたしました。
さて耽綺社の要件。
その一。昨日サンデー毎日の渡辺氏来訪。耽綺社同人全員の作品（五篇、各廿枚見当）を本月一ぱいに頂戴いたしたし。
その条件ノ一
「六大都市小説集」と、そのような一ツの大標題をつけ。（ママ）たとへば「心中するまで」とか「彼が先妻と別れて後妻を娶るまでの経緯」と云つたやうな簡単なストオリーを決定して側標題《わけ》とし、そのストオリーに従つて各思い〳〵の小説を書く。時代物と現代物とを不問。（四五〇）
その条件ノ二
五篇を一度に発表して懸賞を付ける。
この懸賞方法は、読者からドノ作が面白かつたか、といふ投票をつのる。で、最高点を当てた読者に賞をあたへる。が、これは作

自伝に「京都に滞在中」と記されている。そして「一軒家を借りて住んでおられた」とも書かれている。前記の昭和二年度の月別細目にも「当時京都在住の長谷川伸」と乱歩は記している。これは、おそらく、京都にいることが多かったが、本宅は東京にあるという意味であろう。そして長谷川伸が、なぜ京都に長くいるかという理由は、乱歩が何度か長谷川伸の京都の家を訪ねたとき、片岡千恵蔵と会っているように、映画の仕事が多かったためと考えられる。こうしたことから、当時の長谷川伸は、東京に戻ることもあり、書簡ではなく、直接に正史に原稿を頼んだり、乱歩に原稿依頼をしに行けたりもしたのであろう。長谷川伸という人は、正直で表裏ない人である。いわゆる腹芸を使う人ではない。正攻法で責める人であり、乱歩が何度も訪問しているように、気難しい乱歩も気の置けない年長作家であった。そのため不木も、乱歩を籠絡するための使者として、最適と考えたのに違いない。ただし、あまりに正直な長谷川伸に頼んだために、本来なら伏せておき、不木からの伝聞で伝えなければならないこの手紙の内容を、乱歩に渡してしまうミスを犯している（長谷川伸は、それがミスとは気付いていないかもしれない）。前の不木から乱歩宛の書簡にあるように、不木が長谷川伸に頼んだのは「長谷川さんが話しに行つて」くれることで、「この同封の手紙を見せて」というのも、土師からの手紙だけでよかったはずなのである。ところが、土師の手紙の外に、念には念

家に対して、よろしくないので止めやうかとも思つてゐる由（四五一）。

懸賞第二案。

各作家お互に国枝氏作××は九十五点、長谷川氏作××は九十四点といふやうに点をつけ合ふ。これを基本として置いて読者から、作家の見た最高点作は（もとより平均点）どの作かといふ投票をつのる。

これならば、さして耽綺社の同人諸氏ならば虚心坦懐にやつて頂けるかと思ひますが（渡辺氏の曰くです）（四五二）。

〆切。標題の〆切本月二十五日。作品〆切本月一ぱい見当。


それから例の「ジヤズ結婚曲」（四五三）あの後《ご》大阪へ参りませぬので、まだ私の手元に置いてゐますが、五九郎何日上演といふ点がハツキリすれば売りこみに非常に好都合だと存じます。

を入れて、不木の手紙まで持参し、乱歩を説得するつもりで来たのだが、乱歩が不在であったため、このように小酒井氏も書いてきていると、手紙を自分の文章で書き換えないで、そのまま乱歩の家に置いてきてしまったのだ。これは大変うかつであった。不木も腹芸を使えない人のために、しっかり、この手紙は乱歩に見せないようにと但し書きをせず、「江戸川兄へはこのこと手紙を出しませんから、あなたからよろしく御願ひ致します」で、長谷川伸が気を利かせて、不木の手紙を伏せてくれると考えたのであろう。不木が老獪な雨村と違うところは、こうした細かい心配りの問題であった。乱歩が不在の場合を想定しておかなかったのである。そのようなわけで、この手紙が乱歩に読まれた時点で、すべて耽綺社の乱歩原稿依頼計画はばれていたのだ。そして不木が、乱歩の不参加を想定している以上、乱歩は安心して例会に出なくてもよかったのである。そのうえで、不木の子どもじみた悪巧みに、少なからず憤慨したに違いない。これ以降の乱歩の書簡が少なく、また未発見にしても、事務的な無内容のものと思われるのは、こうした不木の、乱歩にすれば〈裏切り〉に対する、怒りが、密かにあったのではないかと想像される。

（四五〇）時代物と現代物とを不問　「側標題」をひとつに決めて競作する発想は、俳句の季題を踏襲したものであろう。都市小説を競作でテーマを設定して書くという発想は、モダニズムとして新しい考えだこの作品、渡辺氏にも話して置きましたので同氏も「何時でも頂く」と申してゐます。(四五四)どちらにしても四五日中には金に替へることにいたします。この点大阪支店事務渋滞にて申訳ありませぬ。

サンデーのことあり、本月二十三四日頃例会を開いて頂きたいと存じます。皆様の御都合は如何でございませう。

以上要用のみ申候事。

二月十八日　土師清二拝

小酒井不木様

【土師清二書簡欄外・江戸川乱歩宛長谷川伸書き込み】

名古屋よりの手紙を受取ると同時に来ましたがご不在にて立帰り申候。(四五五)二通の手紙およみ下されば要領はむろんわかる事ですが――。

小生は二十三日早朝（三特急）で名古屋へ行きます。それについて

が、「心中するまで」といった物語の広がりに制約を設ける発想は、小説家にとって、かなり書きづらいものであり（特に探偵小説にとって）、その辺りの配慮がなされていない企画である。探偵小説が商品として読者の目を惹くものと、『サンデー毎日』のような大雑誌にも認められたことは結構だが、その特殊性については、まだ編集長のような立場の人にさえ、よく理解されていない時代でもあった。制約を都市小説のみにするか、ストーリーに圧迫を加えない、例えば、乗り物を必ず入れるとかの形でしか、こうした企画では、成功しないと思われる。その作家の全力が出しきれない作品になってしまいかねないのだ。そのあたりの、探偵小説と髷物小説を同じように考えている渡辺均編集長の認識不足に、編集者としての力量のなさが感じられる。

（四五一）止めやうかとも思つてゐる由　当時の出版界では、読者投稿の小説コンテストや、クロスワードパズルなどのクイズ類（「考え物」と当時は言っていた）で、誌面に読者を参加させる企画が目白押しであった。後には『新青年』でも掌編の冒頭を探偵作家に書かせ、後編を公募するようなコンテストも生まれてくる。賞金や賞品つきの暗号などの考え物も、読者を増やすうえでの雑誌の戦略であった。この同号の作品に順位をつける発想は、後の『新青年』にもみられ、読者賞のかたちで月毎および年毎で作家に与えられていた。十蘭の「キャラコさん」などが、その例である。しかし、渡辺編集長が第一

貴兄がお出かけになれるかを気支《ママ》ひます。（四五六）万々が一ご旅行不可能の節はこの計画の為に内意をおもらし下されたく（懸賞については小生より修正案を出す）ご執筆を内諾されたく切望いたし候。或は（余計な事ながら）たとへ口述作品にしろ、ご承知被下度と願ひたく存じ候。小生二十一日は別方面の仕事（四五七）の為に昼夜没頭の為参上いたしかね申候。につき、速達にてご内意お漏しを乞いたく存じ候。その速達によりて名古屋へ打電いたすべくと存じ候。

〔昭和三年〕（二月二十日午后四時半）

平井太郎殿　　長谷川伸

〔長谷川来訪、不在の為書残せしものか。〕

一二六　不木書簡　二月十九日　ハガキ

前略

案を却下するのは、読者の評価より、作家のプライドのほうを大切と思うからで、雑誌のほうが手放したくない大家の小説が、票を集められなかった場合に、その作家の次の原稿が貰えないようなことになりかねないという配慮からであった。

（四五二）（渡辺氏の曰くです）　この第二案も、考慮が足りない企画。おそらく俳句の句会の互選から発想されていると思われるが、国枝や長谷川伸の作品に点数をつけた渡辺の具体例が示すように、読者と違って作家同士や編集者は、相手に気を遣って、低い点数をつけられるものではない。また、ひとりはすべての人に高得点を与えるとして、一方は平均値を仮に六十点としてその上下の点数をつけた場合に、評価軸が違うのだから、平均点が、本来的な意味をなさないことになってしまう。そこで生まれた高得点作が、読者一般が考える最高作品と、多少のずれならまだしも、かなりの懸隔ができてしまうのは明らかであると思われる。作品の商品価値を評価できる、言いかえるなら、最も冷酷な点数が付けられるのは、読者のみである。つまり、この二案だけならば、第一案のみが正しい。二案を使うなら、一位、二位、三位、だけを相互に決めさせ、一位は三点、二位は二点、三位は一点とし、その総合得点で争う方法しかない。これならば、読者も一応は、満足するであろう。

（四五三）「ジャズ結婚曲」　一二一　不木書簡239頁にある曽我廼家五九郎一座への脚本。書誌および公演記

長谷川さんからの手紙に三日に退院されたときいて安心しました。先日竹内芳衛氏（四五八）が来られて、大兄のことを話したら、蓄膿症によい漢方薬を売出すことにしたから是非使用してほしいとの事です。これを用ひれば今後はもう手術を受けなくてもよいとの事です（四五九）。

サンデー毎日から耽綺社同人へ、ある原稿の依頼が来ました。委しいことは長谷川さんが話しに行つて下さいます。それがため二十三日に集合したいと思ひますが、何とか都合出来ませんか（四六〇）。乍末筆奥さまによろしく。

〔昭和三〕二月十九日夜　小酒井光次

一二七　不木書簡　二月二十日　封筒便箋2枚

御手紙只今拝手、手術のあといたみます由、憮不愉快のこと、存じ

録は注（四四一）参照。

（四五四）「何時でも頂く」と申してゐます　当時は映画とラジオが先端娯楽であり、観劇は、芝居のランクにもよるが、映画より高級で、舞台戯曲も小説と同じように読まれていた。有名劇団が上演した戯曲なら尚更で、役者の演技や声も読みながら再現して読者は読んでいたと思われる。現在のビデオやCDと同じようなものだったのである。

（四五五）ご不在にて立帰り申候　乱歩退院後十日目である。高橋病院の荒療治に恐れをなして逃げ出したのだから、乱歩はまだ本調子ではないはずで、外出できるというような状態とは思えない。厭人癖の時の乱歩が常用した居留守とも考えられるが、おそらく、無理を押しての外出があったとするならば、その理由は次のようなものであろう。乱歩は、この三月に、今の下宿屋を買い換えるつもりで引っ越しをしている。計画的な乱歩のことだから、円本の『現代大衆文学全集』の印税が見込まれた時点で、この計画はあったと思われる。その計画の途中に入ってきたのが、耽綺社への勧誘と、軽い手術で終わると考えていた扁桃腺切除のための入院であった。つまり、このふたつは、乱歩にとって、突然に入ってきたアクシデントであった。そのため、当初の予定であった新しい下宿屋捜しができなかったのである。自伝には、こう記されている。「私自身福助足袋の本社へ出かけ、多くの競争者を排して、その家屋を割合廉く手に入れることが出来た」。この元寮

ます。出血性素質（血のとまらぬ性質）ときいて大兄の体質ではなるほど、うなづかれました。(四六一)今後はなるべく手術でなく、先便に申上げたやうに薬剤で御なほしになることをすゝめます。

それにつけても一度名古屋へ来ませんか、(四六二)竹内君(四六三)は専門ですから、十分な治療もしてくれますし、きつと、よい方へ導いてくれると思ひます。

二十三日に集りたいと思ひますから、一寸顔出ししてくれませんか。然し無理にとは言ひません。いづれ長谷川氏から委しい話をしてくれると思ひます。

「ヒキヘイゲイ」第三回は横溝君からいゝものだといつて喜んで来て居ります。(四六四)随分大兄を苦しめて申訳ありませんが、どうかよろしく願ひます。

熱があつてはいけませんが、出来るなら一寸来て下さい。名古屋でも相当の医療設備はあるし、病気の点ではさほどの不自由な思ひは

であった建物を買い付けることが、当時の乱歩にとって、いちばんの重大事であった。手術前に契約終了している可能性もあるが、その場合にも多数の事後処理があったと考えられる。乱歩の不在が居留守でないならば、こうしたことの外出であったに違いない。乱歩自筆の書簡集目次には「二月二十日」と「この頃耽綺社の要件の為長谷川氏来訪。在宅せしも面会せず。ヒステリーの為」が線で消されており、この削除が、何度かの長谷川伸の来訪に対し居留守を使っていたことの記憶による、いったん書いた記録の訂正なのか、事実ではあるが自分で書きながらも嫌悪感のために削除したのかが、今となっては分からない。両方に解釈が可能なので、二つの場合を併記しておく。正史の証言では、何度か居留守を使われたらしいが、乱歩没後の夫人の話によれば、正史には、そのなかでも居留守を使わずに会っていたほうだという。そうだとすると、この時だけでなく、火急の耽綺社の用件などで、律義な長谷川伸が何度も乱歩家へ伝達に行っていることは、充分に考えられることではある。

（四五六）気支ひます　この長谷川伸の勢いならば、有無を言わさず、強制連行されかねないことは明らかだった。

（四五七）別方面の仕事　映画か舞台の脚本を指すと思われる。当時の長谷川伸は、小説家として一応の成功は得られたものの、次の展開として劇作家の道を模索している時期であった。そのため映画の仕事

させませんから。
とりあへず、右。

〔昭和三〕二月廿日午前　　光次

江戸川兄

一二八　不木書簡　二月二十三日　ハガキ

近頃はトンと御無沙汰してゐます。
早く癒つて名古屋に来て下さい。　土師拝
今夜こちらは雨と風——一人不在の淋しさを知りました　長谷川伸
あなたの不参をいづれも残念がつて居ります。　史郎
例会はこんどは二十三日一日にしました。その結果は別に委しく報告します。
御健康を祈ります。(四六五)

や、不木からの芝居脚本の誘いも、興味の持てる仕事であったに違いない。つまり現在の視点からは意外なようだが、古くからの劇作家である国枝は、長谷川伸にとっても、教わることの多い、経験を積んだ大先輩であったと考えられる。

〔一二八〕

(四五八) 竹内芳衛氏　漢方薬会社の社長と思われるが、詳細不明。全集版不木書簡集に出てくる竹内芳衛のことだと思われる。在野の人だが、尼子一族を研究していることが書簡でわかる。名古屋在の人でもない。『科学ペン』の編集長という説もある。

(四五九) 手術を受けなくてもよいとの事です　現在はどうなのか不明だが、蓄膿症を抑制し不快感を少なくする薬品は、当時の雑誌広告を見てもたくさんあったことがわかる。しかし、「手術を受けなくてもよい」をどう解釈するかだが、完全治癒がなされる漢方薬があったとは思えない。ちなみに、昭和三十年代まで、青洟を垂らした子どもが多かったのは、蓄膿症のためではなく、子どもの成長期における糖分の摂取量が少ないために起きる症状であった。蓄膿症の新薬が開発されたわけではないのである。

(四六〇) 何とか都合出来ませんか　乱歩自筆の書簡集目次では、「耽綺社へ新注文あり、是非来れとのハガキ」と、不木が要請する語勢の強弱が、乱歩の反応にも明確に現れている。

二十三日夜　　　　　　　　　　　　　　　　　　　　不木

一二九　不木書簡　二月二十四日　封筒便箋2枚（書留・耽綺社封筒）

拝啓昨日耽綺社会合、サンデーへの原稿相談しました。大兄も度々の代作では却つて神経を痛められるだらうとの考のもとに、平山蘆江氏を《ママ》耽綺社へはひつてもらひ、「恋愛五形相」の題下に各自が五つの作を寄せ、大兄は病気で執筆不可能の旨を予告にことわつてもらふことにして、会合は昨日かぎりでやめました（四六六）。早くよくなつて下さい。大兄が来られぬと寂しくてなりません。長谷川氏が先日たづねられたさうですが御不在中だつたさうで、同氏から大兄の消息をきくを得ず残念しました。長谷川氏宛の御手紙（四六七）の内容は承りました。御病気のことについても色々申上たいことがありますから、一度名古屋へ御いで下さい。くれぐ〵も早くなほつて

［一二七］

（四六一）うなづかれました　不木の頭の中で「出血性素質」と「大兄の体質」と天才が、一直線に繋がっていくのが眼に見えるようである。乱歩の場合は、偏食が原因かもしれない。ヴィクトリア女王の娘はすべてがヨーロッパ王室とロシア皇帝の妃になっている。遺伝学のなかで、よく例として取り上げられる血友病は、このイギリス王室に外から入ってきた、ヴィクトリア女王の家系が持っていた血友病を典型例とすることがほとんどだった。そして、血友病とともに優秀な頭脳も遺伝したと解説される傾向が強かった。

（四六二）一度名古屋へ来ませんか　乱歩自筆の書簡集目次では、「名古屋へ来いとの督促」と、かなり強く乱歩は受け取っている。

（四六三）竹内君　前述の竹内芳衛。一二六　不木書簡250頁参照。

（四六四）喜んで来て居ります　この第三回原稿は、正史が枕元で筆記したもの。正史が喜んでいるのは、口述ですら、乱歩はこれだけ書けるという、生の手応えを感じたからであろう。ただし後年、小林信彦との対談では次のようにも言っている。「【横溝】…それで合作で『飛機睥睨』っていうのを『新青年』に載っけてる。あれはおよそくだらなかったな。／【小林】あれは連作でしょう。／【横溝】いや、合作なの。全部乱歩が書いたの。乱歩が書くっていうんで、ぼくは賛成して原稿もらったの。そしたら詰

下さい。

「新青年」より稿料、三百七十一円受取りました。大兄への勘定左に、

金　百八拾五円五十戔。　右稿料半金

内　九円七十九戔　第二回（十二月）会合費用引

差引　百七十五円七拾壱戔

外ニ　五円　騒人合作稿料十円受取リシ半金

〆　百八十円七拾壱戔

同封小切手で御送り致しました。

〔昭和三、〕二月二十四日　小酒井光次

平井兄

一三〇　不木書簡　三月十一日　封筒便箋2枚

拝復　先便御送りしました稿料は間違ひではありません。たとひ欠

まらんでしょう。乱歩っていう人は、やっぱり人の発想では書けん人ですね」。つまり編集者の眼と作家の眼との違いであろう。編集者の眼からすれば、乱歩作品はできるに越したことはない。低調とは言え凡手ではない。ただし作家としての眼から見れば、乱歩作品として詰まらないという意味であろう。

［一二八］

（四六五）御健康を祈ります　不木の根回しもあるのだろうが、例会に出てこない乱歩に対して、現代の登校拒否児童に対するように、年長の同人一同が、気を遣っていたことがよくわかる。

［一二九］

（四六六）やめました　この「やめました」は、耽綺社の例会を止めるという意味ではない。二月十九日の書簡以来、『サンデー毎日』の企画を同人内で検討していた会合をひとまず終了させるという意味である。この「恋愛五形相」という企画は、昭和三年四月八日から五月六日まで、順に作者名を伏せたまま短編が掲載され、その作者を探す「作者名をあてる懸賞」となるもので、編集長が提出した試案よりも、さすがに書く当事者だけに、作家同士の角も立たず、かえって創作意欲も湧くような企画になっている点が注目される。

（四六七）長谷川氏宛の御手紙　乱歩から長谷川宛の、例会に出られないという断りの手紙が、東京から名

席しても社員の結束をかたくするため、必ず分配するといふことに議が一決したので御座いますから、左様御承知下さいますやう。(四六八)それはとに角それまでに御恢復何よりです。「ヒキ」は大評判、当地でも頻に人々の話題になつて居ります。うんとグロテスクなものでも受けるといふことがわかり、い丶経験したと思ひます。(四六九)それにしても御苦心思ひやられます。第三回拝読、涙の出るほど——手術で苦しい中をこれまでにと思つて——の感げきで拝読しました。甲賀君が十五日に来ますからその時に大兄が居られ丶ばと思つたのですが、耽綺社の会合は十六日か十七日にしようと思ひます。いづれ電報で御知らせ致します。然し気分が宜しかつたら十五日から来て下さいませんか。大兄が十五日に来られ丶ば、耽綺社は十六日集合に決します。御返事願ひます。
御転宅の由(四七〇)、その御事情は拝眉の上承ります。
とりあへず右。

古屋に出発するまでに、長谷川の東京の本宅（？）へ出されているということ。

[一二〇]

（四六八）御承諾下さいますやう　乱歩の参加していない作品の配当であろう。つまり、参加しないと、不労所得になり、不参加者のプレッシャーになるようにできている。乱歩自筆の書簡集目次では、「耽綺社の集りに出よ」という乱歩の反応。

（四六九）い丶経験したと思ひます　普通に読むと主語は乱歩だが、この場合は、主語は不木。自作の臓器偏愛にあるグロテスクを、嫌悪感をもって非難されていた不木にすれば、「うんとグロテスクなもの」が「受ける」というのは、好ましく、心強いことであった。不木の臓器偏愛は、医者であるせいもあろうが探偵作家のなかでも特異なもので、わずかに海野十三や小栗虫太郎に見出されるだけと思われる。

（四七〇）御転宅の由　乱歩は早大前の下宿屋・筑陽館を売り払い、平凡社の円本の印税で、もう少しよい下宿屋を手に入れるため引っ越していた。耽綺社の例会参加者が、芝居に、合作会議にと、忙しいなか、乱歩は入院、転居、次の下宿探しと、私事で手が放せず、「飛機睥睨」の執筆が、かろうじてできる協力であった。次の下宿屋はすぐに見つかり、四月に引っ越して、後の緑館となる。

〔昭和三、〕三月十一日　小酒井不木

江戸川兄

〔東京市外戸塚町諏訪百十五、宛（戸山ヶ原沿ひの借家に一時入つた時、）〕

一三一　不木書簡　三月三十日　ハガキ

東京市外戸塚町諏訪百十五

平井太郎様

廿六日に大阪へ行き、それから京都を経て今奈良に来て居ます。[四七一]
遥かに御健康を祝します。

〔昭和三、〕三月卅日奈良ニテ　小酒井光次

〔諏訪百十五宛。源兵衛へ転送されてゐる。〕

〔一三一〕

（四七一）**奈良に来て居ます**　病身の不木にしては珍しい遠方への旅。この旅行は、大阪ＪＯＢＫの放送出演のため、家族旅行を兼ねて大阪・京都・奈良をまわったもの。

〔以下（東京市外戸塚町源兵衛一七九）〕

一三二　不木書簡　四月十一日　ハガキ

御健康のこと、存じます。飛キ第四回拝誦、実にうれしくなつて来ます。読んで居てこれくらゐ愉快な小説はありません。ひとりでほゝ笑みました。

十八日に会合したいと思ひます、御都合きかせて下さい。（なるべくその日になるやうに御繰合せ下さい。）

東日から中里氏の休む間をつないでくれと二十八時間前に頼みこまれ、とに角引き受けて今四苦八苦です。(四七二)

とりあへず一寸。

不木

〔昭和三、四月十一日〕

〔一三二〕

（四七二）四苦八苦です　連載小説のピンチヒッターと思われる。不木の執筆年表では四月十六日完成の「懐疑狂時代」八十枚のことと思われる。掲載誌は『大阪毎日新聞』と『東京日日新聞』の新聞連載で、大急ぎで二三日分を先渡しした後、十六日に完成という意味だと理解できる。そして、当時『大阪毎日新聞』『東京日日新聞』連載は、中里介山の「大菩薩峠」であった。大長編の中休みだったわけである。この時期、喜多村緑郎は「大菩薩峠」の舞台化のために何度も介山と会っており、三月十日の日記に、「加藤精一の語る処によると、中里介山が竜之介といふものに対する解決に苦しんでゐるといふ。結局、彼は、法華経のあるものへ入らうといってゐた」と記されている。介山も、苦悩しながらの執筆であり、途中休暇が必要だったのであろう。不木たちと一月に会ったばかりで介山に会っているわけだから、介山が執筆に苦しんでいるとあれば、耽綺社の活動や不木の話も、ミステリーマニアの喜多村なら出たのに違いない。直接の紹介でないにしても、おそらく不木に介山のピンチヒッターがまわった原因は、喜多村からであろう。

一三三　不木書簡　五月十六日　ハガキ

拝復一日か二日早く来て下さい。拙宅で読み合せを致しませう。(四七三)飛機第五回拝読、こんなにうれしい気持になれる小説は一寸類がありません。

暗号のこと(四七四)有難う御座いました。

では拝眉の上。〔昭和三、五月十六日?〕

一三四　不木書簡　六月十六日　封筒便箋2枚

拝復まだぶら〳〵して居ます。心臓が弱つた(四七五)ので警戒して居ります。然しそのうちにはなほること、存じます。

「白頭」(四七六)について一方ならぬ御配慮恐れ入りました。「南方」(四七七)は時期

〔一三三〕
(四七三) 読み合せを致しませう　乱歩と不木の合作の該当作がないため、連載の「飛機睥睨」の「読み合せ」と思われるが、不木と読み合わせをしてもあまり意味がないように思われる。不木としては、それにかこつけて乱歩に早く来てほしいという意思表示であろう。
(四七四) 暗号のこと　不木の執筆リストを見ても、この時期に暗号物は見当たらず、探偵小説的な興味による乱歩からの暗号知識の教授であったと考えられる。

〔一三四〕
(四七五) 心臓が弱つた　不木の心臓病というのは記録にもなく、おそらく腰痛で動けなくなり、体力も落ちたため、体全体が弱ってきたという意味と考えられる。
(四七六)「白頭」「白頭の巨人」(『サンデー毎日』昭和3年10月21日～12月16日)のこと。
(四七七)「南方」「南方の秘宝」(『名古屋新聞』昭和3年7月1日～8月10日)のこと。

の関係上、二十五日か又は七月一日からといふことに致しました。

本月は平山氏の手許に脚本の依頼がありました。それで下旬に集まりたいと思ひます。

一度大兄に逢つて色々話したいことがあります。小生のグチをきいて頂きたいのです。〔四七八〕

平山さんに日時の都合をきめてくれといつてありますから、返事の来次第通知しますが、たとひ来月始めにのびるやうなことがあつても、その前に都合が出来たら来て下さいませんか。

とりあへず右。

〔昭和三、〕六月十六日　　不木

平井兄

〔四七八〕**グチをきいて頂きたいのです**　仕事も増えるなかで、纏め役の不木としては、ずいぶんとグチも溜まっていると考えられる。一日か二日早く来てほしいというのは、他の会員がいない時でないと、言いづらいグチもあったのだろう。しかし反面、いろいろな手口で、乱歩を例会に誘う不木であったことも確かである。

一三五　不木書簡　六月二十日　ハガキ

平山氏からの通知で、「日扇上人」の劇（四七九）を作ることに決定。
　三十日　正午
に例会を開くことに致しました。一両日前から来て下さらば幸甚です。まだヒキの稿料は受取りませんが一両日中には来ると思ひます。

〔昭和三、六月廿日〕　不

一三六　不木書簡　六月二十一日　ハガキ

小生のハガキと行きちがひに御手紙拝手しました。改造への玉稿（四八〇）の話岩田氏（四八一）からきゝました。大兄の元気の出たのを何よりに喜びました。前便申ました通り三十日に会合しますがどうか遅くもその前日までに来て下さい。しきりに逢ひたくなりました。
委細は拝眉の上に譲ります。はやく新青年への玉稿書き上げて下さい。

〔一三五〕
（四七九）「日扇上人」の劇　本門仏立講信者の依頼による宗教劇。これは、後に「無貪清風」として書かれる。宗派の開祖や聖僧の劇は、地方での演劇公演の場合、かなり需要があった。昔の寺での説教などの話芸の現代的な変化であった。特に信者を対象とする場合、宗派の普及のうえで絶大な効果があった。しかし、時代作家としてならともかく、探偵小説家が宗教劇に、どう関わるのかは興味深い。

〔一三六〕
（四八〇）改造への玉稿　最初、乱歩は『改造』に頼まれて「陰獣」を持ち込もうと考えていた。『改造』は『中央公論』と同じように、いわゆる純文学誌であったから、乱歩には自分の小説が、探偵小説界を離れた目から見た場合でも、小説として正当な評価を得るものかどうかという、かなり冒険的な賭けであったと思われる。ところが『改造』に話を持ち掛けると、予定の枚数より多すぎるという。そこへ現れたのが正史編集長。前々から、『新青年』に乱歩原稿を読み切りで百枚ほしいと意思表示していた。よい返事ができない時は、乱歩は手紙を送って寄こさない。ところが、ヒュームの「二輪馬車の秘密」を涙香調で古めかしく訳したところ、乱歩から好意的な手紙が来た。そこで正史は編集者の直感で、脈があると思って乱歩を訪問し、手に入れたのが復活第一作の「陰獣」であった。これは三ヶ月の分載と

〔昭和三、〕六月廿一日　不木

一三七　不木書簡　七月三日　ハガキ

先日はありがとう御座いました。このハガキが大兄よりも早く到着するかも知れません。額面二枚、とにも角にも御送り致しました。（四八二）何枚書いてもいゝものは出来ませんから、この辺で恥さらしをとめさせて頂きます。
とりあへず用向のみ。

〔昭和三、〕七月三日　不木

一三八　不木書簡　七月十一日　封筒便箋3枚

拝啓

なり、最終回は三版まで増刷する『新青年』では空前の大ヒットとなった。「パノラマ島奇談」に始まり「陰獣」を残して、正史は『新青年』から『文芸倶楽部』へ移っていく。なお、乱歩自筆の書簡集目次には、この問題となっている作品が「陰獣」ではなく「改造『虫』の事」となっている。往復書簡の死体処理に関する質問応答で分かるように、「虫」のほうが先にアイデアがあったことは確かであろう。しかし作品完成としては「陰獣」が早く、二つの小説のアイデアが同時進行していたことは確実で、この『改造』への予定作を「虫」とするのは、乱歩の時期的な誤解であろう。「陰獣」の連載は八月から十月号なので、「玉稿」とあるように作品は仕上がっていたわけだから、該当作は「陰獣」以外にあり得ない。乱歩としては「陰獣」を「改造」に回せなかったために、その次に「改造」に向けた「虫」に感情が移行したための、乱歩にとっては正しいが客観的には間違いの誤記になったものと考えられる。

（四八二）岩田氏　岩田準一のこと。明治三十三年三重県志摩郡鳥羽町（現在鳥羽市）生まれ。乱歩の鳥羽時代、大正七年からの友人。当時、岩田は旧制中学の上級生で十七歳。両親は離婚していたが、大正九年までは父の宮瀬姓を名乗る（岩田は母方の姓）。中学一年の頃から、すでに竹久夢二と文通をしており、二年次に自宅へ夢二が来訪。後に夢二から「日本一の夢二通」という讃辞を受ける。夢二を慕うあ

「新愛知」が今名古屋近県の印象記を文壇の諸氏に嘱して書いてもらつて居ます。大兄に三重県の印象記を書いてほしいとの事、小生がその交渉役を仰せつかりました。

条件

一、一回四枚宛八回、来る二十日から掲載のこと、

二、菰野、大神宮、二見、鳥羽等の紀行文的印象記。一度それがためにこれ等の土地を歩いてもらふ事、

三、い、い、い、旅費を含めて一枚金五円の稿料でがまんして頂くこと。(四八三)

といふのです。

若し、どうしても御都合が悪くて御出かけになることが出来ねば、先日鳥羽へ御行きになつた印象を書いて下さつても差支ありません。但し大神宮様の記事は是非入れて頂きたいとの事です。(四八四)が、なるべ

本一の夢二通」という讃辞を受ける。夢二を慕うあまりに神宮皇学館を中退し、『日本古典全集』の編纂を手伝っていた与謝野夫妻の口利きで、東京の文化学院美術科に入学。以来夢二の門下。夢二の愛人彦乃の絵に夢二が「夢二」と署名したように、岩田筆の夢二作品も多い。贋作というより、竹久工房であった。『現代大衆文学全集』の乱歩集の挿絵も岩田のもので、これも特異な作風だが、本来の作風は夢二調の美人画。東京での六年の遊学生活中二十数軒の引っ越しをするなど、乱歩と共通する引っ越し癖もあった。滞京中に乱歩と旧交を温め、初志の画業と、日本古代よりの男色文学研究を続ける。昭和二年に大泉黒石や新浪漫派の梢朱之介と出会い、『象徴』『鬱金帳』の同人となり、鼎銀次郎（かなえゆきじろう）の筆名で大衆小説を書き始めるのもこの頃。昭和二年頃には耽綺社の書記であり、乱歩が書けない時には代筆することもあった。母の懇請で郷里へ戻り、家業の雑貨商をしながら男色文学研究を進める。結婚したのは昭和六年。母に泣き落とされ、三重県の地図にサイコロを振り、それが留まった松阪在の櫛田村に次の日出掛け、泊まった宿の娘を、急転直下に貰っている。以降、南方熊楠、森潤三郎（鷗外の弟）、渋沢敬三などの知遇を得て、民俗学・男色文学の研究に尽くす。『本朝男色考』『鳥羽志摩の民俗』『志摩の海女』『志摩のはしりかね』『後（のちの）岩つつじ』などを残す。昭和二十年、渋沢敬三宅で吐血し、病院に運ばれたが胃潰瘍で死

くなら来て頂きたいとの事です。

如何でせうか。来てやつてくれませんか、若し御承諾下さるならば、御都合の出来次第御来名下さつて、小生宅に御いで下さると、すぐ新愛知の編輯局長尾池さんに来てもらつて打合せ致します。

突然のことで面喰はれませうが、出来るなら、電報で御返事下さい(四八五)。

〔昭和三、〕七月十一日　光次

平井兄

〔表に至急とあり〕

【封筒表書き】至急

一三九　不木書簡　七月十四日　ハガキ

電報御手紙忝く拝手しました。御迷惑なこと申上げ恐縮しました。

去。四十五歳。乱歩関連では、男色文学研究のライバルで協力者の外に、放浪の旅の相棒でもあった。男色を意味する「いわつつじ」は、おそらく、「言わづ通じる忍ぶ恋」を表すものと考えられる。

〔一三七〕

(四八二) **御送り致しました**　以前から乱歩に頼まれていた扁額二枚を意味する。二枚の文字は「子不語」と「猟奇耽異」。

〔一三八〕

(四八三) **がまんして頂くこと**　一枚単価は五円で悪くないが、四枚のため、計二十円。現在の貨幣価値では概算三千倍の六万円。これで往復二日に取材の一日で三日を取られるのだから、乱歩が名古屋にいるならばともかく、受けるとは思えない条件。

(四八四) **入れて頂きたいとの事です**　経済的タイアップの理由からの要請であろう。

(四八五) **電報で御返事下さい**　「如何でせうか。来てやつてくれませんか」の一行は、『新愛知』のためではなく、不木に会いに来てほしいという、切実なものが感じられる。いっぽう乱歩自筆の書簡集目次では、「新愛知に伊勢の随筆連載せよとの交渉。応ぜず」と、いかにも冷たい乱歩のコメント。

新愛知へは早速通知して置きました。残念がつて居ましたが、また何か、次の機会に書いてやつて下さい。（四八六）二三日の暑さには閉口です、委細拝眉。

〔昭和三〕七月十四日

一四〇　不木書簡　八月二日　ハガキ

御手紙忝く拝手致しました。「ヒキ」愈よ完結御苦労様でした。春陽堂との御話無論それで結構と存じます。探偵趣味のこと色々御手数でした。（四八七）「南方」は八月から市内で封切りされます。（四八八）「無貪清風」は今日御覧のこと、存じます。（四八九）如何ですか、小生の腰痛依然として去らず、（四九〇）当分はかうしたぶら〳〵状態でくらす覚悟しました。

とりあへずハガキで失礼。

〔昭和三〕八月二日

〔一三九〕

（四八六）次の機会に書いてやつて下さい　当然、乱歩からの不承知の手紙が来たものと思われる。『新愛知』よりも、不木の落胆のほうが大きいことが伝わる。

〔一四〇〕

（四八七）色々御手数でした　春陽堂との話は、営業的に採算が合わなくなった『探偵趣味』の廃刊についてのこと。この年の九月号で廃刊。

（四八八）封切り　「南方の秘宝」映画化は、小沢映画聯盟製作第一回作品。監督は小沢得二、配役は高田稔・山本冬郷・月村節子他。連載の最終回二日前の八月八日から名古屋の港座で封切り。物語は名古屋の南が舞台で、七宝に描かれた蝶の絵柄に謎が隠されている宝捜し。国枝が住んでいる新舞子が、謎を解くうえでの重要な意味を持ち、先着三千名に一円の新舞子往復乗車券つき入場券が売られている。新舞子は海水浴場として有名であり、観光とタイアップしたメディアミックスでもあった。鶴舞公園で開催された名古屋博覧会は二年前の大正十五年であり、全国に向かって、モダンな都市・名古屋をアピールする気運があったのだと考えられる。

（四八九）御覧のこと、存じます　宗教劇上演初日の、原作者の総見に行っているはずという意味。名前を連ねていても参加していない乱歩が行ったかどうかは不明。

一四一　不木書簡　八月二十二日　封筒便箋1枚

拝復先日はわざ〳〵御見舞下さつて本当に感謝に堪へません。月曜日の夜森下さんだけたづねて下さいました。(四九一) 同夜十一時過ぎにわかれました。その後御蔭さまで気分も段々よくなつて行くから御安神願ひます。

「死の研究」(四九二) はいつまでなりと御使用下さいませ。

それから先便に防腐剤トリポ◎フラヴインと申し上げましたが、トリパ◎の方が正しいやうですから一寸訂正して置きます。(四九三)

とりあへず右。

光次拝

〔昭和三、〕八月二十二日

平井大兄

(四九〇) 腰痛依然として去らず　不木の精神的な疲れが、こうした体の不調に来ているのかもしれない。

［一四一］

(四九一) 森下さんだけたづねて下さいました　不木の腰痛の見舞いと思われる。乱歩が来たのは、例会なのかは不明。雨村の見舞いは、おそらく、盆に郷里の高知へ帰省する途中と思われる。

(四九二)「死の研究」　H・カーリントン、J・R・ミーダー著『死の研究』(松本赳訳、大正2年大日本文明協会刊) か。

(四九三) 訂正して置きます　乱歩は、昭和四年六月と七月に『改造』に掲載となる「虫」の準備をしている。これは「陰獣」で果たせなかった乱歩の野心を、もう一度試してみることであった。『新青年』の四年一月に掲載の「芋虫」(雑誌掲載時表題「悪夢」) が最初『改造』に持ち込まれるのも、こうしたことが原因だった。

一四二　不木書簡　十月二日　ハガキ

拝啓御変りありませんか、森下氏からの通知によれば長篇（四九四）御執筆決定の由どうかやつて下さい。小生もよほどよくなりましたから安心して下さい。「白頭の巨人」土師氏の尽力でサンデーが千円で買つてくれたさうです。

ジヤズ結婚曲を五九郎が九日から公園でやるさうです。今月中旬集りたいですから御都合を一寸きかせて下さい。

〔昭和三、〕十月二日

一四三　不木書簡　十一月四日　封筒原稿用紙1枚

拝復先夜耽綺社の会の時は一同残念に思ひました。（四九五）実はサンデーから金一千円もらひましたのでその分配をしたのですが、どうにも通

〔一四二〕

（四九四）長篇「孤島の鬼」のこと。

〔一四三〕

（四九五）一同残念に思ひました　乱歩は欠席。乱歩自筆の書簡集目次では、「会合欠席の恨み」とあり、かなり皮肉が痛切。乱歩は「陰獣」の大成功の後、雨村に長編作家としても期待され、昭和四年一月博文館から創刊される『朝日』に、目玉となる連載長編を依頼されている。その構想を練るために頭が一杯のはずであった。耽綺社どころではなくなったのである。この頃、雨村は正史に『文芸倶楽部』の編集長の座を明け渡すと、長谷川天渓にかわって、やっと念願の編集局長に就任する。『新青年』は延原謙編集長に代わった。

（四九六）困つて居ました　乱歩は「孤島の鬼」の構想を練るため旅に出ていた。行先は冬の寒さを逃れる意味もあって、三重県南方の不便な漁村である。例によって呼び寄せた岩田を連れており、その岩田が持っていた『森鷗外全集』に載っていた「中国の片輪者製造の話」を聞いたのが、小説のヒントとなっていく。岩田が『鷗外全集』を持っていたのは、昭和五年より森潤三郎に依頼されて始まる、漢学者である北条霞亭の調査の下準備もあったと考えられる。これは森鷗外の小説「北条霞亭」の勘校記を、潤三郎が筆録するために岩田に依頼したもので、この二人の往復書簡は昭和十五年まで続き、その数は

知する先がなくて困つて居ました。(四九六) 金五百円大兄と岩田君への為に預つて居ります。(四九七) 早く受取つて頂きたいのですが、岩田君の方へは大兄から送つて下さるか、それとも私から送りませうか。こんどは値段がやすかつたから岩田君の御礼も「南方の秘宝」(四九八)なみでなくてもよいかと思ひますが如何ですか。

先月の会合の結果、今月の十五六日頃、名古屋で集るといふことに議が一決しましたから、その時でもよいといふことならばその時にしますが、預り金は手許に置くと使ひたくなる懊があるから早く受取つてほしいです。兎に角五百円大兄の手許まで送りませうか。(四九九) 至急返事を願ひます。

それから今月は是非都合して来て下さい。今から御返事をきいて置きたいと思ひます。(五〇〇) 色々書きたいことがありますが、御返事を待つてからにして、今日は用向のみ。

〔昭和三、〕十一月四日　　不

百五十通にものぼった。

（四九七）預かつて居ります　これで、「白頭の巨人」の執筆が岩田であることが確認できる。概算、乱歩と岩田で百五十万円である。三百枚強の乱歩の原稿料とすればよくないが、岩田の執筆であれば満足のいく金額で、これを折半したにしても、ふたりで鄙びた旅館を泊まり歩くには、充分であった。自伝によれば旅行などの時の費用は乱歩が払っていたようだから、岩田の腹は痛まなかったわけだが、その分、正史などの代筆とは違い、著作権料を取っていたとも解釈できる。資料として『貼雑年譜』には「岩田君デハナカッタカ」と記されている。時間がたつと、少し確信が持てなくなるらしい。

（四九八）「南方の秘宝」なみ　これで、「南方の秘宝」も執筆が岩田であったことが確認できる。同人それぞれがアイデアを出し合って物語を作るのだが、最終的な大筋の物語は、乱歩と不木によって決められ、それを岩田が書いていることになる。不木の言うのは、岩田の取りぶんを少なくしろという意味だから、乱歩の生活を心配しての忠告である。乱歩は正史の代作などに対しても、全額代作者に取らせていた。生活に困っていない限り、こうした収入に乱歩はほとんど執着しなかった。そのための配慮であろう。ただしこれは、乱歩が厚遇する岩田への不木の不満、ないしは嫉妬と考えられないこともない。代作収入が少なかったのだから、代作者の取りぶんは少なくてもよいという考えは、一見正論のようで、まった

江戸川兄

一四四　不木書簡　十一月七日　封筒便箋2枚

拝復本日電報為替で銀行から金弐百円送らせて置きました。岩田君へは明日あたり三百円送ります。（五〇一）新青年へ執筆して下さる由愉快です。せめて二ヶ月に一回は今後書いて下さい。（五〇二）国枝君があんなことをいふと聊かこたへます。国枝君は始めから小生や甲賀君に反感を持つて居るのです。国枝君自身酒をのむと本音を吐きますが小生の如き中学生ぐらゐの文章しか書けぬものが頭をあげて居るのが片はらいたいといふのです。それはさうかも知れません。然し別に私たちは悪いことをして居るのでないから続けて発表して来た訳ですが、どうもそれが気にいらぬさうです。それに同君の発表する探偵小説がその割にチヤホヤいは

く逆であることに気づいていないところが面白い。懐手をしてお金が入る名義人より、代作者がいちばん大変なのである。『貼雑年譜』には、今度は確信を持って「本文ハ岩田準一君ノ執筆デアル」と記されている。

（四九九）**送りませうか**　大不況のさなかでもあり、五百円の札束が、いつ強盗に押し入られても不思議ではない金額であったことがよくわかる。

（五〇〇）**きいて置きたいと思ひます**　かなり高圧的な不木の切り口上である。例会欠席は悪いが、こうした不木の小言が聞きたくないための乱歩の欠席であったと思われる。乱歩にすれば、たとえ代作であろうと同人のノルマはこなしているので、不木に叱られる筋合いのないことであった。

［一四四］

（五〇一）**三百円送ります**　先に乱歩に送っている理由が、いまひとつ解らないが、乱歩が休筆のうえに、夫人の入院、乱歩本人の入院その他で、かなり生活が苦しいと不木は考えていたのであろう。そして六割も岩田に渡すべきではないという気持が、岩田の分を明日まわしにさせたのであろう。不木としては、乱歩の生活を支える意味でも耽綺社を経営しているのだという、使命感があったのかもしれない。実際には乱歩は、円本の収入などで、経済的な苦しさをすでに脱しており、高額になった原稿料で、手堅い作品を書いておけば、それだけでもかなりの収入に

れぬのも癪の種なのでせう。(五〇三) いづれにしても、私は神経衰弱の人の言としてあまり気にかけません。
さういふ訳で大兄も不愉快でせうけれど耽綺社には外にあかるい気持をした人が多く、何かと愉快にもなれますから当分会には出席して下さい。(五〇四) 委しいことは御目にか丶つて申上ます。
今月の会はどうか都合して来て下さるやうに大兄の都合によつて日取りを定めてもよろしいです。(五〇五)
奥様にくれ〴〵もよろしく。

〔昭和三、〕十一月七日　　不木

江戸川兄

一四五　不木書簡　十一月九日　ハガキ

拝啓

なったのである。

（五〇二）二ヶ月に一回は今後書いて下さい　「陰獣」以降しばらくの乱歩作品は、文壇に対する乱歩の挑戦であった。そのことを、まだ気づかない不木であった。

（五〇三）癪の種なのでせう　不木があまりに会を、いつも不在の乱歩中心に考え過ぎることへの国枝の反発が、こうした発言になるのだと考えられる。しかし大正期の不木の書簡と比べると、ほとんど子どもが、けんかでする告げ口のようで微笑ましい。乱歩のコメントは「国枝氏の悪口についての不快／不快ならんが会には来てくれ」と、冷めきっている。最後の国枝分析は、国枝に追い詰められながらも図星であろう。探偵小説界は、探偵小説に愛情を持たない作家に対して大変厳しい。平林のようなアカデミズムの人であっても、探偵小説への愛情が解れば、水谷・延原などのブリッジ仲間であったように、気の置けない身内として文壇の内側に入れて考える。これは、雨村のような編集者であっても、考えは同じであったろう。つまり探偵小説界は、あくまで国枝を外部の作家として扱うのだ。そのあたりの事情に疎いところが、名古屋に住んでいるために、国枝にはあったと考えられる。

（五〇四）会には出席して下さい　その前の記述「外に」に注目。今回初めて国枝への弁護をしない不木であった。

（五〇五）よろしいです　断固として、不在の乱歩を中心に会を運営する不木であった。

十八日に会合したいと思ひますが御都合如何でせうか。是非御来京願ひます。(五〇六)

〔昭和三、〕十一月九日

一四六　不木書簡　十一月十七日　ハガキ

拝啓

「陰獣」只今拝手立派な装幀うれしく存じます。(五〇七)平山さん都合悪いとの事ですから二十四日にしました。御都合如何ですか。一寸。

〔昭和三〕十一月十七日

一四七　不木書簡　十一月二十日　ハガキ

［一四五］
(五〇六) 御来京願ひます　この例会も乱歩は欠席と思われる。乱歩のコメント、「会合通知」。感情的記述がないことでも、欠席は確実。

［一四六］
(五〇七) 立派な装幀うれしく存じます　「陰獣」の装丁は、俗悪な猟奇趣味を強調しようとすればできたにもかかわらず、大変シックな美装本として出版されている。このあたりに、乱歩の、他の自作と同じに考えてほしくないという、自負のようなものが感じられる。

拝啓
二十四日は寸楽でなしに小生宅にて正午から一時迄の間に勢揃ひし、新舞子舞子館（五〇八）へ行くことにしますから左様御承知願ひます。

〔昭和三〕十一月二十日

一四八　不木書簡　十一月三十日　ハガキ

拝復廿四日に小生宅にて四人集合、それから電車で新舞子国枝氏宅を訪ひ、後舞子館で夕食をとりました。小生のみ帰宅あとの三人は舞子館にとまられました（五〇九）。東京出発前平山さんに電話をかけてもらひましたが、よく通ぜずとの事でした。大兄が来られないので小生は殊更さびしい思をしました。大切にして下さい。来月は仕事のない限り会はやすみます（五一〇）。ヒキの方先日みんなに話しました。無論その条件で結構ですから博

〔一四七〕
（五〇八）**舞子館**　寸楽と同じく、小料理屋だと思われる。新舞子には国枝の自宅があった。

〔一四八〕
（五〇九）**あと三人は舞子館にとまられました**　冒頭の「四人集合」の四人は、平山、長谷川、土師と不木。舞子館に泊まった三人は、平山、長谷川、土師。このあたりが、当人たちには分かっても、よく読まないとわからない。前回の国枝との口争いも、忘れたかのような不木だが、妙にはしゃいだ元気さと、それと裏腹な寂しさが感じられる。

（五一〇）**会はやすみます**　これは、乱歩への脅しではなく本音。出発当初の物珍しさが過ぎ去って、個人名でないとなかなか原稿の売れない耽綺社であった。

文館に約束して下さいませんか、題名変更は大兄に一任します。出版部の人と相談して然るべく御きめを願ひます。(五一一)寒くなつたから大切にして下さい。そのうち一度名古屋へ来てくれませんか、小生目下研究室に詰めきつて原稿書きはやめて居ます。(五一二)委細は後便に。

〔昭和三〕十一月三十日　　不木

一四九　不木書簡　十二月六日　ハガキ

拝啓

土師さんの交渉で正月漫談会を開きサンデーが買つてくれることになりました。(五一三)正月七八日は如何でせうか。こんどは是非出席して下さい。

一寸御都合御伺ひまで。

(五一一) 御きめを願ひます　改題は「空中紳士」。話し合った内容は、「飛機睥睨」の印税についてだと思われる。乱歩が仮の草案を出し、それでよいという合議がなされたものと考えられる。

(五一二) 原稿書きはやめて居ます　「研究室」というのは、どこかの大学で、不木が研究をしているというのではなく、この年の一月以来、不木は自宅に隣接する土地に研究室を建てて、学生たちを指導していたためである。乱歩が構ってくれないので、ついに青少年を集めてしまう不木であった。乱歩のコメント、「会合の報告。君が来ぬので淋しい思ひをした。研究室にて研究をはじむ」。

〔一四九〕

(五一三) サンデーが買つてくれることになりました　漫談の口演をするというのではなく、正月の読物特集として、くだけた体裁の座談会をするという意味。

〔昭和三〕十二月六日

一五〇　不木書簡　十二月二十八日　ハガキ

御変りありませんか。

サンデー毎日の座談会(五一四)一月八日にしたいと思ひます。御都合は如何です。御返事を待つて居ります。

〔昭和三〕十二月二十八日

〔一五〇〕

(五一四)サンデー毎日の座談会　この座談会の掲載は『サンデー毎日』昭和二年十二月号。ここで長谷川伸によって、耽綺社結成は、喜多村緑郎からの探偵劇の依頼が発端であることが明かされている。合作組合の仕事も少なくなり、そろそろ内輪話を語る時期に来ていることを意味する。

昭和四年

一五一　不木書簡　一月二日　ハガキ

御手紙ありがたう存じました。(五一五) 元気づきました。では八日例の時刻までに寸楽へ願ひます。

出来たら前日あたり来ませんか。大に話したいです。

〔昭和四、〕一月二日

一五二　不木書簡　一月十六日　封筒便箋1枚

拝復

先日は久し振りに御目にかゝれて実にうれしく思ひました。合作探

〔一五一〕

(五一五) **ありがたう存じました**　不木の書簡に挨拶だけで内容がないのは、同じく乱歩の来信も内容のない挨拶状であったためであろう。昔のように、言葉少ない乱歩から、何とかしてリアクションを引き出そうとする熱意が、すでに不木にないことを意味する。乱歩のコメント、「出席すとの通知せし喜びのハガキ」。

〔一五二〕

(五一六) **まとめることにしました**　おそらく「意外な告白」(『サンデー毎日』昭和4年3月20日)であろう。この執筆者が不木であったことが、この書簡で判明する。雑誌の企画による競作をのぞいては、初めての不木の合作への執筆である。耽綺社で不労所得を稼いだのは、意外なようだが、社長の不木だったのかもしれない。

〔一五三〕

(五一七) **いづれ又**　最後の最後まで、乱歩の懐を心配していた不木の面倒見の良さが、ひしひしと伝わる最後の手紙。二日後の不木の死因は、結核のためではなく急性肺炎、つまり風邪によるものであった。万愚節つまり四月馬鹿の日のため、八方へ連絡しても、しばらく誰も、その死を信じなかったであろうと思われる。さて、この不木の風邪だが、これこそ誰あろう中村進治郎(明治40〜昭和8)が原因なの

偵小説の原稿出来ましたが、どうもあれだけでは探偵小説としての興味が薄いので、もう一人人物をふやしてとにも角にもまとめることにしました。(五一六) 左様御含みを願ひます。

それから題がまだきめてありませんでした。相談して居ては遅くなりますから、それもこちらで勝手にきめて差出すことにします、あしからず願ひます。

空中紳士の校正御苦労様です。どうぞよろしく願ひます。

とりあへず御報告旁。

江戸川兄　〔昭和四、〕一月十六日　不木

一五三　不木書簡　三月三十日　封筒便箋1枚（書留）

只今病臥中です。空中紳士印税二百八十五円受取りましたからとりあへず百四十円送ります。いづれ又。(五一七)

だ。『新青年』のコラム「ヴォーガン・ヴォーグ」や「わにてい・ふえいあ」で、おしゃれ記事を書き、後にムーラン・ルージュの踊り子高輪芳子（大正4～昭和7。元SKDの踊り子で本名・山田英子）と心中し、ひとりだけ助かったため偽装殺人を疑われ、もう一度、次の年に自殺をし直した、あの中村進治郎である。この相方の高輪を、松竹歌劇団のオーディションでスカウトしたのは川口で、それに山手線の駅名を順に芸名につけたのも、川口であるらしい。川口は、脚本家としてプラトン社から松竹に移っていた。中村進治郎は正史の「素敵なステッキの話」（『探偵趣味』昭和2年7月号）で作家Cとして、「お名前はかねがね承って居ります。僕Cです。どうぞ宜しく」と、小説の中にも登場する（このセリフは、正史が初対面のときのセリフと同じ）。この進治郎について、正史は小林信彦との対談で次のように語っている。「この前ね、中村進治郎の話が出たでしょう。あれは小酒井さんの死と関係してんのよ。とにかく美少年でしょう。ぼくが『文芸倶楽部』に移ってから、ぼくの弟の武夫っていうのが『新青年』にお世話になったの。武夫が休暇かなんかで神戸に帰るっていいますから、お前神戸に帰るんなら、名古屋に寄って、小酒井先生に挨拶してよって言っておいたの。それに進治郎がついて行ったのね。そうしたら、一見、大家の御曹司風でしょう。とにかく美少年ですよ。それは冬のことでしたわ。小酒井先生がわざわざ駅まで送って行かれたそうですわ。

〔昭和四〕三月三十日　　　　　　　　光

平井兄

〔逝去の直前也。〕

一五四　乱歩書簡　四月二十四日　巻紙1枚

拝啓

昨日岡戸君上京を機とし森下氏と熟議の結果全集出版には改造社を選ぶことに決断致しました。(五一八)条件は小生等の力にて出来る限り有利に取運んだ積りでございます。(五一九)念の為最低発行額を定め、改造社より契約書を取りました。右契約書は

両三日中岡戸君持参帰名の上委細御報告申上げる筈です。

それで風邪ひかれたんです。それで亡くなられた」ということらしい。「冬」という点を除けば、記憶は正確である。正史の説によれば、後にもこういう進治郎の巻添えで死んでしまった人はあり、ピアニストのダン道子の弟も進治郎の心中に関連して何度も警察に拘留され、もとから胸が悪かったこともあって、それがもとで亡くなったのだという。このように、小酒井不木先生もダン道子の弟も、中村進治郎という悪魔のような美少年の呪いによって死んだのだと、正史は考え、心中未遂で警察から出てきたときも、怖くて会わなかった。もう一度、正史に語ってもらおう。「そうしたら、ぼくが大喀血やってさ、寝てるとこへ、進ちゃん、心中のし損いだということになってブタ箱から出てきたらしいのね。一番先にうちに挨拶に来たでしょう。こわくなってね。こんどはおれの番か。(笑)それでお断わり申し上げて、しばらくしたら向こうが死んじゃった。ことほどさように人柄がいいんだ。それで小酒井さんもすっかり惚れちゃったんでしょう」という。正史は本格探偵小説の鬼である。そのため、合理主義しか信じていないと誰もが考えるかもしれないが、これが、そうではなく、仏教的な因果応報をほとんど信じきっていたふしがある。そして、勘のよい人なら、もうお気づきと思うが、この近づくものを死の淵に誘う、美少年の「しんじろう」が「真珠郎」に変わったのだということは確実だと思われる。むかし上方歌舞伎に中村珊瑚郎という役者がいたことも、中

右一寸発行元確定の御報告のみ申上げます。
皆様によろしく御伝へ下さいます様。

匆々

廿四日

江戸川乱歩

小酒井久枝様

村進治郎のイメージに重なっているかもしれない。いずれにせよ、正史の無意識のなかでは、小酒井不木殺しの犯人は、中村進治郎こと真珠郎であったに違いない。

［一五四］

（五一八）**決断致しました**　改造社発行『小酒井不木全集』全十七巻（昭和4～5年刊）のこと。最初の企画では全八巻予定であった。

（五一九）**有利に取運んだ積りでございます**　不木全集の刊行は、不木が恩師である関係で乱歩が当たっている。最初は不木の著作の多くを過去に出しているために、ぜひとも自社から出したいという春陽堂からの意向があったが、営業方針が地味でもあり、後から出版を申し出た改造社と出版権の争奪戦となった。現在では古めかしく感じられるために意外かもしれないが、地方在住作家とは言いながら不木は、甲賀三郎や乱歩と並ぶ大流行作家であったから、この突然の死は予期しないものであり、その才能を惜しむ意味でも、確実に売れる出版企画だったのである。いっぽう乱歩の意向は、不木の死が三十九歳という、まだ未来ある早世であったため、遺族の生活のためにも、最も好条件の契約が望ましかった。改造社と不木との関係は、最晩年に改造社版『世界大衆文学全集』のドゥーゼの巻の翻訳「スペードのキング／四枚のクラブ 一」を出版計画中で、その翻訳原稿を受け取ったばかりであったことが、改造社編集部の高平始書簡（4月3日付）でわかる。不木生前には出版物はないが、円本企画の嚆矢として日の出の勢いの改造社は、探偵小説の出版にも力を入れている時期だったから、春陽堂と出版権を争うのは当然と言えるであろう。この出版方針にはいくつかの意見があった。ひとつは、あまり大衆的にしないで、少し高価だが上品で少部数の出版という案。もうひとつは、不木の著作は、探偵小説が持つ特殊性や、医学の専門知識を通俗的にわかりやすく大衆普及させることを意図したものであるから、できるだけ廉価で大部数を出版するという案である。この二案の前者を春陽堂、後者を改造社と単純化はできないものの、改造社の宣伝力に春陽堂が対抗できるとすれば、改造社に比べ少部数にはなるが、上品で高尚な本造りであったと考えられる。乱歩の意見は、遺族の生活を考えて大部数の発行を望んでいたが、乱歩としても春陽堂には恩義があり、最初から話のあった春陽堂側の意見を、そう無下に断わることが出来なかった。そのため乱歩は雨村と相談して、不木の助手の岡戸武平に来てもらい、両社との折衝に当たらせたものである。両社の板挟みにあった乱歩には、岡戸を介して遺族の意見を聞いてもらい、責任を回避したのだと考えられる。乱歩自伝には、こう記されている。「遺族の人々も改造社を希望された。それに部数その他の条件が、同社の方が有利であることも確かであった。そこで愈々改造社ときめて、私はわざわざ春陽堂へ出向き、その事情を話して、手を引いてくれるように懇談した。係りの島源四郎君は涙ぐんで残念がった。私はそれ以来春陽堂の恨みを買ったような気がしている」。島源四郎は乱歩が作ったとも言える探偵趣味の会の会員でもあり、出版企画その他でつき合いがあるだけでなく、会のために機関誌を春陽堂に請負ってくれるなどの数々の協力を受けていたこともあって、乱歩としては心苦しい面があったと思われる。岡戸書簡（4月24日付）によれば、改造社の条件は全八巻の四六判で、一冊が五百から六百頁のものを最低でも一万部を刷り、売れ高がこれ以下でも刷部数の印税は払い、以上に売れた場合は印税として一割を支払うというものであった。また、一冊につき一万部だと採算が取れないので少なくとも二万部を計画しているという、かなり大掛かりな企画であった。最終的にどれだけ売れたかはわからないが、全八巻の予定が全十七巻にもなる続刊を続けたことからでも、全集の企画として大成功であったことがうかがえる。なお、この全集第十二巻には乱歩宛書簡十三通が収録されている。

回想

江戸川氏と私

小酒井不木

はじめて江戸川氏の作品に接したのは、大正十一年の夏頃ではなかつたかと思ふ。『新青年』の森下氏から同君の『二銭銅貨』と『一枚の切符』を送つて来て、日本にもこれほどの探偵小説が生れるやうになつたから、是非読んで下さいとの事であつた。早速『二銭銅貨』を読んだところが、すつかり感心してしまつて、森下氏に向つて、自分の貧弱なヴオカブラリーを傾け尽して、讃辞を送つたのであつた。さうして『二銭銅貨』が発表されたときには、私の感想も共に発表された。

これが縁で私と江戸川氏と文通することになつた。時々長い手紙を寄せて同氏は私を喜ばせてくれた。その後、ポツリ〳〵氏の作が『新青年』に発表されるごとに、私はむさぼり読んで、江戸川党となつた。

関東の大震災の後、私は田舎から名古屋に移り住んだ。その翌年中、同氏はやはりポツリ〳〵発表した。いづれも傑作ばかりである。私は、江戸川氏にむかつて、探偵小説家として立つてはどうかといふことをすゝめた。すると、森下氏あたりからも、その話があつたと見え、同氏は『心理試験』の原稿を私に送り、これで探偵小説家として立ち得るかどうかを判断してくれといふやうな意味の手紙を寄せた。

『心理試験』を読んで、私は、何といふか、すつかりまゐつてしまつた。頭が下つた。もうはや、探偵小説家として立てるも立てぬもないのだ。海外の有名な探偵小説家だつてこれくらゐ書ける人はまづないのだ。そこで、更に大にすゝめたのであるが間もなく、一度上京して、色々な人に逢つて決したいといふ手紙が来た。その序に立ち寄るといふ手紙が来た。

私は大に待つた。十四年の一月、たうとうやつて来た。初対面の挨拶に頭の毛のうすいのを気にした言葉があつた。私たちは大に語つた。江戸川氏は、これから書かうとする小説のプロットを語つた。それが、後に『赤い部屋』として発表されたものである。

同氏はこのとき、頻りに私に、創作に筆をそめるやうすゝめた。私も、創作をして見ようかといふ心が、少しばかり動いて居たときであるから、たうとう小説を書くやうになつたのである。『女性』四月号に出た『呪はれの家』がいはゞ私の処女作であつた。

いよ〳〵、同氏は小説家として立つことになつた。その頃から、日本の探偵小説創作壇がだいぶ賑ひ出して来た。大阪で探偵趣味の会が出来、各娯楽雑誌にも探偵小説が歓迎されるやうになつた。

ところが江戸川氏は、いつ逢つても、もう探偵小説は下火になりはしないか、行き詰りではないかといふことを口にして居る。然し私はいつでもそれを打消して楽観的な見方をした。同氏のやうに、いはゞ精巧極まる作品を生産する人が、そのやうな憂をいだくのは当然のことであり、私のやうな、無頓着な、荒削りの作品を生産するものが楽観的態度をとるのは当然のことである。然し、江戸川氏は、さういひながらも、先から先へと立派な作品を生産して行く。この点は、天才に共通なところであつて、私は、氏が、行詰つたとか、書けないとか言つても、もはやちつとも心配しないのである。

探偵小説ことに長篇探偵小説はこれからである。すでに『一寸法師』に於て、本格小説の手腕を鮮かに見せた氏は、きつと、次から次へと、大作を発表して、私を喜ばせてくれることを信じてやまない。

『大衆文芸』昭和二年六月号

肱掛椅子の凭り心地

江戸川乱歩

『鶴舞公園の慰問橋を渡つて二つ目の角を左へ』とタキシイの運転手に命じたことが、この四年間に、幾十度であつたであらう。『ア、、そのコンクリートの土手のある家だ。』と云つて、私は車を止め止めした。そこに小酒井さんの家がある。門を這入ると正面にコンクリート造りの小さな洋館の窓が見え、窓の鉄格子のまはりを、蔦が這つている。丁度その窓の内側に小酒井さんの大型の書物机があつて、時とすると、案内を乞はぬ先に、その窓のガラス越しに、主人の笑顔が私を迎へることもあつた。

大抵の訪問者は先づ、その六畳余りの小さい洋風書斎へ通されたものである。内部は窓の側を除いた三方が、造りつけの書棚になつてゐて、和漢洋の書籍がギツシリと壁を為してゐる。主人は今云つたデスクに対して廻転椅子に凭《よ》り、客の為には、一番奥まつた所に、幅よりは奥行のずつと長い、私達には珍らしい形の、皮張りの大きな肱掛椅子と、それに並んで、三脚ばかり普通の籐椅子が置いてある。肱掛椅子は、外国から（どこであつたかは忘れた）持帰られたもので、気候によつて、その上に熊の敷皮が置いてあつたりした。

多くの客は、主人の廻転椅子よりも、ずつと大きく居心地のよさ相な、この肱掛椅子には遠慮をして、態と小さい籐椅子にかけたが、私は背の高い椅子は落ちつきが悪くていやだものだから、いつも無遠慮に居心地のよい肱掛椅子を選んだ。

バネの金が軟くなつてゐて、飛び上る程弾力はなかつたが、そのいくらか弾力の弱つた所が、却つてフカ〳〵と居心地よく、その上では、どんなに長く話込んでも、疲れることがなかつた。時によると、スリツパを脱いで、椅子の上へ坐つてしまふこともあつた。坐つても前後にタツプリ余地がある程、大きな椅子だつた。よく、寝転んで話をする為に、二階の八畳の和風客間へ通されたが、そこで、紫檀の卓《テーブル》を挟んで、大熊の敷皮の上に寝転ぶより、私は書斎の肱掛椅子が楽であつた。

小酒井さんと云へば、私はすぐこの椅子を思ひ出す。私の頭の中では、この持主と品物とが、まるで一つの物の様に仲よしになつてゐる。それは若しかしたら、小酒井さんが、あの肱掛椅子と同じ様に、いつも変らず親切で、肌触りが柔かで、思ひやりが深くて、抱擁力に富んでゐた、その相似から来てゐたのかも知れない。肱掛椅子の凭り心地、といふ比喩は故人に対して礼を失するかも知れぬけれど。


大分散佚《さんいつ》したのもあらうけれど、大方は保存してあるので、私は今日、小酒井さんからの手紙を取出して、一つ一つ読返して見た。数へると、封書が七十余通、ハガキが五十余通あつた。大正十四年から正味四年間の文通である。手紙は長いのも短いのもあるが、多くは細字五、六枚以上で、中には十枚に上るのも見える。書翰箋に女の様に美しいペンで、細々とつめて書いてある。

多くは私を励まして下さつた手紙で、従て初期の大正十四年のが、最も分量が多い。私はそれらの手紙を読返しながら、私が探偵小説を書く様になつてからの数年間を、つい振返る気持になつた。

前田河広一郎氏と議論したこと、国枝史郎氏の評論を駁《ばく》したことなど、小酒井さんの手紙で思出して、当時の私の稚気が懐しく顧みられた。

平林初之輔氏が、本格変格、健全不健全の論を発表した当時の手紙には、小酒井氏もその頃は医学的な凄動的なものばかり書いてゐられたので『お互病的派は、構はず病的で続けて行かうではありませんか』など、書いてある。

処女作「呪はれの家」発表当時の感想や、名作「恋愛曲線」を私が感服した手紙の返事もある。それには『あれはまぐれ当りです』といふ様な文句が見える。

十四年度の手紙には、日本に探偵小説を確立する為に、我々は何でも構はず書きまくらなければならぬ。といつた調子が満ちてゐる。発足期の興奮がありくと現はれてゐる。『私はこの調子で筆の続く限り書き続ける。そして一生にせめて一編でも不朽のものを残したい』といふ様な、芸術家の稚気ともいふべき、懐しい文句もあつた。

十五年度の手紙には、注文殺到して、従来の様に凡ての注文に応じ切れず、流石の小酒井さんも、これではたまらぬといつた調子が見える。『さうせめられても、おいそれと出来るものではない』などの文句もある。

『今日は朝から考へても一つも纏らず、ポオの小説を読んで暮れてしまひました。実際小説書きは辞職したいやうな気持ちです。参考書を見て書く文章なら立どころに出来るのにと、今更らかつたいのかさうらみの為体です』

又

『新青年の浅草趣味拝誦、冒頭の御言葉誠に御尤もに存じます。「飽きるといふこともあるだらうし」といふ言葉ははつきりわかるやうな気がしました。まつたく書け書けと責めるのは酷だと思ひました』

などの初期の小酒井さんらしくない文句も散見した。だが、さういふ小酒井さんの方が、私は好きであつた。

こゝには書き尽せぬけれど、それらの手紙は、一つ一つが思出深いものであつた。私の父が死病にとりつかれてゐた時、繰返し慰めて下すつた手紙や、私の作の処女出版を春陽堂に交渉して下すつた当時の文通や、私に他の職業を捨てゝ、小説に専心する様勧めて下すつた、熱情的な手紙や、どれを読んでも、故人の思ひやりの深い、人懐つこい性格が、ありくと見える様なものばかりであつた。

私が最も小酒井さんに接近したのは、一昨年の秋から暮にかけてゞあつた。それは耽綺社の集りの為に名古屋へ行くことが度々であつたからではあるが、耽綺社の会合の外に、小酒井さんと二人で話し合ふ機会が非常に多かつた。小酒井さんの創作ノートを見せて貰つたのもその当時である。そのノートには、いつかも書いた様に、二三行につゞめた小説の筋が、一杯書留めてあつた。中には絵入りのもあつて、面白いのは、散歩の途中往来での所見だと云つて、犬に挽かせた荷車が、後部の荷が重い為に、梶棒が宙にはね上つて、それにつながれた犬が、紐が短いので、首つりの形になつて、もがいてゐる図であつた。寓意的な意味で面白がつて、写して置かれたらしいのである。

又、簡単に「蕎麦羽織」と書いたのなどもあつた。それは落語の「蕎麦羽織」の錯覚を探偵小説に応用したら面白いだらうといふので、あの人体を溶かす薬草を、単に腹をへらす薬と思ひ込む、心理的錯誤は、考へ様によつては随分恐ろしいことで、何だか探偵小説になり相な気がすると話された。私も大変面白い着眼だと同感であつた。『私は種が沢山あるから、それを君の筆で書いて下さるとい〻。これからは、フイツシエ兄弟といつた調子で、当分二人の名で合作をしようではないか』などゝ、私が種に困つてゐるのを知つて、親切に勧めて下すつたのもその当時である。

私達は、小酒井さんの二階の八畳の客間に寝転んで、薄暗い卓上電燈の下で、色々なことを話し合つたものである。私も随分勝手なことを喋り、先輩を批評する様な口さへ利いたが、小酒井さんも、すつかりよそ行きの態度を捨てゝ、親しみばかりの人になられた。一緒にお宅の風呂へ這入り、床を並べて寝物語りをしたこともある。

床を並べると云つても、小酒井さんは寝台でなければ寝られぬ人だものだから、隣の六畳の寝室の籐の寝台の上に寝られ、私は八畳の方に、床を敷いてもらつて、間の襖を開けぱなし、寝台の方を枕にして、電燈を消して、真暗な中で、話をした。

その時、私達は少年の様に、恋愛について語り合つたことを覚えてゐる。私はお恥しいことだけれど、あこがれながらも、本当の恋といふものを経験したことのない男であるが、私の方では、その不幸な生れつきについて語つたかと思ふ。そして、『あなたは昔恋をなすつたことがおありですか』と尋ねたものである。

その時聞いた小酒井さんのロマンティクな打開話は、奥さんも多分御存知のことだと思ふし、仮令さうでなくても、奥さんを悲しませる様な性質のものではないので、故人を偲ぶよすがに、こゝに書き留めて置き度いのだが、私は忘れつぽいたちで、ハツキリとは覚えてゐないのが残念である。

少年時代の思出であつたかと思ふ。といつても、東京での出来事だから中学はすんでゐたらしい。若い未亡人であつたか、人の思ひものであつたか、兎も角年上の婦人に恋をして、恐らくは鏡花の小説中の少年の様に、受身に愛された類で、肉体的な関係などには至つてゐなかつたと思ふのだが、小酒井少年の方でも、その婦人を思ひつめて、一夜、婦人の家の塀の外に立ちあかしたことさへあつたと、話された様に覚えてゐる。

もう一つは、洋行中の出来事で、これ亦淡いロマンティクなものでしかないのだが、果物屋の娘であつたか、商売はハッキリ覚えぬが、何でも店番をしてゐる様な、まづしい異国の少女であった。小酒井さんは、よくそこの店へ買物に行つては、一つには会話の練習の為にその少女と話し話しされる内、少女の気だての優しさに、淡い恋心を覚え初め、その心を伝へられたのか、伝へられなんだのか、いづれにしろ深い関係に陥らぬ内、別れてしまつたといふことであつた。と丈けでは、余りにあつけない話だが、その少女の俤《おもかげ》が、一昨年の小酒井さんの頭の隅に残つてゐた所を見ると、そして私もその話を覚えてゐた所を見ると、これも亦小酒井さんの若き日の一つのロマンスであつたに相違ない。

聞いた時には、もつともつと内容が豊富であつたと思ふけれど、今私の記憶にはこれ丈けの、おぼろな事実しか残つてゐない。その上思違ひがないと保証は出来ぬ。たゞ、謹厳な小酒井さんの、柔かなロマンテイクな半面が、私をそそつたのと、その気持と小説家小酒井不木との間に、何かつながりがある様な気がしたので、つい書いて見た訳である。

小酒井さんの思出話を書くつもりで、その実なんにも書いてゐない様な気がするけれど、故人のことはいくら書いても書き尽せぬ気持だし、約束の枚数にも達したので、外のことは他の機会に譲つて、一先づ筆を擱く。

『新青年』昭和四年六月号

論考

乱歩、〈通俗大作〉へ賭けた夢

小松史生子

江戸川乱歩にとっての小酒井不木とは、つまるところいったいどういう存在であったのか？――このたび、大正十二年から昭和二年にわたる両者の往復書簡に目を通す機会を与えられて、筆者は幾たびか自問自答した。これまでの貴重な先行研究の成果によって、小酒井不木あっての乱歩であり、日本の創作探偵小説の礎を築いた乱歩を終始変わらず支え続けてくれた先輩作家としての不木の評価は極めて高いと言える。しかし、その評言はおおむね概略的で、多くは乱歩の回想録『探偵小説四十年』等から乱歩自身の意図によって導き出されるルートを辿るものであった。回想ないしは回顧の視線で語られる評言は、貴重な証言でありながらも臨場感という点においてはやはり物足りない思いがあった。そうした意味で、今回の往復書簡の翻刻という事態は、乱歩と不木という探偵小説黎明期における一期一会がどのような形で交わされたのか、この二人の交流が乱歩の以後の作家人生にどのような影響を与えたのかを、彼ら自身の肉声をもって具体的にうかがい知ることのできる、またとない機会である。

結論から端的に言ってしまえば、乱歩研究者にとって興味深いのは、大正十四年当時から既に乱歩自身の心のうちに、不木の示唆によって〈探偵小説の通俗化〉への積極的な傾きが自覚されていたことであろう。従来研究の一般的な見解は、大正十五年の新聞連載小説「一寸法師」の愚劣さ（と、乱歩自身が解題している）にスランプ状態となった乱歩が、断筆を宣言して一時期文壇から身を引き、昭和三年「陰獣」以後からは、大正期の芸術的初期短篇と別れを告げて、講談社系倶楽部雑誌に通俗物を展開していくという、いわば妥協の産物として後期作品の通俗化を論じてきた。こうした見解が踏襲されてきた根拠には、乱歩自身の周到に用意された回顧録の中の、後世へ向けた暗示が効いている。

（前略）「闇に蠢く」「湖畔亭事件」「一寸法師」と、それぞれ立派な舞台を与えられて、やって見たのだが、それらは私が普通の意味の小説が如何に下手であるかを証明したにすぎなかった。私は自己嫌悪に陥り、筆を断ちたいと思った。（中略）

しかし、私有財産、自由経済の世の中ではお金がないということはドレイを意味する。（中略）

そこで、自分ではつまらないと思っても、編集者がやいのやいのといってくれるあいだ、原稿稼ぎをしてやろう。売文業を大いにやろうと考えるに至ったのである。謂わば絶望の余りのやけくそなのだが、むろん、世間普通に使われる「やけくそ」ほど、ひどいやけくそではなかった。一応は表面をとりつくろったやけくそなのである。

（『探偵小説四十年』より〈昭和四年の項〉）

右の文章のトピックタイトルは「生きるとは妥協すること」である。ここまで言われてしまうと、厳密な意味では作家の内面へついに到達できない他者である我々は、ぐうの音も出ない。特に、これが乱歩の戦後における評論家としての活躍を経て後の発言と解すれば、なおいっそう右の自解の評言は権威あるものとしてまかりとおってしまう。かくして、江戸川乱歩の作品史は昭和四年を境に、〈芸術〉的初期短篇と〈通俗〉長篇とに大きく分断され、後者は前者にそのモチベーションの上に於いて劣るものという通念が、他ならぬ作家本人の言葉によって保証されてきたのである。しかし、今回翻刻された乱歩書簡は、文壇デビュー後はや二年にして、既に探偵小説のゆくべき方向性として通俗化の問題が乱歩のモチベーションに積極的に存在していたことを証明してくれた。大正十四年七月七日の書簡には、「探偵小説を盛んにする為には、何よりもい丶ものを書くことが先決問題であること、それには、これまでの創作は余りじみなものばかりで、面白みに欠くる所がある故、もつとリユパン式の変化あるものを書かうといふこと、など申合せました。これは柄にもない小生の発議です。なんとかしてそんなものが書き度いと思ふのです」とある。リユパン式の変化あるもの——それはすなわち、本格推理を旨とする作品ではなく、筋の変化に富んだ冒険活劇の長篇作品を意味した。したがってこの言は、いわば通俗長篇の推奨であるが、乱歩のこの積極性はどうであろう。これは第四回「探偵趣味の会」席上での座談会の言であるようだが、「発議は自分だ」と言ってのけているあたり、乱歩の並々ならぬ意気込みが伝わってくる。そして、この書簡の文面は、続けて以下の気になる言葉をも残している——「大分前から、『サンデー毎日』にリユパン風の長い続き物をといふ注文を受けて居りますが、どうも柄にない為手がつけられずそのままにして居ります」。

乱歩の回顧録の自解を根拠に、従来我々はともすれば昭和四年以降の通俗長篇作品を妥協の産物として——つまり〈乱歩にとって安易に書き散らしやすかった作品〉として理解してきたが、もしかするとこのような見解はまったく逆転した認識だったのではなかろうか。乱歩にとっては、むしろ「蜘蛛男」以降の講談社系倶楽部雑誌に載せる作品の方が面白さを追求するモチベーションとしてははるかに上位で、しかも書きこなすのに容易ならざる困難を伴うものだったのではなかろうか。そこまで極言するのは些か性急であるとしても、「柄にない」というのは、決して「書きたくない」という意味ではあるまい。むしろ、「書きたくても書けない」という苦しみが、乱歩をして己の後期作品へ著しい嫌悪を抱かせたということなのではなかろうか。つまり、それだけこの書簡で言及されている「通俗大作」という目標は、乱歩の理想が込められた憧憬の対象だったのではなかろうか。

乱歩は幼少期の読書体験を、黒岩涙香の翻訳物や菊池幽芳の冒険物にかなりの程度負っている。明治に育った小説好きの子供達が、多かれ少なかれその恩恵にあずかった貸本屋というメディア媒体は、人情本と並んで涙香や幽芳、または彼等の亜流がものした「血沸き肉躍る」長篇サスペンスを人気ジャンルとして流通させた。明治の文筆家である森鷗外や幸田露伴らが、こうした貸本の人気ジャンルを手に取っている。彼等と時代を重ねる乱歩の文学眼の基盤には、これら明治の大衆向け長篇作品が提供した起伏のある物語構成への嗜好が潜在している。そして、知識人達が「芸術のための芸術」と評してこれら大衆向け長篇作品から距離を取る方向で文学道を邁進していく傍ら、乱歩は「探偵物が芸術かどうか、又芸術的でなければならないかどうか……実は小生などにはさつぱり見当がつきません」（大正十四年八月二十六日書簡）として、大正教養主義が一線を画そうとした「通俗的大作」への関心を失わなかった。

この大正十四年八月二十六日書簡の二伸は、乱歩のそうした通俗趣味の告白体としてたいへん面白い。乱歩はこの書簡で、探偵小説が芸術かどうかなどといった論議には興味がないと述べつつ、「もし芸術だつたら尊敬されるのなら、芸術だといひ度いのです」と、聞きようによってはとんでもない本音を激白する。そして、この激白を聞かされる相手が不木だったというところに、両者の決定的な関係性が浮かび上がってくる。

ここで、視点を不木側に移してみよう。大正十四年六月十七日の乱歩宛書簡の中で、不木は乱歩の作品を他の作家と比較して「底力」と評している。「誰が何といはうが、私はあなたのすべての作の底に光つて居るものがいつもはつきりと眼につくのです」と言い切る不木は、その底に光るものが何かについて具体的には述べないが、「底」という表現にこめられた意味合いは確かに伝わってこよう。不木が「底力」という表現で指摘した乱歩作品の魅力とは、探偵小説の表層に現れるトリックの新奇さや論理のアクロバットではない。それらの底深く横たわり物語の基盤を支えているところの、〈物語る力〉なのだ。乱歩が請い願い、不木が快く承諾して書いた「創作集『心理試験』序文」（大正十四年七月）に、その裏付けとなる文章が載っている。

探偵小説は理知の文学であるから、ことによると読者の中には、江戸川兄の作品を解剖して、そのどの部分に私が感服するかと質問する人があるかもしれない。（中略）私は江戸川兄の作品を読んで、この部分がかういふ風に出来て居るから、面白いと思つたことは一度もなく、全体を読み終つて、その際受けた感じが、たまらなくよいから、面白いといふ迄である。

（平凡社『江戸川乱歩全集』第三巻、昭和七年）

全体を読み終わって受ける感じが優れているという、はなはだ漠然とした評言ではあるが、すなわちこれは読者に途中で本を投げ出させず、最後まで物語を読み通させるだけの語りの力が乱歩作品にはあるという讃辞なのである。乱歩作品に於けるこの〈物語る力〉に着目し、何よりも優れた資質——探偵小説に不可欠とされるトリック考案や論理性よりもむしろ優遇されるべき資質として極端に賞揚した点が、たとえば平林初之輔といった論者と不木が決定的に異なるところであろう。大正十四年八月二十二日書簡で「あなたの作品が所謂純芸術的作品に近よつたといふやうなことは私にとつては実は第二義なんです」と言い切る不木は、「探偵小説の要件としては『面白く』なくてはなりません」と定義する。では、その面白さとは何かと言えば、平林らが提唱するような論理性の如何ではなく、「泣かしてくれ、怖がらしてくれ、笑はせてくれ、驚かせてくれるものであればそれで十分」だということなのである。不木は、「一般民衆を対照《ママ》として考へると」と断っているが、自身もそのうちの一人として「よほどメチャ〳〵のものでない限り先づ感心する」と告白し、「そして、世の中には私と同じくらゐの意見の人も可なりにあるだらう」と推測する。大衆が求めているものは物語なのだと、不木は乱歩に告げているのである。だからこそ、国枝史郎の言葉に、「然し描写になつて居ても面白くないものは仕方がないではありませんか」と反発するのだ。これははたして、それほど（不木が自戒して言うほど）「低級な意見」であろうか？

この点を考察する上に於いて、「当時、探偵小説の普及というジャーナリズム上の使命感があった」というメディア論にシフトせずに、あくまで作家の資質の問題として論じていくことは可能であろうか？　その可能性は、今回のこの往復書簡に秘められている。

大正十四年十二月十七日書簡で、乱歩は「余り皆から行きつまりだと云はれるので、小生自身もそんな気がして」と不木に訴えている。不木はこれに応えて、「本当に『行き詰ま』なんといふ言葉はきいても厭です。どうして大兄が行き詰るものか」と気勢を吐いている。乱歩は、自身でもたびたび告白しているように、他人の評価に異常に気分を左右されやすい作家だった。自身への評価記事を集められるだけ集めた、驚異の資料集『貼雑年譜』の作成も、そうした乱歩の常に「他人の目に自分の作品がどう映じるかが気になってたまらぬ」性質がおこさせた行為の一端である。確かに従来研究では、トリックや論理性の新趣向にネタ切れを起こして乱歩はスランプに入ったと解説されてきたが、大正十四年という時期に乱歩を行詰まりに追い込んだのは、実は乱歩自身の内省というよりも、或いはむしろそのように乱歩作品の将来を推測した他者の評言だったのではあるまいか。いわば受け身の他動的な行詰まりという側面もあったというのが、本当だったのではないかということである。

ここで論は再びもとに戻り、大正十四年七月七日書簡で既に表明されていた「通俗大作」への乱歩の積極的モチベーションに還元される。探偵小説が芸術か否かという論争は、大正十五年頃には平林の健全・不健全論とも抵触して、実作で示す困難さを前にその不毛性が目につき始めていた。この頃の乱歩は一般文壇と探偵小説文壇との橋渡し的存在として目されており、探偵小説芸術論を後押しするような作品が書けるのは乱歩しかいないと期待されてもいた。しかし、そうした探偵小説芸術論がかえって乱歩作品の行詰まりを指摘するとしたら、本音は「探偵物が芸術かどうか、又芸術的でなければならないかどうか（中略）さっぱり見当がつきません。（中略）もし芸術だったら尊敬されるのなら、芸術だといひ度い」程度の乱歩としては、自分にストレスとプレッシャーを課すばかりの純芸術的探偵小説にこれ以上拘る義理立てはない。また同時に、論争の一方の側である探偵小説非芸術論にも、もともとそうした論の二極化に賛同していない乱歩は与しなかった。

かくして、「先生の日頃の御教訓もあり、一つ奮発して駄作の連発をやつて見やうと思立ち」（大正十四年十二月十七日書簡）という心理の運びになるわけである。不木はこうした乱歩の転機を奨励し、「人間の仕事は、古い言葉ですが『棺を蓋ふて後定まる』のですから、さうして又、誰が何といはうと、どんな作物を示さうと、大兄の位置はもう動かすことが出来ないから、今後はたゞ元気を以て進んで下さい」（大正十四年十二月十九日書簡）と励ます。興味深いのは、この両者の手紙を読み比べてみて、乱歩の使用する「駄作」という価値機軸を決する言葉に、不木は「不健全派」という言葉をもって対応している点である。実は、平林初之輔の「探偵小説壇の諸傾向」では、乱歩と不木らが分類された不健全派は「殺人や犯罪ではどうも芸術的でない、もっと奇抜な幻想の世界を織り出して見せるのでなければ、探偵小説が芸術の中で占める椅子が失われるというような考えから」生まれた作品と定義されている。不健全派とは、芸術派にカテゴライズされるのだ。したがって、ここに微妙に乱歩と不木との認識の差異が認められる。

乱歩には、探偵小説とは論理性があるかどうかでジャンルとしての評価が決定するという認識があった。したがって論理性の無い、いわゆる「不健全派」の作品は、たとえ芸術志向から派生したものであっても探偵小説としては「駄作」なのである。これは、平林の論説の主旨を完璧に理解した、筋の通った正論である。一方で不木は、おそらく乱歩ほど平林の論旨をジャンルの問題として考えてはいない。「兎に角当分は御互いに不健全に徹しようではありませんか。さうしてこの世の中をむしろ不健全化してしまはうぢゃありませんか」という書簡の文言に、不木の理解度が端的に表れている――たとえそれが、他者の評価に心揺らぐ乱歩への思いやりに満ちた発破の言だとしても。そのような不木は、乱歩の「闇に蠢く」を推奨して、そのアトラクチヴを讃える。不木の関心は、やはり乱歩の底力である〈物語る力〉のみに熱情的に注がれているのだ。そして、不木が平林の論旨を完全には掌握できなかったように、乱歩もまた不木が繰り返し示唆する自身の〈物語る力〉の特性について遂に悟ることが出来なかったのではあるまいか。

乱歩は後年、不木への追悼文中で、次のように述べている。

当時、私自身は、もっと偏狭な考えを持っていたので、小酒井氏のお勧めにかかわらず、百万人の娯楽のための探偵小説を書こうとはしなかったが、そのくせ、小酒井氏の歿後になって、俄かにこの先輩の道を歩み出し、むしろ先輩以上に百万人のための製作をのみつづけて今日に至っている。（中略）だが、小酒井氏は亡くなられる直前には、又初期の精神に帰って、読者の数には無関心な真剣な創作への意欲が烈しく動いていた。そして、その片鱗として現われたのが、絶筆「闘争」の一篇であった。私はそういう意味でもまた、この先輩の道を歩み得るであろうか、歩みたいものだと、しきりに思うのである。

（「探偵小説十五年」昭和十三年九月／『探偵小説四十年』収録より）

右の回顧の文章からは、大正十四年時に乱歩自身が表明した「通俗大作」への積極的モチベーションの経緯が、すっぽり抜け落ちてしまっている。そのため、まるで乱歩が作品の通俗性に対して純粋に否定的な態度を取っているかのように受け取られてしまう。しかし、当時の事態の経過は若干意味合いが異なるものだったのだ。右の文章で言えば、「読者の数には無関心な真剣な創作」という言い回しがやはり注目されるところだが、これを短絡的に芸術的探偵小説という曖昧なカテゴリーに収めて納得するわけにはいかない。乱歩は、かつて「新青年」の昭和三年十一月号に載せた「最近の感想」という文章で、「探偵趣味があまりにも一般的趣味になってしまった」と嘆いている。乱歩が忌避したのは、〈探偵小説〉があまりにも普通名詞化される事態だったのだ。乱歩の正確な願望としては、創始されたばかりの創作探偵小説は読者を増やしてジャンルとして名詞化される必要はあったが、それはあくまでも固有名詞化されるべきものであって、普通名詞化されることを望んでいるわけではなかったのだ。だからこそ、乱歩は同じ「最近の感想」の中で、次のように堂々と述べることができるのである。

（前略）一体芸術小説と通俗小説の区別は、作者の主観的立場からはあり得ないものだと、僕は思うのです。どちらにしても、本当の作者は、それでなければ書けないものを書いている筈です。客観的に見て、通俗であろうと高踏であろうと、それは作者の知らない所です。他人が区別を付けるのは自由ですが、作者としては、之は一つ芸術にしてやろうとか、これは通俗にしてやろうとか、真面目にそんな真似が出来るものではなく、若しやれば、芸術であろうが通俗であろうが、駄目な物しか出来っこはない。通俗的な傾向の作家が、最上級の努力をして、少しもレベルを下げずに、一生懸命に書き上げたものが、本当の通俗小説だと思う。これは通俗小説だと意図して、程度を下げるなぞは馬鹿げたことだ。

（講談社『江戸川乱歩推理小説文庫61　蔵の中から』昭和六十三年）

このような思考には、なるほど、「芸術」であるとか「通俗」であるとかいった概念とは別次元の判断が働いていよう。この思考の機軸にあるのは、あくまでもジャンル成立を願う心である。そして、ここで言うジャンル成立とは、ジャーナリズムやメディア上において認識されるジャンルという意味よりも、むしろ、創作主体である作家自らが自覚し、そのモチベーションを高めていくための支持体となりうるような理想的な作品モデルの成立を意味しているのに違いあるまい。だからこそ、乱歩は不木に宛てた書簡の中で、「通俗大作」への野心を漏らしているのであり、それは後年の回顧録で不鮮明にされてしまったが、まぎれもない本音の吐露だったのである。我々はこの視点から、ついに「通俗大作」をものにできなかった乱歩の後半生の苦渋を読みとることができるし、優れた通俗作品を生むにあたって恵まれた資質と言える乱歩の〈物語る力〉を見越した不木の激励と、それをジャンルの特殊性への苛烈な執着に拘束されて十分にくみ取れなかった乱歩の姿勢もうかがうことができる。

このようなジャンル確立に向けての情熱は、大正十二年〜昭和四年あたりまでの当時の言説に我々の意識を遡らせてみないと理解できない心境であろう。今回の乱歩と不木の往復書簡の翻刻は、探偵小説のジャンル成立をめぐっての、二人の先駆的作家の必然的な同調と、そして宿命的なズレとの応酬として、日本創作探偵小説史を考察する上で貴重な資料となろう。乱歩と不木——彼らは結句、盟友というよりも、いわく同人というにふさわしい共犯関係にあった——私は、そう結論づけたいのである。

不木が乱歩に夢みたもの

阿部　崇

探偵小説界における小酒井不木の功績は、例えば「疑問の黒枠」や「恋愛曲線」といった一篇の小説を例に挙げて評価するだけでは不十分に過ぎる。探偵小説というジャンルの発展をその黎明期からさまざまな活動を通して支えた、コーディネーターとしての手腕をきちんと考慮しなくては、作家・小酒井不木の存在を正しく見定めたとは言えないだろう。今回一冊の書籍として纏められた百五十通もの江戸川乱歩・小酒井不木の往復書簡――これにより探偵小説ファン及び近代文学研究者は、大正末から昭和初期にかけての探偵小説界の動きを今まで以上に詳細に知る事が出来る。本稿については、今までに流通している不木・乱歩の交流のイメージを、書簡データによって実証的に批判・再構成する試みの一端と理解して頂ければ幸いである。

昭和二（一九二七）年十一月二日付の江戸川乱歩宛て書簡を以て実質的に結成された耽綺社は、（注1）昭和四（一九二九）年四月一日、「社長」と呼ばれた小酒井不木の死を以てその活動を停止した。（注2）大衆文芸・探偵小説ジャンルの活性化を目論んだとされる耽綺社だが、表向きの理由はさておき、スランプに陥った江戸川乱歩への支援が目的だったという意見はよく聞かれるところである。（注3）これは後世の人間が抱く印象というばかりでなく、同時代人・森下雨村も小酒井不木への追悼文の中で「大衆文芸の向上が最大の眼目ではあつたらうが、故人が中心となつてこしらへた耽綺社も、その成立の動機の一部は江戸川君を激励するにあつたのではないかと私自身は考へたくらゐである」(注4)と既に述べていた程であった。

このように外部の人間が推測した耽綺社の実体――江戸川乱歩への支援、に関して当事者・江戸川乱歩は回想として次のようにまとめている。

(前略)

私はこの手紙を見て、小説家としてはどうにも賛成しにくいと思ったが、一方、小説によって生活して行かなければならない一人の人間としては、若しこれで収入が得られればという誘惑をも感じた。そして、この場合もまた、孤独厭人的な小説家の私よりも、商人的な私の方が勝ちを制して、結局、この提案に賛成し、合作組合の仲間入りをしたのである。(中略)

最初は小酒井、国枝両氏だけで始める話だったらしいのを、小酒井氏がちょうど私が遊んでいるのを思い出し、もしお金儲けにでもなれば彼にとっても好都合だろうと、小酒井氏らしい親切な思いやりから、私を誘って下さったことに相違ない。(中略)

これは当時の私にとって、まあ好都合な話にちがいなかった。三人の名前を並べるのなら、当分書くまいと極めた私の決心に牴触もせず、出来上ったものがよかれ悪しかれ、自分一個の誇りでもなく、又、恥でもない。それで原稿料の分け前に預かるのだったら、何だか話がうますぎるのではないかと思ったことである。(注5)(後略)

乱歩は昭和二（一九二七）年三月、「一寸法師」「パノラマ島奇譚」の執筆を終えると休筆を宣言。下宿「筑陽館」を始めて経営は妻に任せ、放浪生活に入る。下宿を始めたのは無論家族が生活に困らぬようにという思惑からで、確かに状況から判断すると、収入の道を無くし金に困っているであろう乱歩に不木が合作という形で声をかけ、助け船を出した、と考えても無理はない。しかし実際には同年十月に平凡社の『現代大衆文学全集第三巻　江戸川乱歩集』が刊行されており、それによって当時の乱歩は莫大な印税収入を得ている。そうしてしばらく休筆を続けた乱歩は「陰獣」（『新青年』昭和三〈一九二八〉年八月号）で大評判を呼んで復活。翌昭和四（一九二九）年の『朝日』一月号で「孤島の鬼」の連載を開始したのを皮切りに、本人曰く「自暴自棄」となって通俗長篇を量産する大流行作家となる。また折から刊行された『江戸川乱歩集（春陽堂・探偵小説全集第一巻）』『乱歩集（博文館・世界探偵小説全集第二十三巻）』『江戸川乱歩集（改造社・日本探偵小説全集第三篇）』等の印税も十分に乱歩の生活を保障するものであった。

そう見ると耽綺社の活動とは、単に乱歩が作品を発表しなかった時期と重なるというだけで、格別乱歩の生活を支える役目を担っていたわけではなかった。前述の回想では当面の生活費欲しさに合作に参加したような印象を受けるが、乱歩にとって書けなくて金が無くなり困窮した、というような時期は、実のところ特に無い。

現実問題として切実な金銭の心配は無かった筈だが、しかし小酒井不木は耽綺社の活動を通して、乱歩に対し徹底して経済的な配慮を見せ続けた。書簡集の中から原稿料・印税の支払いに関する記述を拾って行くと、具体的には次のような内容だった事がわかる。

まず第一長篇「飛機睥睨」（『新青年』昭和三〈一九二八〉年二月号～九月号）の原稿執筆を担当する事になった乱歩は原稿料に関して五十パーセントの分配に与っている。全員でアイディアを出し合って筋書きを完成し、それを内容（ジャンル）に応じて得意とするメンバーが記述する、というのが耽綺社の創作作法であったから、執筆者の負担が一番大きくなるのを考慮して分配の割合が偏るというシステムならばある程度納得がゆく。しかし乱歩の場合、入院その他様々な事情があったとはいえ、ほぼ毎月行われていた例会には殆ど出席せず、また一度は「飛機睥睨」の原稿が間に合わず友人・岩田準一に代筆を頼み間に合わせた事もあった。さらにその後の作品でも岩田は代作者として利用される事になり（岩田は元々耽綺社の会合における書記役を務めていたので、彼が筆記内容をそのまま原稿に起こしたともいえるわけだが）、例えば「白頭の巨人」（『サンデー毎日』昭和三〈一九二八〉年十月二十一日～十二月十六日）の時は岩田・乱歩の二人宛てに原稿料の五十パーセントという形で分配が行われている。こうなると他のメンバーに比べむしろ働きの少ない乱歩が何故金銭的優遇を受けるのか、少々理解し難い。

初めの頃、例会を欠席しながら原稿料を受け取る事になったのを不審がる乱歩に、不木は「たとひ欠席しても社員の結束をかたくするため、必ず分配するといふことに議が一決したので御座いますから」[注6]と答え、無理にでも受け取らせようと一方的に通達している。これはやはりある種の「思いやり」と見なさざるを得ない。原稿料の偏りについては他の社員が皆、当時人気を博していた作家ばかりで経済的な負担をそれほど感じていなかった為大きなトラブルに発展せずに済んだと見るべきだろう。しかし、だからといって社員間での軋轢が全く無かったとは思われない。その後の書簡で明らかになっている不木と国枝史郎の感情的トラブル[注7]なども、作家的資質の問題ばかりでなく、元を辿れば乱歩への依怙贔屓が目に余る不木に対する国枝の反発がもたらした反応のように思われる。

書かない上に例会も欠席続きで乱歩の方は余計顔を出しづらいのだろうか。昭和二（一九二七）年十一月が耽綺社の最初の会合で、昭和四（一九二九）年一月に『サンデー毎日』の企画で正月座談会が開かれ、それが小酒井不木存命中最後の会合となったが、それまでの間ほぼ毎月例会が行われていたにもかかわらず、乱歩が出席したと確認出来るのは耽綺社結成後最初の会合の後は昭和三（一九二八）年夏の一回と、前述の一月の会合のたった三回である。いっそ脱退する事も出来ただろうが、やはり世話を焼いてくれている不木の顔をつぶしたくはないし、時々であっても不木に逢いに名古屋に行くのは乱歩にとって楽しみの一つであったのだろう。実際、書簡によれば乱歩は耽綺社の会合に参加しなくても、不木の病気見舞いに名古屋に立ち寄ったりしている。むしろ乱歩とすれば、病気のせいで殆ど旅行も出来ない小酒井不木の為に、同好の士が毎月集まって楽しく過ごす親睦会、という意識で耽綺社と相対していた観もある。(注8)

いち早く探偵小説の魅力に取り憑かれ、海外作品の翻訳や評論・随筆の執筆を通して同好の士を喜ばせ、日本の探偵小説発展の土壌を培ってきた小酒井不木にとって、日本の創作探偵小説の代表として登場した江戸川乱歩というずば抜けた才能が、どれほど貴重なものに見えたかはいうまでもない。

小酒井不木の場合、探偵小説愛好の姿勢は、パーソナルな読書経験としてというような段階に止まらず、探偵小説の普及活動——市場の開拓、読者の獲得という方向に精力的に進んだ。不木にとって『新青年』というメディアは探偵小説発表の場としては非常に格調の高いステージであったから、自らの創作を発表する場として一番には選ばなかった。彼が創作家としてそれ以前に取り組んだのは、『子供の科学』での子供向け創作探偵小説執筆だった。(注9)不木は第一に、探偵小説の物語的魅力は勿論、探偵小説の魅力を味わう素養としての科学的思考法・科学知識を多分に盛り込んだ探偵小説を、子供達に向けて積極的に発信していったのである。まさに未来の探偵小説愛好家を開拓する、遠大な計画であった。

また、通俗雑誌や一般文芸誌、女性誌などに探偵小説を発表し、探偵小説の露出を増やして読者を獲得すべく努めたのも不木の仕事の一つだった。メディアの側も新興の文芸ジャンル・探偵小説には注目しており、いわゆる大衆向けの通俗雑誌——講談社の『キング』や博文館の『講談倶楽部』など大部数を誇る雑誌メディアや、新興の文芸雑誌として誌面に売りを求めていたプラトン社の『苦楽』などは早くから創作探偵小説に門戸を開いた。小酒井不木はそこで探偵小説文壇を代表するように精力的に執筆した。探偵小説そのものの露出と浸透という意味で、とにかくある程度の数の作家が市場に現れ、ある程度の数の作品が製産されてゆく必要があったわけだが、まず自らがそれを実践していたのである。同時期に大阪で誕生した「探偵趣味の会」にしても、創作者の裾野を拡げる運動の一環として相当に期待をかけていたに違いない。

そんな不木にとって、大正十四（一九二五）年末に結成された大衆作家同盟「二十一日会」への参加は即ち当時の大衆文学（大衆文芸）が獲得していた広汎な読者層への、探偵小説文壇からの積極的なアプローチに他ならなかった。読者の獲得、というテーマは今の我々が思う以上に、日本の創作探偵小説黎明期においては切実な問題であった筈で、白井喬二らの誘いを受け、それをチャンスと不木が仲間入りを決断したのも頷けるし、探偵小説文壇のエースである乱歩を強引に誘ってメンバーに加えたのも当然の話であった。しかしその思いに反して大正十五（一九二六）年に創刊された同人雑誌『大衆文芸』はおよそ一年半しかもたず、昭和二（一九二七）年七月号を最後に廃刊の憂き目に遭う。耽綺社結成はそれから約五ヶ月後のことであるが、小酒井不木の中には、「大衆」読者獲得への再チャレンジ——大衆文芸メンバーによるパワーアップした形での再挑戦という思いも含まれていたかもしれない。

探偵小説ジャンルを支える市場の開拓、読者獲得の方法として、子供向け探偵小説の発表、各メディアへの探偵小説の発表と積極的に執筆活動を行ってきた小酒井不木だが、そうした中、一つの問題に直面する事になる。それが平林初之輔が指摘した、いわゆる〈不健全派〉の「行き詰り」であった。(注10)

常に「新奇」なるものを、というプレッシャーと自作の出来に対する自己嫌悪から深刻なスランプに陥って休筆してしまった江戸川乱歩ほどでないにせよ、同じ探偵小説作家として小酒井不木にもマンネリ化・アイディア枯渇の不安がなかったわけではない。むしろ早い時期からそうした可能性を危惧し、対策を講じる必要を考えていた。乱歩があくまでも作家としての自己の問題として全て内側に抱え込んでしまったのに対し、不木の場合には、探偵小説というジャンルそのもの、探偵小説メディアの性質の問題として捉え、作家個々が抱える問題を作家全員で一致協力して解決しようという方向で見ていたように思われる。

耽綺社結成の意図として不木が使ったのは「局面を展開」(注11)という言葉だったが、探偵小説ジャンルにおける「行き詰り」について、当初不木は次のように語っていた。

一たい、あまり窮屈に考へすぎて、従来の探偵小説の型を破らうとすると、こんどは又、その作者の型が出来上つてしまひます。一般民衆を対照《ママ》として考へると、型にはまるといふことは好ましいことではありません。その時々の一寸した思ひつきであつてもちつともかまはぬから、それを作品にあらはして読者に一寸面白いなと思はしめればそれで沢山でせう。といふ位の元気で書かなければ、行き詰るだらうと思ひます。(注12)

「型にはまる」という言葉で表される、マンネリズムへの危惧――ここではまだ個人レベルでのワンパターン化という問題として語られていた「行き詰り」は、平林初之輔によってその作風から来るジャンルそのものの行き詰まりの兆候と指摘される事になるが、この分析が小酒井不木にとって、共に槍玉に挙げられた江戸川乱歩・横溝正史・城昌幸の誰よりも深刻に響いていた事が今回書簡集を読み進めると明らかになって来る。

平林さんの御説にはいつも感服して居りまして、全く氏のいはれるとほり、私たちの求める世界は行き詰り易いですから、何とかこの際方向転換しなければならぬと思ひますが、然し、当分は先づ御互にこの調子で押し進んで行つてかまはぬではありますまいか。行き詰りやしないかと恐れることは却つてよくないかと思ひます。行き詰らぬぞといふことを示す元気がなくてはならぬでないでせうか。(注13)

これが森下雨村から「探偵小説壇の諸傾向」のゲラを送られ一読した後、書簡に書き記した不木の感想である。その後も乱歩宛の書簡の中では殊更という程に「行き詰り」「不健全」という言葉が取り上げられ、「元気」を持って「不健全」なまま進むという姿勢が強調されるが、こうした反応には批判に対する余裕というものが感じられない上、作家としての信念と捉えるにも一抹の不安なり、自信の揺らぎなりが透けて見えるように思われる。

さらに同時期、小酒井不木の作風に対して別方面からも批判の声が上がっている。その声は不木が探偵小説文壇の一段高いステージと考えていた『新青年』誌上において起こった。代表的なものとして春田能為の「『呪はれの家』を読んで」が挙げられるが、(注14)批判の対象は素材とその描写の両面に渉った。自らが「玄人」と見なす『新青年』読者からの批判が中心という事もあって、一層こたえたであろう。こうした批判が先の「不健全」評価の延長線としてあり、それに対する反応が自作に対する卑下とも開き直りともつかないものになってしまったのではないだろうか。不木は自分の作風についての苦悩を、メディアを通して次のように訴えた。

物語りを作る際にもかういふ風にしたならば、恐らく読者の感情を動かすことが出来るだらうと思ひながら、それが何だか馬鹿々々しいやうな気がして、つい、冷たく突きはなしてしまふのである。さうしてはいけないと思ひながらもさうせざるを得ぬといふ事は誠に情けない話である。かういふと何だか、自分が暖かい作品の書けぬことを弁解するやうになるから、深入りはしないが、要するに目下のところ暖かい作品は私には書けないのである。(注15)

不木は口では自作の「不健全」さを是認しつつも、どこかで作風の矯正を試みていた。また、例え自分の考えついた素材が「不健全」と見なされるものであったとしても、描写の仕方如何によっては十分読者を引きつける魅力あるものが作れる、という確信を抱いていた。そして、自分の作品が理想とする描写、と不木が思い描いた作者こそが、江戸川乱歩だったのである。

私の作品が一部の人に不快な感じを与へるのは、まつたく、大兄の仰せのとほりです。即ち、取り扱ひ方があまりにも冷たいからであります。自分でも、いつも思つて居ることですが、自分のこの題材を江戸川兄に取り扱つて貰つたら定めし暖かいものが出来るだらうになあといふことは、筆執るたびに考へるところです。(注16)

これは決して乱歩に対する追従、などと見なして済ませればよい問題ではない。

小酒井不木は探偵小説の発展について、次のような見解を持っていた。

（前略）然らばどうしてその行詰りを打破して行くかといふに、さし当り取るべき策としては長篇小説への発展であらうと思ふ。今迄述べたことは、主として短篇探偵小説についての話であつて、長篇小説の行詰りといふことは一寸考へにくい程その前途は洋々たるものである。[注17]

ウィットやアイディア一つ一つの出来に全体的に依存する短篇だけではいつかどんな作家でも行き詰まる。結局、そこからの脱却を図る為にはプロット中心の長篇作品を創造してゆく外ない、というのが不木の持論である。そして不木にとって長篇作品においてアイディアやプロットを考える事は必ずしも一人の作家の孤独な作業に限らなかった。そこには複数の作者がアイディアを出し合い、プロットを練る合作のスタイルが既に想定されていた。

小酒井不木という作家の特色といってよいと思うが、彼にはアイディア提供・テーマ指定という行為に対する躊躇が非常に少ない。[注18]「長篇は是非手をつけて頂きたいと思ふが如何です。犯罪を取り扱はれるための材料ならば御参考にいつでも提供致します。決心さへ御つきになつたら、それがための談合も致したいと思ひます」[注19]と乱歩に書き送ったのは大正十四（一九二五）年七月――不木も乱歩もまだ長篇作品などに全く手をつけていなかった頃の事であるが、既にそのアイディア提供の形が合作スタイルで思い描かれている点には恐れ入る。実際、日本の探偵小説界において長篇時代の到来を告げた記念すべき作品は小酒井不木の「疑問の黒枠」[注20]だが、その後不木が単独で長篇作品を量産する道を選ばず、合作組織を結成して長篇を製産するという方向に向かったのは、彼の思考方法としては恐らく自然な成り行きであった。

耽綺社の創作作法は先にも述べたが、土師清二が語っているところでは[注21]小酒井不木が物語の核となるアイディア二三を提出し、社員全員で意見を出し合って筋書きを決め、最終的に社員の一人が執筆を担当したという事である。だとすればそれをうまく利用すれば、かつて小酒井不木が夢見た通りの、「自分のこの題材を江戸川兄に取り扱つて貰」った作品が作り得たという事ではなかろうか。筆者は、耽綺社という組織はそういう意味では、小酒井不木の理想をかなり忠実に形として備えた組織であったとみている。まず執筆者として探偵小説・大衆文芸のメジャーネームばかりを揃えた話題性、これはそのまま読者獲得への大きなアピールとなる。そして作品のアイディアとプロットは主に自分（小酒井不木）が考えたものを使う上、複数でストーリーを練り上げる事によって、一人で考えているのとは違って「行き詰り」を打開出来る（可能性がある）。そして何よりも、その内容が探偵小説ならば江戸川乱歩が執筆を担当してくれる（可能性が高い）。不木にとってはこれが何よりも喜ばしい事だった筈だ。

作品を期待して待ち受ける多くの読者、常に新奇なストーリーの提供と卓越した描写――そんな合作組織が存在すれば確かに探偵小説・大衆文芸の「局面を展開」する最終兵器となり得た。しかし全ては理想である。現実は全くそうはならなかった。耽綺社も結成当初こそ話題性もあり『新青年』に長篇を連載したり出来たが、その後継続的な注文は入らず、むしろ耽綺社の側から原稿の売り込みをかけなくてはならなかった。(注22)そしてついには乱歩の回想にあるように「経済的に見ても、毎月の同人の分け前は、東京や大阪から名古屋に出張して一日二日滞在する旅費にも足りない有様」だが「同人が集まって話をするだけでも無意味ではない」、どちらかといえば親睦会的な意味合いの強い会合になってゆく。もっとも不木自身多少目論見が外れたところはあったにせよ、一方でこうした親睦の機会を存分に楽しんでいたようで、会合の万事を取り仕切った彼の様子にはそうした面が十分に感じられる。(注23)

昭和三十五（一九六〇）年一月号の『ヒッチコックマガジン』に、江戸川乱歩の掌篇「指」が掲載された。暴漢に右手首を切断されたピアニストが麻酔から覚め、いつもピアノに向かっているように指を動かしてみると、切り離された方の指までが動いた、という筋である。これは知る人も多いと思うが、耽綺社の活動の一環であった小酒井不木と江戸川乱歩の合作掌篇「ラムール」（『騒人』昭和三〈一九二八〉年一月号）のリメイクである。「ラムール」は前半を乱歩が、後半を不木が書いて完成させた作品だが、当時の二人が合作も含めて親密につき合った時期のエピソードは江戸川乱歩の追悼文「肱掛椅子の凭り心地」（『新青年』昭和四〈一九二九〉年六月号）に詳しい。

「ラムール」では切断された方の指が動く描写はなく、ただ看護婦の証言と銀盆の上の血溜りが何かを指し示す趣向だった。乱歩は「指」において後半のショックを強めるべく、切断された手首がアルコール漬けのままピアノを弾くようにうごめき続ける、という演出を施している。どちらがよいか、と言ってしまうと好みの問題になるが、ともあれ、ピアノのキイを叩く調子で、しかし、実際の動きよりもずっと小さく、幼児のように、たよりなげに、しきりと動いていた。

という結びの文章は、小酒井不木的な医学風グロテスクを、その衝撃的な効果は薄めずに、より文学的に昇華させようとした意欲的な文章だったのではないか、少なくともそのように意識されて書かれたのではなかったか、と筆者には映る。

「指」を最後に小説の筆を執る事の無かった乱歩にしてみれば、作家生活の最後にかろうじて、不木の夢を改めて叶えてあげた、という事にでもなるだろうか。[注24] そう考えると、身体から切り離され屍となってなお見えない鍵盤を叩き続ける指、という生と死の境界を描いたモチーフが、没してなお『小酒井不木全集』刊行をはじめ、戦後に至るまで何度も江戸川乱歩の助力によって[注25]読者に忘れられる事なく紹介され続けた作家——小酒井不木の姿とオーバーラップして来る。江戸川乱歩と小酒井不木——手紙のやりとりから見たら六年程度の付き合いしかなかった事になる二人の探偵小説作家の二人三脚は、凭れたり蹌踉《よろ》けたりしながらも、意外と長い間、途切れる事なく続いていたのかもしれない。

注釈

（注1）名古屋在住の小酒井不木、国枝史郎の二人によって企画された合作組織。二人がそれぞれ江戸川乱歩、土師清二を勧誘し、更に長谷川伸が加わって五人組で活動を開始した。後に平山蘆江の加入により六人組となる。「残されたる一人」（『サンデー毎日』昭和二〈一九二七〉年十二月十八日号）を手始めに、全部で十編ほどの小説・戯曲・映画脚本等を残した。
（注2）耽綺社最後の合作作品は映画「非常警戒」脚本（日活・昭和四〈一九二九〉年十二月公開）で、同年夏に残りのメンバーが集まって合作されたものだという。シナリオは『映画時代』昭和五（一九三〇）年一月号・二月号に掲載された。
（注3）斎藤亮「小酒井不木と合作組合『耽綺社』」（『郷土文化』昭和六十〈一九八五〉年十二月）。
（注4）森下雨村「小酒井氏の思出」（『新青年』昭和四〈一九二九〉年六月号）
（注5）『探偵小説四十年』（桃源社・昭和三十六〈一九六一〉年七月）。引用は復刻版（沖積舎・平成元〈一九八九〉年十月）に依った。
（注6）昭和三（一九二八）年三月十一日付書簡（一三〇）。
（注7）昭和三（一九二八）年十一月七日付書簡（一四四）。
（注8）土師清二「耽綺社の頃」（『別冊宝石第四十二号』昭和二十九〈一九五四〉年十一月）にも、不木没後の耽綺社解散を「病弱で名古屋から外へは出られない小酒井さんのまわりを、おのおの花を持つて集まつて、一三日を過ごそうという無言の肯きが、通い合つた」会だったから、その存在意義を失ったのだという風な回想が見られる。
（注9）小酒井不木最初の創作探偵小説は「紅色ダイヤ」（『子供の科学』大正十三〈一九二四〉年十二月号～大正十四〈一九二五〉年二月号）である。また、大正十四（一九二五）年四月十一日付書簡（〇二三）には、「私も『新青年』へ何か発表させて頂きたいと思つても、『新青年』の読者は玄人ですから、あつさりした垢抜けのしたものでなくてはならず、私には少し荷が過ぎます」という感想が洩らされている。
（注10）平林初之輔「探偵小説壇の諸傾向」（『新青年』大正十五〈一九二六〉年二月増刊号）。

（注11）昭和二（一九二七）年十一月二日付書簡（一一三）。
（注12）大正十四（一九二五）年八月二十二日付書簡（〇五八）。
（注13）大正十四（一九二五）年十二月十五日付書簡（〇八四）。
（注14）春田能為「『呪はれの家』を読んで―小酒井博士に呈す―」（『新青年』大正十四〈一九二五〉年六月号）。また、『新青年』の読者投稿欄「マイクロフォン」にも「考へ物の如し」（春田能為・大正十四〈一九二五〉年十一月号）、「学者らしい固苦しさが脱けてゐない」（西田政治・大正十五〈一九二六〉年三月号）、「小酒井さんの作品が、研究室を出ない限り、今後如何なる名作が出ようとも私には感心出来ないだらう」（横溝正史・大正十五〈一九二六〉年三月号）、「氏の世界には煩悶がない。不木氏の用ふる主人公は尽く超人間である」（甲賀三郎・大正十五〈一九二六〉年五月号）、「取扱ひ方が概念的」（甲賀三郎・大正十五〈一九二六〉年七月号）、とかなり手厳しい評価が並ぶ。
（注15）「作家としての私」（『探偵趣味』大正十五〈一九二六〉年七月号）。引用は『闘病問答』（春陽堂・昭和二〈一九二七〉年八月）より。
（注16）大正十五（一九二六）年三月三十日付書簡（〇九四）参照。また、それより以前の大正十四（一九二五）年六月十七日付書簡（〇三八）にも、「『序文』の中へ書いたやうに、探偵小説も芸術として書かれねばならぬといふ自分の主張であり乍ら、自分の書くものは、やつぱり駄目です。（中略）いつも材料を取り扱ふたび毎に、これをあなたなら定めし私が満足するやうに表現するだらうになあ、と思はぬことはありません」という発言が見られる。
（注17）「探偵文芸の将来」（『新潮』昭和二〈一九二七〉年四月号）。引用は『小酒井不木全集第十五巻』（改造社・昭和五〈一九三〇〉年八月）より。
（注18）「課題」（『探偵趣味』大正十五〈一九二六〉年五月号）には「昨今は、小説を書くさへ、『題があつたら』と思ふことが決して稀ではない。私の性質として、よい思ひ附きの出来る迄待つて居ることが非常に困難である」というやや極端な発言も見られる。
（注19）大正十四（一九二五）年七月二十六日付書簡（〇四八）。
（注20）『新青年』昭和二（一九二七）年一月号から八月号まで連載。犯人当ての懸賞が企画されたり、映画化されたりと話題性も高かった

作品で、小酒井不木の代表作の一つ。

（注21）土師清二「耽綺社打明け話」（『大阪朝日新聞』昭和四〈一九二九〉年二月三日）。

（注22）昭和三（一九二八）年十月二日付書簡（一四二）などを参照。複数の、それもある程度名の知れた作家達で構成される合作組織という都合上、どうしても原稿料を高めに設定しなくてはならないという出版社側の事情も原稿依頼を渋る原因になっていたと想像出来る。

（注23）国枝史郎「逝ける小酒井不木氏」（『週刊朝日』昭和四〈一九二九〉年四月十四日号）に「私共のやつてゐる耽綺社で、私など酒を飲みますので、氏は『せめて、皆様のお交際（つきあひ）ぐらゐはしたいので。』とかういつて、みすみす身体に悪いのを承知で、酒を飲む稽古をされ、そのため果たして一時身体を悪くされたほどであります」と回想されている。また、長谷川伸「耽綺社の指導者」（『サンデー毎日』昭和四〈一九二九〉年四月十四日号）に「氏を耽綺社の会合において見て先づ心づくことは、会合席上の整理按排のうまさだ、それからまた一方に筆記し一方に他人の談話の相槌を打ち、その間々に女中を指揮し、次々に進行係的な手腕を十分にふるつてゐたことである」とあるのも、小酒井不木の事務的才能に対する評価でもあろうが、それ以上に不木の同人達に対する心配りの度合いとして読む事が出来る。

（注24）勿論「新年号向きにショート・ショートの特集を試みた際、乱歩も参加せざるを得なかったため、旧作の改稿で責めをふさいだ」（中島河太郎「解題」『江戸川乱歩推理文庫第二十八巻　堀越捜査一課長殿』・講談社・一九八九年二月）というような事情、原型を「半分ぐらいに短くして、最後のスリルをもっと強くしたものにすぎない」（同「解題」より引用）というような当人のコメントを意図的に無視しての解釈である。

（注25）小酒井不木の七回忌を機として乱歩が編んだ作品集『闘争』（春秋社・昭和十〈一九三五〉年十月）が戦前ではその代表というべき仕事であるし、「作家としての小酒井博士」（『科学ペン』昭和十三〈一九三八〉年十一月号）、「小酒井不木博士のこと」（『宝石』昭和二十七〈一九五二〉年四月号）などタイミングをみて回想・紹介の場を作り、戦後すぐに編まれた数種の探偵小説アンソロジーで不木作品を欠かさず採り上げるなど、乱歩の律儀なまでの活動振りを指摘するのはたやすい。

小酒井不木に学ぶ「ひとそだて・まちそだて」

伊藤和孝

この度三重県乱歩蔵びらき委員会の手で『子不語の夢――江戸川乱歩小酒井不木往復書簡集』が刊行されることになり、不木誕生の地の資料館として「論考」を作成することになった次第である。不木・乱歩についての業績や友誼についての論考は、阿部崇氏を始めとする「新青年」の研究に携わる諸先輩方にお任せすべきであり、あえてここでは、小酒井不木という人物がこれから当町の「まちづくり〈ひとそだて・まちそだて〉」に果たすであろう役割についての論考に留めたいと思う。

平成十五年度当館では、特別展「小酒井不木の世界」が開催され、今回出版される平井家所蔵「小酒井不木書簡一一八通」を筆頭に、当館が昨年購入した「江戸川乱歩書状」、「岡戸武平書簡」、当時の探偵小説興隆を支えた「森下雨村書簡」、小酒井美智子様からご寄贈をいただいた不木遺品資料などが一堂に展示され、最終日には不木研究家でありホームページ「奈落の井戸」主宰者阿部崇氏を招いた講演会を催したこともあり、蟹江町内はもとより不木に縁のある方々（推理小説や俳句に関心のある方々）が多く来館された。

特に江戸川乱歩・岡戸武平の書簡については、不木死後の『小酒井不木全集』に関する出版の顛末が記されていたことから、興味を持たれた方が多かった。両資料については、乱歩・武平が生前にそれぞれ自らの足跡を振り返った著作

物の中にも記されており、不木の両氏との交友関係を理解する上で貴重な存在であるといえよう。(注1)

同時に展示された森下雨村が不木に宛てた大正十二年一月十八日の書簡（森下時男氏蔵）には不木と乱歩の交流の契機となった「二銭銅貨」への書評依頼なども記されており注目された。

さて、ここで簡単に不木の足跡について述べてみたいと思う。不木は明治二十三年十月八日新蟹江村（現蟹江町）に生まれたことになっている。不木誕生の秘話については、後に中京日報に連載された「自伝」に自身が述べているとおり名古屋で生まれたということが正しいようであるが、生まれてすぐ父の小酒井半兵衛に引き取られたということで戸籍上では蟹江町出身ということになるのであろう。まだ当地は市町村法施行により新蟹江村が産声を上げた直後の時期であり、その点で不木はこの村と同時に誕生したといえよう。ちなみに新蟹江村はその後明治三十九年の大合併により蟹江町を形成する一部の地区となった。(注2)

この翌年の明治四十年四月、不木は誕生したばかりの蟹江町を離れ京都の第三高等学校へ入学することになる。三高への入学は、不木人生の岐路となり次第に蟹江との関わりは遠のき、東京帝大から大学院へと進み津島の富裕家の娘鶴見久枝との結婚及び継母テツの死により、ますます蟹江はもはや彼にとってかつての故郷であって、居場所ではなくなったようである。

不木は蟹江のことを「何の変哲もないどこにもあるごくごく平凡な土地」と述べているが、彼にとっての「蟹江像」とは結局そのようなものであったのであろうか。名古屋を舞台とした作品が多い中で、大正十四年に発表された探偵小説「通夜の人々」では故郷蟹江で起こった殺人事件をもとにした探偵物を書き上げている。

この作品は、名古屋に事務所を開く私立探偵野々口雄三が「名古屋から西へ、三里ほど隔たつた蟹江といふ町に起こつた二つの悲劇」の謎を解明していくという小説で、大正六年に蟹江町内で起こった実際の迷宮入り事件をモチーフにしたものと推測される構成となっている。この事件は六月の雨の深夜発生した。蟹江本町の米穀店から出火し、主人と妻、子ども、母親が焼死体で発見された、遺体に手斧らしい物で殺害された形跡があった。平和な田舎町での殺人事件ということから町内中で大騒ぎとなり、住民も数日間、凶器探しに協力するが見つからず、容疑者は浮かんだが結局、迷宮入りとなった。

小説では、「牛乳屋の三人斬り事件」として登場し、その中で「物的証拠は頗る貧弱……兇器の指紋は、検死以前巡査たちが無暗にいぢくつた為め不明」ながら犯人を特定して行く様子が描かれ、この状況の中、天才探偵野々口がもう一つの女子自殺事件との因果関係を推理しながら科学的に事件を解決するというもので、故郷で発生した迷宮入り事件についての非科学的な捜査を作品で批判したものと推測される。

彼の故郷に対する関心を示す行動と捉えるかどうかの判断は別として、蟹江本町地区の町屋などを上手く表現した作品であるといえるだろう。

乱歩や武平の著作には、不木には名古屋を「日本探偵小説の情報発信基地」にしようという目論見があり、「耽綺社」の会合などを始め盛んに名古屋で探偵小説家の集いを催したが、不木の死後、このような動きを誰かが続けることはなくなったされている。(注3)

彼の死後、約七十年が経過し、不木という存在は一部の関係者のみが知る地位に甘んじることになった。昭和四年以降、戦前・戦中期における探偵小説への偏見や戦後における新進作家による推理小説の隆盛により不木の存在は埋没し、乱歩や武平など不木と縁のあった作家などの死もこのことに拍車をかけることになった。一部のファンにより不木が新聞等に紹介され、研究雑誌や小説復刻版が出版され話題に上るということがしばしばあるとしても、それが不木復活につながることはなかったようである。(注4)

当町においても生まれた地区（蟹江新田大海用）にもはや不木を直接知る方もなく、「昔の偉い人」という言い伝えを僅かに知る方が数名程度という状態であるといわざるを得ない。

ただ、不木が創立した「ねんげ句会」の同人であった故黒川己喜氏の建立になる「いつとんで　来たか机に　黄の一葉」の不木句碑が、鹿島神社文学苑にあるのみであった。

平成五年度から当館においては、郷土の文化人に関する資料を購入して展示に供することにより、先人の偉業を理解していただこうという事業がスタートするなかで、不木に関する資料収集に最も重点を置き、今日まで不木の直筆原稿、俳句掛軸・短冊、画帖、著作物などの関係資料を収集した。しかし、資料を収集し展示を行うだけでは、不木の業績を理解していただくという目的を達成することはできない。当然何らかのアクションが必要である。

ヒントは、不木の活動そのものにあるのではないか。不木は乱歩を始め探偵小説で生計を立てようとする新進作家の面倒を何かと見たり、彼らが目指す探偵小説の道を理論的に開拓した著作物を出版し、飛躍する土壌を築いた人物である。つまり「ひとそだて」の達人でもある。不木業績に対して多くの理解者を得るには、まず不木という人物を理解しないと始まらない。何よりも不木を再評価するためには多くの理解者を「そだてる」必要があるわけである。

不木が、的確にその人物の才能を見抜いたことは、江戸川乱歩の作品批評とその後の活躍などで証明され、不木の文筆助手を務めた岡戸武平が「乱歩の才能をあれだけ愛し、可愛がった不木先生は俺の文才は認めてくれなかった」と述べているが、待遇の違いについても武平は的を射たものだったと納得し感謝していることでもわかる。(注5)いずれにしても、この両人が中核となり恩人である不木の全集の編集が進められるわけであるが、その点で不木は「ひとそだて」の達人であったと言えよう。

現代社会においてまず求められているのは、地域での「ひとそだて」であると言えるだろう。

従来「まちづくり」と言われてきたが、別に町を作り直すのではなく、今まであるものを行政と市民が協働で活用し「育てる」ことが重要ということから最近は「まちそだて」との言葉が頻繁に使用されるようになり、その中核と定義づけられているのが「ひとそだて」という分野である。

不木は「ひとそだて」の達人と述べたのだが、彼の「ひとそだて」手法は、今の世の中に活かすことが出来るであろうか。

人を育てるには、まず相手の性格などを的確に理解することが必要である。勿論そのためには、此方もそのような能力を磨くことが求められよう。不木ほどの偉人であれば別であるが、一般にはそのような才能すら持つことは出来ないのである。むしろ独善的な自分の主張・思想を相手に一方的に押し付けるのが普通であろう。ではどうすれば良いのか。そのためには、兎に角多くの方と接しながら、その資質を養わなければならない。本題とはあまり関係の無い部分で拘る余裕もないが、不木の「ひとそだて」を理解するためには、やはり不木自身を知るということだろう。

さて、不木を住民の方に知っていただくために、次に考えたのは当館主催講座「まちなみ探検」の中で町内にある不木ゆかりの地への散策を行うことであった。その地で不木に関する説明等を加えて、まず不木に対する関心を高めることなどからスタートした。講座に参加された数名の方が、断片的であるが何らかの形で不木像というものをある程度持っていたことが理解できた。この講座は二年間開催後、自主グループとなったが、やがて有志の方々が不木ゆかりの地で「タウンミーティング」を住民に呼びかけて催し、当館から職員が出前講座として不木の業績などを説明することとなったのである。

特別展「小酒井不木の世界」の開催が押し迫った昨年十二月、有志の方から不木句碑建立についての相談を受け、町当局との交渉後、蟹江町図書館敷地内に句碑建立が正式に決定、これをきっかけに、「不木生誕碑設立委員会」が結成され、建立資金について全国の不木ファン・推理小説ファンの方々への募金収集活動が展開されることとなった。幸い多くの方々から募金をいただくことになり、不木没後七十五周年にあたる四月に除幕式を挙行し、式典には不木の親族にあたる小酒井美智子様を始め、森下雨村の御子息時男様、ねんげ句会会員など縁のある方々にもご参列いただくことができ、テレビ・新聞などの取材もあり一層盛り上がった式典となった。なお当日は、小学生による俳句コンテストも同時に開催された。

昨年八月の「不木の里タウンミーティング」を契機に、一月の不木特別展開催、二月の不木講演会、そして四月における不木句碑除幕式など一連の不木啓蒙活動の展開は、それまで歴史の流れに埋もれた「不木」に「光」をあてる機会となった。そして今年、蟹江町教育委員会が発行した「小学校社会科副読本」に不木は郷土の偉人として紹介され、子ども達は不木を学習する機会を得ることになったのである。

不木の「ひとそだて」の手法は、とても真似の出来るものではないだろう。むしろ、当町は不木を活用した「ひとそだて」を行うべきであり、当町の総合計画のテーマ「かわ・ひと・まち」の「ひと」という重要な地域資源としての位置付けを行い、彼の業績を学びながら今後の「まちそだて」に活かして行くことが必要だと思われる。

今回の出版が、今後の名張市を始めとした伊賀地域における「ひとそだて・まちそだて」活動へ一石を投じる役割を果たし、乱歩顕彰が三重県全体へと発展することを期待したいものである。

(注1)『小酒井不木全集』出版の顚末については、江戸川乱歩著『探偵小説四十年』に記述されているとおり、改造社と春陽堂との全集出版争奪戦となり交渉を乱歩と武平が行った。妻久枝へ出版元が決定した旨の書簡(書状)をそれぞれ二人が送るという資料を今回当館が入手した。

(注2)蟹江町自体は、明治二十二年十月一日付けで誕生したのであるが、今日の形態を整えたのは、明治三十九年の蟹江町と新蟹江村・西之森村・須成村との大合併によるものである。

(注3)不木が仲間との情報交換・集いの場として愛用した「寸楽亭」は、長らく名古屋地区の作家連中が寄り合った場であったが、数年前に閉店されたと聞く。

(注4)「小酒井不木文庫」が愛知医科大学・名古屋市蓬左文庫に開設されたことや、不木旧宅敷地内にねんげ句会員により句碑が建立されたことなどが新聞記事に紹介された。

(注5)名古屋近代文化史研究会会員で岡戸武平の足跡を調査・研究されている水谷三佐子氏は、これを小説化し雑誌『翔』に「隣の席の乱歩」という作品を連載された。西穂梓(水谷三佐子)「隣の席の乱歩」(『翔』第二号、中日出版社、平成十年四月)。

解説

子不語の夢　七年の航跡

浜田雄介

本書は、探偵小説の草創期を担った二人の巨人、江戸川乱歩と小酒井不木の、出会いから不木の死まで、七年にわたる往復書簡である。

邂逅まで

小酒井不木は本名光次。明治二十三（一八九〇）年十月八日、愛知県蟹江町の地主小酒井家の長男として生まれた。この時実父半兵衛は五十二歳、継母テツは四十一歳であったという。高齢の父母のもとで、不木は学問に邁進する。愛知県立第一中学校から京都の第三高等学校を経て明治四十三年には東京帝国大学医学部に入学。卒業後は大学院に進み、大正六年には東北大学医学部教授拝命とともに海外留学を命ぜられ、アメリカ、イギリスに学ぶ。生き急ぐかのような活動はただに研究領域だけではなく、大学在学中の明治四十四年には新聞小説「あら浪」を発表し、大学院時代には『生命神秘論』を刊行するなど旺盛な執筆も見せている。

だが、イギリス留学中に喀血。転地療養をするも回復の兆しはなく、大正九年の帰国後もついに東北大学に赴くことを得なかった。喀血を繰り返しつつ、しかし不木の活動はやまない。該博な知識をもとに大正十年には新聞雑誌への執筆を始め、十一年には翻訳探偵小説を主軸とする雑誌『新青年』の編集長森下雨村の求めに応じて「科学的研究と探偵小説」を発表する。以後、同誌に毎号のように評論や翻訳を寄せ、探偵小説運動との濃厚な時代が始まる。

一方の江戸川乱歩は本名平井太郎。明治二十七（一八九四）年十月二十一日、三重県名張市に生まれた。父母ともに藤堂藩士の家系で、当時名賀郡の書記であった父繁男はやがて名古屋に移り、実業家となる。裕福な家庭であったが、乱歩が愛知県立第五中学卒業の年、父の商店が破産する。以後乱歩はアルバイトをしつつ早稲田大学に学び、大正五年の卒業後は大阪の貿易会社に就職した。しかし容易に腰は落ちつかず、タイプライター販売、造船所勤務、古本屋主人、新聞記者など次々に職を転じ、あるいは浅草オペラの田谷力三後援会を組織し、『東京パック』を編集して自ら漫画を描き、映画監督を志して映画論を執筆しと、さまざまの模索を続ける。

そういう生活の中で、大正九年創刊の『新青年』と遭遇。不木が同誌に随筆を寄せ始めた大正十一年、編集長森下雨村に「二銭銅貨」「一枚の切符」の原稿を送った。雨村はただちにその価値を認め、既に相談役となっていた不木に原稿を見せて評を仰いだ。不木また絶賛。雨村は『新青年』編集の基軸を、従来の翻訳から創作へ、大きく転換する。

探偵小説の始動

「二銭銅貨」は、不木の推薦文「『二銭銅貨』を読む」、および乱歩のエッセイ「探偵小説に就て」とともに、『新青年』大正十二年四月号に掲載された。同号は「探偵小説創作集」と題され、「二銭銅貨」の他に山下利三郎、松本泰、保篠龍緒の諸作が集められた。一人の作家のデビューとともに、創作探偵小説時代の始まりが演出されたのである。大正十二、十三年は乱歩の作品も年に二、三編程度で、状況に大きな変化は見られないが、乱歩が作家専業を決意した大正十四年、一気に時代が動く。新春増刊号の「D坂の殺人事件」、二月号の「心理試験」を皮切りとする連続短編などの乱歩の活躍とともに、新作家が続々登場し、探偵小説時代を現出することになるのだが、ここに至る乱歩の葛藤、すなわち専業作家乱歩誕生のドラマが、本往復書簡の最初の読みどころであろう。

乱歩は専業作家となるにあたって不木に判断を仰ぎ、不木もまた乱歩らの薦めにより創作に筆を染めた。以後、乱歩は「屋根裏の散歩者」「人間椅子」「パノラマ島奇談」「陰獣」と次々に名品を生み、不木もまたエッセイ、翻訳のほかに「人工心臓」「恋愛曲線」「疑問の黒枠」等々の秀作を残した。彼らの創作やエッセイはそれ自体豊かな収穫であり、七年間の往復書簡はその舞台裏を知る興味深い資料だが、同時にこの期間は、探偵小説史上において極めて重要な一時期であった。

甲賀三郎、大下宇陀児、横溝正史、夢野久作、水谷準、渡辺温、海野十三ら多彩な才能が次々に現れ、『新青年』が探偵小説の牙城になるとともに、『サンデー毎日』や『苦楽』といった一般雑誌もまた『新青年』系作家の探偵小説を掲載するようになる。新聞やラジオも彼らの活動に無関心ではなかったが、それらのメディアと関わりながら、彼らは探偵小説作家、愛好家のネットワークを作り上げてゆく。探偵趣味の会である。乱歩と『サンデー毎日』の春日野緑を中心に大阪で始まった会は、探偵作家の輪番編集による同人誌『探偵趣味』を刊行し、他の地方都市にも広がった。それらの活動についてもまた、本往復書簡は一級資料となるであろう。

この時期に創作の筆をとった作家たちは、もとよりそれぞれの形でポオやドイルに親炙していたわけだが、彼らの活動がそれら海外の小説ジャンルの移入を目的としていたと言ってしまえば、やや実態から離れた図式的整理になるだろう。探偵小説がいかなるものか、いかなるものたりうるか。実践に先立つ認識よりもはるかに豊かな原野が、彼らの前には横たわっていた。一方に科学精神と文芸の融合という芸術的理想と、また一方に謎解きを楽しみリレー小説や素人芝居で遊ぶゲーム感覚と。いまだ固定されないジャンルが、確かなエネルギーをもって生成されつつあった。探偵小説は新興の文学運動として輝いていたのである。

文芸新潮流の中で

輝いていたのは、探偵小説だけではない。

モダニズム文学の領域では、『文芸時代』の創刊すなわち新感覚派の誕生が大正十三年である。ヨーロッパ前衛芸術の強い影響を受けた若い芸術家たちの実験は世代間論争を巻き起こした。そしてその次世代を中心とする十三人倶楽部結成と『近代生活』創刊が昭和四年である。プロレタリア文学の運動においても大正十三年は『文芸戦線』創刊の年であった。陣営はいわゆる目的意識論争、芸術大衆化論争、芸術的価値論争を盛んに戦わせつつ組織上の離合を繰り返す。そしてナップの結成、『戦旗』の創刊が昭和三年である。大衆文学の分野では『苦楽』が大正十三年、『キング』が翌年の創刊である。白井喬二を中心に、必ずしも文学愛好家ではない知的階層を主要ターゲットとする大衆作家が糾合されて十五年には同人誌『大衆文芸』が創刊され、そして平凡社『現代大衆文学全集』正続六十巻が昭和二年から七年にかけて刊行される。やはり大正十三年に開設される築地小劇場と、そして一方では昭和四年のカジノ・フォーリー旗揚げといった演劇の動きも含んで、日本は近代から現代へという、世界史とも連動する文化諸領域の大きな地殻変動の中にあった。

不木と乱歩の出会い、そして探偵小説ジャンルの誕生は、この大きな文化変動の中での事件であり、だからこそ、彼らの活動には隣接領域からの注視と揺さぶりが絶えなかった。

新感覚派と探偵小説とは、アンチ私小説という問題意識を共有しており、『文芸時代』においても例えば三巻八号「怪奇幻想小説号」など、探偵小説に類縁的な特集が組まれている。片岡鉄兵や石浜金作はもちろん、横光利一や川端康成にも明らかに探偵小説を意識した作品がある。新感覚派グループが川端原作の映画「狂つた一頁」を撮った時、次に計画されたのは（撮影には至らなかったが）乱歩作品であった。

プロレタリア陣営からは、前田河広一郎が探偵小説の体制擁護性を批判し、乱歩との間に論争を引き起こす。かみ合わない論争という面もあろうが、後世から見れば、かみ合わないゆえに当事者の立場を露呈しているとも言える。そして平林初之輔が「日本の近代的探偵小説」において乱歩の登場を高く評価し、また近代的小説ジャンルとしての探偵小説への期待と懐疑を繰り返し語る。

いわゆる大衆文学の中心は時代物であったが、探偵小説の新潮流が現れると『苦楽』等の新娯楽雑誌は積極的にこれを取り込んでゆく。メディアを仲介として作家間の交流も進み、二十一日会には不木と乱歩が勧誘され、さらに昭和二年には国枝史郎、長谷川伸、土師清二といった時代物作家と不木、乱歩による合作組合耽綺社が結成される。

これら同時代の文学運動からの働きかけに確実に揺さぶられながら、不木や乱歩は探偵小説ジャンルと格闘してゆく。

ジャンルの行方

平林初之輔は「健全派」「不健全派」の枠組みを呈示した「探偵小説壇の諸傾向」以来、乱歩作品の尖端性追究に対して懐疑的になっていく。「不健全」の語が不木に重くのしかかっていた様子は乱歩宛書簡からも読みとれるが、乱歩もまた「この人ほど初期の私を指導し、鞭撻し、或いは喜ばせ、或いは恐れしめた批評家はほかになかった」(『探偵小説四十年』)と述懐する通り、その批評はまるで予言のように乱歩のその後のスランプを言い当てていた。

平林の予言通り、書けなくなった乱歩は、昭和二年、放浪の旅に出る。スランプの原因は、乱歩の意識では自らの古さの自覚であった。『新青年』の編集は森下雨村から横溝正史に移り、圧倒的に洒落た誌面を構成するようになった。その流れは、新感覚派グループから新興芸術派グループへというモダニズム文学領域の変質とも通底するものであろう。そもそも乱歩、不木は、横溝と同世代の龍胆寺雄や久野豊彦はもちろん、川端、横光よりも年長で、むしろ昭和二年に死を選ぶ芥川龍之介の世代だったのである。

断筆をした乱歩を、不木は時代小説作家たちとの合作組合、耽綺社に誘う。この一大実験の内実が、本往復書簡の一つの眼目でもあるのだが、大衆文学との共闘については、当初より不木と乱歩の間にかなりの温度差があった。通俗を是とする不木はジャーナリズムや大衆作家からの働きかけに積極的に応じていたが、一方の乱歩は「発生上の意義だけを」「探偵小説は大衆文芸か」などでその概念枠に疑義を呈し、あくまで一線を画そうとした。その対立は、探偵小説運動にとっては有効に機能したと言えるかも知れない。探偵小説が市民権を得るためには不木の寛容が、そして探偵小説がアイデンティティを確立するためには乱歩の厳密さが、不可欠だった。そのことを、おそらくはどちらも認識していたはずである。

昭和四年四月一日、不木は三十九年という短い生涯を閉じる。各界は不木の死を悼み、ただちに全集が企画された。死のすぐ翌月に刊行が始まり、当初八巻の予定が増刊を重ねて十七巻に及んでいる。乱歩はむろんその中心となり、出版社との交渉にあたったが、その結果を遺族に報じる乱歩書簡もまた、本往復書簡集に収録した。

思えば、乱歩の処女出版『心理試験』の刊行の際、出版社との交渉にあたったのが不木であった。乱歩のために、不木が選んだのは春陽堂で、以後春陽堂は探偵趣味の会と密接な関係を持ち、『探偵趣味』の発売元となり、『創作探偵小説選集』を刊行した。その春陽堂と改造社とから同時に申し出があった時、不木のために、乱歩が選んだのは改造社で、同社は不木全集と並行して「日本探偵小説全集」を刊行した。探偵小説ジャンルの市民権獲得を象徴する出版である。

不木も乱歩も、メディアを強く意識した作家であった。乱歩が改造社を選んだのは、同社の大衆化路線によるものだったが、その事も含めて、不木の死は乱歩にとって、一つの時代の終わり、そして始まりであった。乱歩は連載中の「孤島の鬼」を完結させ、「蜘蛛男」以降の通俗長編へと赴くことになる。それは乱歩の作家的必然でもあったが、同時に不木の志向した大衆化の方向でもあった。境遇も資質も大きく違いながら、むしろ境遇も資質も違うゆえに互いが互いを必要とした二人であった。人が対話をするということが、お互いの内面を交換するという本質的にエロティックな行為であるならば、七年間の書簡のやりとりを通して、不木はすでに乱歩の内に存在していたはずである。

本書簡集編纂について

その後、不木書簡は乱歩によって製本され、生涯にわたり乱歩とともにあった。乱歩書簡もまた、長く小酒井家に保管されていた。近年になって後者は流出することとなったが、幸い岡田富朗氏によって散逸を免れ、またこれに危機感を抱いた名張市立図書館の尽力により、平井家の協力を得て往復書簡として公刊するプロジェクトが始動することとなった。その間の事情については野呂昭彦知事の序文に詳しいので、ここには言を重ねず、以下編纂作業について述べておく。

翻刻に際しては活字による書籍としての読みやすさを考慮し、便箋の幅による改行や、挿入、削除などの痕跡を残すことはせず、字体も適宜通行のものに改めた。より多くの人に読んでほしい、という方針は、それぞれの形で通俗と格闘した乱歩、不木の作家的ありかたを裏切るものではないと信じている。ただし、書き手の書き分け意識を考慮して残した文字もある。例えば不木は「銭」を「戔」と記している。本来改める略字だが、「二銭銅貨」の表記では「銭」の字を使用しているので、それを示すため原文のままとした。

脚注は、行き過ぎと思われるであろうほどの解釈や推定も敢えて避けず、書簡を読み物として楽しむヒントを提供することにつとめた。また論考はそれぞれ乱歩、不木を専門とする研究者が、翻刻作業を通して浮かび上がった新知見を披露し、蟹江町歴史民俗資料館からは地域社会のアプローチが寄せられた。本解説も含め、もとより教条的に読まれるべきものではない。読者それぞれの、アクチュアルな読解に資することができれば幸いである。

CD-ROMには、書籍編に収録した書簡のほか、資料として現存する封筒、『小酒井不木より江戸川乱歩への書簡全』の乱歩自筆目次、『小酒井不木全集』出版に関わる高平始、岡戸武平の書簡の、それぞれ画像と翻刻を収録した。書簡本文はすべてカラーで撮影し、高解像度の拡大表示を備えて、情報はもとより手紙の風合いまで再現することをめざした。結果的に、読者には翻刻過程で用意された以上の鮮明な画像が提供されることになった。さらに翻刻の全文検索機能を加えたが、この意味は恐らく大きい。言葉のクロスレファレンスはもとより、例えば「作家のくずし字辞典」としても使用可能になったわけである。

不木書簡は、製本の綴じ目で判読不能の箇所も多く、『江戸川乱歩貼雑年譜』完全復刻版（東京創元社）で知る人ぞ知る紙資料修復工房に解体・修復を依頼した。台紙に葉書を糊付けした部分のみは、現在の技術では著しく資料を損壊する恐れがあるとのことで、やむなく断念し、可能な限りの透かし読みにとどめた。

最後に、書名「子不語《しふご》の夢」について。「子不語」とは小酒井不木が江戸川乱歩に贈った書の言葉で、「論語」述而編の「子不語怪力乱神」にもとづく。語らず、と言いつつ「子不語」は、中国においても怪談アンソロジーのタイトルとなっており、岡本綺堂の訳もある。「夜の夢こそまこと」という言葉との交響は、本邦だけのことではないようである。

交換された私信が七十年保管され、そして公刊されるというのは、そもそも尋常なことではない。引き裂かれた宝の地図を受け継いだ人々にその価値を信じさせたものは、やはり手紙を交わした二人の精神であったというべきだろう。書簡の所有者ばかりではなく、乱歩らが育成したミステリーの関係者や、不木をめぐる医学、俳句の世界の多くの人々の思いが本書の公刊をもたらしたとも言える。

二十一世紀に入って、乱歩・不木をめぐる動きは慌ただしい。旧江戸川乱歩邸は立教大学に譲渡されることとなり、それに伴ってさまざまの新発見が相次ぎ、東京都豊島区、三重県名張市、鳥羽市をはじめ各地でイベントが開催された。小酒井不木の郷里蟹江町では「小酒井不木の世界」展が催され、不木生誕碑が建立された。そのような気運の中で、本書が刊行されることは意義深いことと思う。今後、読み手によって、さまざまの発見が出てくるであろうことの楽しみな書簡集である。

江戸川乱歩・小酒井不木関連年表

年（西暦）	江戸川乱歩・小酒井不木関連	探偵小説・一般
大正十二年（一九二三） 乱歩29歳 不木33歳	1月 18日、森下雨村より不木に「二銭銅貨」批評依頼が届く 3月 不木「殺人論」連載。『新青年』3月～11月号 4月 **乱歩、「二銭銅貨」にて作家デビュー。**不木「『二銭銅貨』を読む」を寄稿。『新青年』4月号 6月 21日、乱歩、妻子と女中の四人で、大阪府北河内郡門真村一番地に借家 乱歩、大橋弁護士事務所を辞職 7月 **乱歩・不木の書簡のやりとりが始まる**（〇〇一） 乱歩、大阪毎日新聞広告部入社 10月 不木、愛知県海部郡神守村から名古屋市中区御器所町北丸屋に移転	1月 『文芸春秋』創刊 5月 『秘密探偵雑誌』創刊 横光利一「日輪」 6月 有島武郎心中死 7月 村山知義ら「マヴォ」結成 9月 関東大震災 10月 漫画「正チャンノバウケン」連載開始
大正十三年（一九二四） 乱歩30歳 不木34歳	4月 乱歩、大阪府北河内郡守口町二六六番地に移転 9月 乱歩、父が咽頭癌に罹り、家計の都合上、父の家である大阪府北河内郡守口町外島六九四番地に移転 11月 29日、乱歩の相談を受け、不木は作家専心の勧めを書き送る（〇〇四～〇〇六） 30日、乱歩、大阪毎日新聞社を辞職。文筆のみによる生活を決意する（〇〇七） 12月 不木「紅色ダイヤ」連載。『子供の科学』12月～14年2月号	1月 『苦楽』創刊 『大阪毎日新聞』『大阪朝日新聞』一〇〇万部突破発表 6月 『文芸戦線』創刊 築地小劇場開場 7月 白井喬二「富士に立つ影」～27年 8月 佐藤春夫「探偵小説小論」 10月 『文芸時代』創刊

大正十四年（一九二五）
乱歩31歳
不木35歳

1月 乱歩、来名。不木と初めて対面する（〇〇九～〇一〇）
乱歩「D坂の殺人事件」発表。『新青年』1月増刊号（〇〇四～〇〇八）
2月 乱歩「心理試験」発表。『新青年』2月号（〇〇四）
3月 不木「画家の罪？」発表。『苦楽』3月号
4月 不木「呪はれの家」発表。『女性』4月号（〇一一～〇二〇）
乱歩「赤い部屋」発表。『新青年』4月号（〇〇一～〇〇四）
乱歩、春日野緑、西田政治、横溝正史らとともに大阪で探偵趣味の会を結成（〇二一～〇二五）
6月 不木「犯罪文学研究」連載。『新青年』6月～15年9月号（〇六六）
不木、探偵趣味の会に加入（〇三八）
7月 乱歩「白昼夢」発表。『新青年』7月号（〇二〇～〇二六）
乱歩『心理試験』（春陽堂・7月18日発行）が不木の序文を付して出版される（〇三三～〇四五）
24日、乱歩が川口松太郎を伴って来名。名古屋ホテルで不木・国枝史郎・本田緒生と懇談する（〇四六～〇五〇）
8月 8日、不木宅にて探偵趣味の会第一回名古屋集会。国枝、本田ら七名の会員が集まる（〇五一～〇五五）
乱歩「屋根裏の散歩者」発表。『新青年』8月号（〇三七）
不木、二十一日会に加入（〇六八）
9月 9日、乱歩の父、繁男死去
20日、探偵趣味の会機関誌『探偵趣味』創刊。編集担当は乱歩（〇五九～〇六二）
10月 乱歩、不木に誘われ、二十一日会同人となる（〇七三～〇七五）
乱歩「人間椅子」発表。『苦楽』10月号（〇五七）
乱歩、25日、六甲苦楽園にて探偵趣味の会主催の探偵ページェント開催（〇七四）

1月 『キング』創刊
国枝史郎「神州纐纈城」～26年
3月 普通選挙法成立
治安維持法成立
連合映画芸術家協会設立
映画「嘆きのピエロ」封切
4月 大下宇陀児「金口の巻煙草」
平林初之輔「日本の近代的探偵小説」
5月 『探偵文芸』創刊
6月 前田河広一郎「探偵物の思想系統」
7月 ラジオ本放送開始
10月 萩原恭次郎『死刑宣告』

年（西暦）	乱歩・不木関連年表	一般事項
	11月 乱歩、横溝正史と上京。二十日ほど滞京して各人に会い、9日夜「探偵趣味」と題する処女放送講演を行う（〇七四〜〇七七） 20日、『探偵趣味』第三輯刊行。編集担当は不木（〇六〇〜〇七一）	11月 葉山嘉樹「淫売婦」
大正十五年（一九二六） 乱歩32歳 不木36歳	1月 乱歩、来名。掬摸の被害に遭い、不木が当座の旅費を貸す（〇九〇） 不木「恋愛曲線」発表。『新青年』1月号（〇八〇〜〇八一） 乱歩、「闇に蠢く」（『苦楽』1〜12月号）など続き物連載を多数引き受ける（〇八五〜〇八六） 乱歩、東京市牛込区築土八幡町三四番地に移転（〇八六〜〇九〇） 2月 探偵趣味の会編『創作探偵小説選集』（春陽堂・2月8日発行）刊行（〇八〇） 5月 連作「五階の窓」。乱歩は第1回、不木は第6回（最終回）を受け持つ。『新青年』5月〜10月号（〇九一〜〇九四） 7月 12日、不木、長女・夏江生まれる 8月 26日〜30日、名古屋・末広座にて不木作の陪審制度宣伝劇「パレットナイフ」（喜多村緑郎演出）が上演される 9月 18日、不木『闘病術』（春陽堂・8月28日発行）出版記念会（〇九七〜〇九八） 10月 乱歩「パノラマ島奇談」発表。『新青年』10月〜昭和2年4月号 11月 不木『恋愛曲線』（春陽堂・11月13日発行）刊行（〇九九） 12月 乱歩「一寸法師」連載。『東西朝日新聞』12月8日〜昭和2年2月20日（『大阪朝日新聞』〜昭和2年2月21日）（一〇一）	1月 『大衆文芸』創刊 横溝正史「広告人形」 川端康成「伊豆の踊子」〜2月 文芸家協会結成 2月 平林初之輔「探偵小説壇の諸傾向」 5月 銀座松屋デパートで初の飛び降り自殺 6月 二十一日会編『大衆文芸傑作選集』 8月 同潤会、初の公営鉄筋アパート建築 吉川英治「鳴門秘帖」〜27年 千葉で鬼熊事件 9月 青野季吉「自然生長と目的意識」 映画「狂った一頁」封切 10月 夢野久作「あやかしの鼓」 12月 改造社『現代日本文学全集』（円本）刊行開始 正木不如丘、富士見高原療養所開設

昭和二年（一九二七） 乱歩33歳 不木37歳	1月 **不木「疑問の黒枠」連載。**『新青年』1月～8月号 2月 19日より大阪・浪花座で不木の探偵戯曲「紅蜘蛛奇譚」上演 22日、探偵趣味の会主催「紅蜘蛛奇譚」観劇会が催され、不木は代理人を通じて参加者に記念の短冊を贈る（一〇二～一〇三） 3月 乱歩「一寸法師」映画化。直木三十五による聯合映画芸術協会制作 4月 **乱歩、断筆を決意。**東京市外戸塚町下戸塚六二番地に転居。妻隆子に下宿・筑陽館営業を任せ、放浪の旅に出る（一〇四～一〇六） 5月 不木「龍門党異聞」（『大衆文芸』4月号）が河合・伊井合同劇として帝劇の五月狂言で上演される（一〇八～一一〇） 6月 23日、不木、映画「疑問の黒枠」のロケーションを見学 乱歩、日本海沿岸地方、千葉県海岸その他諸地方を放浪する 10月 乱歩『現代大衆文学全集　第三巻　江戸川乱歩集』（平凡社・10月5日発行）刊行 乱歩、～11月にかけて京都、名古屋方面を放浪する 11月 **17日～22日、耽綺社第1回会合。**「残されたる一人」「巨人の反射鏡（飛機睥睨）」を合作する。17日には『新青年』主催の「合作長篇を中心とする探偵作家座談会」（乱歩、不木、国枝、長谷川、山下利三郎、横溝正史。『新青年』昭和3年2月号）（一一一～一一四） 12月 耽綺社の処女作「残されたる一人」発表。『サンデー毎日』12月18日号。翌1月17日～22日、名古屋・新守座にて喜多村緑郎主演で上演される（一一三～一一九）	1月 大正天皇大葬 甲賀三郎「支倉事件」～6月 4月 水谷準「お・それ・みお」 映画「角兵衛獅子」（「鞍馬天狗」シリーズ） 5月 平凡社『現代大衆文学全集』刊行開始 リンドバーグ大西洋横断飛行 7月 岩波文庫刊行開始 芥川龍之介自殺 9月 宝塚少女歌劇「モンパリ」初演 10月 渡辺温「可哀想な姉」 12月 浅草・上野間に地下鉄開業 『主婦之友』荻野式避妊法掲載
昭和三年（一九二八） 乱歩34歳 不木38歳	1月 不木、自宅隣地に研究施設を建てる 乱歩・不木、合作を発表。「ラムール」（『騒人』1月号）「屍を」（『探偵趣味』1月号）（一一五） 乱歩、東京市下谷黒門町、高橋耳鼻咽喉科病院に入院、扁桃腺摘出手術	1月 改造社『世界大衆文学全集』刊行開始

年（西暦）	乱歩・不木関連年表	一般事項
	を受ける。2月10日退院（一二〇～一二四）	
	2月 耽綺社の合作長篇「飛機睥睨」を連載。『新青年』2月～9月号（一一六～一四〇）	2月 第16回総選挙（最初の男子普通選挙）
	3月 『現代大衆文学全集　第七巻　小酒井不木集』（平凡社・3月1日発行）刊行（一〇三） 耽綺社「ジャズ結婚曲」発表。『週刊朝日』3月11日・18日号。曾我廼家五九郎一座が浅草・明治座で上演（一二一～一二六） 26日～31日、不木、JOBKよりラジオ出演依頼を受け、家族旅行を兼ねて大阪行き。京都・奈良を廻る（一三一）	3月 共産党員大検挙（三・一五事件） 全日本無産者芸術連盟結成
	4月 乱歩、筑陽館を売却、戸塚町下諏訪一一五番地の貸家に移転 乱歩、東京市外戸塚町源兵衛一七九番地の福助足袋会社社員合宿所を買い取り、下宿・緑館を営業	
	5月 不木、腰痛を患い、以後数カ月間、仰臥を余儀なくされる（一三四～一四〇）	5月 『猟奇』創刊 済南事件勃発
		6月 張作霖爆死事件
	7月 耽綺社「南方の秘宝」を連載。『名古屋新聞』7月1日～8月10日（一三四） 3日、不木、乱歩に「子不語」「猟奇耽異」の扁額を贈る（一三七）	7月 アムステルダム・オリンピック
	8月 乱歩「陰獣」連載。『新青年』8月増刊号～10月号 日扇上人を題材とした耽綺社の合作脚本「無貪清風」が新橋演舞場で上演される（一三四～一三五） 8日より名古屋・港座にて映画「南方の秘宝」公開（一四〇）	8月 市川左団次モスクワ公演
	10月 耽綺社「白頭の巨人」連載。『サンデー毎日』10月21日～12月16日号（一三四～一四三）	10月 陪審法施行 ソ連第一次五カ年計画開始
		11月 ラジオ体操開始

昭和四年（一九二九） 乱歩35歳 不木享年38	
1月	8日、『サンデー毎日』の依頼により、耽綺社の正月座談会を開く。「意外な告白」（『サンデー毎日』3月特別号）を合作（一四九～一五二） 乱歩「孤島の鬼」連載。『朝日』1月号～昭和5年1月号
2月	耽綺社『空中紳士』（博文館・2月20日発行）刊行（一四八～一五二）
3月	1日～3日、不木は大阪毎日新聞社主催の「健康増進運動協議会」（3月2日・於、大毎楼）出席のため大阪へ出張 不木、27日夜より発熱、就床（一五三）
4月	**1日午前2時30分、不木、急性肺炎にて逝去** 2日、乱歩は葬儀に列席のため名古屋へ赴く
5月	乱歩、『小酒井不木全集』全十七巻（改造社・昭和4年5月～同5年10月）出版に尽力する（一五四）
6月	乱歩『悪人志願』（博文館・6月21日発行）刊行
7月	乱歩「蜘蛛男」連載。『講談倶楽部』8月号～昭和5年6 7月号
12月	映画「非常警戒」（日活・耽綺社台本）公開

1月	浜尾四郎「彼が殺したか」～2月
2月	説教強盗妻木松吉逮捕
3月	平林初之輔「政治的価値と芸術的価値」 東京マネキン倶楽部結成
5月	小林多喜二「蟹工船」～6月（9月発禁） 博文館『世界探偵小説全集』刊行開始 改造社『日本探偵小説全集』刊行開始
6月	春陽堂『探偵小説全集』刊行開始
7月	平凡社『世界探偵文学全集』刊行開始
8月	飛行船ツェッペリン号日本飛来
10月	世界経済恐慌始まる カジノ・フォーリー旗揚げ
12月	十三人倶楽部結成

＊（　）内の漢数字は、往復書簡の通し番号を指すが、あくまで目安である。雑誌の刊行月等は、奥付の発行日記載に従った。実際の刊行とはずれがある。

【参考文献】「小酒井不木と合作組合『耽綺社』」斎藤亮（『郷土文化』昭和60年12月・名古屋郷土文化会）／『喜多村緑郎日記』（昭和37年、演劇出版社）／『探偵小説四十年』（平成元年、沖積舎〈覆刻版〉）／『貼雑年譜』（平成13年、東京創元社）／『江戸川乱歩リファレンスブック』1～3（平成9～平成15年、名張市立図書館）／『近代日本総合年表』（平成11年、第四版、岩波書店）／『日本近代文学大事典』（昭和59年、講談社）／「日本映画データベース」http://www.jmdb.ne.jp/

作成　阿部崇・小松史生子・浜田雄介

人名索引

書簡・エッセイ中および論考・解説中の表記に従い，現代の一般的な表記は（ ）内に示した．＊は作中人物．→は別名．難読名は便宜的な読みにしたがった．

あ

アインシュタイン，アルバート……47
青野季吉……115
赤江瀑……222
芥川龍之介……11，135，178，219，227，334
明智小五郎＊……19，32，44，203，210
明智光秀……32
麻生豊……241
阿武天風……14
阿部崇……320
雨森一花……103
有島武郎……96
アルキメデス……47
あわぢ生→本田緒生
アントワネット，マリー……98

い

伊井蓉峰……223，225，230，231，240
生田もとを→本田緒生
池内祥三……153，156，160，162，163，166，174，183，187，189，202，205，206，208
池田孝次郎……115
池田斉……103
池田満寿夫……45
石井漠……210，211
石川九三……103
石浜金作……333
泉鏡花……223，226，288
泉谷彦……101
一刀研二……12
伊藤晴雨……98
伊藤彦造……12
伊藤恭雄……63-64
稲垣足穂……39，89
井上勝喜……13，15，38，63，204
井上次郎……63
井上良夫……37
伊庭孝……240
今村……202-203
岩田準一……39，204，237，261-262，266-268，307
岩田専太郎……12，42，99，170，186
岩田豊麿……185
岩淵熊次郎……205-206

う

ウエルズ（ウェルズ），キャロライン……36-39，150
宇崎祥二……209
宇野浩二……35，36，42，89，94，119，135，171
ウヰリアムス，ヴァレンタイン……224
海野十三……255，331

え

エノケン→榎本健一
榎本健一……241
江原小弥太……58

お

尾池……263
大泉黒石……262
大岡越前守……32
大下宇陀児……206，209，212，230，243，331
大洲繁夫……103
大杉栄……94
大西祝……191
大野木繁太郎……63，64，111，115，125-126
大橋月皎……12
岡鬼太郎……226
岡田富朗……335
岡戸武平……38，201，202，204，232，276，278，320，323，326
岡本一平……12
岡本綺堂……12，161，168，212，337
奥村五十嵐……237
小栗虫太郎……90，255
小此木……235，238
小山内薫……42，98，118-122，191，210，211，218，226，231
大佛次郎……11
小沢得二……264
押川春浪……14
小田富弥……12
オップンハイム，エドワード・フィリップス……209
鬼熊→岩淵熊次郎
小野十三郎……209
尾上菊五郎……226
オルチー（オルツィ），バロネス……47

か

賀川豊彦……58
春日野緑……34, 63, 64, 73, 75, 82, 90, 93, 107, 111, 113, 115, 123, 124, 125, 129, 130, 131, 139, 146, 151, 154, 155, 159, 161, 166, 169, 171, 173, 182, 184, 185, 203, 209, 211, 212, 245, 331
片岡千恵蔵……246
片岡鉄兵……12, 89, 94, 333
加藤重雄……72, 122, 123-124, 134, 243
夏冬繁緒→加藤重雄
夏冬繁生→加藤重雄
加藤茂→加藤重雄
加藤精一……257
加藤武雄……36, 37-38, 95
カトランズ，ジャック……81
鼎銀次郎→岩田準一
金子準二……206
金子洋文……12
加納鉦一……103
上村一夫……99
上山草人……240
ガリレイ，ガリレオ……47
カーリントン，ヘアワード……265
河合武雄……208, 217-219, 223, 225, 231
川上三太郎……205
川口晶……98
川口厚……98
川口恒……98
川口浩……98
川口松太郎……42, 43, 94, 98, 99, 100, 103, 110-114, 116-122, 129, 153, 161, 165, 170, 173-174, 183, 194, 203, 210, 218, 226, 275
川崎幸次郎……103
川崎克……14
川田功……206
河中作造……118
川畑玄二……216, 218
川端康成……12, 89, 99, 209, 333, 334
河東碧梧桐……223
神崎清……209
神部正次……35, 36, 191

き

木々高太郎……52, 151, 216
菊池寛……11, 135, 166
菊池幽芳……296
岸田劉生……118, 229
喜多村緑郎……218, 220, 222-223, 225-227, 230, 231, 240, 257, 273
キートン，バスター……224
衣笠貞之助……89
木下孝則……12
今日泊亜蘭……186
霧原庄三郎＊……57, 65
錦酒泉……103

く

クイーン，エラリー……151
邦枝完二……12
国枝史郎……12, 111-115, 135-138, 149, 152-154, 158, 163, 168-169, 180, 182-183, 187, 192, 193, 194, 195, 197, 213, 217, 219, 220, 222, 223-226, 228, 238, 240, 247, 249, 252, 264, 268, 269, 271, 272, 286, 298, 305, 307, 317, 319, 333
久野豊彦……334
久保田万太郎……98, 120, 226
久米正雄……11
倉田百三……58
クリスチイ（クリスティー），アガサ……30, 55
栗山茶迷……210
クレッチマー，エルンスト……17, 227
黒岩涙香……141, 152, 260, 296
クローチェ，ベネデット……191
黒川己喜……323

け

圭四郎……102
ゲーテ……13
健三郎……103

こ

甲賀三郎……12, 15, 35, 36-37, 39, 71-72, 75, 89, 90, 93, 100, 102, 132, 145, 150, 163, 168, 174, 176-177, 179-182, 187, 189, 190, 191-192, 193, 194-195, 201, 203, 206, 208, 209, 212, 213, 217, 219, 230, 242-243, 255, 268, 277, 311, 318, 331
幸田露伴……11, 296
河野通勢……229
ゴールトン，フランシス……17
小酒井テツ……321, 329
小酒井半兵衛……321, 329
小酒井久枝……277, 321, 326
小酒井美智子……320, 325
小島政二郎……11
梢朱之介……262
小杉天外……191
巨勢洵一郎……75, 132, 133, 137, 141, 142
壷中庵→平井通
悟道軒円玉……98

小林一三……226
小林紫蘭……102
小林信彦……107，253，275
小牧近江……47
コリンズ，ウィリアム・ウィルキー……223
今東光……12，99

さ

西条八十……115
斎藤亮……317
斎藤徳太郎……114
斎藤龍太郎……114
坂口安吾……94
佐々木邦……12
佐々木味津三……12，212
佐藤紅緑……223，225，226
佐藤五平……102
佐藤春夫……11，35，57，118-119，175
里見弴……11，118，226
沢田正二郎……35，161

し

ジイド，アンドレ……13
潮山長三……144，147，159，161，162，163，187，213，225
志賀廼家淡海……241
滋岡透→加藤重雄
篠原荒村……102，103
渋沢敬三……262
澁澤龍彦……135，146
島源四郎……83，114-115，125，199，204，278
清水三重三……12
城市郎……45
城昌幸……132，175，180，183，209，311
白井喬二……11，32，153，168-169，208，209，213，309，332
白柳秀湖……12
志波西果……210

す

スーヴエストル（スーヴェストル），ピエール……224
末永昭二……117
鈴木如楓……103

せ

摂津茂和……100

そ

曽我廼家五九郎（曽我の家五九郎）……240-241，247，249，266
曽我廼家五郎……240，241
曽我廼家十吾……241
ゾラ，エミール……191

た

ダイン，S・S・ヴァン……37，151
ダーウィン，チャールズ・ロバート……13，47
高田義一郎……206
高田稔……264
高輪芳子……275
高橋研三……235-236
高平始……278
高見順……209
高山義三……150
高山樗牛……191
滝田樗蔭……57
武井おさむ……103
竹内純一……102
竹内栖鳳……12
竹内芳衛……250，253
武田麟太郎……209
竹中英太郎……43
竹久夢二……39，94，216，261-262
太宰治……181
田中健三郎……103
田中貢太郎……12
田中早苗……35，36，190
田中純……115
田中良……12
谷洗馬……12
谷川潮帆……103
谷崎潤一郎……11，13，35，42，57，89，99，118，119，170，178，186，211，223，226
田山花袋……11
ダン道子……276

ち

チエスタートン（チェスタートン），ギルバート・キース……48，67，73
近松秋江……12
チャニー，ロン……224
チヤプリン（チャップリン），チャールズ……182，224
ヂユーマ（デュマ），アレクサンドル……141，224

つ

月村節子……264
机竜之介＊……258
辻潤……17，
つねを……103

椿八郎……216
坪内逍遥……190
坪内節太郎……229
鶴見久枝→小酒井久枝

て

鉄田頓生→本田緒生
天一坊……32

と

ドイル，アーサー・コナン……32，96，101，176，179，181，331
ドゥーゼ，サミュエル・オーギュスト……44，277
徳田秋声……11
徳冨蘆花……216
ドストエフスキー，フョードル・ミハイロヴィチ……13，16，19
富岡多恵子……45-46
富田一夫……103
トラウジル，ハンス……132

な

直木三十五……11，35，42，94，115，118-121，135，153，210-211，216，241
直木三十三→直木三十五
中相作……70，134
永井荷風……11，122，226
長沖一……209
中川藻山……103
中川芳太郎……230-231
中里介山……257
中島河太郎……30，319
長田幹彦……12，165
中西一夫……103
中野十九松……102
永松浅造……12
中村進治郎……274-277
中村貞一……103
中村武羅夫……11
中山太一……116，119，127
中山豊三……117-120，122，127，165
長与善郎……230
名越國三郎……12
夏目漱石……155，157，216，231
ナポレオン，ボナパルト……98
納谷三千男→水谷準
成田尚……103

に

新島舟三……103
ニイチェ（ニーチェ），フリードリヒ・ウィルヘルム……115，191
新居格……206
西口紫溟……11
西田天香……58
西田政治……38，62-63，75，82，90，102，104，119，121，318
西穂梓→水谷三佐子
二山久……203-204

ぬ

額田六福……161

の

野口紅涯……12
野々口雄三＊……321-322
延原謙……18，35，36，47，48，58，75，100，182，195，201，206，266，269
野村胡堂……38，174，212
野村太郎……102
野呂昭彦……335

は

萩原朔太郎……19，89，
土師清二……12，153，160，183，217，219，220，222，225-226，239，240，244，245，246，248，252，266，271，272，314，317，319，333
長谷川海太郎→牧逸馬
長谷川伸……169，217，219，220，221，225，226，229，238，239，240，241，244-255，266，271，273，317，319
長谷川天渓……190-191，201，233，266
花柳章太郎……98，120，223
馬場孤蝶……34-35，36，47，54，119，122，126，144-145，164，168
馬場辰猪……35
浜尾四郎……213
浜本浩……230-231
早川徳次……117
林不忘→牧逸馬
林和……12
薔薇蒼太郎→平井通
原田甲斐……32
原田三夫……96
ハリス，ジェームス……30
春田能為→甲賀三郎
伴梨軒……102

ひ

ビアズリー，オーブリー……170，186
樋口一葉……35

久生十蘭……100，248
久山秀子……209
ビーストン，L・J……16，132，223
ヒューム，ファーガス……260
平井繁男……26，88，330
平井蒼太→平井通
平井玉子……44-45
平井通……44-45，46
平井敏男……44-45
平井隆子……221，228
平野零二→平野零児
平野零児……64，144，161，237
平林初之輔……36-37，46-47，94-95，115，132-133，164，173，175-176，184，191，192-193，194-195，203，206，269，286，297-300，310-311，318，333-334
平山蘆江……12，135，153，169，217，219，220，253，259，260，271，317
広津和郎……11，35

ふ

フイツシエ（フィシェ）兄弟……287
フエアバンクス（フェアバンクス），ダグラス……224
福沢諭吉……35
福地桜痴……35
福来友吉……66
藤沢桓夫……209-210，216
藤田操……103
藤村操……58
フリーマン，R・オースチン……24
古川緑波……241
ブールジェ，ポール……13
フレクサ……53
フロイト，ジークムント……70，88，191
フロオベエル（フローベール），ギュスターヴ……177

へ

ベルグソン，アンリ……191

ほ

ポー，エドガー＝アラン……12，97，107，135，176，180，182，227，230-231，286，331
ポースト，メルヴィル・デイヴィスン……14
星野龍猪→春日野緑
保篠龍緒……34，64，102，203，213，224，330
星野辰男→保篠龍緒
細木原青起……12
細田源吉……12，115，126
細田民樹……12，115
ポワロ，エルキュール＊……30，31
本位田準一……38，65，199，201，202，203，204
本田緒生……48，55，58，65，68，72-73，76，83，85，103-105，108-112，114，116-117，121，163
本多義一郎……102

ま

前川千帆……12
前田惟光……96
前田河広一郎……46-47，66-67，92，286，333
牧逸馬……12，30，35，48，75，209，213
牧野省三……210
正岡容……12
正木不如丘……153，169，175，209，215-216
マーシャル，デボン→国枝史郎
松井翠声……203
松浦豊……103
松阪青渓……118-119
松阪寅之助→松坂青渓
松野一夫……35，36
松原鉄次郎→本田緒生
松村家武……204
松村長之助→潮山長三
松本恵子……55
松本泰……55，58，135，136，212，330
松本赳……265
松本長蔵……144
真山青果……135，223，226
マルクス，カール……47

み

三上於菟吉……11，35，
水島爾保布……12，186
水谷準……18，38，75，98，100-101，103，145，150，165，180，183，200，202，209，230，269，331
水谷三佐子……326
三田定則……51-53
ミーダー，ジョン・リチャード……265
三竹一路……103
南方熊楠……262
三益愛子……99
宮尾しげを……12
ミユンスターベルヒ（ミュンスターベルヒ），フーゴー……22-23，136

む

武者小路実篤……11
村井長庵……32

村上華岳……118
村上浪六……11
村島帰之……64，75
村松梢風……12，135，147，213
室生犀星……12

も

モウパツサン（モーパッサン），ギィ・ド……150
本山荻舟……12，135，153，168
森鷗外……262，266-267，296
森暁紅……12
森潤三郎……262，266
森下雨村……11，12，14，16，18，22，27，29，30，32，34-35，36，37，38，39，43，58，64，66，69，71，72，75，79，85，100，104，111，114，115，117，132，138，145，147，150-151，155，156，165，167，171，172，173，174，175，176，182，188，189，190，191，192，193，195，196，197，198，199，200，201，203，206，208，209，217，230，233，245，247，265，266，269，276，278，281，305，311，317，320，321，325，330，334
森下時男……321，325
森田……166
茂林寺文福→曾我廼家十吾

や

八重野潮路→西田政治
八木沢教授……235，238
保高徳蔵……115
安田城西……103
矢田挿雲……135，153，169
山六郎……12，43，116
山川健次郎……66
山下利三郎……15，103，238，330
山田五十鈴……225
山田九州男……225
山田耕筰……211
山田英子→高輪芳子
山田風太郎……30
山名文夫……43，116，121，169-170，186
山野三五郎→水谷準
山本冬郷……264
山本禾太郎……182

ゆ

由井正雪……32
夢野久作……87，182，331

よ

横溝正史……62-63，70-71，72，75，82，90，91，95，97，99，100，103-104，107，119，121，151，152，157，161，163，175，179，180，181，183，198-199，200-201，202-203，206，208，209，210，213，216，219，220，222，224，227，230，231，232，233，238，239-240，241，242-244，246，251，253，260-261，266，267，275-277，311，318，331，334
横溝武夫……201
横光利一……12，209，333，334
与謝野晶子……262
与謝野鉄幹……262
吉井勇……12
吉田絃二郎……12

ら

ランズベルガー……132
ランドン，ヘルマン……48

り

リース……224
龍胆寺雄……334
リユパン（ルパン），アルセーヌ＊……34，100-102，141，155，223-224，295

る

ルヴエル（ルヴェル），モーリス……18，20，48，88，95，175，223
ルブラン，モーリス……14
ルルー，ガストン……223

ろ

ロイド，ハロルド……224
ローデンバッハ，ジョルジュ……98
ロッパ→古川緑波
ロンブロゾー（ロンブローゾ），チェザーレ……14

わ

和気律次郎……63-64，224
鷲尾雨工……115
和田邦坊……12
和田利彦……78，82-83，202-203，206
渡瀬淳子……161
渡辺温……17，18，42，211，230，331
渡辺啓助……52，100，211，228，230
渡辺均……173，237-238，239，246-249

欧字

Carolyn Wells→ウエルズ（ウェルズ），キャロライン

事項・作品索引

（　）内は作者，「　」内は小説，『　』内は単行本または雑誌・新聞名，＊は映画，→は同意語，［　］内は言い換え．難読のものは便宜的な読みを示した．「日本」はすべて「にほん」と読んだ．

あ

「噫々・不木」（滋岡透）……124
「愛染かつら」（川口松太郎）……99
「赤い部屋」（宇野浩二）……36
「赤い部屋」（江戸川乱歩）……15，17，21-22，36，37，48，55，282
「悪夢」→「芋虫」
「浅草趣味」（江戸川乱歩）……199-200，286
「浅草の灯」（浜本浩）……230
『朝日』……266，306
アシヤ映画……81
「あ・てる・てえる・ふぃるむ」（横溝正史）……222，243
「画室の犯罪」（横溝正史）……91
「あやかしの鼓」（夢野久作）……182，
「アラスカの恋」（デボン・マーシャル→国枝史郎）……168
「あら浪」（小酒井不木）……329
「ある精神異常者」（ルヴェル）……19
「或る対話」（本田緒生）……76
暗号……16，44-45，47，48，58，59，61，248
「暗黒＊」……123
「安死術」（小酒井不木）……185
「按摩」（小酒井不木）……86，95，131

い

伊井喜多村一座……231
「意外な告白」（耽綺社）……274
「生ける宝冠」（ドゥーゼ・小酒井不木訳）……44
「壱百円懸賞暗号問題」……48
「一枚の切符」（江戸川乱歩）……11-12，15，16，281，330
「一個の小刀より」（横溝正史）……103
「一寸法師」（江戸川乱歩）……151，210，214，215，216，282，293，294，306
『一寸法師』（江戸川乱歩）……77
『一寸法師　角川文庫版』（江戸川乱歩）……30
「一寸法師＊」……216，218
「遺伝」（小酒井不木）……131，150-152
「妹」（加納鉦一）……103
「芋虫」（江戸川乱歩）……265
「陰獣」（江戸川乱歩）……43，71，154，215，233，234，243，260-261，265，266，269，294，306，331
『陰獣』（江戸川乱歩）……80，270
「陰謀」（細田源吉）……115

う

「ヴオーガン・ヴオーグ」……275
『鬱金帳』……262
「牛を追うて」（池田斉）……103

え

「映画いろいろ」（江戸川乱歩）……89
『映画・演劇』……43，121，218
『映画と探偵』……73
「英語の答案」（竹内純一）……102
「Ｓ温泉事件」（本多義一郎）……102
『越後タイムス』……58
「江戸川乱歩氏に寄す」（巨勢洵一郎）……134
『江戸川乱歩集（改造社・日本探偵小説全集第三篇）』……306
『江戸川乱歩集（春陽堂・探偵小説全集第一巻）』……306
『江戸川乱歩推理文庫第二十八巻　堀越捜査一課長殿』……319
円本ブーム……105，121

お

「黄金狂時代＊」……182，183
「お梅」（正木不如丘）……216
『大阪時事新報』……204
『大阪の話』（藤沢桓夫）……209
『大阪毎日新聞』……14，30，34，63，65，73，90，99，111，115，122，125，144，146，172，174，184，186，192，245，257
大須ホテル……222
「丘の三軒家」（横溝正史）……121
オカルト……66
小沢映画聯盟……264
「押絵と旅する男」（江戸川乱歩）……218，222
「お勢登場」（江戸川乱歩）……179，244
「恐ろしき四月馬鹿」（横溝正史）……103
「恐ろしき錯誤」（江戸川乱歩）……15，17，18，22，26
「踊る一寸法師」（江戸川乱歩）……157，180，182
「踊る一寸法師＊」……89

鬼熊合評会……205-206
「鬼の言葉」（江戸川乱歩）……36
「面白い探偵小説」（甲賀三郎）……230
「親を殺した話」（ルヴェル）……19
お隆旋風……228
「女青鬚」（小酒井不木）……140

か

「懐疑狂時代」（小酒井不木）……257
「怪奇の創造」（城昌幸）……132
「会計係の行方」（中川藻山）……103
『改造』……57，260-261，265
改造社……105，230，231，276，277-278，306，326，335
『科学画報』……81
「科学的研究と探偵小説」（小酒井不木）……330
「鏡」（競作）……73，81，85
「鏡地獄」（江戸川乱歩）……81，179
「画業から奇書出版へ」（城市郎）……46
「楽屋噺」（江戸川乱歩）……81
隠れ蓑願望……178
「影」（渡辺温）……42
カジノ・フォーリー……332
鹿島神社文学苑……323
「火星の運河」（江戸川乱歩）……156，180，185，188，190，192，197
「課題」（小酒井不木）……318
「勝と負」（水谷準）……145，150
「カナリヤの秘密」（甲賀三郎）……15
蟹江町歴史民俗資料館……336
「カフエー奇譚」（探偵趣味の会）……230
歌舞伎……135，136，219，276
「花粉」（藤沢桓夫）……209
「亀さんと青の轡」（池田斉）……103
「仮面劇場」（横溝正史）……151
「カラマゾフ（カラマーゾフ）の兄弟」（ドストエフスキー）……12，16，
「巌窟王」（デュマ）……141

き

「黄色い部屋の謎」（ルルー）……223
「祇園囃子」（川口松太郎）……99
「帰還兵」（中野十九松）……102
菊富士ホテル……35，94
「汽車の中から」（森下雨村）……145
「傷だらけの歌」（藤沢桓夫）……209
『喜多村緑郎日記』（喜多村緑郎）……223，225，226
「疑問の黒枠」（小酒井不木）……210，213，304，314，331
「疑問の黒枠＊」……210
「キヤラコさん」（久生十蘭）……148
牛乳屋の三人斬り事件……322
『旧約』（江原小弥太）……58
「虚実の証拠」（小酒井不木）……86，95
「霧の中の顔＊」……203
「疑惑」（江戸川乱歩）……56，62，71，186
『キング』……11，116，150，151，152，166，309，332
『近代生活』……332
『近代犯罪研究』（小酒井不木）……16，107
「金と銀」（谷崎潤一郎）……57
『金の三角』（ルブラン）……223

く

「空骸」（細田源吉）……115
「空気男」（江戸川乱歩）……13，178，181，192
『空中紳士』（耽綺社）……80，229，231-232，241，251，253，255，257，258，260，264，272，275，306，307
「くノ一葉子」（泉谷彦）……101
「首」（藤沢桓夫）……209
『蜘蛛』……114
「蜘蛛男」（江戸川乱歩）……151，166，295，335
『苦楽』……11，41，42-43，68，70，71，75，84，87，88，91，93，94，99，100，103，105，111，112，116-119，120-121，123-125，127-129，133，146，168，170，177，178，186，189，199，309，331，332，333
苦楽園……160
「蔵の中」（宇野浩二）……36
「蔵の中」（横溝正史）……36
「倉野二等卒」（野村太郎）……103
クラブ化粧品……42
「狂つた一頁＊」……89，333
「グレイ・ファントム」→「灰色の幻」
「黒真珠」（谷川潮帆）……103
クロスワードパズル……48，248
「黒手組」（江戸川乱歩）……32，43-44
「『黒』と銅貨」（中村貞一）……102
「黒猫亭事件」（横溝正史）……71

け

『傾斜市街』……209
芸術大衆化論争……332
芸術的価値論争……332
「結婚の花」（藤沢桓夫）……209
血友病……253
検印……201，204-205，208，210，216，221
『幻影城』……72
原稿二重売事件……223
「拳銃を擬して」（武井おさむ）……103

懸賞……48，246-247，249，254，318
健全派……37，175-176，179-180，182，184，186，299，333
『現代大衆文学全集』……208，209，212-213，216，250，262，332
『現代大衆文学全集第三巻　江戸川乱歩集』……306
硯友社……201

こ

「恋二題」（江戸川乱歩）……46，59
『項羽と劉邦』（長与善郎）……230
「広告人形」（横溝正史）……176，178-179，181
『広告人形』（横溝正史）……201
「硬骨漢」（小酒井不木）……158
『講談倶楽部』……11，150，166，309
「好敵手」（水谷準）……100，103，165
『巷路過程』（細田源吉）……115
「五右衛門と新左」（国枝史郎）……158
「五階の窓」（連作）……179，189，191-193，197
「黄金虫」（ポー）……12
「告白」（篠原荒村）……103
「極楽突進＊」……203
「小酒井氏の思出」（森下雨村）……317
『小酒井不木全集』……206，277，316，320，326，335
「小酒井不木と合作組合『耽綺社』」（斎藤亮）……317
「小酒井不木の世界」展……320，325，337
「小酒井不木博士のこと」（江戸川乱歩）……319
ゴシック・ロマン……151
「護送」（加納鉦一）……103
『壷中庵異聞』（富岡多恵子）……46
「孤島の鬼」（江戸川乱歩）……36，266，306，335
『子供の科学』……95-96，308
「この人達の上に」（細田源吉）……115
『琥珀のパイプ』（甲賀三郎）……201
「湖畔亭事件」（江戸川乱歩）……101，155，179，186，192-193，201，294
『湖畔亭事件』（江戸川乱歩）……77，204
「ゴールドラッシユ＊」→「黄金狂時代＊」
ゴルフ……100

さ

「罪悪」（江原小弥太）……58
「最近の感想」（江戸川乱歩）……301
「桜三吟」（江戸川乱歩、西田政治、横溝正史）……82
『石榴』（江戸川乱歩）……80
座談会……102，205，272-273，295，307
「作家としての小酒井博士」（江戸川乱歩）……319
「作家としての私」（小酒井不木）……318
「五月闇の聖天呪殺」（潮山長三）……147
「殺人論」（小酒井不木）……23
サムソンとデリラ……98
「サランボオ」（フローベール）……177
『サンデー・ニユース（サンデーニユース）』……124，128，130-131，134，138，139
サンデー・ニユース社……72，75
『サンデー毎日』……18，63，100-102，154，155，171，172-173，177，179，186，225，229，237，239，240-241，244-246，248，250，253-254，259，266，272-273，295，307，317，331
三人書房……45
「三人の罪人」（田中健三郎）……103

し

『詩学』……183
「屍を」（江戸川乱歩・小酒井不木）……227
「ジゴマ」……151
資生堂……170
自然主義……191
「自然の復讐」（田中健三郎）……103
「自著目録」（江戸川乱歩）……134
実業之日本社……150
『実話雑誌』……199
「自伝」（小酒井不木）……321
「死都ブリュージュ」（ローデンバッハ）……98
「死にそうな山羊と穢多なる彼等」（池田斉）……103
「死人の眼」（伴梨軒）……102
『死の研究』（カーリントン・ミーダー・松本赳訳）……265
子不語……263，337
『志摩の海女』（岩田準一）……262
『志摩のはしりかね』（岩田準一）……262
「指紋」（佐藤春夫）……57
「指紋研究家」（小酒井不木）……121
社会主義リアリズム……182
『写真報知』……37，44，45，46，47，56，59，66，70，87，94，105，173，177，178
「ジヤズ結婚曲」（耽綺社）……241，247，249，266
宗教文学……58
「集金人」（ルヴェル）……18-19
十三人倶楽部……332
「誌友と誌友」……43
自由民権運動……35，240
「獣林寺妖変」（赤江瀑）……222

「手中の灰」（つねを）……103
春陽堂……66, 70, 72-73, 77-80, 83, 84, 86, 92, 97, 105-106, 109, 115, 167, 169-171, 184, 187, 200-201, 202, 203-204, 207, 210, 242, 264, 277-278, 287, 326, 335,
『翔』……326
『小学校社会科副読本』（蟹江町教育委員会）……325
「正月の探偵雑誌から」（甲賀三郎）……177
「情状酌量」（ルヴェル）……19,
『小説の作り方』（加藤武雄）……38
松竹新喜劇……241
『象徴』……262
少年探偵団……102
「小品二篇（小品二題）」（江戸川乱歩）……59, 75
浄瑠璃……219, 222
「女誡扇綺譚」（佐藤春夫）……119
『女学生画報』……118
『女学世界』……58
『女性』……42-43, 57, 65, 74, 98, 117-119, 120, 123, 127, 282,
『女性のカツト』（山六郎・山名文夫）……121
『白樺』……118
「白野弁十郎」（額田六福）……160
屍蝋……49-54, 56, 60, 94
「死を恃んで行く女」（細田源吉）……115
『新愛知』……147, 262-264
進化論……13
新感覚派……88-89, 99, 209, 332-334
「深紅の秘密」（横溝正史）……103
新劇場……211
「信玄雑感」（国枝史郎）……158
新興芸術派……334
「人工心臓」（小酒井不木）……158, 160, 331
新国劇……161
「新吾十番勝負」（川口松太郎）……99
「神州纐纈城」（国枝史郎）……112, 137
『新趣味』……35, 72
「真珠郎」（横溝正史）……222, 276-277
「心中きらら坂」（直木三十五）……210
『新小説』……105, 115, 193
『新青年』……11, 13, 14, 18, 21, 22, 23, 27, 30, 31, 34, 36, 37, 38, 43, 47, 50, 56, 59, 62-63, 64, 65, 67, 69, 70, 72, 74-75, 84, 86, 87, 89, 91, 94, 95, 100, 102-104, 105, 123-124, 125, 127-128, 131, 144, 145, 148-150, 155-156, 158-159, 160, 166, 169, 170, 171, 173, 174, 176-177, 179, 182-183, 187, 188, 190, 191, 194, 198, 200-201, 206, 217, 218, 222, 224, 229, 230, 232-233, 240, 243, 248, 253, 254, 260-261, 265-266, 275, 281, 286, 301, 308, 311, 312, 314, 317, 320, 330, 331, 334,
『新雪』（藤沢桓夫）……209
『新潮』……46, 318
新潮社……38
新派……99, 135, 208, 220, 222-226, 231
「新聞の切抜き」（富田一夫）……103
『新約』（江原小弥太）……58
「心理学的探偵法」（小酒井不木）……23
「心理試験」（江戸川乱歩）……11, 22-24, 27, 32, 37, 55, 81, 84, 97, 136, 172, 281,
『心理試験』（江戸川乱歩）……66, 77, 102, 104, 106, 108-110, 117, 132, 155, 201, 223, 335,
「『心理試験』序文」（小酒井不木）……69, 78-79, 82, 84, 86, 88, 92-93, 95, 97-98, 105-106, 297, 318
新浪漫派……262

す

『推理界』……30
『鈴木泉三郎戯曲全集』（鈴木泉三郎）……116
「素敵なステツキの話」（横溝正史）……275
『ストーリー（ストオリー，ストーリイ）』……99, 101, 102, 105, 107, 118-123, 127
「隅の老人」（オルツィ）……67
寸楽……221-222, 226, 233, 237, 270, 271, 274, 326

せ

「晴雨計」……137, 152
「生活の旗」（藤沢桓夫）……209
『生命神秘論』（小酒井不木）……329
「西洋と日本の舞踊」（谷崎潤一郎）……211
「世界裁判奇談」（小酒井不木）……31
『世界大衆文学全集』……277
『世界大衆文学全集　スペードのキング／四枚のクラブ一』（ドゥーゼ・小酒井不木訳）……277
『世界探偵文芸叢書』……209
『世界犯罪叢書第二巻　変態殺人篇』（江戸川乱歩）……13
「接吻」（江戸川乱歩）……73
『戦旗』……332
千里眼……66
『全力投球』（岡戸武平）……232

そ

『創作探偵小説選集』……167, 169, 335
「双生児」（江戸川乱歩）……22, 172

則天去私……157
「その暴風雨」（城昌幸）……132
「蕎麥羽織」……132，287
「算盤が恋を語る話」（江戸川乱歩）……37-38，59
「村長の子」（新島舟三）……103

た

『大学左派』……209
「代作ざんげ」（横溝正史）……240
大衆作家同盟→二十一日会
大衆文学……135，150，163，309，332-334
大衆文学作家……135
『大衆文芸』……65，81，113，135，153，156，158，160，162，163，169，174-175，177-180，183，187，189，202，206，208，216，220，309，332
大衆文芸全集→『現代大衆文学全集』
『大都』（細田源吉）……115
「大菩薩峠」（中里介山）……257
『太陽』……115，191
宝塚少女歌劇……211
タトル商会……30
谷崎・芥川論争……178
「煙草」（リレー小説）……81
耽綺社……65，68，80，82，83，192，215，217，220-223，225-227，229，231，233，237，239-242，244-247，250，255，257-258，262，266，268-269，272，273，274，287，304，305-309，314-315，317，319，322，334
「耽綺社打明け話」（土師清二）……319
「耽綺社の頃」（土師清二）……317
「耽綺社の指導者」（長谷川伸）……319
男色文学……38，262
「探偵傑作叢書」……201
『探偵趣味』……64，72-73，75-76，99，100，101，114，124，132，134，138-140，142-144，150，153，157，158，159，162，167，169，171，193，194，195，199-200，205，223，242，264，331，335，
『探偵趣味』社……203
「探偵趣味について」（江戸川乱歩）……165
探偵趣味の会……36，38，62-64，65，67，71，73，74-75，83，90，92，102，109，111，114，116，122，125，127，129，133，159，161，165，168，183，195，198，201，204，206，211，212，230，278，282，295，309，331，335
『探偵春秋』……37，
探偵小説芸術論……299
探偵小説の鬼……36
探偵小説の通俗化……293
探偵小説の行き詰り（行詰り）……177-180，282，298-299，310-314
探偵小説非芸術論……299
探偵小説リレー……82
「探偵小説が出来るまで」……230
「探偵小説私見」（平林初之輔）……203
「探偵小説十五年」（江戸川乱歩）……301
「探偵小説十年」（江戸川乱歩）……70，89
「探偵小説小論」（佐藤春夫）……175
「探偵小説寸評を読む」（江戸川乱歩）……136
「探偵小説壇の諸傾向」（平林初之輔）……173，175
「探偵小説について」（森下雨村）……230
「探偵小説に就いて」（萩原朔太郎）……19
『探偵小説の技巧』……38，150-151
「探偵小説の夕」……230
「探偵小説は大衆文芸か」（江戸川乱歩）……168，334
『探偵小説四十年』（江戸川乱歩）……293，294，317，326，334
『探偵文芸』……55，58，72
「探偵文芸の将来」（小酒井不木）……318
「探偵漫談」（甲賀三郎）……203
探偵もの活動写真の鑑賞……184
「探偵物究明」（前田河広一郎）……47
「探偵物心理」（前田河広一郎）……46
「探偵問答」（アンケート）……145

ち

筑陽館……213，214，256，306
「痴人の愛」（谷崎潤一郎）……42
「痴人の復讐」（小酒井不木）……158，159
父殺し……70，88
『中央公論』……57，260
『中央文学』……115
『中学世界』……38
「ちんば蛙」（ポー）……180，182

つ

通俗物……50，54，61，151，294
築地小劇場……332
『辻馬車』……209
『辻馬車時代』（藤沢桓夫）……209
「角男」（横溝正史）……240，242
「罪と罰」（ドストエフスキー）……12，16，19，24
「罪と罰＊」……203
『罪に立つ』（細田源吉）……115
「通夜の人々」（小酒井不木）……87-88，93，321
「鶴八鶴次郎」（川口松太郎）……98

「釣瓶心中」（潮山長三）……147
鶴舞公園……34，265，284

て

「Ｄ坂の殺人事件」（江戸川乱歩）……11，22，23，24，27，30，32，34，92，331
「手紙の詭計」（小酒井不木）……158
『テキニツク オブ・ザ・ミステリー・ストオリー』（ウェルズ）→『探偵小説の技巧』
「弟子」（ブールジェ）……13
「哲学者の死」（山下利三郎）……211
デニ・ショーン舞踊団……211
「テリア」（斎藤龍太郎）……114
『転向作家の手記』（細田源吉）……115
『天才と遺伝』（ゴールトン）……17
『天才の心理学』（クレッチマー）……17
（日本）電報通信社……80

と

ドイツ表現主義……224
『東京パツク』……14，173，330
『東京毎日新聞』……151
『東京毎夕新聞』……205，206
「東西探偵作家偶然の一致」（馬場孤蝶）……145
「同宿生」（圭四郎）……102
倒叙ミステリー……24
「闘争」（小酒井不木）……301
『闘争』（小酒井不木）……319
「盗難」（江戸川乱歩）……70，87，186
『闘病術』（小酒井不木）……201，202，204，205，207
『闘病問答』（小酒井不木）……318
「トカトントン」（太宰治）……181
「毒草」（江戸川乱歩）……193
「毒二題」（小酒井不木）……185
都市衛生学……16
「隣の席の乱歩」（西穂梓）……326
『鳥羽志摩の民俗』（岩田準一）……262
鳥羽造船所……12
「土曜日」（川崎幸次郎）……103
「虎」（江戸川乱歩）……71
ドラッグ……50，71，75，87
トリツク（トリック）……14，16，19，22，54，56，70，88，89，132，152，182，243，297，298

な

中山太陽堂……42，116-118，121，127，
「歎きのピエロ＊」……81
名古屋の会……111，114，
名古屋の趣味の会……171
名古屋の小会（名古屋の分会）……114，115，116，127，129，130
名古屋の大会……168
名古屋博覧会……34，109，265
名古屋ホテル……63
「梨の汁」（篠原荒村）……102，103，104
「謎の咬傷」（小酒井不木）……74，98
「謎の殺人」（本田緒生）……73
ナップ《全日本無産者芸術団体協議会》……332
『浪速賎娼志』（平井通）……45
名張市立図書館……335，336
波屋書房……208-210
奈落の井戸……320
ナンセンス……233
「難題」（小酒井不木）……158，
「南米へ」（松浦豊）……103
「南方の秘宝」（耽綺社）……258，267
「南方の秘宝＊」……264

に

『ニイチェ哲学の本質』（斎藤徳太郎）……115
『ニイチェ論攷』（斎藤徳太郎）……115
二十一日会……65，113，135，153-154，164，187，206，216，220，309，333
二十面相……102
「二銭銅貨」（江戸川乱歩）……11，12，14，15，16，18，34-35，74，80，84，102，103，281，321，330
「『二銭銅貨』を読む」（小酒井不木）……330
「日記帳」（江戸川乱歩）……38，59
「ニツケルの文鎮」（甲賀三郎）……180-181
『日新医学』……53
「二癈人」（江戸川乱歩）……13，22，23，25
日本工人倶楽部……36
『日本古典全集』……262
「日本探偵小説界寸評」（国枝史郎）……136
『日本探偵小説全集』……335
日本文具……117
日本編集者協会……115，199
「二輪馬車の秘密」（ヒューム）……260
「にわとり」（鈴木如楓）……103
「人間椅子」（江戸川乱歩）……88，121，133，146，149，153，171，179，181，225，331
「人間豹」（江戸川乱歩）……71，238
『人情馬鹿物語』（川口松太郎）……99

ね

「根のないダリヤ」（江戸川乱歩）……70
ねんげ句会……323，325，326
念写……66

の

「残されたる一人」（耽綺社）……225，226，229，317
『後岩つつじ』（岩田準一）……262
「呪はれた真珠」（本田緒生）……72
「呪はれの家」（小酒井不木）……42，57，59，282，286
「『呪はれの家』を読んで—小酒井不木博士に呈す—」（春田能為）……90，194-195，311，318
「ノンキナトウサン」（麻生豊）……241

は

「灰色の幻（グレイ・ファントム）」（ランドン）……49
「灰神楽」（江戸川乱歩）……179，180，184
「白眼録」（前田河広一郎）……46
「白昼夢」（江戸川乱歩）……50，56，59，71，75，87，95
「白頭の巨人」（耽綺社）……258，266，267，307，
「白髪鬼」（江戸川乱歩）……36
博文館……14，15，18，32，39，58，115，150，151，191，199-201，203，205，224，230，233，240，266，271，309
『はたち前』（細田源吉）……115
「パノラマ島奇談」（江戸川乱歩）……179，180，188，205，208，214-215，233-234，261，306，331
「波紋」（本田緒生）……72
『貼雑年譜』（江戸川乱歩）……148，179，267，268，298
「パレットナイフ」（小酒井不木脚本）……224
犯罪人類学……17
「犯罪文学研究」（小酒井不木）……151，206
「半七捕物帳」（岡本綺堂）……31
パンフレット（探偵趣味の会）……63，65，70，85

ひ

「ピエトロの綱渡り」（トラウジル）……132
「飛機睥睨」（耽綺社）→『空中紳士』
「髭」（石川九三）……103
「髭の謎」（小酒井不木）……96
「肱掛椅子の凭り心地」（江戸川乱歩）……284，315
「非常警戒＊」（耽綺社）……317
『ヒッチコックマガジン』……315
ひとそだて・まちそだて……320
「人でなしの恋」（江戸川乱歩）……193
「人癲癇」（宇野浩二）……171
「一人二役」（江戸川乱歩）……88，105
雛絵本……45
「火縄銃」（江戸川乱歩）……13-14
「美の誘惑」（あわぢ生）……72
非凡閣……199
『秘密探偵雑誌』……55
「秘密の相似」（小酒井不木）……185
「壱百円懸賞暗号問題」……48
「百面相役者」（江戸川乱歩）……87，88，105，186
「病中偶感」（江戸川乱歩）……195-196

ふ

「ファントマ」……151
フェティシズム……44，98
福助足袋……250
「覆面の舞踏者」（江戸川乱歩）……178
不健全派……37，175-176，180-184，194，286，299-300，310，311，333
富士見高原療養所……209，215
『婦人の国』……177，178
「不正事件」（小林紫蘭）……102
『舞台』……161
「二人の青木愛三郎」（宇野浩二）……35
「二人の探偵小説家」→「空気男」
『復活』（江原小弥太）……58
「仏像の眼」（安田城西）……103
不木句碑……323，325，326
不木生誕碑設立委員会……325
不木の里タウンミーティング……325
「プラシユナの秘密」（フレクサ）……53
プラトン社……11-12，42-43，89，94，99-102，105，112，116-127，130，165，166，167，169-170，173，191，210，216，218，275，309
プラトン社の挿絵画家画料一覧……12
プラトン社の作家別原稿料一覧……11，216
「仏蘭西製の鏡」（藤田操）……103
「ブルドッグ」（田中健三郎）……103
「古本の秘密」（健三郎）……103
「古名刺奇譚」（甲賀三郎）……189
フロイト理論……71
プロバビリティー……22
『ぷろふいる』……37，73
プロレタリア文学……37，47，66-67，88，115，126，209，332，333
『文学界』……35
文学の鬼……35-36
『文学論』（夏目漱石）……231
『文芸倶楽部』……38，151，261，266，275
『文芸行動』……115
『文芸時代』……332，333

『文芸春秋』……114
『文芸戦線』……332
『文芸汎論』……183
「文壇蟻地獄」（前田河広一郎）……46
文壇作家……89, 135
「文壇展望台」（前田河広一郎）……46

へ

平凡社……14, 105, 208, 214, 255, 306, 332
ページエント……160, 162-163, 170
『別冊太陽　江戸川乱歩の時代』……46
「紅色ダイヤ」（小酒井不木）……317
「紅蜘蛛奇譚」（小酒井不木）……208, 211, 212
「紅はこべ」（オルツィ）……47, 67
「蛇姫様」（川口松太郎）……99
変格……175, 184, 286
変態……19, 98
「変な目に遭つた話」（ランズベルガー・甲賀三郎訳）……132

ほ

「俸給日」（篠原荒村）……103
『冒険世界』……13-14
「北条霞亭」（森鷗外）……266
『報知新聞』……38, 206, 216, 241
「暴風雨の夜」（小酒井不木）……158
「ホツプフロツグ」（ポー）→「ちんば蛙」
「ボートに位牌を乗せた話」（三竹一路）……103
本格……16, 36, 101, 104, 151-152, 175, 177, 182, 184, 188, 190, 276, 282, 286, 295
「本陣殺人事件」（横溝正史）……71, 97
『本朝男色考』（岩田準一）……262
本門仏立講……260

ま

「マイクロフオン」……182, 318
舞子館……270, 271, 272
「前田河広一郎氏に」（江戸川乱歩）……47, 66
「蒔かれし種」（あわぢ生）……48, 55, 103
「貧しいけれども」（大洲繁夫）……103
まちなみ探検……324
「窓」（山本禾太郎）……182
『真夏の惨劇』（ウヰリアムス）……224
マルクス主義芸術理論……46
『満州国皇帝』（平野零児）……144

み

三重県の印象記……262
『見世物女角力志』（平井蒼太）……46
『三田文学』……55
「三つの痣」（小酒井不木）……168
「三つの犯人」（武井おさむ）……103
緑館……215, 256
『未亡人』（細田源吉）……115

む

「虫」（江戸川乱歩）……50, 75, 261, 265
「無題」（本田緒生）……76
「無貪清風」（耽綺社）……260
「夢遊病者（彦太郎）の死」（江戸川乱歩）……70, 87, 89, 90, 94
「紫の花」（片岡鉄兵）……88
ムーラン・ルージュ……275

め

「明治一代女」（川口松太郎）……99
「飯と汁」（川口松太郎）……99
「メトロポリス＊」……224
「芽生」（雨森一花）……103

も

「盲獣」（江戸川乱歩）……211
目的意識論争……332
「木馬は廻る」（江戸川乱歩）……193
モダニズム……43, 99, 100, 126, 233, 247, 332, 334
『モダニズム出版社の光芒』（小野高裕・西村美香・明尾圭造）……12, 119
物語る力……297, 300, 302
「モノグラム」（江戸川乱歩）……193
『森鷗外全集』……266

や

「夜光虫」（横溝正史）……151
「夜行列車」（成田尚）……103
『野人』（江原小弥太）……58
「屋根裏の散歩者」（江戸川乱歩）……48, 87, 88, 95, 146, 177, 186, 237, 331,
『屋根裏の散歩者』（江戸川乱歩）……77, 201
「破れし原稿用紙」（八重野潮路）……102
「山又山」（保篠龍緒）……34
「闇に蠢く」（江戸川乱歩）……154, 170, 178-180, 186, 188, 192, 199, 294, 300
『闇に蠢く』（江戸川乱歩）……209
「闇の森心中」（潮山長三）……147

ゆ

「幽鬼の塔」（江戸川乱歩）……36
「優勝旗の紛失」（中西一夫）……103
「幽霊」（江戸川乱歩）……67, 70
「幽霊探偵」（春日野緑脚色）……161
「誘惑」（細田源吉）……115
「逝ける小酒井不木氏」（国枝史郎）……319

「指」（江戸川乱歩）……315
「指輪」（江戸川乱歩）……59，75
「夢」（甲賀三郎）……145
「ユリエ殺し」（本位田準一）……202
ユーリーズミックス……211

よ

『横溝正史読本』（小林信彦編）……107
「予審調書」（平林初之輔）……116，180
『夜鳥』（ルヴェル）……223
「よみうり抄」……179
『読売新聞』……73，106，149，166，167，171，176，177，179，180，201，202，203，204，227
「夜の黒豹」（横溝正史）……71
「夜の荷馬車」（ルヴェル）……19

ら

「落第生」（佐藤五平）……102
ラジオ……164，230，250，331
「ラムール」（江戸川乱歩・小酒井不木）……227，315
乱歩蔵びらき委員会……320
『乱歩集（博文館・世界探偵小説全集第二十三巻）』……306
「乱歩妖説」（山田風太郎）……30

り

リトミック→ユーリーズミックス
「劉夫人の腕輪」（横溝正史）……240
『龍舫』……209
「龍門党異聞」（小酒井不木）……212，217，218
リユパン（ルパン）風［リュパン式］……100，295
『猟奇』……72，87，123，242
猟奇耽異……263
「林檎の皮」（八重野潮路）……102，104

れ

「歴史的探偵小説の興味」（小酒井不木）……31
「れふき！」……72，123，242
「恋愛曲線」（小酒井不木）……157，159，167，170-171，176，196，286，304，331
『恋愛曲線』（小酒井不木）……202，204，207
「恋愛五形相」……253
聯合映画芸術協会……210

ろ

「老探偵の物語」（錦酒泉）……103
「六大都市小説集」……246
「ロボット三等兵」（前田惟光）……96

わ

側表題……247
「私の江戸川乱歩」（山田風太郎）……30
「わにてい・ふえいあ」……275
「笑う白骨」（フリーマン）……24

欧字

On the Witness Stand（ミュンスターベルヒ）……23
Psychology & Crime（ミュンスターベルヒ）……23
Technique of the Mystery Story（ウェルズ）……36
The Photoplay : A Psychological Study and Other Writings……23
Through the Dark ＊……122

阿部　崇
1969年生まれ。学習院大学大学院博士前期課程修了。1999年よりウェブサイト「奈落の井戸」を開設し、小酒井不木研究を通じてインターネットメディアでの研究スタイルとその可能性を模索中。http://homepage1.nifty.com/mole-uni/

伊藤和孝
1960年生まれ。愛知学院大学文学部歴史学科卒業。蟹江町教育委員会生涯学習課歴史民俗兼文化財保護係長、蟹江町歴史民俗資料館主任学芸員。歴史民俗資料館特別展「小酒井不木の世界」などを担当。

小松史生子
1972年生まれ。金城学院大学文学部講師。探偵小説を軸に日本近代文学・文化研究を行う。論文に「江戸川乱歩『幽霊塔』論　翻案小説のストラテジー」(『日本近代文学』2001年10月)、「三遊亭円朝『黄薔薇』論」(『文学』2002年4月)など。

末永昭二
1964年福岡県生まれ。立命館大学文学部卒。会社員を経てフリーライター/編集者。著書は『城戸禮　人と作品』(1998年、里艸)、『貸本小説』(2001年、アスペクト)。

中　相作
1953年三重県名張市生まれ。県立上野高校卒業。1995年から名張市立図書館嘱託。『江戸川乱歩リファレンスブック』1〜3(1997〜2003年、名張市立図書館)を編集。1999年、ウェブサイト「名張人外境」を開設。http://www.e-net.or.jp/user/stako/

浜田雄介
1959年生まれ。東京大学大学院博士課程満期退学。駿河台大学現代文化学部教授を経て、現在成蹊大学文学部教授。論文に「『陰獣』論」(『国語と国文学』1988年8月)、「自意識と通俗—小酒井不木を軸にして」(『日本近代文学』1994年10月)など。

本多正一
1964年生まれ。『中井英夫全集』全12巻(東京創元社)、『シリーズ20世紀の記憶』全21巻(毎日新聞社)等を編集、監修に『凶鳥の黒影』(河出書房新社)、著書に『彗星との日々』、『プラネタリウムにて』。

村上裕徳
1957年生まれ。小学校5年時に乱歩全集が発刊され、作品表題に幻惑されて以来の乱歩ファン。大学時代から渡辺啓助・尾崎秀樹両氏より教えを受ける。元・中井英夫氏の鞄持ち。主に舞踏を中心とする舞踊批評家。

山本成実
1965年生まれ。青山学院大学文学部史学科卒業。企業の広告宣伝・デザイン部門を担当。最晩年の中井英夫氏との出会いを経て、幻想文学に傾倒。

協　力

平井隆太郎（小酒井不木書簡所蔵）
岡田富朗（江戸川乱歩書簡所蔵）
蟹江町歴史民俗資料館（江戸川乱歩書簡他所蔵）

平井憲太郎
小酒井治
小酒井美智子
深谷まさ子
新鷹会

鮎川征一郎／尾形龍太郎／加藤俊男／高橋利郎／谷口基／玉川知花／深江英賢／湯浅篤志／『新青年』研究会／名張市立図書館／成田山書道美術館

岡戸武平、高平始氏の著作権継承者と連絡が取れません。ご存知の方はお知らせ下さい。

子不語《しふご》の夢——江戸川乱歩小酒井不木往復書簡集（CD-ROM付）

生誕360年 芭蕉さんがゆく
秘蔵のくに 伊賀の蔵びらき

発行　2004年10月21日
定価　4,200円＋税

監修　中　相作・本多正一
編者　浜田雄介
発行　乱歩蔵びらき委員会
　委員長　　的場敏訓
　副委員長　岡中　恵
　上田　操／森　豊章／鈴木啓史／井上　昭／古川明郎／服部亮子／藤島月美
〒518-0473　三重県上野市四十九町2802
　三重県上野庁舎内
（2004年11月1日からは三重県伊賀市四十九町2802）

発売　株式会社皓星社
〒166-0004　東京都杉並区阿佐谷南1-14-5
電話 03-5306-2088　ファックス03-5306-4125
URL http://www.libro-koseisha.co.jp/
E-mail info@libro-koseisha.co.jp
編集担当　佐藤健太

CD-ROM制作　株式会社皓星社
技術協力　堀越裕樹
デザイン　藤巻亮一

装幀　山本成実
旧江戸川乱歩邸土蔵撮影　本多正一
書簡撮影　株式会社ニチマイ
書簡解体・修復　有限会社紙資料修復工房
印刷・製本　日本ハイコム株式会社

ISBN4-7744-0373-3 C0095